美国梦视域下幽默小说的历史书写

Historical Writing of Humor Fiction under
the View of American Dream

唐 文 著

社会科学文献出版社
SOCIAL SCIENCES ACADEMIC PRESS (CHINA)

图书在版编目（CIP）数据

美国梦视域下幽默小说的历史书写/唐文著．－－ 北
京：社会科学文献出版社，2021.6
（中国社会科学博士后文库）
ISBN 978－7－5201－8175－4

Ⅰ.①美…　Ⅱ.①唐…　Ⅲ.①小说史－研究－美国
Ⅳ.①I712.074

中国版本图书馆 CIP 数据核字（2021）第 055049 号

·中国社会科学博士后文库·

美国梦视域下幽默小说的历史书写

著　　者／唐　文

出　版　人／王利民
责任编辑／冯咏梅
文稿编辑／张金木

出　　　版／社会科学文献出版社（010）59367226
　　　　　　地址：北京市北三环中路甲 29 号院华龙大厦　邮编：100029
　　　　　　网址：www.ssap.com.cn
发　　　行／市场营销中心（010）59367081　59367083
印　　　装／三河市龙林印务有限公司

规　　　格／开　本：787mm×1092mm　1/16
　　　　　　印　张：21　字　数：348 千字
版　　　次／2021 年 6 月第 1 版　2021 年 6 月第 1 次印刷
书　　　号／ISBN 978－7－5201－8175－4
定　　　价／148.00 元

本书系 2015 年度国家社科基金青年项目"美国梦视域下幽默小说的历史书写研究"（项目批准号：15CWW028）的最终成果

第九批《中国社会科学博士后文库》编委会及编辑部成员名单

（一）编委会

主　任：王京清

副主任：崔建民　马　援　俞家栋　夏文峰

秘书长：邱春雷

成　员（按姓氏笔画排序）：

卜宪群	王立胜	王建朗	方　勇	史　丹
邢广程	朱恒鹏	刘丹青	刘跃进	孙壮志
李　平	李向阳	李新烽	杨世伟	杨伯江
吴白乙	何德旭	汪朝光	张车伟	张宇燕
张树华	张　翼	陈众议	陈星灿	陈　甦
武　力	郑筱筠	赵天晓	赵剑英	胡　滨
袁东振	黄　平	朝戈金	谢寿光	樊建新
潘家华	冀祥德	穆林霞	魏后凯	

（二）编辑部（按姓氏笔画排序）：

主　任：崔建民

副主任：曲建君　李晓琳　陈　颖　薛万里

成　员：

王　芳	王　琪	刘　杰	孙大伟	宋　娜
张　昊	苑淑娅	姚冬梅	梅　玫	黎　元

序　言

　　博士后制度在我国落地生根已逾30年，已经成为国家人才体系建设中的重要一环。30多年来，博士后制度对推动我国人事人才体制机制改革、促进科技创新和经济社会发展发挥了重要的作用，也培养了一批国家急需的高层次创新型人才。

　　自1986年1月开始招收第一名博士后研究人员起，截至目前，国家已累计招收14万余名博士后研究人员，已经出站的博士后大多成为各领域的科研骨干和学术带头人。其中，已有50余位博士后当选两院院士；众多博士后入选各类人才计划，其中，国家百千万人才工程年入选率达34.36%，国家杰出青年科学基金入选率平均达21.04%，教育部"长江学者"入选率平均达10%左右。

　　2015年底，国务院办公厅出台《关于改革完善博士后制度的意见》，要求各地各部门各设站单位按照党中央、国务院决策部署，牢固树立并切实贯彻创新、协调、绿色、开放、共享的发展理念，深入实施创新驱动发展战略和人才优先发展战略，完善体制机制，健全服务体系，推动博士后事业科学发展。这为我国博士后事业的进一步发展指明了方向，也为哲学社会科学领域博士后工作提出了新的研究方向。

　　习近平总书记在2016年5月17日全国哲学社会科学工作座谈会上发表重要讲话指出：一个国家的发展水平，既取决于自然科学发展水平，也取决于哲学社会科学发展水平。一个没有发达的自然科学的国家不可能走在世界前列，一个没有繁荣的哲学社会科学的国家也不可能走在世界前列。坚持和发展中国特色社会主义，需要不断在实践和理论上进行探索、用发展着的理论指导发展着的实践。在这个过程中，哲学社会科学具有不可替代的重要地位，哲学社会科学工作者具有不可替代的重要作用。这是党和国家领导人对包括哲学社会科学博士后在内的所有哲学社会科学领域的研究者、工作者提出的殷切希望！

中国社会科学院是中央直属的国家哲学社会科学研究机构，在哲学社会科学博士后工作领域处于领军地位。为充分调动哲学社会科学博士后研究人员科研创新积极性，展示哲学社会科学领域博士后优秀成果，提高我国哲学社会科学发展整体水平，中国社会科学院和全国博士后管理委员会于 2012 年联合推出了《中国社会科学博士后文库》（以下简称《文库》），每年在全国范围内择优出版博士后成果。经过多年的发展，《文库》已经成为集中、系统、全面反映我国哲学社会科学博士后优秀成果的高端学术平台，学术影响力和社会影响力逐年提高。

下一步，做好哲学社会科学博士后工作，做好《文库》工作，要认真学习领会习近平总书记系列重要讲话精神，自觉肩负起新的时代使命，锐意创新、发奋进取。为此，需做到：

第一，始终坚持马克思主义的指导地位。哲学社会科学研究离不开正确的世界观、方法论的指导。习近平总书记深刻指出：坚持以马克思主义为指导，是当代中国哲学社会科学区别于其他哲学社会科学的根本标志，必须旗帜鲜明加以坚持。马克思主义揭示了事物的本质、内在联系及发展规律，是"伟大的认识工具"，是人们观察世界、分析问题的有力思想武器。马克思主义尽管诞生在一个半多世纪之前，但在当今时代，马克思主义与新的时代实践结合起来，愈来愈显示出更加强大的生命力。哲学社会科学博士后研究人员应该更加自觉坚持马克思主义在科研工作中的指导地位，继续推进马克思主义中国化、时代化、大众化，继续发展21世纪马克思主义、当代中国马克思主义。要继续把《文库》建设成为马克思主义中国化最新理论成果的宣传、展示、交流的平台，为中国特色社会主义建设提供强有力的理论支撑。

第二，逐步树立智库意识和品牌意识。哲学社会科学肩负着回答时代命题、规划未来道路的使命。当前中央对哲学社会科学愈发重视，尤其是提出要发挥哲学社会科学在治国理政、提高改革决策水平、推进国家治理体系和治理能力现代化中的作用。从2015年开始，中央已启动了国家高端智库的建设，这对哲学社会科学博士后工作提出了更高的针对性要求，也为哲学社会科学博士后研究提供了更为广阔的应用空间。《文库》依托中国社会科学院，面向全国哲学社会科学领域博士后科研流动站、工作站的博士后征集优秀成果，入选出版的著作也代表了哲学社会科学博士后最高的学术研究水平。因此，要善于把中国社会科学院服务党和国家决策的大智库功能与《文库》的小智库功能结合起来，进而以智库意识推动品牌意识建设，最终树立《文库》的智库意识和品牌意识。

第三，积极推动中国特色哲学社会科学学术体系和话语体系建设。改革开放30多年来，我国在经济建设、政治建设、文化建设、社会建设、生态文明建设和党的建设各个领域都取得了举世瞩目的成就，比历史上任何时期都更接近中华民族伟大复兴的目标。但正如习近平总书记所指出的那样：在解读中国实践、构建中国理论上，我们应该最有发言权，但实际上我国哲学社会科学在国际上的声音还比较小，还处于有理说不出、说了传不开的境地。这里问题的实质，就是中国特色、中国特质的哲学社会科学学术体系和话语体系的缺失和建设问题。具有中国特色、中国特质的学术体系和话语体系必然是由具有中国特色、中国特质的概念、范畴和学科等组成。这一切不是凭空想象得来的，而是在中国化的马克思主义指导下，在参考我们民族特质、历史智慧的基础上再创造出来的。在这一过程中，积极吸纳儒、释、道、墨、名、法、农、杂、兵等各家学说的精髓，无疑是保持中国特色、中国特质的重要保证。换言之，不能站在历史、文化虚无主义立场搞研究。要通过《文库》积极引导哲学社会科学博士后研究人员：一方面，要积极吸收古今中外各种学术资源，坚持古为今用、洋为中用；另一方面，要以中国自己的实践为研究定位，围绕中国自己的问题，坚持问题导向，努力探索具备中国特色、中国特质的概念、范畴与理论体系，在体现继承性和民族性，体现原创性和时代性，体现系统性和专业性方面，不断加强和深化中国特色学术体系和话语体系建设。

新形势下，我国哲学社会科学地位更加重要、任务更加繁重。衷心希望广大哲学社会科学博士后工作者和博士后们，以《文库》系列著作的出版为契机，以习近平总书记在全国哲学社会科学座谈会上的讲话为根本遵循，将自身的研究工作与时代的需求结合起来，将自身的研究工作与国家和人民的召唤结合起来，以深厚的学识修养赢得尊重，以高尚的人格魅力引领风气，在为祖国、为人民立德立功立言中，在实现中华民族伟大复兴中国梦征程中，成就自我、实现价值。

是为序。

中国社会科学院副院长

中国社会科学院博士后管理委员会主任

2016 年 12 月 1 日

摘　要

　　美式幽默是美国人民族性格的重要标识，也是美国文学研究的重要母题之一。由于传统观点"重严肃、轻幽默"，即更注重对所谓"严肃文学"的研究，所以有关美国幽默文学的研究一直不温不火。

　　国外有关美国幽默文学的研究，主要包括三个方面，即对个别有代表性幽默作家的研究，如对马克·吐温和约瑟夫·海勒的研究、对美国幽默文学发展史的研究以及有关美国黑色幽默小说的研究。对美国幽默文学发展史的研究大多来自美国本土，而这些研究大致可以分为三种不同的类型。其一，有关美国幽默文学发展史的研究专著。这些作品大多集中于美国历史的某一时期，就其中重要的幽默作家和代表作品进行评介。其中比较重要的有两部：《美国幽默的起起落落》《美国幽默：从穷理查到杜尼丝伯里》。其二，跨学科研究美国幽默文学的研究专著和论文。一系列跨学科研究美国幽默文学的专著和论文的出现，成为美国幽默文学研究进入成熟时期的重要标志。其中最具代表性的是康斯坦斯·鲁尔克的作品《美国幽默——民族性格研究》和诺曼·霍兰德的《笑：幽默心理学》。其三，有关美国黑色幽默小说的研究专著和论文。美国黑色幽默小说出现于 20 世纪 60 年代，标志着美国幽默文学发展到了高潮。这类研究中，以哈罗德·布鲁姆 2010 年的专著《黑色幽默》和埃兰·布拉特编著的论文集《黑色幽默：批评文集》为代表。

　　国内有关美国幽默文学的研究成果主要以论文形式呈现，大体集中于两个领域。其一，有关美国幽默作家作品的评析，其中又以对马克·吐温作品的研究为主，如《论马克·吐温小说的幽默与讽刺》《爱伦·坡幽默小说探源》等。其二，有关美国幽默文学的专题研究，这类论文又大多集中于美国黑色幽默小说研究之上，代表作品有论文《"黑色幽默"初探：一种大难临头时的幽默》和评论文章《论美国殖民地时期文学中的幽默》等。国内该类研究专著大多集中于某一位幽默作家身上，如有关托马斯·品钦的研究专著就有《后现代语境中的托马斯·品钦小说研究》《品钦小说中的混沌与秩序》《美国文化的反思者——托马斯·品钦》等几部作品。亦有从历时视角研究美国幽默文学史的研究专著，如《美国黑色幽默小说研究》和《黑色幽默与美国小说的幽默传统》等专著，这两部专著都探究了美国黑色幽默小说的美学内涵，且对有代表性的作家作品进行了评析，是国内黑色幽默小说研究中具有里程碑意义的成果。

本书通过美国梦和新历史主义两个视角，围绕"美国幽默小说"展开，将进一步完善国内美国幽默文学研究，扩宽了解美国社会文化内涵的渠道。学术价值主要有两点。其一，从"幽默"和"现实"的视角出发研究美国幽默小说。研究将从新历史主义出发研究美国幽默小说，尝试通过幽默文学观照社会现实，凸显幽默在文本表达现实中的重要媒介作用。研究美国幽默小说的历史书写，是在研究文学，也是在研究文学和现实之间的相互观照，用历史来解读文学，用文学来还原更真实的历史。尽管大多数幽默文学受到主流文学的排挤，但不可否认，幽默却是表现本真历史的重要途径。其二，研究美国梦和美国幽默小说之间的相互观照。本书尝试从幽默小说发展史中探究美国梦的由来、发展、困境和演变。幽默是美国人的民族性格，也是美国梦的重要组成部分。美国梦扎根于美国幽默小说之中，而幽默小说的发展史则真实地反映了美国梦的发展和演变。总之，研究美国幽默小说的历史书写就是探讨美国人梦想的演变，而美国梦正是了解幽默小说内核的关键所在。

总体看来，研究方法主要有三个。其一，伦理叙事学。每个美国幽默小说发展的历史阶段，都要受当时伦理制度的束缚，用伦理叙事学去考察美国幽默小说，通过"幽默"去度量"历史"。其二，人类旅游学。本书将从人类旅游学有关朝圣"共睦态"的理论，来阐释美国幽默小说中"幽默"这一媒介的作用和意义。其三，荒诞心理学。荒诞预设了客观存在和本质意义的分离，因而满足了幽默"制造惊喜"的前提。荒诞将是分析幽默的重要视角之一。

本书的结论主要分为两个方面。其一，美国幽默小说中"幽默"和"历史"为相互观照的两个关键词语。从新历史主义视角考察美国幽默小说的发展和变化，历史解读了幽默小说，幽默小说揭示了历史另一面的真相。"幽默"和"历史"这一对看似不相关的词语，在美国幽默小说中得到了较好的结合。其二，"美国梦"是美国幽默小说发展的主导因素之一，并构建了小说的基本内容。美国梦是美国幽默小说发展的主线，而幽默小说则形象地展示了美国梦的变迁过程。美国梦这一研究视角，拓宽了幽默小说研究的深度和广度，凸显了美国幽默小说中蕴含的民族性和社会性。

关键词：美国梦　幽默小说　历史书写

Abstract

American Humor is an essential figure to American national character, as well as one of the topoi in American literature research. Due to the traditional critic attitude of which focuses more on serious literature rather than on humor one, the research on American humor literature has never managed to be in the center of literature stage.

The research on American humor literature concentrate mostly on three fields, i. e. , study on such specific humor novelists as Mark Twain and Joseph Heller, and that on the history of American humor literature. Most of the latter are native studies, which can be generally subdivided into three types. First, monographs on the history of American humor literature shed more light on a specific period in American history and evaluate important authors as well as their representative works. Two works stand out of this category are *The Rise and Fall of American Humor* by Jesse Bier and *American's Humor: From Richard to Doonesbury* coauthored by Walter Blair and Hamlin Hill. Second, achievements of trans-disciplinary study on American humor literature signify that American humor literature has stepped into a mature period. Constance Rourke's *American Humor: A Study of the National Character* and Norman Holland's *Laughing: A Psychology of Humor* are two representative ones. Third, there are also achievements from the study of American Black Humor fiction. Black Humor fiction dominated the literary stage during 1960s and announced a prosperous period in the history of American humor literature. Harold Broom's *Dark Humor* and Alan R. Pratt's *Black Humor: Critical Essays* are of great value in this category.

Domestic research on American humor literature has also turned out a volume of achievements, mostly academic essays, which covers generally two fields. First, analysis on American humor works, among which such essays on Mark Twain's novels as "On Humor and Satire on Mark Twain's Novels" and "Origin of Edgar Allen Poe's Humor Fiction" are of significance. Second, there are monographic research on American humor literature, mostly focusing on American Black Humor fiction, such as essays "A Humor Faced with Disaster: Primary Study on Black Humor" and "Humor on American Colonial Literature". Most domestic research in this field focuses specifically on one author, such as *Study on Thomas Pynchon Fiction in Post Modernism Context*, *Chaos and Order in Pynchon's Fiction* and *A Philosopher of American Literature—Thomas Pynchon*, etc. There are also monographs studying the history of American humor literature, such as *Study on American Black Humor Fiction* and *Black Humor and Humor Tradition of American Fiction*, etc. The two monographs not only make research on the aesthetic connotations of American Black Humor fiction but analyze representative Black Humor works, and are regarded monumental achievements in the domestic Black Humor fiction research.

The study, under the two views of American Dream and new historicism, centering around American Humor fiction, contributes to the domestic American humor research and widen the channels to know about American culture as well as society. There are mostly two academic values. First, it makes research on American humor fiction from two perspectives, namely, humor and reality. Starting with new historicism, the study explores the shadow of social reality in humor literature and protrudes the implemental function of humor in expressing the reality in a literary context. The purpose to make research on the historical writing of American humor fiction is to study literature as well as explore the corresponding relationship between literature and reality, history illustrating literature and the latter restoring an authentic reality. Though humor works have been elbowed by the main-stream literature, humor is unarguably an important media to express reality. Second, the research is aimed to elaborate upon the relation between American Dream and American humor fiction. By exploring the history of humor fiction, the study makes a point of reflecting upon the origin, development, dilemma and metamorphosis of American Dream. Humor constitutes American nation character, and also a part of American Dream. American humor fiction is permeated with American Dream, and its history reflects the latter's development as well as metamorphosis. In one word, the study on the historical writing in American humor fiction is also that on the metamorphosis of American Dream, which in turn plays an essential role to interpret the former.

Generally speaking, the study applies three research approaches, i. e., ethical narratives, anthropological tourism and absurd psychoanalysis. Various periods in the history of American humor fiction are bounded by their contemporary ethical systems, as a consequence of which, ethical narrative is applied to explore American humor fiction and the media humor is used to elaborate upon historical reality. The research also resorts to community theory, a term in anthropological tourism, to illustrate the function and significance of humor media. Absurdity presupposes the separation between existence and essence, and therefore satisfies the prerequisite of humor to " make surprise" . In this study, absurdity is one of the important perspectives to analyze humor.

The conclusion of the research covers two fields. First, " humor" and " history" are two essential and corresponding words in American humor fiction. Exploring American humor fiction from a new historical perspective, it can be revealed that history helps to interpret humor works and the latter is able to show another side of historical reality. Seemingly unrelative, " humor" and " history" are well interfused with each other in American humor fiction. Second, American Dream is one of the dominating elements in the history of American humor fiction, which also constitutes the Dream's major content. American Dream is the center around which American humor fiction develops, while the latter vividly show how and why American Dream metamorphosizes. The perspective of American Dream deepens the dimensions of humor fiction research and protrudes the nationality as well as sociality embedded in American humor fiction.

Keywords: American Dream; Humor Fiction; Historical Writing

目　录

Contents

没有梦想，史诗便失去了所有的荣耀。除非我仍然信仰这个梦想，否则土地、人口和财富的数字毫无意义。

　　　　　　　　　　　　　　　　——《美国史诗》（Adams，1945：423）

　　通常情况下，作者只需要查找历史，便能够为未来找到答案。答案确实能够在历史中找到，但幽默的缓释作用在这一过程中却是必不可少的。

　　　　　　　　　　　　　　　　——《大危机时的美国幽默文学》

　　　　　　　　　　　　　　　　（Gates，1988：Preface：xvi）

导　论

美国学者卡尔·吉尔森（Call Jillson）在《历史、政治和小说语境中的美国梦》（*American Dream：In History，Politics，and Fiction*）中提出了一个问题：同样是强国，为什么美国得以维持强国的姿态经久不衰？吉尔森继而自问自答道："答案非常明确，因为我们坚守着最初的价值观，始终努力把'生命、自由和追求幸福'的权利变成每一个美国人真正拥有的东西。"（Jillson，2016：288）这种"生命、自由和追求幸福"的权利以及价值观，就是"美国梦"的核心内容。

从建国到 21 世纪的 200 多年时间里，美国梦经历了发轫、成熟、转向和衰败等阶段。在这一过程中，学界根据现实社会文化语境不断尝试界定美国梦的内涵。1776 年，大陆会议通过的《独立宣言》被称为"美国梦的宪章"，其中提出的"生命、自由和追求幸福"的权利被认定为美国梦的核心内容。但对于何种程度的自由和幸福才算得上是美国梦，起草者并没有给出答案。《独立宣言》对美国梦核心内容的阐释，既指出了美国梦是个内涵模糊的概念，也说明了美国梦本身充满了流变的元素。1931 年，美国历史学家詹姆斯·亚当斯（James Adams）出版了《美国史诗》（*The Epic of America*）一书，在书中他这样界定"美国梦"：它是能够"让公民过上更好、更富裕和更幸福的生活的美国梦"，也是"对这样一个国度的憧憬，在那里每个人都有依据自己的能力实现目标的机会"（Adams，1945：415）。可以看出，尽管亚当斯提出了"美国梦"的术语，但是他对美国梦的界定过于笼统，而且其描述的梦想主体并不清晰。1981 年，美国政治家塞缪尔·P. 亨廷顿（Samuel Huntington）在《美国政治：不协调的允诺》（*American Politics：The Promise of Disharmony*）中谈及与美国梦息息相关的"美国信念"（American Creed）时提出，"事实上，一种核心价值观存在于所有分析中，即自由、平等、个人主义、民主和宪章之下的法律条例"（Huntington，1981：14 - 15）。在此基础上，美国社会学家西摩·马丁·利普塞特（Seymour Martin Lipset）在 1996 年出版的《美国例外论：一把双刃剑》（*American Exceptionalism：A Double-Edged Sword*）中将美国信念与美国梦的内涵再一次进行了阐释："可以用五个单词来描述美国信念：自由、平等主义、个人主义、民粹主义和自由主义。"（Lipset，1996：19）亨廷顿和利普塞特对美国梦的界定带有鲜明的政治色彩，都聚焦于美国梦的民粹主义内涵。综观美国梦的发展史可以看出，尽管学者不断给出不尽相同的阐释，但"自由、平等、民主"三个中心概念却始终占据概念的中心地位。

正是因为本身充满了流变的元素，美国梦在不同时期呈现的姿态是缤纷多样的。时代不同，对梦想的追逐却一直在继续。《牛津高阶英汉双解词典》对"梦想"一词的界定是："拥有某物或成为某人的愿望，而且这个愿望一般是很难实现的。"（*Oxford Adavanced Learner's English-Chinese Dictionary*，2015：519）"梦想"，总是站在"现实"的对立面。美国学者弗雷德里克·I. 卡朋特（Frederic I. Carpenter）在《美国文学与美国梦》（*The American Literature and the Dream*）一书伊始便阐明了梦想与现实之间的乖讹："然而'梦想'始终就是一个梦而已。选择该词去命名美洲大陆上的千禧年之希望，暗含着某种意义的模糊。因为'梦想'，暗示着无意识的否定，或者说暗含着非现实。"（Carpenter，1968：6）鉴于美国梦的流变元素，为了确保研究的顺利进行，现围绕"美国性"（Americanness）和"美国文化认同建构"将"美国梦"的视角缩小固定，在以下三个层面上对其说明。其一，本书中的"美国梦"，主要针对 WASP（White Anglo-Saxon People）群体，即坚守美国价值观的白人精英群体。美国是多民族国家，梦想也绝非只针对具有盎格鲁 - 撒克逊血统的美国白人敞开怀抱。但从历时视角来审视美国梦，白人精英无疑组成了美国社会逐梦者的主流群体，无论是在宏观视角下的国家独立、文化认同建构，还是在微观视角下对信仰自由、平等权利和物质财富的追求，均是如此。其二，本书中涉及的"美国梦"，始终是物质性和精神性的矛盾综合体。美好的宗教梦想和艰苦的生存环境，造就了早期殖民者理想主义和现实主义的双重倾向，也注定了"美国梦"是一个充满矛盾的综合体。物质和精神发展的对立统一，贯穿于"美国梦"文化的发展历程中，成为影响美国文学发展的重要因素。其三，本书强调"美国梦"是一个充满流变元素的词。从最初清教徒单纯地追求宗教信仰的自由，到18世纪以富兰克林和爱德华兹的不同学说为标志的物质梦与宗教梦的分离，到19世纪中后期美国梦逐渐等同于财富梦，再到20世纪以小说人物盖茨比和嘉莉妹妹梦想破灭为标志的美国梦的幻灭，美国梦的具体内涵几经改变，充满了流变的元素。在对"美国梦"三层界定的基础上，本书将聚焦历时维度中美国梦与美国幽默小说之间的关系。

作为有"梦想情结"的民族的一员，美国作家的文学创作总是与美国梦息息相关。一方面，美国梦作为充满流变元素的文化内核，深刻影响到各个时期美国文学的发展特点，其内涵的些微调整都会在相应的文学作品中有显性的体现。另一方面，美国梦开端、发展、演变、破灭等都被形象地记录在美国文学之中，阅读文本是了解美国梦必不可少的途径之一。美国梦和社会现实之间在不同时期的乖讹，被以隐喻的方式详细地记录在美国小说之中。美国小说是美国梦历史发展的一面镜子，而美国幽默小说则记录了美国文化语境中梦想和现实之间的乖讹。从殖民地时期富兰克林仍然带有儒雅传统印记的幽默梦想书写，到建国时期倡导边疆精神的美国民粹幽默小说的兴起，19世纪文化认同建构时期幽默小说家在儒雅传统和边疆精神之间寻求平衡点的努力，再到20世纪报刊专栏作家和黑色幽默作家在现代纪元对梦想的回忆和呵护，美国幽默小说家从美国梦视域出发对历史进行了最真切的书写。应该指出，美国幽默小说中的美国梦书写凸显了梦想和现实之间的乖讹——"'梦想'始终就是一个梦而已"（Carpenter，1968：6），因而总体上是对美国梦美好图景的反面刻画。然而，正如吉尔森所讲："从开始到今天，也许我们的小说家最伟大的贡献就在于告诉我们：现实并非如梦想那么美好。"（Jillson，2016：Preface：xiv）这种反面刻画，既以幽默的口吻记录了追梦的艰辛历程，又以辛辣的嘲讽督促追梦者前行的脚步。

如前文所讲，幽默作品和美国梦文学在"乖讹"的平台上彼此契合，但在美国文学领域中学者对幽默小说的研究并不充分。正因如此，学者约翰·布莱恩特（John Bryant）才会感叹道："对幽默的研究始终被边缘化，在美国更是如此，尽管我们有康斯坦斯·鲁尔克（Constance Rourke）、沃尔特·布莱尔（Walter Blair）和哈姆林·黑尔（Hamlin Hill）等幽默评论家的不懈努力。"（Bryant，1993：Preface：viii）造成这种现象的主要原因有两个，即幽默本身不可阐释的美学特质和幽默相较于严肃文学的低等划分。一方面，幽默本身具有不可阐释性，在评论家分析幽默发生机制的过程中，幽默文本也会失去韵味而变得乏味。对于这一点，《纽约客》的编辑 E. B. 怀特（E. B. White）有一个形象的比喻："就像解剖青蛙一样，幽默也可以被分析阐释。但是，在整个过程中，青蛙死了，而除了纯粹的科学头脑没人对它的内脏感兴趣。"（White，1941：Preface：vxii）幽默片段之所以好笑，在于其对我们某个感知点的触发，但反复研究这一触发点，反而令人麻木并使幽默失去了原有的韵味。另一方面，相较于悲剧文学的严肃性，幽默文学插科打诨的喜剧性显得轻浮，这也是学者对与幽默相关的研究望而却步的重要原因。亚里士多德在肯定悲剧对精神净化作用的同时，认为喜剧是对"丑"的模仿："喜剧所模仿的是比一般人较差的人物……它包含一些缺点或者本身就很丑陋。"（Aristotle，1997：9）幽默文学因其"丑"的内涵而被认作低等的作品，而有关幽默文学的研究自然也被边缘化了。①

尽管如此，幽默小说与美国梦文学之间强烈的互文性却是不容置疑的。英国哲学家赫伯特·斯宾塞（Herbert Spencer）在 1860 年发表的论文《笑的生理学》（"On the Physiology of Laughter"）中谈道，"乖讹"是事物产生幽默效果的必要条件："当意识在不知情中关注点从宏大突降到狭小，也就是我们称之为'突降的乖讹'时，笑声才会自然产生。"（Spencer，1919：194）斯宾塞将关注点的转移固定为由"大"变"小"具有一定的局限性，但明确指出这种转移产生的"乖讹"是产生幽默效果的必要前提。与斯宾塞的观点相似，美国文学评论家诺曼·霍兰德（Norman N. Holland）在专著《笑：幽默心理学》（*Laughing：A Psychology of Humor*）中指出，幽默产生的前提条件是"感觉意外"（to make surprise）（Holland，1982：32）。这种"意外之感"预设了主观体验与客观事实的分离，或者说，梦想与现实之间的乖讹。如前文所述，美国梦文学预设了梦想和现实之间的对立：梦想总是在路上，永远无法完美地按预

---

① 针对幽默的边缘化，为数不少的论者表示怀疑，例如，弗洛伊德在《玩笑及其与无意识的关系》（*Jokes and Their Relation to the Unconscious*）中指出，幽默文学"相较于它们在我们的精神生活中扮演的重要角色，所受到的哲学关注是远远不够的"（Freud，1960：9）；詹姆斯·M. 考克斯（James M. Cox）谈到了幽默文学研究者尝试"转移重点"（shifty prepositional displacements）的做法："这些操作可以理解，但仍然是对幽默问题研究的逃避"（Rubin，1973：140）等。

想实现。因此，美国梦文学具备了幽默的潜质。在美国梦的文化语境中，小说家不仅能够通过描写现实与梦想的对立让文本带上幽默的色彩，而且可以借助讽刺的媒介针砭时弊，指出在实现梦想过程中存在的问题。

除此之外，幽默小说的创作与发展对 19 世纪美国文化认同建构也起到了积极的作用。从理论视角审视，这种建构作用主要基于幽默"宽容"和"新视角"这两个特性。首先，幽默感抹去了矛盾双方的激烈冲突，用"笑"的方式来接受对方，促进了群体内部成员的融洽关系。美国梦的建构在不同时期表现出的重点不同，殖民地时期社区意识的建立、建国时期民粹精神的弘扬、文化认同建构时期儒雅传统和边疆精神的融合，以及现代时期"失梦一代"的愤怒、迷失和对梦想的怀念等。诚然如此，但社区（国家、民族）的建构是寻梦的基础，而幽默感及其所带来的"宽容"对于成员之间的融洽是至关重要的。在美国梦文化语境中，幽默小说所承载的宽容精神，正契合讲述美国梦故事的平缓基调。布莱恩特提出，"真正的'民族文学'应既尖锐又宽容，能够在个人私利与民族整合之间寻求平衡"（Bryant，1993：27 - 29），而幽默小说正是能够寻求并达到这种平衡的文学形式。其次，与"宽容"相关，幽默视角能够更灵敏地触及新的领域，在接受的同时发现新的可能性。正如美国神学家雷茵霍尔德·尼布尔（Reinhold Niebuhr）所讲，"幽默感是自我超越的必需品"（Niebuhr，1969：140）。梦想总是指向远方，而幽默所提供的这种新视角，无疑对梦想的建构与梦想的实现都大有裨益。幽默小说时效性比较强，往往针对现实问题进行嘲讽，并对未来梦想的发展方向有一定的启示作用。正如美国哲学家约翰·莫瑞尔（John Morreall）在《喜剧、悲剧和宗教》（Comedy，Tragedy，and Religion）结尾处讲道："幽默不仅培育了美德，而且其本身也应该算作一种美德；像智慧一样，它是更高层次的智力和道德。"（Morreall，1999：154）鉴于幽默的乖讹特质、幽默感所特有的"宽容"与幽默视域下的新视角，幽默小说可以说是美国梦文化发展的一面镜子。

在正文开始叙述之前，这里有必要厘清本书中"美国幽默小说"这一概念的内涵和外延。长期以来，幽默文学之所以处于学术研究的边缘地带，其中原因之一是很难廓清"幽默"的内涵。幽默生发的主要原因有三个，即乖讹论（incongruity theory）、优越论（superiority theory）和释放论（release theory）（唐文，2016b：137）。鉴于幽默产生条件的复杂性，从不同视角判断同一事物是否幽默，可能会得到截然不同的结论。在 1976 年威尔士举行的一场有关幽默的学术盛会上，超过 1500 个学者针对幽默展开详细论述，但大会总结陈词时却说：经过两千年的探索，学界对幽默本质的理解"仍然处于最初阶段"（O'Neil，1983：145）。而学者布鲁斯·杰伊·弗莱德曼（Bruce Jay Friedman）曾经讲过，对黑色幽默的界定，比定义胳膊肘或者腌牛肉汉堡还难（Pratt，1993：19）。基于以上思考，就研究中的"美国幽默小说"做出以下两点说明。第一，本书分析幽默小说文本，主要基于乖讹论来判断和分析文本中的幽默元素，从当代美国文化语境出发，考究其与文本所涉文化历史背景之间的乖讹。用当代美国文化价值观的镜子，去观照美国小说文本，探究其幽默效果。第二，本书对小说文本的选择围绕美国梦发展的主线。美国梦和美国幽默小说是本书的两条主线，研究的对象是两者之间的关系，通过幽默小说思考以美国梦为核心的美国精神之发展，亦从美国梦的视角探索幽默小说的缘起、发展和变化。基于以上两点，本书所选择的小说在幽默元素比重上会有所不同，有诸如《比格罗信件》等学界公认的民粹幽默小说、《第二十二条军规》等传统黑色幽默小说，也有诸如《白鲸》等由幽默渐变严肃、《贵妇画像》等具有风俗喜剧特征的经典小说。

E. M. 福斯特（E. M. Forster）在《小说面面观》（*Aspects of the Novel*）中用"鸟"与"影"的隐喻来阐释文学批评和文学作品之间的关系。

> 当我们忙着理论分析时，也许所阅读的作品已经偷偷从我们身边溜走了，就如正在起飞的鸟身下的影一样。鸟一点也没有问题——它的起飞攀升，一气呵成、惹人注目。影子也一点没有问题——它迅速地穿过一条条路、一座座花园。但是，（在这一过程中）两者却愈发变得不一样，不再像鸟站在地面时那样彼此碰触紧紧相连。（Forster，2002：74）

福斯特认为，鸟越是引人注目，就有可能离影越远；理论评述越是哗众取宠，就越容易让读者甚至评论者自己都忘记了所评述的作品。鸟与影的关系，同样可以用来隐喻幽默小说与美国梦之间的关系。虽然两者之间存在鸟停留在地上时的"碰触关系"，但当研究视角过于聚焦小说中的幽默机制时，论者往往就会忽略美国梦的影子。尽管如此，不可否认的是，无论鸟飞得多高，始终离不开地上的影。对幽默小说这只鸟的飞翔姿态的审视，无疑是考究美国梦影子的一种尝试，而这种尝试正是本书旨在完成的主要任务。

根据美国历史发展与美国梦文化内涵与外延的变化，本书将分为四个章节进行，即"梦想维度下殖民地时期幽默小说的萌芽"、"美国幽默小说的黄金时代"、"幽默小说中的美国文化认同建构"与"美国现代幽默小说：20世纪美国梦的良知拷问"，从18世纪、19世纪和20世纪三个阶段思考幽默小说中的历史书写。

第一章"梦想维度下殖民地时期幽默小说的萌芽"将集中探讨17世纪中期到18世纪中期美国殖民地幽默小说的萌芽和发展。早期殖民者高举信仰自由的旗帜来到美洲，开始建立上帝的"应许之地"。在美好梦想和苦涩现实的乖讹中，《普利茅斯开拓史》对早期的社区意识进行了带有虚构意味的历史书写，是美国加尔文主义幽默小说的先驱。在艰苦的环境中，无论是塞缪尔·休厄尔（Samuel Sewall）的日记，还是威廉·伯德（William Byrd）和萨拉·奈特（Sarah Kemble Knight）等作家的游记，均带有显性的小说虚构色彩，是早期殖民地作家苦中作乐的文学创作实践，且其作品已经带上了边疆幽默的韵味。本章最后从"儒雅传统"和"边疆精神"两个视角，考量了爱德华兹的"身体震撼"以及富兰克林的"身体自律"两者在宗教意识和现实生活中的幽默冲突。其中，富兰克林作为最初的美国幽默小说家之一，其作品中儒雅和粗俗的对抗、愚人与大话王视角的碰撞，在文体和叙事上为后来美国幽默小说的发展奠定了基调。

第二章"美国幽默小说的黄金时代"主要探讨了19世纪上半叶美国建国时期幽默小说的蓬勃发展，包括美国民粹幽默小说的兴起和"西进运动"中幽默小说的成长。与现实世界如火如荼的追梦历程相呼应，文学创作领域在这一时期形成了具有美国特色的幽默小说写作艺术。围绕"自由、平等、民主"的美国梦扎根于每个美国人的心中，这意味着美国文化从殖民地时期就带有鲜明的民粹色彩。美国历史学家理查德·霍夫施塔特（Richard Hofstadter）指出，"反智主义"（anti-intellectualism）是民主平等思想的附生物，催生了19世纪初的美国民粹幽默（horse sense humor）小说的繁荣。在这些民粹幽默小说中，具有代表性的是融合了现实和虚构元素的大卫·克洛科特（Davy Crockett）的边疆故事、讲述杰克·唐宁（Jack Downing）参政经历的幽默小说和以西结·比格罗（Ezekiel Biglow）讲述乡巴佬进城所见所感的"比格罗信件"等，它们均从民粹视角出发表达了普通民众最朴素的参政意识。与此同时，在"西进运动"的过程中，华盛顿·欧文（Washington Irving）和詹姆斯·费尼莫尔·库柏（James Fennimore Cooper）用带有幽默色彩的边疆小说初步对美国文化认同建构进行了思考，而西南幽默小说的代表《佐治亚见闻》和淘金小说《咆哮营的幸运儿》亦用幽默的视角展示了地方色彩和认同建构之间的对立统一。

第三章"幽默小说中的美国文化认同建构"主要考察幽默视域下19世纪浪漫主义小说家和现实主义小说家两个群体对美国文化认同建构的思考和实践。美国在经历了"西进运动"和南北统一后，经济实力迅速增强，文化认同的建构亦被提上了日程。以纳撒尼尔·霍桑（Nathaniel Hawthorn）、赫尔曼·梅尔维尔（Herman Melville）和爱伦·坡（Edgar Allan Poe）为代表的黑色浪漫主义小说家，从反理性的幽默视角对人性善恶进行考量，在美国梦文化语境下重新定义了罪恶、欺骗、迷失、变异等文学主题，不失为一种由内而发地探讨美国文学个性和建构美国文化认同的积极尝试。随着"西进运动"的结束，倡导"反思与记录"的现实主义文学兴起，以威廉姆·迪恩·豪威尔斯、亨利·詹姆斯（Henry James）和马克·吐温为代表的小说家尝试从儒雅传统和边疆精神中寻找平衡点，真实地反映了当时美国文化"雅俗结合"的特点，亦是对美国文化认同建构的重要实践。马克·吐温将地方色彩文学和梦想小说结合起来形成了独具风格的"边疆幽默"，其代表作品《哈克贝利·费恩历险记》是19世纪最重要的美国经典边疆幽默小说。与此同时，在认识到《镀金年代》（Gilded Age）表面繁荣下的浮夸本质后，加之其后来对儒雅传统的过分执着，马克·吐温逐渐沦落为文学创作中的悲观主义者。马克·吐温创作风格的转变，表明新时代背景下的美国梦已经踏上了迷失的道路。

第四章"美国现代幽默小说：20世纪美国梦的良知拷问"将研究视角聚焦于美国幽默小说在20世纪的不同表现形式，探讨其中隐含的现代社会美国梦发展的特点和趋向。以二战为基点，20世纪的美国幽默小说呈现两种不同的状态。前半期，美国社会经历了喧嚣的"爵士时代"以及接踵而来的大危机。爵士时代人们生活在纸醉金迷之中，与梦想的距离却愈来愈远。林·拉德纳（Ring Lardner）和唐·马奎斯（Don Marquis）

等报纸杂志专栏作家用略带嘲讽的幽默故事揭示了"喧嚣时代"背后隐含的深层社会问题，而詹姆斯·瑟伯（James Thurber）和舍伍德·安德森（Sherwood Anderson）等《纽约客》作家则通过塑造幽默"小人物"暗喻了现代美国人在物质富足中的迷失。此外，斯蒂芬·克莱恩（Stephen Crane）等自然主义小说家的作品着墨于环境的冷漠和人性的悲剧，从另一个视角解读了现代美国梦的失落，而幽默的文本也是其独特的审美品质之一。在二战以及战后意识形态对抗的影响下，人们普遍感知到了生存的荒诞，这种"存在"与"本质"的分离催生了美国幽默小说发展的另一个高潮，对逐步陷入荒诞泥淖的美国梦进行了形象的书写。50 年代 J. D. 塞林格（J. D. Salinger）和奈尔·哈珀·李（Nelle Harper Lee）等作家专注用童真视角阐释荒诞的现代生存逻辑。60 年代的黑色幽默小说家在传承前期荒诞小说家衣钵的同时，用"幽默"的媒介呈现"黑色"，更有面对梦想的失落长歌当哭的辛酸与无奈。

专著最终止笔于现代美国犹太幽默小说中梦想的失落。弗洛伊德在谈到犹太人的自嘲传统时讲道："除了犹太民族，我还不知道有任何一个民族能够如此开自己的玩笑。"（Freud，1960：112）犹太民族的历史充满了悖论，作为上帝的选民，他们却受尽迫害、低人一等；接受了"应许之地"的诺言，他们却颠沛流离、生活困顿；来到美国这一"梦想之地"，却发现对于"美国梦"来说，自己始终是个外来的"陌生人"。美国犹太作家所塑造的"施乐密尔"（Schelemiel）形象，用自嘲的口吻展示了在追梦过程中屡受打击的犹太小人物，人物的"美国属性"同时也暗讽了美国梦只能"永远在路上"。菲利普·罗斯（Philip Roth）1998 年出版了小说《美国牧歌》（American Pastoral），主人公西摩·思维德·里沃夫（Seymour Swede Levov）既是犹太人的"民族之光"和经典的美国梦化身，又是现代生存逻辑下的失败者，是对美国梦化身之"美国英雄"的巨大嘲讽，而小说题目"美国牧歌"只能被看作现代失梦者对曾经梦想的辛酸回忆。

第一章　梦想维度下殖民地
时期幽默小说的萌芽

　　美国的历史发端于 17 世纪，与大洋彼岸的英国相比晚了很多年。但是，作为后起之秀，美国很快便赶超了英国。与之相对应的，是其文学的发端、发展与成熟。20 世纪的美国，更是接连获得了 14 项诺贝尔文学奖。2016 年，美国民谣歌手鲍勃·迪伦（Bob Dylon）获得诺贝尔文学奖。虽然迪伦的歌手身份让他获得文学奖一事饱受争议，但瑞典诺贝尔奖委员会的颁奖词肯定了迪伦在美国文学发展史上的重要地位，其中的"伟大美国"（great American）亦充满了传统美国梦的意味。其实，反思被列为经典的美国文学作品，它们大多带有梦想失落后的自嘲，面对乖讹现实的无奈，以及平衡圣俗之间的断裂等特点，总是离不开美国梦的主线。

　　洛伦佐·西尔斯（Lorenzo Sears）在专著《美国文学：殖民地时期和建国时期》（*American Literature in the Colonial and National Periods*）中讲道："人们在看到粗壮的树干和繁茂的枝叶果实时，总是感到赏心悦目，但往往会忽略大树地面之下丑陋的根茎。不要忘了，这些根茎才是参天大树的生命源泉和永恒力量的所在。"（Sears，1970：5）如果将美国文学比喻成一棵参天大树，那么殖民地时期的文学创作就是它的根与茎。处在历史长河的起点，尽管卑微且"丑陋"，但无疑是后代文学发展生命源泉的供给。而在"丑陋的根茎"的汁液中流淌的幽默因子，也造就了具有美国特色的幽默小说模式。本章将从梦想、小说、幽默三个维度，探讨殖民地时期文学发展的特点以及对后世文学的影响。

第一节 早期殖民地"社区意识"的历史书写:《普利茅斯开拓史》

美国的历史,始于一个有关迦南王国的神话。无论是出于逃离现世宗教迫害的世俗目的,还是建设上帝"应许之地"的神圣目标,构建"社区"成为美国早期殖民者共同的目标,而对"社区意识"的历史书写,则成为这一时期美国文化意识最恰当也是最主要的表达方式,《普利茅斯开拓史》便是其中较有代表性的作品。

一、"迦南"维度下的社区意识

早期殖民者来到荒芜的美洲大陆,头等任务便是筹谋如何生存下来,而建立一个相对稳定安全的居住社区,成为大多数移民群体落脚之后的首要任务。威廉姆·布莱德福德(William Bradford)的《普利茅斯开拓史》便是对荒芜中殖民地"社区意识"历史书写的代表作品之一。

"社区意识"(sense of community)一词最早由西摩·萨拉松(Seymour Sarason)于1974年在专著《心理学的"社区意识":社区心理学前景》(*The Psychological Sense of Community*:*Prospects for a Community Psychology*)中提出。萨拉松认为,心理学意义上的"社区意识"是社区心理学的中心概念,是"进行自我界定的主要基础之一"(Sarason,1974:157)。早期美洲殖民者有不同的生活背景,他们的身份具有双重性:既是欧洲传统文化的传承者,又是美洲新文明的开拓者。殖民者需要一个明确的身份界定,每个殖民团体同样需要在传统和未来之间界定"自我",这种需求正促成了"社区意识"书写一时的繁荣。

1986年,大卫·W. 麦克米兰(David W. McMillan)和大卫·M. 查韦斯(David M. Chavis)合作发表文章《社区意识:定义和理论》("Sense of Community:A Definition and Theory"),对"社区意识"进行了进一步的界定:"是一种成员所具有的归属感,一种成员之间彼此相关及其与团体相关的情感,一种通过彼此承诺而使成员需求得以满足的共同信念。"（McMillan，Chavis，1986：8）麦克米兰和查韦斯对"社区意识"的定义包含了四个关键词，即归属感（belong）、相关（matter）、承诺（commitment）和需求满足（needs will be met）。前两个词指出了社区和个人之间的相互关系，而后两者则点明了社区良性发展的必要条件。这样看来，"社区意识"，既是一种情感（feeling），也是一种信念（faith），是现世情感体验和对未来信念的杂糅。

最初来到美洲大陆的殖民者，大多是怀有宗教梦想或现世追求的"逐梦人"。但到达美洲大陆之后，荒芜恶劣的自然环境，陌生且不乏敌意的当地人，不断袭来的疾病、严寒、饥饿等，严苛的生存条件让这些"逐梦人"望而却步，不少人想要放弃梦想回到温暖而安全的故土。要想留住殖民者，为梦想中"迦南王国"的建立贮备更多的劳动力，就需要建构一个相对安全和稳定的社区，以满足殖民者归属感和安全感的心理需求。"社区意识"既是对殖民者自我身份的肯定，又是建立发展社区的内在驱动力，因而"社区意识"的建立迫在眉睫。社区意识的建设和培养，需要时代的积淀和世代的努力。但在特定的美洲殖民语境中，殖民者面对最快地"蜕掉古老的肌肤，焕发新的青春活力"（Lawrence，1923：54）的诉求，在通过带有虚构性质的美好书写迅速确立"社区意识"这点上很快达成了共识。正因如此，早期殖民地的历史书写有着明晰的政治和宗教目的，十分注重培养社区成员之间共同的"情感"和树立对社区未来发展的"信心"。事实证明，这些历史书写不仅为殖民地的稳定和发展奠定了良好的基础，吸引了更多欧洲殖民者的到来，更成为后世了解前人文化思想意识的重要媒介。

在美国殖民地早期，许多殖民者社区的行政长官担当起史学家的角色，记录下了殖民地发生的点滴事件，其中最有代表性的是约翰·史密斯（John Smith）船长的《新英格兰记事》（A Description of New England，1616）和《弗吉尼亚通史》（A General History of Virginia，1624），以及威廉姆·布莱德福德的《普利茅斯开拓史》等。早期的历史书写围绕"神佑"展开，旨在从信仰层面追根溯源将社区的设立"合法化"，稳固社区意识建设的精神信仰根基。正如肯尼斯·B. 默多克（Kenneth B. Murdock）所说："想要证明新英格兰人行为的正义与合法，还有什么比他们受到'神佑'，上帝特别眷顾他们的历史记录更有效的吗？"（Murdock，1963：75）在这一前提下，所谓的史籍中渗透着作家的主观臆想和阐释，因而更具备了小说情节的虚构特点。进入 18 世纪，第二代移民者也有写史记体的，例如波士顿教堂的助教科顿·马瑟（Cotton Mather）完成的《伟大基督在美国——新英格兰宗教史》（*Magnalia Christi Americana—The Ecclesiastical History of New England*，1702）。第二代殖民者大多没有经历父辈初来荒芜之地的艰辛，因而殖民地出现了社区意识日趋淡薄、社区成员日渐懒散的问题。正因如此，马瑟等作家的历史书写，往往对早期殖民者进行正面的塑造，意图用偶像的力量唤醒并促成社区意识的再次迸发。马瑟在《伟大基督在美国——新英格兰宗教史》一书中，就以讴歌的形式记录了父亲约翰·科顿（John Cotton）的生平，旨在以其完美的清教徒形象打动身边的二代殖民地读者。无论是父辈还是二代殖民者，他们书写的历史都着意于"社区意识"的建设。总体看来，社区意识包含了两个相互关联的层面，即地域性社区意识（sense of geographic communities）和关系性社区意识（sense of relational communities）（李须等，2015：1280）。下面以《普利茅斯开拓史》为例，探究美国早期殖民地作家是如何围绕"社区意识"展开历史书写的。

地缘，是建设社区最重要的因素之一。《普利茅斯开拓史》的上篇记载了移民者寻找居住地的周折和艰辛。布莱德福德开篇就讲述了地理空间对社区意识建设的重要性。在宗教信仰受打压的情况下，英国的清教徒（大多数为"革命派"）看到"在这里待下去根本无望，于是一致同意去宗教信仰完全自由的欧洲国家"（Bradford，1952：10），寻找信仰自由的生存空间。这些清教徒用了一年的时间筹划准备，之后启程前往荷兰。布莱德福德记录道：离开故土和亲朋好友前往陌生的国度，语言不通、习惯不同、信仰更是不一样，殖民者经历了一场异常艰辛的朝圣旅程。对信仰自由的地域空间的渴望，激励他们最终完成了旅程。在成功地抵达阿姆斯特丹后，移民者竭力适应那里的生活习俗和信仰习惯，但结果却不尽如人意，他们感受到与当地社区信仰与生活的格格不入。一年之后，他们重新踏上了征途，这次的目的地是莱顿。莱顿的生活让他们感到"满意且舒适"（Bradford，1952：17）。但布莱德福德在行文中用了"驻扎"（pitch）一词，这就为十二年后的再次启程做了铺垫。殖民者在莱顿初步建立了自己的社区，虽然有了久违的安全感和归属感，但是一系列问题也接踵而至。在第 4 章中，作者针对再次起航给出了四个理由：生活日渐艰辛、教徒日益老龄化、年轻一代自由散漫以及对更多生存地理空间的渴求。在所有的殖民者内心，都有"一种强烈的希望和内在的热情，感觉有一片美好的地域在等着他们……即使不能到达，也渴望自己的子孙可以在那里生活"（Bradford，1952：25）。安全稳定的地理居住环境，是移民者宗教信仰自由的基本保证。经过几番周折，殖民者再次踏上了"朝圣"的旅程，出发前往寻求社区意识之旅的终点站——北美。

就这样，《普利茅斯开拓史》的上篇记录了殖民者的"朝圣之旅"：从伦敦出发前往荷兰，在阿姆斯特丹定居一年之后前往莱顿，十二年后又决定迁居美洲。布莱德福德在记录这段"朝圣"历史时，凸显了社区意识中的"地缘性"。前文指出，尽管地理位置和自然环境只是客观的生活环境，但对于注重培养"情感"习惯和"信仰"意识的殖民者来说，却是必不可少的。如果个体对社区的地域条件感到满意，"那么自然会对社区具有更强的依恋和归属感"（桑志芹，2013：64），保证了社区的建设和集体意识的养成。除了地缘因素之外，成员之间的关系是维系一个社区团结、促进社区发展更为内在的动因。"地域性社区"与"关系性社区"并不是一分为二互不相关的，而是一个"连续体。"（李须等，2015：1280）

根据《普利茅斯开拓史》的记载，在建立起完善的地域性社区之前，成员之间已经具备了形成良性关系的条件：殖民者在教派归属上都属于革命派的清教徒，在政治上都认同"平等相处"的共和社区，而在文化上大部分都是欧洲儒雅传统的传承者等。尤其是，最初到达普利茅斯的殖民者大多属于宗教改革的激进派，主张脱离英国国教并组建自己的教会，这样从精神信仰的根基上为社区意识的建立奠定了基础。在斯图亚特王朝鼎盛期，几朝国王或王后都对清教徒特别是革命派清教徒进行了严厉的打压。《普利茅斯开拓史》开篇就记载了玛丽女王对清教徒的镇压："很多有名望的人成为清教的殉道者，他们或者被烧死，或者遭受刑法的折磨。"（Bradford，1952：5）詹姆士一世继位后继续打击清教运动，作者提到詹姆士"沿用爱德华六世宗教改革的方法，新国王维系了英国国教的宗教传统，保留了主教的神圣地位等"（Bradford，1952：9）。在英国宗教信仰受到了限制，清教殖民者渴望寻觅另一片信仰自由的天空。在《圣经》中，上帝曾经给摩西许诺过流着牛奶和蜂蜜的迦南王国，而这成为清教殖民者启程的重要神学依据。总之，现实的严苛和梦想的美好，激励着移民者最终开启朝圣之旅。在上篇结束之前，作者这样写道：殖民者离开了已经习惯的莱顿，"他们知道自己是朝圣者，因此并不看重世间的俗物。仰望天国，那才是最亲爱的故土，内心因此就变得平静起来"（Bradford，1952：47）。

1620 年，承载着清教殖民者的"五月花"号轮船出发前往美洲，而船上的乘客都怀揣着同一个梦想——寻找并建设信仰自由的迦南共和国。在轮船抵达美洲之前，殖民者签署了美国历史上第一个重要的政治文件——《五月花公约》（The Mayflower Compact）。在不长的篇幅中，公约凸显了三个词语，即"信仰"、"忠顺"和"公民团体"（Civil Body Politic）。"以上帝的名义""蒙上帝恩佑""基督信仰"等词语，编织了一张具有磁性的信仰之网，将所有的殖民者连为一体，在地域性社区意识缺席的情况下，率先构建起最强大的关系性社区意识。如果说"忠顺"詹姆士国王的言辞只是对社区建设有益的权宜之计，"公民团体"则从政治法规层面预测了普利茅斯殖民地，甚至未来美国的政体形式。

这样看来，布莱德福德在《普利茅斯开拓史》的前半部分，着意从地域和关系两个层面出发，描写了未来普利茅斯殖民地社区和社区意识建设的基础和可能。相对于美洲的其他殖民团体，普利茅斯殖民者在宗教上的共识根深蒂固，无论是朝圣旅程的行进，还是宗教信仰的维系，"社区意识"在作者的笔尖呼之欲出。在下篇的社区意识书写中，布莱德福德采用了将虚构元素融进现实事件的文学处理手法，强烈的臆想色彩和带有悬念的叙事方式，让史籍呈现明显的小说体裁特点。

二、虚构维度上的历史书写

新历史主义否认现有历史的真实性，认为应该从文学文本中解读到更真实的现实，并应该用历史来考究文学文本叙述的可靠性。正如有学者提出的，"历史是一个延续的文本，文本是一段压缩的历史"（李玲，2011：94）。任何历史记载都会受到同时代政治文化意识的影响，因而带有一定的主观性，"真正的绘画充斥着驱动画笔的灵魂"（托多罗夫，2016：121），所以历史的本质是文学书写。不宁唯是，亚里士多德在《诗学》第九章中曾经将文学的真实性置于历史之上：

> 诗人的职责不在描述已发生的事，而在描述可能发生的事，即按照可然律和必然律是可能的事。……因此，诗歌比历史是更哲学性

的，更严肃的，因为诗歌所说的大半带有普遍性，而历史所说的则是个别的事。（Aristotle，1997：17）

在客观现实和主观意愿的纠缠之间，经过作者主观滤镜作用的历史书写，不再是现实世界的复制品，而是基于现实的历史编纂文本（historiography），其中不乏主观臆想的情节，美国殖民地时期的历史书写亦是如此。例如，约翰·史密斯船长在《弗吉尼亚通史》中讲述了自己差点被印第安部落处死的惊险故事，但实际上这段"历史"是建立在现实基础上的虚构情节。船长写道，印第安人"将他的头颅放在石头之上，准备用棍棒将他的脑袋砸碎"（Ziff，1970：50）。就在这个时候，酋长博瓦塔的女儿、印第安公主波卡洪塔斯伸出援手。"在屡次求情无效的情况下，波卡洪塔斯抱住了史密斯的头，并将自己的头颅放置其上。"（Ziff，1970：50）这段文字详细记载了波卡洪塔斯如何成功拯救了船长的性命，对于史密斯来说应该是一段非同小可的经历。奇怪的是，在史密斯 1616 年出版的《新英格兰记事》中，对这件事情却只字未提。实际上，在史密斯写作《弗吉尼亚通史》时，得知波卡洪塔斯已经被卖往英国，并等待女王的最终发落。考虑到这种情形，作家很可能是虚构了公主救人的故事，并试图通过历史书写来改变她未来的命运。这样看来，看似真实"美女救英雄"的历史，实际是充满虚构色彩的文学创作。

盛宁曾经提出，在文学的文本语境之中，原有的"大写"且为"单数"的历史，早已被"小写"且为"复数"的历史所取代（盛宁，1993：156）。这些所谓小写复数的历史，实际是作家从主观视角观察历史而做的记录。体制不同，审视历史的标准也不同；意念不同，书写历史的目的就不同；而视角不同，所谓历史的记录就可能大相径庭。在建构普利茅斯殖民地社区意识的推动下，从个人信仰出发，布莱德福德在"记录"某些历史事件时，难免用有色的眼光去审视事件和人物，有时甚至有意在历史记录中掺杂虚构的情节。

在《普利茅斯开拓史》第 20 章中，作者讲述了罗杰·威廉姆斯（Roger Williams）牧师的故事。根据布莱德福德的记录，威廉姆斯是一个"宗教狂热分子，有德行，但缺乏决断力"（Bradford，1952：257）。他本是马萨诸塞的牧师，但由于某种需求未得到满足，这才来到了普利茅斯殖民地。1630 年，他提出了"奇特的宗教改革措施，还进行了实践，以至于和教会背道而驰"（Bradford，1952：257）。其后再次因为私利未被满足而离开普利茅斯。在布莱德福德的历史书写中，威廉姆斯离开普利茅斯之后，被塞勒姆社区再次拒之门外，并由此在塞勒姆引发了一场政治风波和宗教争执。一反历史记录平缓的叙事风格，布莱德福德在这里突然厉声呵斥道："我们为他祷告，但感到遗憾。愿上帝帮他意识到自己的错误，让他能够回归真理的怀抱。"（Bradford，1952：257）

　　与之形成鲜明对比的是，美国学者泽尔·齐夫（Larzer Ziff）在《美国文学：殖民地时期》（*The Literature of America：Colonial Period*）中对威廉姆斯的赞扬："勇敢、警觉、真诚，有坚定的信仰，周身散发出迷人的活力。"（Ziff，1970：174）齐夫以"小写"的视角呈现了另一个版本的历史：因为宗教改革不彻底，威廉姆斯拒绝做马萨诸塞的牧师；因为政府人士的强行干涉，他只能来到普利茅斯殖民地；因为对殖民者土地所有权提出怀疑而受到排挤，并最终离开了普利茅斯等。此外，威廉姆斯牧师是标榜"信仰自由"的罗德岛的创始人，还致力于维护印第安人的合法权益。例如，在1644年出版的《血腥信条》（*The Bloody Tenent*）中，威廉姆斯把基督教徒比作"小麦"，而异教徒则为"野豌豆"。因为两者都是上帝创世的产物，所以"要让野豌豆自由生长，到了收获的季节一切就会不言而喻"（Ziff，1970：181）。威廉姆斯通过对庄稼的隐喻指出了印第安人和白人应该享有同等权益，呼应了宣扬平等的美国梦，具有一定的进步意义。

　　齐夫笔下的威廉姆斯牧师是一位崇尚自由的人文主义者，宣扬宗教信仰自由和无种族阶级差别的社会平等，就连在现实中与之针锋相对的马萨诸塞长官约翰·科顿（John Cotton）都表达了对牧师的好感和尊重。然而，在布莱德福德的历史记录中，威廉姆斯牧师则被塑造成一个异教徒的形象，一个行走在社区边缘令人厌恶的"他者"形象。威廉姆斯质疑殖民者的土地所有权，解构了他们费尽心机建构的地域性社区意识；他所倡导的信仰自由，也与普利茅斯殖民地的改革派清教思想相背而行，从精神信仰的层面同样阻挠了社区意识的建设。在普利茅斯统治阶层看来，威廉姆斯就是一个社区危险分子，一颗足以毁掉一锅好汤的"老鼠屎"，只有除之才能后快。正因如此，布莱德福德才不遗余力地抹黑了威廉姆斯牧师的形象。布莱德福德、齐夫和威廉姆斯三位作者，从三个"小写"的角度，将历史以"复数"的形式呈现于读者面前。从"小写"视角出发，解读不同历史记录文本之间的矛盾和冲突，反而能得到"大写"视角下无法获取的最接近真相的历史。

社区意识的培养，针对的是每一个独立的社区成员。成员对社区的归属感和对社区未来发展的信念，构建了社区图景的现在和未来，这是美国梦在殖民地时期最质朴的表现形式。布莱德福德的"小写"视角，就旨在以殖民地社区的宗教信仰和政治体制为主线，通过历史书写为殖民地的建设寻找历史根源，为社区意识的培养寻求合法性。这样的书写培养了成员对社区的情感，增强了成员对社区美好未来的笃定。为了达到这一目的，在经过社区意识棱镜的过滤作用后，《普利茅斯开拓史》中记载的历史有时会故意扭曲所谓的"真实历史"。例如，在第 33 章最后，布莱德福德记叙的纳拉甘西特（Narragansett）印第安部落首领密胺特诺马（Miantonomo）之死，就对所谓"大写"的历史进行了改写。《普利茅斯开拓史》记载了密胺特诺马带领部落和英国殖民者作战，并最终战败被活捉的经历。当盟军莫西干部落的酋长昂卡思要求杀死密胺特诺马时，英国人"同意了昂卡思的请求，但叮嘱：执行死刑时应尽量减少密胺特诺马的痛苦，不要太血腥"（Bradford，1952：331）。昂卡思听从了这一建议，"以温和的方式结束了密胺特诺马的生命，顾及他的颜面和族群的荣誉"（Bradford，1952：331 – 332）。行文中所谓"温和的方式"与历史真相不符，以至于在 1952 年版的《普利茅斯开拓史》中，正文叙述完密胺特诺马之死后，编者塞缪尔·莫里森（Samuel Morison）在脚注中为真相喊冤："所谓'温和的方式'，就是把他捆住，然后由昂卡思的兄弟用大斧子砍杀……"（转引自 Bradford，1952：332）莫里森还揭示密胺特诺马曾私售土地给罗杰·威廉姆斯等人，英国人示意昂卡思残杀密胺特诺马是想借此杀一儆百。由此看来，布莱德福德对这段历史的书写，非但没有真实地再现事件的前因后果，反而意图用谎言来掩盖白人殖民者残杀印第安人的事实。

站在社区意识的基点上，布莱德福德的历史书写有时会与真相背道而驰，有时对于同一件事情的记叙态度和处理方式也会大相径庭。例如，在第 24 章和第 25 章中，作者分别记叙了在普利茅斯殖民地和康涅狄格河畔及商栈暴发瘟疫的事情。1633 年，普利茅斯殖民地白人殖民者暴发了天花瘟疫。在第 24 章对普利茅斯瘟疫的叙述中，布莱德福德轻描淡写地提到多人生病，约 20 人死亡。之后，便将主要笔墨集中于描写死亡者之一——医生塞缪尔·富勒身上。布莱德福德讲道，富勒是个信仰坚定的人，曾经帮助过很多社区成员，因而他的去世让大家悲痛万分。但在悲痛之余，大家都以富勒为榜样，用更虔诚的心去供奉上帝。1634 年，康涅狄格河畔和商栈的印第安人社区也暴发了天花瘟疫。在第 25 章中，布莱德福德一改先前举重若轻的手法，用自然主义的笔触描写了印第安人触目惊心的伤亡景象。布莱德福德记录到，康涅狄格河畔一共居住了约 1000 个印第安人，其中有 950 人死于天花。在商栈，印第安人痛苦地挣扎着："因为躺在硬垫子上，伤口破裂流出脓水。结疤之后，皮肤就会黏在垫子上。当他们翻身之时，皮肤就会整个剥落下来，血流如注，惨不忍睹。"（Bradford，1952：270 - 271）为了生火取暖，他们将吃饭的木盘都砸碎了。因为无人照顾，想要喝水时，病人就会在地上爬行寻找，不少人还没有找到水就死了。根据布莱德福德的记载，普利茅斯殖民者看到这一幕后深感同情并伸出了援手，"每天都会给他们带来木头和饮水，为他们生火，给活着的病患带食物，给死去的人体面的葬礼"（Bradford，1952：271）。尽管如此，在天花瘟疫过去之后，商栈附近的印第安酋长，连同他的亲戚和朋友几乎全部死亡。

对比两段历史记录，同样是天花瘟疫，布莱德福德用精简的文字介绍了殖民者如何以最低的伤亡数字迅速渡过灾难，却用极具自然主义色彩的文字详细记录了印第安部落在灾难面前几近灭族的惨剧。对于殖民地白人社区来说，瘟疫是一场来自上帝的考验，疫病之后社区凝聚力增强、社区成员的信仰更坚定；但对于印第安人来说，天花瘟疫源自印第安人的异教思想，是来自上帝的惩罚。布莱德福德在介绍 1634 年的天花瘟疫之前，专门谈到印第安人想要联手荷兰人在贸易上封锁英国殖民地社区的事情。字里行间透露的信息是：殖民地白人是受上帝庇佑的，因而瘟疫和死亡是上帝施加在印第安人身上的惩罚。为了强化这种思想，布莱德福德有意讲道："在上帝的善良和庇佑下，尽管英国人接连几周帮助受到瘟疫袭击的印第安社区，但没有人被传染天花，甚至连得病的人都没有。"（Bradford，1952：271）国内学者洪玲艳在《欧洲流行病入侵与北美印第安人社会变迁》一文中，专门提到了商栈死于天花的印第安部落，认为白人殖民者之所以没有染病是因为"他们对这些欧洲流行病大多有一定的免疫力"（洪玲艳，2015：73）。前文提到就在商栈瘟疫的前一年，普利茅斯殖民社区曾经遭受过天花瘟疫的侵袭。在扛过瘟疫之后，白人殖民者对疾病的免疫力自然更强一些。从"小写"历史的视角审视，所谓上帝庇佑的对疾病的免疫力，实则是经过作者主观滤镜的虚构细节。

在同样的天花瘟疫面前，布莱德福德使用了不同的文字处理方式，凸显了英国殖民地社区的信仰优势，强化了殖民者的社区意识，为社区的未来发展铺垫了道路。从虚构"现实"的层面考虑，布莱德福德的历史记录表现出鲜明的小说文本特点；而从服务现实的目的去审视，历史记录表达了最朴素的美国梦意识——建构信仰自由的"山巅之城"。事实上，围绕建构社区意识的中心，布莱德福德太过急切地想要凸显殖民地社区受"神佑"这一点，出现频率过高的"迦南选民"一词和作者行文时情不自禁的宗教优越感，反而让严肃的历史文本不时闪现出幽默的火花。

三、幽默历史书写观照下的社区身份

美国学者肯尼斯·B. 默多克在《殖民地时期新英格兰的文学与神学》（*Literature and Theology in Colonial New England*）中高度评价了《普利茅斯开拓史》："综观美国 17 世纪的史记，只有布莱德福德的作品能如此诙谐幽默。文学的表述方式完美地服务了故事的戏剧效果，其中不乏作者坚定的宗教信念——我们是受'神佑'的。"（Murdock，1963：83）前文提到美国历史的发轫与再建"迦南王国"的梦想密不可分。正是在建设梦想之国的激励下，早期殖民者才义无反顾地踏上"朝圣"之旅，几经周折，横跨海洋，最终来到了北美大陆。在特定的历史语境下，殖民者兼具了朝圣者的身份——他们是"选民"，是受"神佑"的特殊群体，最终要在北美建立上帝的"应许之地"。宗教优越感将殖民者团结在一起，成员的社区意识迅速萌发，为殖民地的建立奠定了良好的基础。早期殖民者的"神佑"心理根深蒂固，对殖民地的文化发展产生了重要的影响。在"神佑"意识下，历史记录成为最受殖民地社区青睐的文学形式，与此同时，其中的"加尔文主义幽默"亦成为美国幽默文学的主要特征之一。

一方面，在"神佑"意识下，历史记录成为早期殖民地社区的主要文学形式，但由此产生的过度的优越感往往给历史记录增添了一抹幽默诙谐的色彩。在 17 世纪的人看来，历史是最让人敬畏的学科，它是"通过具体事例进行的哲学教学"（Bush，1945：209）。严于律己的清教徒认为，大多文学形式过于散漫，只有史记体裁是一个特例，它通过记录史实来教化人，以此为镜律己律人，对规范宗教社区是必不可少的。对"朝圣"美洲的殖民者来说，历史更具有特殊的意义——它可以证明"神佑"的存在，以上帝的名义名正言顺地推进殖民事业。史记作者在记录殖民地事件和殖民者日常生活的背后，有着更为荫蔽的宗教与政治目的，即向读者展示：他们是上帝的选民，担负着来美洲建立迦南王国的重要使命。这样，在遥远异域建立殖民社区就有了神学依据，在此基础上社区成员的"归属感"自然生成。正如默多克所讲，"历史证据，最能展示新英格兰人是受到'神佑'的群体，最能证明上帝对他们怀有的特殊情感"（Murdock，1963：75）。正因如此，史记是 17 世纪美洲殖民地最主要的文学形式，而以对"神佑"意识的书写为判断标准，《普利茅斯开拓史》无疑是成功的。

与同时代大多数史记相似，《普利茅斯开拓史》记叙的故事也围绕着"神佑"展开。在长达 350 页的史记中，"上帝"是出现频率最高的词语之一。前文提到《五月花公约》其实就是围绕信仰而起草的社区协议，而像饥饿、瘟疫等均是来自上帝的考验，能够挣扎着活下来也是上帝的恩惠。命由天定，一切都是由上帝决定的。例如，在第 14 章中，布莱德福德记叙了殖民地社区在 1623 年发生的系列事件：韦斯顿社区的灾难，韦斯顿、约翰·皮尔斯等"恶棍"的故事，安妮、小詹姆斯等船只的到来，普利茅斯殖民地社区土地的分配、饥荒、火灾等。在这些记录中有一个有趣的现象，即在详细讲述了每件事情的前因后果之后，作者总是机械地提到"神佑"的根源。在韦斯顿社区沦为印第安人的附庸之后，布莱德福德总结道："上帝会帮助虚弱的人站起来，但是站着的人也要小心别摔倒"（Bradford，1952：119），指出了韦斯顿社区殖民者由于狂妄而受惩罚的因果报应。作者肯定了按照人力来分配土地的做法，但与此同时也嘲笑柏拉图理想国的虚妄："好像没收财产，将社区转化为共和国，大家就会幸福，社区就会繁盛一样；好像他们比上帝还要精明。"（Bradford，1952：121）在谈到皮尔斯以公谋私损害社区利益，商船在海上遭遇暴风雨时，布莱德福德说道："上帝阻止了他"（Bradford，1952：124），"他现在死了，让上帝来惩罚他"（Bradford，1952：126）。当饥荒袭来之时，"上帝赐予他们健康和力量"（Bradford，1952：130）；而在干旱的季节，上帝则送来"沛雨甘霖"（Bradford，1952：131），其中的"神迹"令印第安人都惊叹不已。在各种事件的记叙中，充斥着"神佑"的思想，上帝威严的形象在字里行间升腾起来。很明显，布莱德福德虽然表面上在记录历史，实际却在行文中加入了对历史的理解和阐释——一切都是上帝的安排。这样的书写方式，为建立普利茅斯殖民地社区的合法性找到了神学依据；与此同时，灵动鲜活的生活细节描述与呆板却无处不在的"神佑"形成鲜明的对比，其中的乖讹亦激发了严肃历史记录文本中的幽默花火。实际上，作者提到"神佑"的次数越多，读者的质疑就会越强烈，尤其是在习惯了现代解构权威书写的读者看来，这样一言堂地将一切都归因于上帝的喜好，显得过于执拗好笑。

另一方面，殖民地时期的历史记录文本渗透着清教思想，命由天定意识下批判嘲弄任何狂妄自大的言行，因而带上了"加尔文主义幽默"的特点。清教思想和加尔文教义有许多异曲同工之处，其中以"原罪说"为最。约翰·加尔文（John Calvin）在《基督教要义》（*Institutes of the Christian Religion*）中讲道："父亲的不洁净毫无保留地传给了孩子，世世代代没有终结。"（Calvin，1960：248）在加尔文教徒和清教徒看来，人类背负着"原罪"行走在这个世界上，"罪恶感"隐藏在每个人的内心深处。在他们看来，对人性盲目的乐观和期待，包括自我意识的过度膨胀，都是愚蠢可笑的。在清教语境中，信徒基于原罪的信念而严于律己，生活低调、勤劳诚恳。以己度人，任何狂妄虚荣之人，都应该群起而攻之，而"嘲笑"则是属于和缓的"攻击"方式之一。这种带有攻击性的嘲笑，就是所谓的"加尔文主义幽默"。美国学者迈克尔·邓恩（Michael Dunne）在其专著《美国文学中的加尔文主义幽默》（*Calvinist Humor in American Literature*）中提出，针对狂妄虚妄进行嘲讽的加尔文主义幽默存在于美国作家创作的集体潜意识之中。[1]

在《普利茅斯开拓史》中，布莱德福德以戏谑嘲弄的口吻记叙了为数不少的狂妄之人，他们均因自我意识过度膨胀而受到上帝的惩罚。例如，在第 4 章中，布莱德福德记叙了一个年轻水手之死。当时"五月花"号轮船还漂泊在海上，这个水手"骄傲且狂妄"，"因为精力充沛、精明能干，就更加不可一世"（Bradford，1952：58）。他时常用恶毒的语言诅咒生病的穷人，要是有人稍加责备，水手会咒骂得更凶狠。在后面的故事里，旅途还未过半，水手便突然暴病惨死。布莱德福德不无讥讽地总结道："这是出自神意……他搬起石头却砸了自己的脚。"（Bradford，1952：

---

① 有关加尔文主义幽默的论述，参见第三章第一节第二部分的有关论述。

58）清教殖民者低调朴实、勤劳诚恳，年轻水手的自大狂妄引起了大家的不满，布莱德福德在记叙时的讥讽语气和居高临下的嘲笑姿态，让这一情节带上了加尔文主义幽默的风味。在第15章中，布莱德福德记录了约翰·莱福德牧师和"疯狂杰克"的故事，他们想要推翻社区教会，但最终因计划败露而被驱逐。作者视两人为狂妄者，并将其塑造为小丑的形象，尤其是"疯狂杰克"。"疯狂杰克"的原名叫约翰·欧德汉姆，是莱福德牧师颠覆教会计划的主要参与者。私通信件被公布于众后，欧德汉姆顿时"发狂起来，因为社区随便截获并阅读了他的信"（Bradford，1952：152）。欧德汉姆狂妄无比，他坚信会有社区成员为他求情，因而厚颜无耻地大声叫道："先生们，你们还有良心吗？你们经常向我抱怨这抱怨那的，现在该你们替我做些事了。"（Bradford，1952：152）结果却让人大跌眼镜，他蝇营狗苟的行为引起了社区的不满，竟然没有一个人替他求情。在第16章开始，欧德汉姆被以最耻辱的方式赶出了殖民地社区：欧德汉姆须穿过一队步兵，在他经过时每个步兵会拿枪托猛击一下他的屁股，之后，欧德汉姆被送上一艘小船，永远地被赶出了社区。像莎士比亚喜剧《第十二夜》中的小丑马伏里奥一样，狂妄自大的欧德汉姆遭受了应有的惩罚，他的故事也成为别人茶余饭后的谈资笑料。无论是年轻水手，还是欧德汉姆，他们都骄傲自大、不可一世，这样高调的生活姿态在清教徒眼中是不能容忍的，布莱德福德将其塑造为众人嘲笑的小丑形象，其中加尔文主义幽默的元素不言而喻。除了攻击狂妄的加尔文主义幽默，《普利茅斯开拓史》中还使用了幽默的社会纠正功能，以此来促进社区成员之间的团结和社区建设的开展。

默多克在评论《普利茅斯开拓史》时，提出作者布莱德福德具有"一种清教徒中少有的天赋，即幽默感"（Murdock，1963：81）。实际上，在历史书写中加入幽默元素，更加凸显了《普利茅斯开拓史》中的"社区意识"的重要性。法国哲学家亨利·柏格森（Henri Bergson）在文章《笑》（"Laughter"）中提出，"张力"（tension）和"弹性"（elasticity）是人类所特有的能力，"张力"让人警醒，而"弹性"则给人以调整适应的空间。在一个社区内，如果个人在行为模式上不合主流，那么必定会成为别人嘲笑的对象。在两种力量的共同作用下，他会反思自己行为的"另类"，相应地调整行为模式以适应外界标准，并迅速回归社区主流群体。这就是幽默的社会纠正功能（Sypher，1986：74）。在《普利茅斯开拓史》中，作者就通过对人物形象的扭曲而巧妙地利用了幽默的社会纠正功能，凸显了社区成员团结意识的重要性。例如，在第 31 章中，布莱德福德以戏谑的口吻记叙了查理斯·昌西牧师事件。昌西牧师于 1638 年来到殖民地社区，由于对当地洗礼方式不满，1641 年就离开了社区。他坚信，正确的洗礼方式就是"将身体浸泡在水中——整个身体都在水下——而仅仅洒水是不合规矩的"（Bradford，1952：313）。当殖民地教会认定两种洗礼方式都合法后，他还是不依不饶地坚持己见。教会派出几位神学家与之辩论，尽管神学家有理有据，但充耳不闻的昌西牧师依然坚守"浸水"的洗礼方式。最后，普利茅斯不得不求助康涅狄格社区和新泽西社区。甚至在得到两个社区否定的反馈后，固执的昌西牧师还是严厉苛责"洒水"方式。昌西牧师性格执拗、不懂变通，缺乏与他人相处所必需的"张力"和"弹性"，他的呆板被人嘲笑，这种另类的"木头人"最终难免被驱逐的命运。

"笑声"可以警示"越界者"及时回归社区主流群体，也是区分社区与社区之间差异的重要方式。当有人对行为怪异者发笑时，其他社区成员会参与进来共同发声，并以此来建构和肯定"从属"的身份特征。因此，可以共同发笑的"幽默感"，在一定程度上标志着社区意识中"彼此之间的亲密关系和休戚与共的依赖关系"（王亮，2006：176）的形成。同样地，在《普利茅斯开拓史》中，作者也描写了这种社区成员共同发笑的"幽默感"，并以此暗示社区意识的形成。例如，第 15 章提到了来自英国当权者的 12 条荒唐质疑，布莱德福德代表殖民地社区群体幽默地一一作答。针对"殖民地社区的水不洁净"这一质疑，布莱德福德回答道："如果他们的意思是，（这里的水）不像伦敦的优质啤酒和白酒（他们极爱的）一样洁净，我们不会与他们争论；但是据我们所知，这里的水和其他地方的水一样洁净，至少我们满意。"（Bradford，1952：143）针对"殖民地社区的蚊子太多"这一质疑，布莱德福德不无讥讽地回答道："如果不能忍耐蚊虫叮咬，那么他们的身体就太过柔弱多病了，根本不适合开拓新的种植园和殖民地。"（Bradford，1952：143）面对这些或空穴来风或无病呻吟的质疑，以布莱德福德为首的普利茅斯开拓者共同发出了洪亮的嘲笑声，这种笑声是对荒诞质疑最强有力的反击，与此同时，殖民地成员的社区意识也在这笑声中变得更加稳定与坚固。

综上所述，《普利茅斯开拓史》记录了普利茅斯殖民地社区从 1620

年到 1646 年的历史事件。其间，几次担任殖民地最高行政长官的布莱德福德，围绕着社区意识的建设和传播，从地域性社区意识和关系性社区意识两个方面，呕心沥血将开拓史誊写为历史文本，以飨后世读者。然而，出于服务殖民地建设的需求，也囿于作者行政职务的局限，布莱德福德的历史书写中不乏虚构的元素，有些内容甚至与现实背道而驰。加之作者通过设置悬念、完善情节构成等以吸引更多的普通读者，因而《普利茅斯开拓史》表现出显性的小说文本特点。此外，作者在历史书写中加入了诙谐的幽默元素，用加尔文主义幽默嘲笑狂妄自大者，也用幽默的社会纠正功能辨识社区"异类"、区别其他社区与凸显自我身份个性。历史的记录，本身要经过作者主观经验的滤镜，因而无疑是文学创作的一种。《普利茅斯开拓史》尽管以历史记录为标签，却围绕社区意识这条主线展开，既记叙了客观的历史，成为学界研究早期殖民地必不可少的资料，又用带有加尔文主义幽默的文笔表达了殖民者的梦想和情怀，成为考察美国文学尤其是美国幽默小说发展不可或缺的宝库。

第二节　早期游记小说：混沌中寻求秩序

在早期殖民者逐渐适应了美洲大陆的生活之后，社区的建构也趋于稳定、社区规模不断扩大。在寻求稳定与发展的过程中，各个社区之间的交流逐渐频繁起来，殖民者群体之间以及殖民者和印第安人之间出现了前所未有的积极互动。怎样为殖民地谋求最大的地理版图、如何平衡白人社区之间的利益差别以及如何调节白人和印第安人之间的矛盾冲突等，都成为殖民者安身立命的首要问题。在这种背景下，游记（travelogue）成为 17 世纪末 18 世纪上半期殖民地最重要的文学创作体裁之一，游记作家将虚构元素融入现实经历，尝试从最初的混沌状态中摸索出新形势下的生存秩序。

一、日记："美国性"最初的文学表达

随着社区的建立、稳定和发展，更多殖民者来到北美大陆安家。他们怀揣着不同的梦想，渴求在"新迦南"大展拳脚实现抱负。社区的扩充，

进一步推动了文学创作的发展。尽管初衷不同，但这一时期作家的创作意图还是有共同之处的。

首先，记录琐碎的日常生活，是殖民作家写作的重要目的。清教殖民者深信，征服"新大陆"的宏伟目标，最终会在点滴的日常劳作中实现。因此，记录日常，这种带有私人性质的文学形式，在特定的时期就有了鲜明的宗教甚至政治色彩。在清教徒看来，记录日常和上帝的救赎息息相关，所以"记录行为和思想，就能证明个人在寻求救赎之路上在不断前行"（Murdock，1963：101）。其次，18世纪的殖民地文学，还是沟通新旧两个世界的重要桥梁之一。前文提到殖民者，特别是早期的殖民者，大都兼具朝圣者的身份，他们为了实现梦想而背井离乡前往"新世界"。大洋彼岸的"旧世界"翘首以待来自追梦者的信息：他们的梦想成功了没有？新大陆真的是上帝的"应许之地"吗？殖民者最早期的文学书写，从一个更主观却更真实的视角向故乡传送有关"新迦南"的各种消息。正如19世纪美国史学家摩西·科伊特·泰勒（Moses Coit Tyler）所讲，"他们的写作初衷自然却又让人同情：向旧世界传达关于自己的消息"（Tyler，1878：8）。最后，这一时期的文学创作，是探寻文学"美国性"和美国作家身份的重要尝试。在追随欧洲文学传统记录日常的文学写作中，美国作家发现很难做到一板一眼、惟妙惟肖地模仿经典作家。虽然写作风格可以照搬，但创作素材的大相径庭让殖民地作家不得不另辟蹊径。来自欧洲特别是英国的儒雅写作传统和美洲开拓边疆的写作素材，是让读者眼前一亮的新奇组合，虽然两者之间的乖讹拓宽了幽默文本的生成空间，但如何更好地表达"美国性"成为美国作家亟待解决的问题。因此，在平衡儒雅传统和边疆精神之间，18世纪的美国作家就已经开始尝试对美国作家的身份特征进行定性。

在18世纪的欧洲文学领域，特别是英国文学领域，非诗歌体裁的文学作品萌芽、发展，并迅速进入了繁盛期。在英国文艺复兴时期，非诗歌体裁的文学作品已经取得了长足的发展，出现了像托马斯·莫尔（Thomas More）和弗朗西斯·培根（Francis Bacon）这样蜚声世界的杂文作家。在17世纪英国社会动荡不安之际，约翰·弥尔顿（John Milton）慷慨激昂的政治檄文掷地有声，为英国非诗歌体裁创作传统增添了几分犀利的嘲讽意味。18世纪，非诗歌体作品终于进入了开花结果的繁盛期。1711年，由约瑟夫·艾迪生（Joseph Addison）和理查德·斯蒂尔（Richard Steele）创办的报纸《旁观者》（*The Spectator*）问世。这份报纸的出版发行，标志着非诗歌体裁作品入主文学创作领域，也预示了18世纪中后期英国小说第一个繁盛期的到来。这一时期，乔纳森·斯威夫特（Jonathan Swift）写作了宗教讽刺文《一个木桶的故事》（"A Tale of a Tub"）和社会讽刺文《一个温和的建议》（"A Modest Proposal"），犀利地指出了时下的宗教和社会问题；而丹尼尔·笛福（Daniel Defoe）也在小文《对待革命者最简单的方法》（"The Shortest Way with the Dissenters"）和《手颈枷赞歌》（"A Hymn to the Pillory"）中嘲讽当权者的偏执，表达了自己浪漫的革命主义情怀。经过世代的积累和发展，非诗歌体裁作品在英国文学领域已经发展成熟，在讨论问题、表达观点的同时，文本还带有幽默但辛辣的嘲讽意味，这些作品被学界统称为"英式讽刺文"（English Satire）。

在大洋彼岸的美洲，非诗歌体裁作品也得到了相应的发展。经过早期朝圣者的努力，社区家园逐渐成形稳定。当基本的生存条件得以保证后，殖民者渴求与宗主国和其他殖民社区有更多的文化交流，因此殖民地文学得到了进一步的发展，游记体裁作品开始大行其道。由于大多数殖民地作家具有英国教育背景，他们的创作难免受到英国文学创作风格的影响，因此，作品字里行间或多或少地都带有英式讽刺文的特点。正如前文所述，这样的游记作品具有一个鲜明的时代特点，即儒雅的文学体裁和原初的边疆体裁之间的结合。英式讽刺文是经过历史沉淀，适合英国社会现实情况的文学表达形式。与具有悠久历史的英国相比，美国在18世纪民族意识刚刚萌发，仍未找到一个能够准确表达"美国性"的文学创作方式。在这种诉求下，殖民地作家尝试将"欧洲性"（European-ness）和"美国性"（American-ness）结合在一起，"拿来主义"式地将英式讽刺文应用到殖民地的文学创作之中（Dudden，1987：5）。由于历史文化背景不同，美国的"英式讽刺文"在形式和内容之间具有一定的"不兼容性"。彼得·M. 布里格斯（Peter M. Briggs）在评论文章《英式讽刺文和康涅狄格州的智慧》（"English Satire and Connecticut Wit"）中指出这种"不兼容性"的深层原因：讽刺文是对一个正在垮塌的、去中心化的社会的记录，但18世纪的美国整体上却是"美好的、神圣的、文明的"（Briggs，1985：22）。美国殖民地社会各个方面都在蒸蒸日上，英式讽刺文显然不是它最好的文学表达方式，这也注定了这种"拿来主义"做派下创作的文本如昙花一现很快从文学舞台的中心消失。但正是这种"不和谐性"，常常令殖民地作家的游记文学显得幽默诙谐，其对美国幽默小说传统产生了重要的影响。在 18 世纪的众多游记作品中，塞缪尔·休厄尔的日记集中体现了儒雅传统和边疆精神之间的对立统一，具有一定的代表性。

塞缪尔·休厄尔是马萨诸塞州最高法庭的首席法官，也是美国 17 世纪末 18 世纪初具有代表性的殖民地游记作家之一。他兼具法官、作家、商人等多重身份，利用欧陆的儒雅文体来描述美洲粗犷的边疆生活，是美国殖民地时代重要的文学代言人之一。休厄尔出生在英国，之后随家人移居美国，定居马萨诸塞州的纽伯利。在纽伯利，休厄尔参加了当地的教会学校，师从托马斯·帕克（Thomas Parker）。① 受帕克的影响，休厄尔的写作风格严肃拘谨又不失幽默，作品颇具英式讽刺文的特点，善用居高临下的嘲讽姿态分析批判事物。1674 年，休厄尔毕业于哈佛大学并取得了硕士学位，与此同时他开始用日记记录日常生活。让人意想不到的是，休厄尔写日记的习惯持续了 56 年，他的日记成为后世研究殖民地文化的宝贵资料之一。

休厄尔也受到了风行一时的英式讽刺文的影响，在作品中以旁观者的姿态批判嘲讽却又不失动情地记录着殖民地的点滴生活。英式讽刺文《站在新土地上的人们眼中的新天堂》（"The New Heaven as It Appears to Those Who Stand Upon the New Earth"）是休厄尔的代表作品之一，幽默嘲讽地刻画了一板一眼的新英格兰人的形象。这种幽默嘲讽的基调同样也出现在他长达半个世纪的日记中。休厄尔在日记的字里行间透露出内心的矛盾与挣扎：想要适应并融入新的边疆生活，但又表现出对欧陆儒雅传统的执着。他的日记大多是游记，儒雅传统和边疆精神的对立统一渗透在文本之中。作者着意行文的严肃拘谨，加之日记内容往往流于琐碎，因此日记有时显得枯燥乏味。在休厄尔不动声色的记叙中，读者在了解政治事件、刑法惩处等社会事件的同时，也读到了作者理发、生病、不开心这样的流水账记录。当斯威夫特在《一个温和的建议》中提出将穷人的孩子当作食物卖给富人时，他是在讥讽上层社会人士的冷漠和残忍，按照布里格斯

---

① 托马斯·帕克（1595—1677）是纽伯利殖民地的创始人之一，也是纽伯利第一任牧师。在履行神职工作的同时，帕克承担了当地神学院教师的工作，为殖民地的建设做出了巨大贡献，后来病死在纽伯利。他的学生包括公理教会的倡导者舒博尔·达摩（Shubael Dummer）和休厄尔。科顿·马瑟评价道："他的一生美丽、神圣、仁慈而且卑微，这是对他的信仰最持久、最真实的阐释，而人们也正因此才如此崇拜他。"（转引自 Wilson，1900：656）

的理解，是对"去中心化"的社会的辛辣嘲讽。与之相比，休厄尔的日记在"中心化"缺失的情况下，只能被当作殖民地作家的散记来阅读，因而失去了英式讽刺文的辛辣与嘲讽。虽然如此，休厄尔日记中源于儒雅传统与边疆精神之间乖讹的幽默，却是英式讽刺文所没有的。评论家洛伦佐·西尔斯提出，休厄尔日记其实"更具备史记特征"，是一部"有趣"的史记，也正因"有趣"才会在同时期作品中脱颖而出并成为美国的文学经典之一（Sears，1970：61）。休厄尔日记真实形象地记录了17世纪末18世纪初美洲殖民者的意识形态和生活状态，而其中的"不和谐因子"——欧陆儒雅文学形式和边疆殖民地生活素材之间的对抗，宏大叙述和琐碎枯燥记录之间的乖讹，作者商人气质和宗教信仰之间的悖逆等——也让文本时时闪现出幽默的火花。在1720年的系列日记《新英格兰追女记》（New England Courtship）中，休厄尔用拘谨的散文体描绘了殖民地的求爱经历，讲述了挣扎在爱情、宗教和利益之间的尴尬，虽是英式讽刺文的形式但读来却已经具备了美国边疆幽默的诙谐风味。

《新英格兰追女记》记录了1720年9月5日到11月11日年近古稀的休厄尔追求温斯洛普夫人的经历。两个多月内，休厄尔向温斯洛普夫人求了六次婚，但最终也没有赢得美人归。从行文可以看出，作者旨在记录"真实的"生活，因此在写日记时尽量"置身事外"，保持与所述故事的距离感。既想展示内心的真实，又执着于旁观者的冷漠，在日记中读者看到了一个"想要隐身却又时时现身"的笨拙的作者形象。例如，在以第一人称诉说内心真情实感时，作者有时会突然从故事中游离出来以旁观者姿态记录琐碎小事，文本情感色彩的突变往往让读者忍俊不禁。在10月6日的日记中，休厄尔竭力说服温斯洛普夫人嫁给自己："我提到了她爸爸曾经善意地对我……我的女儿朱迪斯已经离家，我很孤独，渴望在通往迦南的路上有个伴侣。"（转引自Ziff，1970：288）在读者即将被这些文字触动时，休厄尔突然一本正经地讲道："艾尔先生进屋了。我和他打招呼，向他询问克拉克先生最近怎么样，然后艾尔先生就走了。"（转引自Ziff，1970：288）作者既想剖白内心，直抒心意，又想游离于文本，记录客观事实，行文风格与叙事视角的转变过于突兀，作者挣扎于两者之间的狼狈往往让读者忍俊不禁。

在清教意识主导的殖民地社区，追逐爱情的休厄尔却时时忌惮清规戒律，他在爱情与信仰之间的挣扎，也让文本带上了诙谐幽默的特点。在日记中，休厄尔费尽心机想要和温斯洛普夫人结婚，他的情绪也随着夫人心意的改变急转直下："当她拒绝我的时候，我心里祈祷不要再有如此雷电般的打击，否则我会彻夜不眠。"（转引自 Ziff，1970：289）作为一名虔诚的清教徒，却如此恣意沉浸在爱情之中，难怪休厄尔时而会有罪恶感。因此他想到了一个令读者啼笑皆非的解决方式——为爱情营造一个宗教氛围。他把霍梅思牧师和威拉德牧师的祷告文以及普勒斯顿牧师传教的小册子等当作定情礼物送给温斯洛普夫人，在和她的谈话中也着意谈及与宗教信仰相关的话题。可以想见，这样的求爱方式自然不会有好的结果。日记中多有记载休厄尔在世俗和信仰拉扯之间的痛苦挣扎，而这种对爱情欲罢还休的心理挣扎也往往令读者忍俊不禁。例如，在 10 月 8 日的日记中，休厄尔写道："她（温斯洛普夫人）谈到了金丝雀，在我看来，她的吻比最好的金丝雀都要甜美"（转引自 Ziff，1970：289），而在此之后，他又痛苦万分地进行了自责："我严厉地斥责了自己，如此狂热地追逐世俗的东西，而漠然地忽视美好的耶稣之爱。"（转引自 Ziff，1970：290）作者情绪跳跃幅度之大，让读者措手不及，外表冠冕堂皇的清规戒律与内在蠢蠢欲动的爱情渴望针锋相对，陷入爱情之中的清教徒笨拙地挣扎在信仰的边缘，非但不让人同情还令读者捧腹不已。

除了宗教信仰的拘束，休厄尔日记还揭示了在追求心爱之人的浪漫主义和唯利是图的实用主义之间的矛盾冲突。为了赢得温斯洛普夫人的青睐，休厄尔常用小恩小惠来贿赂温斯洛普家的用人。可笑的是，休厄尔在日记中详细记录了每一笔用来贿赂的钱的数额和去向，充分暴露了其斤斤计较的商人气质和实用主义做派。实际上，在追求温斯洛普夫人这件事情上，信奉实用主义的休厄尔也是将理性置于感性之上，始终步步小心地仔细权衡利益得失。据历史记载，休厄尔结过三次婚，1719 年娶了第二任夫人，但几个月之后她就去世了。1720 年 9 月，68 岁的休厄尔开始追求温斯洛普夫人。在反复受挫后，11 月便放弃了。1722 年，休厄尔迎娶了第三任妻子。1724 年 8 月 2 日，他在日记中冷漠地一笔带过温斯洛普之死："温斯洛普夫人下葬了，我们会想念她。"（转引自 Sears，1970：61）联系实际情况，休厄尔在日记中记录的挫败的追爱经历，以及之后沮丧的心情，实际只是在惺惺作态，这也令读者质疑其日记的"真实性"究竟有几分。

论者齐夫曾经批判道，休厄尔的文学造诣不高，日记的可读性不大（Ziff，1970：286）；西尔斯也提出，休厄尔日记"太过注重对生活琐碎细节的精准记录，读来令人十分痛苦"（转引自 Sears，1970：59）等。诚如论者所言，休厄尔的日记往往流于琐碎的记录，其真实性和文学性也常常引起学者的质疑。尽管如此，休厄尔日记使用了第三人称视角的散文体和记录私人生活的日记体，记叙了作者在爱情、信仰和务实做派之间的徘徊与挣扎，真实地反映了 18 世纪美洲殖民者的意识形态和感情生活，对于了解殖民地时期的美国是十分重要的参考材料。清教徒休厄尔将自己视为老派英国绅士，在美国殖民地语境中追情逐爱，这种场景设置本身就带有幽默好笑的意味，而日记中儒雅传统和边疆精神之间的冲突，更是为美国幽默小说的诞生奠定了基础。另外，在写作过程中，休厄尔常常游离于文本以第三人称的视角讲述自己的故事，因而他的日记已经初步具备了小说叙事的特点，为具有"美国性"小说体的诞生做了积极的准备。

二、游记：混沌中寻求秩序

无论是记录日常、传达信息，还是构建自我身份，这些写作意图在殖民地建设这一特殊时期或隐性或显性地发挥着作用，而私人文学（personal literature）也相应地成为 18 世纪美国文学创作的主要形式之一。美国殖民地时期的私人文学形式多样，有日记、游记、史记、布道文、传记等。在美国民族意识尚未萌发之际，集体文学创作标准和风格还未出现之时，私人文学作为主要的文化表达方式往往呈现多样化的特点。然而，无论是塞缪尔·休厄尔半个多世纪的日记，还是科顿·马瑟（Cotton Mather）标志世纪之交的长篇史记《伟大基督在美国——新英格兰宗教史》，抑或是乔纳森·爱德华兹"撼动清教思想"（Castillo，2005：410）的布道文等，特殊的时代背景赋予这些作品一个共同的诉求，即融入新的地理环境、建构全新的自我身份。在实现梦想的语境中，这一诉求既是对地理生活空间的渴求，又是对心理生存空间的期盼。当文本围绕这种"渴求"和"期盼"展开时，当作者或主人公为了梦想而不懈努力之时，文学作品自然带上了身体旅行和灵魂朝圣的特点。正因如此，虽然体裁多样，但 18 世纪的美国文学作品或多或少都表现出"游记"的特点，游记文学是当时殖民地最受青睐的文学形式之一。

18 世纪的游记作品更多地渗入了非现实主义元素，愈加呈现小说虚构叙事的特点。文学作品不仅能够记录现实，而且可以帮助作家厘清现实，在混沌中摸索生存的秩序。随着生活的稳定和经济的发展，美洲东北部各殖民地社区之间的联系频繁起来。与之相呼应，呈现不同区域特征的游记也得到了前所未有的发展，在文化意义上促进了不同地域之间的融合。无论是萨拉·奈特的纽约游记，休厄尔记录新英格兰生活的日记，还是斯蒂芬·巴勒斯（Stephen Burroughs）回忆录中记载的行骗故事，抑或是查理斯·沃利（Charles Wolley）的《我在纽约两年的游记》（*A Two Years' Journal in New York*）和约翰·威廉姆斯（John Williams）记录的被印第安人囚禁的故事等，一种文学诉求跃然纸上：在混沌中寻求秩序，通过记录旅行来寻找、定位以及建构自我身份。

在殖民者站稳脚跟之后，他们急于给自己一个恰当的定位、一个准确的自我身份认知。在特定的历史背景下，为了达到这一目的，地理和文学两个学科很自然地结合在了一起。一方面，地理学领域渗入了文学研究的因素，从文学视角阐释地理的归属问题。例如，美国殖民地时期地图的绘制，就集中体现了文学在地理学中的阐释功能。为了更好地服务殖民目的，绘图者往往通过文学阐释的功能描绘地形特征，任意放大或缩小地图的比例，或在地名旁边注上历史故事，或在地图空白处记录各种民间传说等，这样就在符号意义上宣告了对领地的所有权。另一方面，美国文学正是在其寻求独立地理版图的过程中逐渐萌芽发展的。美国作家将文学和地理学融合在一起，通过这种方式来解读"美国人"的身份，在勾勒地理版图的基础上，厘清"自我"和"他者"的关系，以获取自我身份认知。因此，"地缘意识"成为美国文学发生、发展和演变的动力之一。在《美国文学地理学：时空行为和文化生发：1500—1900》（*American Literary Geographies: Spatial Practice and Cultural Production 1500 – 1900*）中，作者指出，"通过有意识详尽地描述地理特征，自我意识被唤醒的美国作家接纳了欧洲的文学传统，并在美国图景上重塑了传统的文学种类"（Bruckner and Hsu，2010：11）。这种"自我意识"体现在对其他殖民社区的好奇和认知诉求上，而殖民地的游记作品无疑是将地理和文学相结合的典范之一，其中既有现实记录又有主观反思，既呈现了美洲客观的地缘特征，又促进了各殖民地之间的文化融合。

威廉·伯德是18世纪较有代表性的殖民地游记作家之一。伯德1674年出生于美国弗吉尼亚州，7岁时被送往英国接受教育。在英国，伯德很快便适应了当地生活，被培养成为地道的"英国绅士"。1696 年，伯德入选英国皇家学会（the Royal Society），之后被推举为弗吉尼亚驻伦敦的代表。特殊的经历使欧陆儒雅传统和美国边疆精神都渗入伯德的身份意识中，但他却没能将两者很好地融合在一起，在生活中往往因身份归属问题而尴尬不已。伯德觉得自己是英国人，却始终不能融入英国上层阶级；回到美国，伯德也因"英国绅士"的身份标签，而被本土殖民者排挤。虽然入选弗吉尼亚议会，但伯德始终未能在政坛上有所作为。相对而言，伯德的文学创作却表现出更鲜活的生命力，很多游记作品获得殖民地读者的追捧。他精通多种语言，博览群书，通晓天文地理，文学作品涉及日记、书信、诗歌、杂文、漫画、史记等不同体裁。在所有的作品中，伯德的游记最引人瞩目，《伊甸园游记》（A Journey to the Land of Eden）、《探井历程》（A Progress to the Mines）、《分界线的历史》（History of the Dividing Line）等游记不仅是 18 世纪的畅销书，直到今天还被读者传阅。这些游记作品记叙了伯德在弗吉尼亚州、北卡罗来纳州等地的游历，是伯德通过文学创作来认知地域特征的尝试，代表了以伯德为代表的 18 世纪美国作家在混沌中寻求秩序的努力。此外，这些游记作品形象描述了作者在英国贵族和美国殖民者两种身份之间的挣扎，继续了休厄尔等更早期殖民地作家作品中儒雅传统和美国边疆精神之间的矛盾主题。与此同时，伯德在平衡两种意识形态时表现出来的过分谨慎、纠结和不安的情绪，亦为游记文本增添了一抹幽默的色彩。

在《分界线的历史》中，伯德以戏谑的口吻描写了北卡罗来纳州人的生活态度和饮食习惯。作者写道，北卡罗来纳州人比较懒散，冬天的时候他们会将牲口放养。由于缺乏照顾，很多牲口死在了散养地。由于喝不到牛奶，他们的皮肤都呈现蜡黄色。北卡罗来纳州人的饮食习惯非常不健康，养猪是他们最主要的营生，猪肉则是饭桌上的主食。事实上，"北卡罗来纳州人吃了太多的猪肉，以至于他们的性格都异常粗暴"（Ziff，1970：337）。更糟糕的是，没有盐，他们就生吃猪肉，所以败血病患者非常多。每当天气变冷，这里就会暴发瘟疫。这种瘟疫症状类似痘疹，先是喉咙和上腭，之后会腐蚀掉鼻子。伯德戏谑道，因为大多数人没有鼻子，所以有鼻子的反而被看作异类。更有甚者，曾经有一年，议会通过了一条奇特的议案：有鼻子的人不能在政府任职。作者总结道，"鉴于吃猪肉带来的肮脏、致命的后果……是时候禁止这种坏传统了"（Ziff，1970：

338）。这种因噎废食的提议，读来令人啼笑皆非。在谈到北卡罗来纳州人没有信仰的问题时，伯德说道："和鲁滨逊一样，他们不知道周日和其他日子的区别"，但这也没关系，因为对于他们来说"一周每天都可以是安息日"（Ziff，1970：338）。从戏谑嘲弄的叙述口吻可以看出，伯德是站在道德平台上居高临下地进行评述，将北卡罗来纳州人视为"蛮荒部落"，并对其"陋习"进行了尖酸的挖苦和嘲讽。伯德在游记中之所以能站在道德的高度来讥讽相同身份的殖民者，与其在英国的成长教育背景有很大的关系。尽管在美国出生，但伯德却自视为地道的英国人，在英国儒雅传统的"文明"视角下，北卡罗来纳州人被贴上了粗俗蛮荒的标签而成为作者嘲讽的对象。根据幽默生发的"优越感理论"（superior theory），人总有归属社会主流群体的趋向，并以"主流视角"来"看待因被孤立起来而显得可笑的个人"（唐文，2016a：164）。在作者充满优越感的叙事视角下，读者无意识中"上升"到作者的视角高度，和其站在同一阵营中批判嘲讽对象（Pratt，1993：74）。当伯德以居高临下的叙事视角嘲讽北卡罗来纳州人时，读者也会不自觉地站到伯德的身边，与之一起批判指责、戏谑嘲笑。所以在读到有关鼻子和信仰的情节时，读者往往会认可作者的分析判断并为当地人的愚蠢落后而捧腹不已。

另一部游记《探井历程》记叙了伯德实地探访开矿信息的经历，其中包含了对弗吉尼亚风土人情的诙谐描写。伯德看不惯北卡罗来纳州人的"陋习"，也蔑视弗吉尼亚州人的矫揉造作。在 1732 年 9 月 20 日到 22 日的游记中，他记录了弗吉尼亚贵妇弗莱明夫人的点滴逸事。从外表看来，弗莱明夫人是一位典型的英国贵妇，优雅温柔、热情好客，又有些多愁善感。但在伯德看来，在其贵妇的外表下却藏着一个蛮荒之地的悍妇，所以游记的字里行间无不透露出对她的嘲讽。伯德到达弗莱明夫人家之日，她正准备第二天出发去古奇兰居住地和丈夫会合。结果第二天下起了雨，而弗莱明夫人"露出本性，对着阻挡她去追寻丈夫的大雨大骂特骂"（Ziff，1970：297-298），充分展现了其泼妇本性。弗莱明夫人特别喜欢八卦消息，伯德住在她家的三天里，夫人把左邻右舍的"小秘密"都告诉了他。例如，弗莱明夫人偷偷告诉伯德，同为访客的马里亚牧师非常不幸，他的妻子整天牢骚满腹责备丈夫一事无成，花起钱来却大手大脚以致家里负债累累。弗莱明夫人"不无难过"地讲道："像这样温顺的丈夫却被那不务实且有点疯狂的妻子管束着。"（Ziff，1970：298）不宁唯是，弗莱明夫人甚至还把自己女儿和"肮脏贫民"（Ziff，1970：297）私奔的家丑也告诉伯德。而伯德对此也不亦乐乎："既然有大量的空闲时间，我倒想看看，像我这样无趣的已婚男人到底能让夫人八卦到什么程度。"（Ziff，1970：298）伯德的记叙充满了幽默诙谐的嘲讽语气，栩栩如生地塑造了弗莱明夫人这一表里不一的边疆悍妇形象。

可以看出，在英国的成长经历和美国的殖民者身份的混杂中，伯德总能以一个旁观者的姿态，批判但又不乏戏谑地看待身边的事物。他站在儒雅传统的平台上嘲笑北卡罗来纳人的愚蠢懒惰，又从务实的美国精神出发批评弗吉尼亚人的故弄玄虚。但正是基于特殊身份，伯德得以用幽默游记将"地方色彩"推介出去，在插科打诨之中促进了区域之间的文化融合。与之写作风格相似的，还有女性作家萨拉·奈特。

奈特曾经做过代理人，熟稔法律和财政事务。1704 年，为了解决表兄的房产问题，她独自从马萨诸塞州的波士顿前往康涅狄格州的纽黑文市，并以日记的形式将这段旅程记录了下来。奈特夫人去世后，《奈特夫人日记》于 1825 年出版，并立即成为读者争相阅读的文学作品。和伯德一样，充满"道德优越感"的奈特以一个旁观者的姿态记录、讽刺和批判身边的事，日记不但形象地记录了当时的风貌特征，而且表现出早期边疆幽默的特点。

奈特发现，与波士顿相比，纽黑文在法治体系和生活态度上都显得呆板落后，甚至愚蠢可笑。例如，纽黑文人的法律意识虽然很强，但执行条例却太过死板，动辄就会启动法律程序，像鞭刑这样的惩罚都是家常便饭；纽黑文的年轻人一般在 20 岁前就会成婚，他们的婚礼习俗也和波士顿不一样，新郎会在半途跑掉之后被伴郎追回。纽黑文人对待奴隶极其纵容，"甚至容许他们在一个桌子上吃饭，'黑蹄子'和白手分享同一道菜"（Ziff，1970：284）；在商品交易中，他们也异常随便，可以货币交易也可以实物交换等。奈特执拗地认为，尽管纽黑文人天性聪颖，但由于缺乏教育而不善交流，因而是"愚蠢无礼的"（Ziff，1970：286）。在路经比林斯时，奈特和导游约翰借宿当地一户人家。这户人家的大女儿见到奈特便大呼小叫起来，"我从来没见过，一个女人深更半夜浪迹在路上！你是谁？到哪去？吓死我了"（Ziff，1970：280 - 281）。面对姑娘的无礼，奈特也毫不客气，"我告诉她，她太没礼貌了，我没有义务回答她粗鲁的问题"（Ziff，1970：281）。在得知奈特是有身份的贵妇之后，姑娘再次出现时手上戴着三个戒指，在比画雷丁的方向时，还故意搔首弄姿地显摆她的首饰。尽管篇幅不长，一个粗俗无礼、自以为是又争强好胜的比林斯姑娘跃然纸上，让人忍俊不禁。在入住"黑文先生宾馆"（Mr. Haven's）后，奈特发现隔壁两个当地酒鬼正在争吵，矛盾源于地名"Narragansett"到底从何而来：一个说是因搭建了码头的印第安部落而来，另一个却说是因为夏冷冬暖的温泉而命名的。他们的争吵逐渐激烈起来，时而大吼大叫时而用拳头砸桌子，奈特根本无法入睡，随即起身写了一首幽默的打油诗：

> 万能的朗姆酒，请你帮帮我！
> 让这些醉鬼安静吧。
> 他们已经喝醉了——头晕目眩——
> 变得和野兽一样——
> 而我，可怜的我，根本无法入睡。
> 请用你魔法的汁液让他们沉醉，
> 让他们闭上嘴巴，直到太阳东升。（转引自 Ziff，1970：283）

打油诗表达了不能入睡的奈特夫人愤怒却又无可奈何的情绪，形象地描绘了两个粗鲁无知的酒鬼的形象，读来幽默诙谐。与伯德的游记相似，奈特夫人的日记充满嘲讽的戏谑口吻；但与前者相比，奈特夫人的叙述更表现出源于儒雅传统的道德优越感，体现了波士顿的儒雅与纽黑文的粗犷两种文化意识之间的幽默冲突与融合。

与伯德的游记比较，奈特夫人的日记还有另一个特点，即注重从第一人称视角幽默呈现自己的心理活动。例如，在 10 月 3 日的日记中，奈特夫人记录了乘船过河的经历，谈到过河时的"惊心动魄"。小舟又小又浅，好像随时会进水。奈特吓坏了，她双手紧紧握住小舟的两侧，双眼直视前方，"舌头纹丝不动，唯恐小舟失去了平衡；也不敢像罗德的妻子①那样胡思乱想，好似唯恐小舟被思绪打翻"（转引自 Ziff，1970：281 –

---

① 罗德的妻子（Lot's wife）是《圣经·旧约》中的人物。在毁灭索多玛和蛾摩拉城之前，上帝提前告知罗德一家逃命，并警告在逃命的过程中不要回头看。罗德的妻子没有听从上帝的命令，在她回头看的瞬间变成了盐柱。

282）。过河之后，奈特被告知前方还有一条急流，这让她立即又陷入了忧虑，思绪万千却都是自己落河的景象："有时看到自己即将被淹死，有时已经淹死，最好也是像刚刚经历过洗礼的修女，穿着湿透的衣服。"（转引自 Ziff，1970：282）奈特用幽默自嘲的口吻描写自己的旅程，将在半开化的殖民地遇到的困难，将身为女性四处奔波的尴尬无奈，化解在游记看似插科打诨的字里行间。论者玛丽·麦克里尔·巴尔坤（Mary McAleer Balkun）认为奈特夫人的幽默有三个特点：对一切的怀疑、自视甚高的视角以及自我嘲讽的语气（Balkun，1998：8）。而这种既嘲笑对方又自嘲的幽默写作视角，预示了以马克·吐温为代表的边疆幽默作家和地方色彩小说的出现，在美国幽默小说发展史上占有一席之地。嘲人亦自嘲的口吻，加之对人物心理的真实刻画，奈特的游记同样表现出小说叙事的特点。游记中作者的真实经历与虚构的叙事元素结合在一起，这一特点在斯蒂芬·巴勒斯（Stephen Burroughs）的半虚构作品《哲人骗子历险记》（*Memoirs of the Notorious Stephen Burroughs*）中表现得更加充分。

虽然《哲人骗子历险记》以自传标榜，但作者巴勒斯无疑在其中设计了大量的虚构情节，其幽默叙事视角让自传读来更像小说文本。巴勒斯出身贫寒学问不高，却凭借聪明机智伪装成牧师、教师等招摇撞骗，最后挣得盆满钵满。在现实生活中，巴勒斯后来锒铛入狱，出狱后定居加拿大，并根据自己的经历写作了《哲人骗子历险记》。在这部具有虚构元素的传记作品中，读者读到了一个另类的"美国梦"故事：来自社会底层的穷小子，凭借聪明机智左右逢源，不仅骗取了整个社区团体的信任，而且从中牟取了大量的物质利益。尤其是，尽管巴勒斯没有神学教育和培训背景，他不仅设法在佩勒姆市找到了一份神职工作，而且还经受住了质疑和考验成为整个社区最受敬重的"牧师"。虽然巴勒斯行骗的做法有违传统道德标准，但在第一人称叙事下，读者往往被其努力和执着所感动，加之故事悬念的步步推进，读者在无意识之中站到了"骗子"的一边。当巴勒斯最终得到了佩勒姆市民的认可成为牧师时，读者为社区民众的愚昧而忍俊不禁，同时也为巴勒斯行骗的成功暗中叫好。在被揭破真实身份后，巴勒斯跑到了好朋友吕山德的家中。得知吕山德想要制造假币，巴勒斯立即花言巧语骗取了吕山德夫妇的信任，之后更是拿着吕山德夫妇俩的钱继续招摇撞骗。在巴勒斯眼中，只要可以骗钱，亲朋好友都可以是欺骗的对象。在游记中，除了巴勒斯，骗子形象无处不在。实际上，在高明的骗子面前，连巴勒斯都自叹不如。例如，在塞勒姆，巴勒斯碰到了声称能够将铜块变成银子的菲利普斯。在发财梦的冲击下大家都降低了警惕，菲利普斯在骗取了 2000 英镑后逃之夭夭。巴勒斯的《哲人骗子历险记》以作者亲身经历为基础，包含了跌宕起伏的虚构情节和真实可信的心理描写，可以被称为最早期的美国幽默小说之一。除此以外，自传中的巴勒斯开了美国经典"骗子"（confidence man）系列文学作品的先河，这个形象再现于梅尔维尔和马克·吐温等幽默小说家的作品之中，是美国幽默小说别具特色的传统喜剧角色。

巴勒斯这一骗子形象之所以能够打动读者，还有另外一个重要的原因——与其他殖民者一样，他也有自己的美国梦，而自传也是一个另类的美国梦故事。在正式行骗之前，他大声地宣告："我不想再做孩子，我想变得成熟。如果别人在你前进的道路上设障，就告诉他们你是不可战胜的。"（Ziff，1970：315）巴勒斯特别渴望获得财富和自由，"我多么希望能够获得富人的尊重，获得穷人的崇拜啊！"（Ziff，1970：325）前文提到虽然到处招摇撞骗，但巴勒斯在游记中凸显了"梦想"的元素，在美国梦的基石之上"骗子"也带上了"哲人"的光环。在伯德、奈特和巴勒斯的游记作品中，无论是地域文化在碰撞中的融合，还是个人对自我身份的探寻，无不体现出梦想的基调。美国历史进入 18 世纪，美国梦的内涵也发生了些微的变化，它不再受宗教信仰自由的局限，发散延伸到精神和物质两个不同的领域，信仰自由、地位平等、财富积累等都成为梦想的重要元素。美国梦中物质和精神的乖讹，既是美国幽默小说史的起点，也是建构美国文化认同的重要动力之一。精神自由和物质富有的对立统一，集中体现在 18 世纪两个最重要的作家——乔纳森·爱德华兹和本杰明·富兰克林身上。

第三节　美国幽默小说的萌芽

大洋彼岸，经历了 17 世纪战乱时期的古典主义文学，英国文学在 18 世纪迎来了启蒙时代非诗歌体的繁盛，其中带有"友善幽默"（amiable humor）（Tave，1960：1）的杂文与小说创作更是蔚然成风。在严肃压抑的清教思想和高昂激进的革命情怀之间，"友善幽默"舍弃了尖锐的嘲讽而着意寻找一种善意的平衡。报纸《旁观者》的创办者约瑟夫·艾迪生和理查德·斯蒂尔宣扬这种"友善幽默"的作用，推动了读者对节奏和缓的幽默非诗歌题材作品的关注。与此同时，美国也在孕育自己的文学，美式幽默的种子在小说这一题材中逐渐生根发芽。

美国的文化发轫于建立"应许之地"的梦想，但实现梦想的过程却异常艰辛。梦想和现实这一对立统一的组合体，是美国文学历史发展的内在原因，而两者之间的不可调和，也决定了幽默将成为美国文学不可或缺的组成部分。D. H. 劳伦斯（D. H. Lawrence）在评论美国文学时讲道，"每片土地都有不同的地域精神（spirit of place）"，正是这种地域精神赋予生活在那片土地上的居民最深刻的灵魂（IT）（Lawrence, 1923: 12 - 13）。[1] 美国的"地域精神"，既包含了实现"应许之地"梦想的决心，又承载着面对并解决现实困难的勇气，在梦想与现实相反相成的基础上形成。"幽默"是连接两者之间断裂的纽带，是构建美国文学"最深刻的灵魂"的关键所在，而美国幽默小说则是梦想最主要的文学表达方式之一。

一、与儒雅传统的对话：文学独立中的幽默因子

美国是多民族融合而成的国家，多种文明的对话和兼容，成就了美国文学特有的幽默内涵。正如美国学者布拉克纳等指出的，殖民者虽然已经具备了最初的自我意识，但必须通过与欧洲文化传统的对话，才能建构美国文化认同与具有美国特色的文学形式（Bruckner and Hsu, 2010: 11）。与欧洲特别是英国传统文学的对话，是构建美国文学的原动力之一。"版图的独立和完整"是美国文学与英国文学对话的关键字眼，从开始一味地模仿，到个性的养成和成熟，以及后来的独立和强大，美国文学最终以平等的姿态站到了英国传统文学对面。而对话中两者之间的差异和矛盾，亦成为激发美国文学幽默特质的重要原因之一。

---

[1] 劳伦斯所谓的"最深刻的灵魂"（IT）指的是一种民族身份。他认为，美国的建立、美国文化的发展，都是围绕寻找"最深刻的灵魂"而展开的。

在探讨欧洲文明对美国文化的影响时，西裔评论家乔治·桑塔亚纳（George Santayana）提出了所谓的"儒雅传统"（genteel tradition），他认为对这一传统的叛逆最终成就了美国文学的独立和成熟。桑塔亚纳指出，"儒雅传统"属于欧洲的主流意识形态，它并不适合新生有活力的美国。他将这一传统比作具有女性阴柔气质的"美国思想"（American Intellect），提出真正能够表达美国性的是极具阳刚之气的"美国意志"（American Will）。

> 美国意志隐居在摩天大楼之内，美国思想盘踞在殖民地的宅邸之中。一个是男性的阳刚世界，另一个则充斥着女性的阴柔气质。一个是具有好斗精神的进取心，另一个则完全属于儒雅传统。（Wilson，1900：40）

先有"思想"后有"意志"，前者是来自欧洲的异域性，后者是发自美洲的本土性，它们都是美国民族意识和地域精神生发不可或缺的元素，集中体现了美国文明的地缘性特征。根据幽默乖讹论，既然存在两种文化的断裂与融合，美国文学文本之中自然蕴含着幽默潜质。

在殖民地时期和浪漫主义早期，美国文学主要是在模仿欧洲，特别是同语系的英国文学。在美国迅速成长之际，英国文学正经历它的第二个繁盛期。随着17世纪弥尔顿蜚声遐迩的《失乐园》的问世，以及18世纪第一个小说繁盛时代的来临，英国文学在莎士比亚时代之后又进入了另一个繁荣阶段。小品议论文的发展始于弗朗西斯·培根，以英国上层绅士视角就社会问题展开深入细致的讨论。当小品文在英国学界逐渐成熟时，刚刚站稳脚跟的美洲殖民作家也开始从"绅士视角"写作议论文。不难看出，无论是约翰·史密斯船长的《新英格兰记事》，还是威廉姆·布莱德福德的《普利茅斯开拓史》，作者均以英国绅士自居，用纪实的口吻讲述殖民地开拓时期的故事。有趣的是，尽管生存条件极其恶劣，早期的殖民地作家不约而同地将美洲描写成梦想中的迦南王国。例如，史密斯船长对欧洲读者高呼："在这里，人们自由地劳作，谁都可以成为土地拥有者……即使一无所有，也可以创立起自己的产业。只要辛勤劳作，定能迅速发家致富。"（Smith，1986：14）这种避重就轻的呐喊，不动声色地演绎了最初的美国梦，在之后的几个世纪里吸引了成千上万追梦者踏上美洲的土地。

如今看来，它实有"空口白话"的嫌疑。作者的吹嘘与真实情况相背而行，让看似实事求是的史记和发自内心的呐喊显得尤为可笑。在早期的美国文学中，这种幽默叙事范式频繁出现：一个受过高等教育、彬彬有礼的美国绅士，与远在大洋彼岸的读者分享在处女地的种种遭遇，而其中的夸张和虚构则给叙事增添了一抹边疆幽默的色彩。在叙事过程中，美国殖民地作家将美洲地缘特征融入儒雅文学传统模式，通过"戏仿"来积极探索属于自己的文学形式，这种手法创作的文本往往给读者一种插科打诨的诙谐感。例如，殖民地时期的"仿英雄叙事"（mock-heroic）是美国作家探讨本土文学的积极尝试，其中"戏仿"的意味让叙事文本充满了戏谑的幽默感。

英国的宏大英雄叙事始于盎格鲁－撒克逊时期，在盎格鲁－诺曼时期的传奇文学中得到发展，以乔叟《坎特伯雷故事集》为标志进入了成熟期。在大洋彼岸，"仿英雄叙事"的模式同样也被美国作家所喜爱。在美国作家看来，因为英雄叙事模式已经被读者接受，以这种模式创作的作品更容易得到读者的认可。在看似相同的叙事模式中，美国叙事将地缘特征加入故事之中，所以美国的"英雄叙事"往往不自觉地成为对英国作品的幽默"戏仿"。例如，1692 年，有位叫理查德·福莱姆（Richard Frame）的美国作家发表了叙述诗《宾夕法尼亚短述》（*A Short Description of Pennsillvania*）。诗歌伊始，他就对英国经典传奇《贾文爵士和绿衣骑士》（*Sir Gawain and the Green Knight*）进行了戏仿：

> 我也来给大家讲讲
> 这片土地上最早的居住者：
> 早在思维迪斯人和费恩人来之前，
> 这里居住着赤条条的印第安人，肌肤就是他们的衣着
> 但从中根本看不出他们从何而来；
> 也没有任何记录告诉我们他们来自何处；
> 很少人了解他们，和别人一样，我也猜测，
> 他们的到来和上帝有关，
> 他们是以扫失落的后代，
> 或者是某个已经灭绝的野蛮部落的后人。（转引自 Ziff, 1970：
> 121）

上述引文中，作者讲道："我也来给大家讲讲。"其中的"也"字，明确了作品实际是对欧洲英雄叙述诗的戏仿。与《贾文爵士和绿衣骑士》一样，福莱姆的诗歌采用全知叙述视角概述故事背景，其中也不乏对神话故事的影射。福莱姆对模仿《贾文爵士和绿衣骑士》形式和内容的执着，在文本字里行间将自己建构成了一个"老学究"的模样。正是他的装模作样，让"仿英雄"的叙事带上了幽默的意味。《贾文爵士和绿衣骑士》以宏大叙述视角从特洛伊战争出发，故事的背景介绍涉及整个欧洲的历史，并最终落脚于英格兰。这种叙述顺序，正符合英格兰的地貌特征——一个想要和欧洲大陆有关联（to connect）的海岛。与之形成鲜明对比，福莱姆在《宾夕法尼亚短述》中追溯的美洲历史却简单粗暴——只有处女地上"赤条条的印第安人"，而且根本没有文字记录可以参考——"根本看不出他们从何而来"。所以，尽管福莱姆在叙事视角和行文方式上着意模仿《贾文爵士和绿衣骑士》，但《宾夕法尼亚短述》中的地缘特征改变了英国经典传奇宏大叙事的意味，让美国文本变成幽默的"戏仿"，而两个文本带有乖讹的互文性亦令读者捧腹。与这一经典英国传奇一样，在《宾夕法尼亚短述》的幽默叙事背后，同样隐含着本土地缘特征——寻求身份认证的美洲处女地。

将儒雅传统的叙述模式和美国边疆的地缘特征结合在一起的创作理念，逐渐扎根于美国作家的集体无意识之中，以不同的方式再现于后世作品之中。例如，美国现代作家维拉·凯瑟（Willa Cather）的代表小说《啊，开拓者》（O, Pioneers）就是将两者结合的代表作品之一。小说讲述了女主人公亚历珊德拉在开拓北美殖民地过程中的种种遭遇，尤其是她与卡尔之间的爱情故事。作者在类似《简·爱》和《远离喧嚣》的爱情叙事模式中加入了美洲地缘性元素，儒雅文化传统中的灰姑娘变身成为美国边疆彪悍的垦荒者。亚历珊德拉以拓荒者的姿态在故事结尾表达了美洲人对土地的眷恋："土地属于未来……我们都是过客，唯有土地一成不变。只有真正热爱和理解它的人，才能够真正但短暂地拥有它"（Cather，1989：121）。美洲殖民者对土地的眷恋令人动容，但读者同时也会感知到小说对儒雅传统叙述模式的冲击，以及由此产生的不协调。欧陆爱情叙事中的灰姑娘化身美洲叙事中强悍的拓荒者，《啊，开拓者》因其地缘特征和边疆人物的设定形成了对前者的幽默戏仿。凯瑟小说中两种叙事的矛盾以及由此产生的幽默，可以追溯到18世纪美国作家在与欧陆儒雅传统对话中对文学个性的探寻。在这场横亘大西洋的对话中，美国作家在平衡"模仿"和"独立"之间，既积极探求了文学作品的"美国性"，又创作了独具美国风味的幽默作品。正如桑塔亚纳所讲，幽默作家不可能完全摒弃"儒雅传统"，因为"如果将它彻底抛弃的话，他们的幽默便失去了原有的味道"（Santayana，1967：51）。从"模仿"到"戏仿"，美国文学逐渐找到了适合自己的文学表达模式，渐渐独立、成熟并强大起来。

在开拓殖民地时期，恶劣的地理环境让"活下来"成为早期殖民者最主要的生存目标。反映在文学创作中，美国早期文学作品就表现出鲜明的"生存诉求"，而与英国"友善幽默"文学的"儒雅"相比，美国幽默文学亦包含了更多的暴力因素。在恶劣的生存环境中，身体是殖民者与自然斗争最直接有效的工具，环境造就了美国殖民者的强者形象，也成就了美国幽默小说中更多的血腥和暴力场景。例如，美国早期幽默作家 A. B. 朗斯特利特（A. B. Longstreet）的短篇故事集《佐治亚见闻》，勾勒了一幅幅栩栩如生的早期殖民地城市生活图景，其中就不乏暴力场景。这些场景建构在作者的地缘意识之上，用身体书写来展示殖民者在处女地生存的艰难。例如，在故事《斗殴》（The Fight）中，作者这样描写鲍勃和比利赤裸裸的肉搏："我看见，鲍勃的左耳被撕掉，脸颊的左侧有一大片肉也被撕扯掉。他的左眼淤青，血汩汩地从伤口处流出……比利还在揍他，血从鲍勃的耳朵、脸颊、鼻子和手指流了出来，这个场面太血腥，大家纷纷侧目避闪。"（Longstreet，1957：50）颇具自然主义口吻的写作手法形象地呈现了鲜血淋淋的斗殴场景，难怪小说被林恩称为"梦魇一般的暴力玩笑"（Lynn，1958：58）。在逐渐被文明规范的殖民地社区背景中，对血与肉的正面描写既真实呈现了隐藏在拓荒者身上的斯芬克斯因子，又因与文明背景的格格不入而显得荒诞可笑。早期幽默小说中的暴力因子扎根于美国幽默小说，为19世纪黑色浪漫主义小说家所钟情，与马克·吐温的边疆幽默相得益彰，更融入了20世纪60年代美国黑色幽默小说的创作机制。

与暴力美学相关，美国幽默小说从殖民地时期便表现出对女性的贬低和歧视，这与英国早期文学的特点截然不同。在盎格鲁－诺曼时期的传奇故事中，亚瑟王后吉娜薇（Guinevere）是左右王庭的关键人物，而乔叟更则以特洛伊战争中的克里希达为主角创作了8000多行的长诗《特洛伊罗斯与克里希达》（Troilus and Criseyde）。进入19世纪后，英国文学更是出现了女性小说的繁盛期，涌现了奥斯汀、布朗特姐妹、艾略特等女性作家。与之相比，美国殖民地文学中则少有女性的声音，以女性为主人公的作品更不多见。考虑到地缘因素，在最原始的生存压力下，殖民地社会更加关注的是能够战胜自然的强壮体魄，拥有健壮身躯的男性是开拓边疆的中坚力量，也成为主宰文学世界的主导力量。在《地理和文学：学科的交接点》（*Geography and Literature：A Meeting of the Disciplines*）中，作者威廉·E. 麦乐瑞（William E. Mallory）这样描写美国小说中的男主人公：

> 美国小说中的主人公总是赢家。他们非常独立，个性极强，有超强的判断力。主人公必须独立面对危险的敌人和险恶的荒野，而且总是孤独的一个人……（因而，）美国文学作品中男性占据主导地位，鲜有女性的声音出现。（Mallory，1987：27）

在阳刚的"美国意志"面前，女性阴柔的"美国思想"退居其次。在殖民地一度畅销、以刊载西南幽默小说著称的报纸《时代精神》（*Spirit of the Times*），就是一份高调宣扬"美国意志"的报纸。美国学者沃尔特·布莱尔谈起这份报纸，对其"阳刚之气"赞不绝口："它保有最原始的男性气味"（Blair，1937：58），而报纸的创办者威廉姆·波特（William T. Porter）则公开宣称，"我们报纸的读者群体，是有身份的、富有的且受过良好教育的绅士们"（Sloane，1987：272），有意将女性从它的读者群中剔除。美国幽默小说轻视女性地位的传统，延续到后来马克·吐温、海明威、福克纳等南方作家的作品之中，20世纪报纸杂志专栏作者与《纽约客》作家幽默小说中的"大母亲主义"（momism）[①] 同样可以被视为这种传统的延续。以男性阳刚为主导的地域精神张扬边疆情怀与"美国意志"，逐渐形成了能够与儒雅传统相抗衡的力量，而这种地域精神也促生了美国幽默小说中"美国佬"（yankee）、"骗子"（confidence man）等经典形象。

综上所述，在与英国儒雅传统对话之中，美国作家通过戏仿探求带有"美国性"的文学表达方式，与此同时，在美洲地缘意识的渗透下，诸如暴力美学、贬低女性等美国幽默小说的特点已经开始诉诸美国幽默作家笔

---

① 有关"大母亲主义"的论述，详见第四章第一节第二部分。

端。加之同时代美国作家在史记、日记和游记等领域的创作实践，具有"美国性"的幽默小说在 18 世纪中后期呼之欲出。

二、震颤和自律：美国幽默小说的发轫

克尔凯郭尔有关人类"存在主义困境"（existential paradox）的论述，揭示了人类生存的圣俗双重性：人类在知道死亡不可避免的同时，却想方设法延长它的到来；简单来说，即肉体性和精神性。美国人类文化学家欧内斯特·贝克（Ernest Becker）后来在《拒斥死亡》（*The Denial of Death*）①中进一步阐明了这种"存在主义困境"：

> 人实际上是一分为二的：一方面，他意识到，人类是凌驾于自然之上的，所以具有独一无二的优越感；另一方面，在意识之外，他（最终）却会懵懂而愚蠢地被埋在地下，腐烂而后永久地消失。（Becker，1973：26）

贝克的解读将人形而上地分成"意识"和"肉体"两个部分。自我意识，是人类区别于其他动物的标志，但肉体的客观存在，却让人类永久地带上了"动物性"的标签。克尔凯郭尔的"存在主义困境"，其实就是人类在"精神永恒"和"肉体短暂"之间的徘徊、犹豫和挣扎。根据克尔凯郭尔的理解，这种困境是人类生存的常态，而如何解决这一困境，注定是人类永远无法解开的"珀涅罗珀之网"。正是这种存在主义困境让人们逐渐意识到，幽默之于生存的重要性是无可替代的。正如法国作家吉恩·保罗·里特恩（Jean Paul Richter）提出的，幽默是平衡"永恒"和"短暂"、"伟大"和"渺小"的重要砝码："幽默降格了伟大，让其与渺小并存；也提升了渺小，让其与伟大并肩。这样，幽默抵消了两者之间的巨大差距。"（转引自 Tave，1960：175）美国梦的文化内涵呼应了克尔凯郭尔所谓的"存在主义困境"，包容了梦想和现实、精神和物质、灵魂和肉体之间的圣俗乖讹，而幽默则是连接、调和以及平衡这一乖讹的重要因素。

---

① 《拒斥死亡》在 1974 年获得了美国普利策图书奖。

无论是奥巴马在 2008 年竞选美国总统时所呐喊的"勇往直前",还是特朗普在 2016 年竞选的口号"重振大国精神",它们之所以奏效,是源于美国民众集体潜意识中的"美国梦"情结。如前文所述,17 世纪来到美洲大陆的殖民者怀揣宗教信仰自由的理想,渴求在美洲找到上帝许诺的"流着牛奶和蜂蜜"的天堂,实现"应许之地"的梦想。然而,当殖民者双脚踏上美洲大陆,映入眼帘的不是富饶的迦南,而是令人绝望的"萧条和荒芜"(waste and wild)。在《失乐园》的开始,弥尔顿用"萧条和荒芜"来形容囚禁撒旦的塔耳塔洛斯,而在怀揣天堂梦想的殖民者看来,美洲大陆的生存环境无异于人间地狱。与欧洲相比,美洲大陆的自然环境更为广袤粗犷,这让习惯了庭院美景的殖民者不知所措。英国评论家扎卡里·麦克劳德·哈钦斯(Zachary Mcleod Hutchins)在《重建伊甸园》(*Inventing Eden*)中也曾经提到殖民者到达美洲大陆之时,虽然那里有人类文明曾经存在的痕迹,但是"对土著人社区的大批杀戮,使得马萨诸塞州沿海地域一片萧条"(Hutchins, 2014:42)。一方面,梦想无法照进现实,"迦南王国"和"人间地狱"之间无法填平的沟壑,让殖民者从梦想的云端坠入现实的地面。这种从"伟大"到"渺小",从"永恒"到"当下"的失衡,也许只有通过幽默的介入才可以得到些许的弥补。另一方面,身处萧条荒芜之中,殖民者只能暂且将梦想搁置起来,从零开始,去建构梦想中的"天国",这亦是美国文化中务实精神的起源。在梦想和实干、身体和灵魂等圣俗之间的徘徊困顿,是美式幽默的重要源泉,也是建构美国幽默小说框架的核心所在。

范·莱克·布鲁克斯(Van Wyck Brooks)在《美国的成年》(*America's Coming-of-age*)一书中指出美国文化体系中的两种相反相成的价值观:"一种明确无疑、由衷而发的对于超验理论的肯定('崇高的理想')和一种同时对廉价的琐碎现实的接纳。"(Brooks, 1915:7)根据布鲁克斯的理解,梦想和现实的对立统一隐身在早期殖民地文化发展中,它们之间的正式决裂则标志着美国成年时代的到来。这一断裂集中体现在 18 世纪两个作家的哲学思想和创作理念之中,即信仰上帝的乔纳森·爱德华兹和精明实干的本杰明·富兰克林。

乔纳森·爱德华兹是殖民地时期最重要的神学家之一,也是 18 世纪上半期"大觉醒运动"的发起人之一。在宗教信任和精神自由的层面,爱德华兹将早期殖民者建立迦南王国的梦想发挥到了极致。布鲁克斯将爱

德华兹构建的文学世界比喻成"马特洪峰"[①] ——"陡峭、冰冷而又高
耸"，但是山脚下却是另外一幅场景："绿草的坡地和欢歌的山谷，各种
美丽的小野花静静地开放着。"（Brooks，1915：11）这样宁静平和的美
景，也许只有伊甸园里才有。在这里，布鲁克斯看到了爱德华兹思想的核
心——重建伊甸园。爱德华兹的系列宗教作品都带有明显的"社区"痕
迹，希望通过某种抽象但可察觉的符号将社区成员区别开来，在真正的
"选民"社区内建立上帝的"应许之地"。为了建立理想之国，爱德华兹
在社区成员的"大脑"和"身体"两个方面进行了宗教大洗牌。

18 世纪的美国，受到大洋彼岸欧陆启蒙运动的影响，科学理念和宗
教思想冲突激烈，意识形态领域出现了"自然神论"（Deism）和"大觉
醒"（the Great Awakening）两种针锋相对的运动。爱德华兹将天主教思想
和实证科学结合在一起，并用"原罪说"对其进行解读。《圣经》中，上
帝赋予亚当权力命名伊甸园中的事物，这被称为"伊甸园智慧"。爱德华
兹认为，只有恢复了亚当曾经拥有的"伊甸园智慧"，人类才可能重现伊
甸园和所罗门盛世。因此，他在《自然哲学》（*Natural Philosophy*）中尝
试从宗教视角解读自然，探寻"无处不在的伊甸园智慧"（Hutchins，
2014：133）。很明显，作为上帝恩惠的"伊甸园智慧"只有少数选民才
能拥有，大多数殖民者被爱德华兹排斥在"理想国"之外，这与众生平
等的美国梦相背而行，因而他"重建伊甸园"的理念在美国的边疆领域
并不可行。

在"伊甸园智慧"的基础上，爱德华兹提出"身体震颤"是皈依宗
教（conversion）的必要条件。受到早期殖民地英克里斯·马瑟（Increase
Mather）牧师等人的影响，爱德华兹以原罪后夏娃生子为依据指出，只有
身体特征的改变才能带来精神灵魂的彻底洁净。他将信徒在上帝权威下的
"身体震颤"作为"入会"的必要条件，并且在传教的过程中通过"身体
震颤"来教化信徒。或振臂高呼、或黯然泪下、或高声斥责、或低语呢
喃，传道中的爱德华兹往往陷入看似疯狂的边缘。例如，1741 年，爱德
华兹在康涅狄格州传道《落在愤怒之神手中的罪人》（"Sinners in the
Hands of An Angry God"）。传道伊始，他引用了《圣经·申命记》的文

---

① 　马特洪峰（Matterhorn）位于意大利和瑞士之间，被称为"最美丽的山峰"，因为其三棱状高耸的
　　山峰而出名。

本："他们迟早是要受报应的"（Edwards，2005：171），而结束之时又引用了《圣经》对索多玛灾难的记叙："赶快逃命吧，不要往后看，逃到山的那边去，否则你将会被火焰吞噬。"（Edwards，2005：186）他将上帝描述为暴怒的父亲，即将对犯错的孩子实施惩罚。这种类似恐吓的传道令在场的每个人目瞪口呆，继而在忏悔中泪如雨下，成功地通过"身体震颤"达到了教化信徒的目的。

爱德华兹的"身体震颤"仍然建立在迦南王国的梦想之上，确实可以起到迅速教化信徒、纯净社区的目的，但是这种教化的效果却是短暂不能持久的。事实上，他在震撼身体、净化灵魂的路上越走越远，直至完全迷失在抽象的玄学之路。在《自述》（*Personal Narrative*）中，他记叙了自己通过"身体震颤"获得上帝之爱的经历，字里行间满溢着甜美和快乐。但沉浸在幸福之中的爱德华兹却发现，这种感情无法用言语来表达："我内心感到了，却无法表达我的渴望"（Ziff，1970：563），"我感到灵魂的炙热，却无法表达"（Ziff，1970：567），"基于想象力的语言无法表达神圣之光"（Ziff，1970：571），等等。语言俨然跟不上思想的进度，爱德华兹迷失在玄学的空间之中。正因如此，在过于抽象的宗教意识语境中，他开始尝试赋予词语新的内涵。例如，在《神圣和超自然之光》（*A Divine and Supernatural Light*）中，他尝试区分"灵光"（spiritual light）和"灵感"（inspiration）、"震颤"（affected）和"信仰"（believing）等令人费解的词语。过于形而上的抽象思想将爱德华兹带入了死胡同，难怪布鲁克斯认为他集中体现了"上层美国人精神'无穷尽的顽固'"[①]（Brooks，1915：11）。然而，就是在这"无穷尽的顽固"中，读者却感受到了潜藏在其作品中的幽默因子，它在作者稍微松懈之际便会跳出严肃的宗教文本喧宾夺主，令读者忍俊不禁。

如前文所述，爱德华兹在形而上的道路上走得太远，在阐释思想时往往词穷。在这种情形下，他会求助于"奇喻"（conceit）的修辞手法，用世俗的事物寓意神圣的宗教思想，其中圣俗之间的乖讹常常令读者忍俊不禁。例如，在《神圣和超自然之光》中，为了区别"上帝之光"和"世

---

① 布鲁克斯所讲的"无穷尽的顽固"（infinite inflexibility）实际上是玩了一个文字游戏，用了头韵、矛盾修饰法等修辞方式，暗嘲爱德华兹不但遵循了早期殖民者建立宗教理想国的传统，而且固执地将其在形而上的空间中发挥到了极致。

俗之光"，爱德华兹这样描述道："当太阳升起之时，我们的眼睛能够看到不同事物，但真正的光源并不是眼睛。"（转引自 Ziff，1970：575）而为了阐明感性的信仰高于理性的逻辑，他说道："蜂蜜是甜的这一理性判断，和亲口品尝一下它的甜美，是有区别的。"（转引自 Ziff，1970：573）用"日光"隐喻"上帝之光"，用"喝蜂蜜"阐明感性的意义，爱德华兹别具匠心地用身体器官和食物来阐明对上帝的精神信仰，巧妙地跨越了宗教和世俗、物质和精神之间的沟壑，而从上帝之光到"喝蜂蜜"的世俗降格则因其乖讹给文本增添了一抹幽默的色彩。

处在 18 世纪宗教信仰和科学思想碰撞交融的特殊时期，爱德华兹的精神世界里也充满了悖论和乖讹：他沉浸于信仰上帝的甜美，却全身心地探寻科学的奥秘；他遨游在形而上的精神世界，却同时看中"形而下"肉体的美好；他全心全意地爱着上帝和耶稣，但也执意留住世俗间朋友的真情等。像其他清教徒一样，爱德华兹在生活中严格自律，认为"习惯是通往基督之美的障碍"（转引自 Ziff，1970：555）。在《自述》中，他专门谈到了"吃"的问题。例如，在 9 月 2 日的记录中，他谈到了"少食"的好处：延长寿命、节省时间、有益健康等（转引自 Ziff，1970：556）。但在 9 月 30 日的记录中，他却坦陈自己已经暴饮暴食三周，下决心之后坚决改正。一方面宣称虔诚地信仰上帝，另一方面却连嘴巴都管不住，形象地勾勒了清教徒在梦想世俗化过程中的窘态，而作家的坦诚让读者忍俊不禁。后来，他讲到 1723 年离开纽约时和史密斯母子分离的场景："我的心情特别沉重，离开了一起度过那么多甜美日子的家人，离开那座城市……我久久地看着那座城市直到走出很远。"（转引自 Ziff，1970：564）这时的爱德华兹似乎已经将对上帝的信仰抛之脑后，恣意地沉浸在世俗的离别之痛中，这与其"身体震颤"的信仰癫狂形成了鲜明的对比，看似前后矛盾的言行却真实呈现了 18 世纪清教徒的意识形态。

英国作家斯威夫特指出，"小聪明带来的惊喜……是来自大脑的巧妙发明，而幽默的乐趣则是未经教化的天性流露，是更直接、更简单的愉悦"（Tave，1960：114）。在爱德华兹的文学信仰世界里，如果"小聪明"的宗教奇喻能够让读者会心一笑，那么扎根清教意识的圣俗乖讹则让作品带上了"更直接、更简单"的幽默乐趣。行走在形而上的信仰之路，爱德华兹却时时扭头去欣赏路边绽放的"世俗之花"，这幅图景将宗教和世俗、严肃和欢乐结合在一起，观者往往会为之忍俊不禁。

虽然与爱德华兹同处一个时代，富兰克林却从一条与形而上截然相反的道路上实践构建"迦南王国"的方式，这就是"身体自律"（self-discipline）。19世纪是美国文化认同的主要建构期，富兰克林的"自律"思想正是建构认同的重要基础。正如哈钦斯在《重建伊甸园》中指出的："19世纪（美国人）自我意识的出现，至少部分地和富兰克林在18世纪初期臻至完美的诉求是相关的，它阐释了在殖民地建立'迦南王国'的努力和付出……"（Hutchins，2014：245）与爱德华兹一样，富兰克林也对理想国的构建孜孜以求；但与爱德华兹不一样的是，富兰克林的努力发生在形而下的世俗世界。

本杰明·富兰克林出生于1706年，于1790年去世，漫长的一生几乎跨越了整个18世纪，其生平和作品是后世了解18世纪美国社会与文化的重要媒介。富兰克林是蜡烛生产商若西亚·富兰克林的第17个孩子，由于家庭经济条件拮据，他只读了两年书便辍学务工，起先在哥哥詹姆士的印刷作坊里帮忙，后来到宾夕法尼亚州开创事业。随着宾夕法尼亚州印刷厂业务的扩大，富兰克林跻身美国富豪榜。在42岁退休之后，更在政治、文学、科学领域有所建树。1616年，约翰·史密斯在《新英格兰记事》中大声疾呼："即使一无所有，也可以创立起自己的产业。只要辛勤劳作，定能迅速发家致富。"（Smith，1986：14）根据史密斯的理解，美国梦不局限在信仰自由的精神层面，更有"发家致富"的世俗意义。随着18世纪美国经济的发展，这一物质层面有了进一步的扩展，增加了以富兰克林的成功为典范的"穷小子变富翁"的内涵。富兰克林实现了史密斯船长一个半世纪前的陈述，给大洋两岸的读者展示了一个美国梦想家的巨大成功。在美国梦世俗层面上，从17世纪史密斯船长白手起家、迅速致富的鼓吹，到18世纪富兰克林切身实践的成功和19世纪初爱默生"无限能力"对梦想者脚步的坚定，到19世纪后期霍雷肖·阿尔杰（Horatio Alger）奇迹的出现，"穷小子变富翁"的理想逐渐达到了顶点。之后，20世纪初马克·吐温的《镀金年代》指出了这一层面的梦想"金玉其外败絮其中"的本质，而后西奥多·德莱塞（Theodore Dreiser）的《嘉莉妹妹》（Sister Carrier）和F. 斯科特·菲茨杰拉德（F. Scott Fitzgerald）的《了不起的盖茨比》（Great Gatsby）正式宣告了世俗梦想的破灭。作为世俗梦想成功典范的富兰克林，站在这条世俗梦想链条的最前端，他的成功靠的正是在世俗中的"身体自律"，而《本杰明·富兰克林自传》（The

Autobiography of Benjamin Franklin，以下简称《自传》）中的 "十三条美德"（the Thirteen Virtues）更成为后世逐梦者争相模仿的道德规范。

在《自传》的第二部分，富兰克林与读者分享了确保成功的 "十三条美德"，即节制（temperance）、寡言（silence）、秩序（order）、决心（resolution）、节俭（frugality）、勤劳（industry）、真诚（sincerity）、公正（justice）、中庸（moderation）、整洁（cleanliness）、平静（tranquility）、贞洁（chastity）和谦卑（humility）（Franklin，1981：79 – 80）。富兰克林告诉读者，他一生都致力于实践这十三条美德，而这正是他成功的真正原因。他把美德看作行为准则，并制订计划严格遵守："每次只将重点放在一条美德之上，当这一条成为我的行为习惯后，我会将重点放于下一条之上。就这样，我按道德顺序规范自己的言行。"（Franklin，1981：80）富兰克林制作了一个小本子，每页画上七横十三竖的表格，7 个横格标示星期，13 个竖格标示十三条美德。每当做错事情，他就会在相应的线上标上黑点，以此来警示自己。《自传》记载，富兰克林用这样的办法不断进步，并为之高兴不已："虽然中间有过几次停歇，但我严格执行着自我反省的计划。我吃惊地发现自己的错误如此之多，但看到它们被一一改正，我感到前所未有的满足。"（Franklin，1981：86）例如，《自传》中多次谈到了富兰克林对饮食的节制。16 岁在哥哥的印刷作坊工作时，富兰克林就开始吃素，这给他的生活带来了很多便利。素食省下来的钱可以用来买书，而且别人吃饭时他可以独自在工作室读书。富兰克林曾在伦敦印刷厂工作，他发现那里的工人一天到晚喝啤酒。他坚持滴酒不沾，节约了开支。富兰克林享受着生活上的严格自律，将喝酒的工友称为 "可怜的恶魔"（Franklin，1981：46），通过饮食的自律及时调整身体适应周边环境。对富兰克林来说，"规律的生活和控制饮食是成就自我的关键所在"（Hutchins，2014：249），也是实现财富美国梦的关键所在。富兰克林对十三条美德的贯彻执行，代表了 18 世纪美国人在世俗物质层面上对建构理想国的思考和实践。

值得注意的是，《自传》中的富兰克林不仅实践了十三条美德，而且始终是上帝最虔诚的信徒。在《自传》伊始，他便将自己的成功归因于对上帝的信仰："现在谈到感恩上帝，我怀着谦卑的心坦白：我过去的成功都是源于他的庇佑。"（Franklin，1981：2）在清教思想占主导地位的 18 世纪，富兰克林作为 "身体自律" 的典范并未放弃对上帝的信仰，而主张"身体震颤"的爱德华兹也并不是杜绝了一切世俗干扰的深山隐士。但他们对"身体自律"和"身体震颤"的强调，呼应了布鲁克斯所谓的"超验思想"和"琐碎现实"的分离，两者都建构在肉体的基础之上，且都发生在重建迦南王国的梦想视域中。超验和琐碎两者之间的对立统一，为美国人理想主义和实用主义性格的形成奠定了基础，是美国文化认同建构发轫的重要标识点，也拉开了具有鲜明"美国性"幽默小说的序幕。总之，当美国性格开始成熟之际，美国第一位幽默小说家也就应时而生了。

三、富兰克林：最初的美国幽默小说家

在建立理想国的努力中，号召"身体震颤"的爱德华兹和倡导"身体自律"的富兰克林，从神圣和世俗两个对立统一的视角勾勒了最初的美国特性。在美国性格逐渐养成之际，富兰克林作为第一位美国幽默小说家登上了历史文学舞台。

经历过殖民地的宗教叙述诗歌和游记体小说的创作实践，美国文学的个性特征在 18 世纪中期初步形成，幽默小说脱颖而出。在拓展殖民地社区的劳作中流行的口头幽默，被记录在游记、日记、日历、报纸、故事书等小篇幅作品中。评论家丹尼尔·布尔斯廷（Daniel Boorstin）在谈到这一时期文学气候变化时指出，"在粗俗幽默和大众想象的作用下，接地气的书面幽默作品……逐渐代替了儒雅传统文学"（Blair，1962：32）。富兰克林的幽默小说，便是结合了殖民地粗俗幽默、大众想象和儒雅文学的产物。尽管所受教育不多，但富兰克林聪明好学，十几岁在哥哥詹姆斯的印刷作坊工作时便以"塞恩莱斯·杜古德"（Silence Dogood）为笔名发表了一系列幽默作品。

富兰克林酷爱读书。在《自传》中，他提到早年喜欢阅读《天路历程》（Pilgrim's Progress）、理查德·伯顿的史记、丹尼尔·笛福的系列文章等，并从中大受裨益。可以看出，富兰克林受到了 18 世纪启蒙时期英国作家的影响。其中富兰克林尤其提到了《旁观者》（The Spectator）报纸对其创作风格的影响。一次偶然的机会，富兰克林买到了一份《旁观者》报纸，他"读了一遍又一遍，对其爱不释手"（Franklin，1981：13）。他一边读报一边写阅读心得，一段时间之后再根据心得写文章。然后把自己的文章和

《旁观者》的做比较，以寻找并弥补自己的不足。《旁观者》的主要编辑之一理查德·斯蒂尔在报纸《闲谈者》（Tatler's）第 242 刊号提出，"温和"（good nature）是艺术家的重要素质，也是拘束时下嘲讽文的重要因素。斯蒂尔的这篇文章，"成为 18 世纪讽刺文的写作标杆"（Tave，1960：24）。① 呼应"温和"文体的倡导，富兰克林在不断创作的实践中逐步形成了谑而不虐、友善嘲讽的写作风格。在不懈努力下，富兰克林的写作水平不断提高，写作风格既延续了英国小品文"幽默"和"温和"的双重特点，也受美国本土环境以及游记文学的影响而具有了边疆幽默的特点。

富兰克林的笔是最强有力的武器，如果身体自律是通往迦南王国的必经之路，那么写作则是建立理想国最有效的工具之一。前文提到在哥哥的印刷作坊工作时，富兰克林就曾经试笔，作品很快被大家推崇，而富兰克林在写作之路上也由此一发不可收拾。在费城，为了同老雇主凯默的报纸竞争，富兰克林亲自为印刷社的报纸撰稿。由于文笔简洁、观点犀利，富兰克林经营的报纸销量直线上升。② 富兰克林不仅为自己写作，也常常通过手中的笔成人之美。为了帮助不善写作的亨普希尔牧师，富兰克林代他写了两三本宗教小册子，其中有一篇文章后来发表于《英国公报》（British Gazette）。从 1743 年开始，富兰克林开始写请愿书，希望在费城建立一所大学，为当地的年轻人提供更好的教育环境。在遭到拒绝后，第二年他又将请愿书递交了上去，并自己创办了"哲学学会"（the Philosophical Society）。1742 年，富兰克林写作小册子《新发明推广：宾夕法尼亚火炉》（"An Account of the New-Invented Pennsylvania Fire Places"），成功推广了新发明的炉子，当地人为此大受裨益，而富兰克林也赚得盆满钵满。同样地，他还写作小册子号召大家捐款雇人清理街道，此举也得到了当地居民的广泛响

① 《闲谈者》报纸于 1709 年由斯蒂尔创办，连续发行两年。它刊登的文章均用适应新时期的新闻体写出，对中产阶级的生活风尚和言谈举止进行品评。1711 年，《闲谈者》停刊，斯蒂尔和艾迪生合作创办《旁观者》。后者刊登的文章延续了《闲谈者》的风格，而且在前者停办之前，两份报纸曾经同时发行刊登同样的文章。

② 吕西安·费弗尔（Lucien Febvre）等人在《书的到来》（The Coming of the Book）中提出，"印刷业真正在北美发展起来，是印刷商发现了报纸出版业之后"（Febvre and Martin，1976：208），由此可见报纸促进了印刷行业的发展。在《想象共同体：民族主义的起源和散布》（Imagined Communities：Reflections on the Origin and Spread of Nationalism）中，本尼迪克特·安德森（Benedict Anderson）重述了富兰克林印刷商兼记者的身份，并因富兰克林为北美"想象共同体"做出的贡献而将其称为北美克里奥尔民族主义的重要代表（Anderson，2006：61）。

应。1739 年，大觉醒运动的倡导者之一乔治·怀特·菲尔德（George White Field）来到费城传教并引起人们的广泛关注，但是富兰克林认为怀特文笔差是他最大的缺点：“如果他没有写作那些糟糕的东西，他在这里的影响会更加持久而深远。”（Franklin，1981：107）在富兰克林看来，手中的笔就是他的武器，是保护自己的利益、维护社区权益、提高民众生活的最强有力的工具。他的作品之所以受同时代的人追捧，与作品中融合了“友善幽默”和“边疆幽默”的嘲讽有很大的关系。

富兰克林幽默嘲讽小说最大的特点，便是他能够保持与故事叙述者的距离，即生活中的富兰克林和作品中的他是不一样的。在《美国经典文学研究》（*Studies in Classic American Literature*）中，劳伦斯将他称为“老爹富兰克林”（Old Daddy Franklin），并在文中戏谑地重新界定了富兰克林十三条美德。劳伦斯讲道：富兰克林“让人忍无可忍，因为他尝试打碎我的完整、我的‘黑暗丛林’和我的自由”（Lawrence，1923：24）。在劳伦斯看来，富兰克林是个地道的骗子，因为在作品中他违心地将自己塑造为“经典的美国人形象：乏味、有德行、功利主义的小民主党人”（Lawrence，1923：27）。根据劳伦斯的解读，富兰克林在创作时故意隐瞒了真实身份，通过“假面具”呈现给读者一个虚构的富兰克林形象。① 论者布莱尔也谈到了富兰克林的两个身份：“真实的富兰克林主要是一个城里人……而老爹富兰克林质朴的文风却让读者将他想象成一个乡下人。”（Blair，1962：61）布莱尔所谓的“城里人”指的是现实中的中产阶级富豪富兰克林，而“乡下人”则是富兰克林在文学创作中戴的假面具之一。

富兰克林之所以在作品中隐瞒了真实身份而将一个“戴面具”的叙述者推至前台，主要是受《旁观者》报纸叙事风格的影响。实际上，在富兰克林的作品中，叙述者和作者之间的身份差距越大，文本的幽默潜质也就越大。在 17 岁时，富兰克林用“塞恩莱斯·杜古德”这一笔名在

---

① 诚然如此，作品中的富兰克林与现实中的他大相径庭：在作品中他呼吁坚贞，现实生活中却有一个私生子；在作品中赞颂对美国的热爱，一生却有近 1/3 的时间在英国度过；在作品中的叙事者大多为女性或老者，与现实中的中产阶级富豪身份完全不同等。约翰·亚当斯（John Adams）眼中的富兰克林更是不堪：“游手好闲、不学无术、油腔滑调、爱出风头、好色纵欲、奢侈享乐还挪用公款。”（Blair，1962：54）亚当斯的评论虽然带有明显的个人情绪，但也指出了现实中的富兰克林与大众想象不同的事实。

《新英格兰新闻》（*The New England Courant*）上发表了 14 篇系列小说，牛刀小试却大获成功，从此之后多变的叙事视角成为富兰克林小说的重要特点之一。根据人物设定，杜古德出生在从伦敦到新英格兰的轮船上，出生那天父亲便被海浪卷走。结婚两年后母亲去世，五年后丈夫去世。受丈夫的影响，杜古德阅读了很多书，知书达理，能写文章。乍一读来，读者很难将杜古德女士的女性视角和俊秀文体，与中产阶级作者富兰克林联系起来。例如，第四篇小说通过杜古德的梦境讽刺了美国教育体制，但叙事者的寡妇身份和现实中作者的真实身份形成鲜明对比，让文本读来幽默好笑。文章开始时，杜古德询问房客克莱瑞克斯（Clericus），儿子是否应该接受高等教育。之后的情节中，杜古德女士在"伟大苹果树"下睡着并做了一个梦，在梦中她游览了"知识殿堂"（the Temple of Learning），入门处站着"富有"和"贫穷"两个看门人，意指金钱是教育的通行证。游览中碰到了"懒散""无知"等人物，顺便去神学殿堂看了一圈。杜古德女士在梦中意识到，家长花大价钱让孩子去知识殿堂学习，而这些孩子毕业时"仍然是个榆木疙瘩，只是更加骄傲和自负而已"（Ziff，1970：614）。在杜古德梦醒后，克莱瑞克斯告诉她，其实梦中的知识殿堂就是现实中的哈佛大学，因而送儿子去高等学府读书是不明智的。小说中杜古德的寡妇身份和现实中富兰克林的男儿郎形象截然不同，而前者越娇羞含蓄，文本也越幽默好笑，"假面具"手法是小说幽默效果的主要来源。此外，这篇小说是对班扬的《天路历程》的戏仿，同样是梦境，一个有关儿子上学的世俗问题、一个有关宗教救赎的信仰问题，两者之间的鲜明对比往往让读者忍俊不禁。经过杜古德女士系列小说的写作实践之后，富兰克林更善于戴着"假面具"来讲故事，而且故事中的幽默效果也更加突出。

　　如果乔装成杜古德女士让读者觉得好笑，那么假装是波莉·贝克（Polly Baker）则让人捧腹了。1747 年，41 岁的富兰克林在《绅士杂志》（*The Gentlemen's Magazine*）上发表短篇小说《波莉·贝克的辩解》（*The Speech of Polly Baker*）。在故事里，贝克因私生子问题第五次站在被告席上接受审判。和谨慎小心的杜古德女士不一样，贝克独立、大胆、有见识而且还能言善辩。面对冷漠的陪审员，她有理有据地分三步证明了自己的无辜。首先，根据法律规定，她"不明白到底犯了什么罪"（转引自 Ziff，1970：616）。贝克认为自己一直都效忠国王老实守法，自己的孩子为不断扩张的殖民地建设提供了劳动力，所以不明白到底哪一点触犯了法律。其次，虽然已经被逐出教堂，但贝克认为自己仍是受上帝庇佑的："上帝很高兴将神圣的技术和炫目的手艺教授众人，让他们戴上理性和永恒的桂冠"（转引自 Ziff，1970：617），所以"勤学好问"的自己理应是受益者之一。最后，聪明的贝克将责任推到情人身上。贝克指认一位陪审员是之前的情人，继而讲到法律放纵男人却严惩女人是不公平的，应该通过严惩男人来减少私生子的数量。在结束陈词前，贝克大胆地提出："鉴于以上几点，我认为与实施鞭刑相比，更应该为我建立一座贞节牌坊。"（转引自 Ziff，1970：618）让读者大跌眼镜的是，贝克的陈词不仅成功地为自己做了辩解，而且深深打动了一位陪审员，这位陪审员后来与贝克结婚，婚后两人生下 15 个孩子。贝克貌似无厘头的辩解却字字珠玑，让读者在忍俊不禁的同时为之叹服。在知情的读者看来，儒雅富有的绅士富兰克林与大胆泼辣的女囚徒之间的身份乖讹，亦成为故事幽默好笑的重要原因之一。

富兰克林短篇小说的叙述者大多出身卑微，他之所以采用"低姿态"的叙述视角，与 18 世纪美国文化领域内"反智主义"（anti-intellectualism）思潮是紧密相关的。前文谈道：当爱德华兹倡导大觉醒运动的"身体震颤"时，富兰克林却认为"身体自律"才是通往理想国的必然之路。与爱德华兹难以捉摸的"身体震颤"相比，想要在处女地上建构理想国，富兰克林的"身体自律"显得更加合理与务实，因此，大多数殖民者倾向于富兰克林的身体自律说。此外，与身体自律说相呼应，美国思想意识界此时亦出现了"反智主义"思潮，从斥责宗教排外到对峙精英文化，美国实用主义由此生根发芽并成为美国文化认同的重要组成部分。理查德·霍夫施塔特在《美国生活中的反智主义》（Anti-intellectualism in American Life）中提出，"从很早开始，读文识字就被认为是百无一用的贵族标志……美国普通大众的理想是，不用文化学习就可以直接参与社会建设，或者可以说，这个社会中人们的教育仅限于普通大众能够掌握的最低程度"（Hofstadter，1963：51）。与霍夫施塔特的"普通大众"相对应，富兰克林的人物都是来自下层社会的普通人，小说描写的也大多是美国殖民地社区普通人的故事。这些人物惯常用自嘲的口吻讲述故事，颇具古希腊喜剧中"愚人"（eiron）的角色特点。亚里士多德在《尼各马可伦理学》中指出，愚人是喜剧中的经典角色之一，"看起来言不达意、老是自我贬低，总是和自己过不去"，但实际却是大智若愚的正面角色。在

"反智主义"思潮流行的美国，愚人角色深受普通读者的喜爱。为了迎合读者需求，富兰克林创作了一系列愚人形象，而其中又以农民穷理查为代表。

1732 年 12 月，富兰克林开始出版《穷理查年历》（*Poor Richard's Almanack*），而在接下来的 25 年里，《穷理查年历》成为殖民地最畅销的年历，每年至少售出一万册。除了当年的日历，《穷理查年历》还包含了气象预报、诗歌选读、俗话谚语、数学计算题、人口统计知识，以及天文和占星知识等。在殖民地不断扩张、社区建设急速发展之际，这样的快餐文学适应了生活快节奏与大多殖民者受教育程度低的特点，受到了殖民地社区大众读者的追捧。以理查视角命名，让年历刊载的故事有了连贯性。富兰克林常常在上一年的年历中留下悬念，让读者对来年的年历有所期待，通过这种方式提高了年历的销量。例如，理查曾经预测他的朋友泰坦·利兹先生将在来年的 10 月 17 日去世，而利兹先生自己跳出来反驳：死亡日期是 10 月 26 日。两人无厘头的争执给年历增添了一抹喜剧的色彩，也成为推动年历销量一路攀升的重要因素。

在年历刊载的快餐文学中，最受关注的便是名言警句，《穷理查年历》中的很多语句都成为脍炙人口的谚语。富兰克林别具匠心地结合殖民地的现实情况，对之前的名言警句进行改编，言简意赅、生动活泼且诙谐幽默地描绘出殖民者的生活现状，这是《穷理查年历》成为美国殖民地时期经典大众文化之一的重要原因。例如：

之前：As soon as men have understanding enough to find a fault, they have enough to see the danger of mending it.（一旦人们发现了错误，他们也会明白改正错误的困难）

理查：Men take more pains to mask than mend.（宁可掩饰，也不改正）

两者比较，理查的言语短小精悍，在音律上因头韵/m/读来也更加口语化，既不失幽默地创作了一幅形象诙谐的画面，又一针见血地指出了人性的弱点。而另一则：

之前：He had a mouth for every matter.（他很八卦）

理查：Henry Smatter has a mouth for every matter. （亨利斯·斯迈特很八卦）

理查的版本将"He"换作了"Henry Smatter"，"Henry"是最普通的英文名字，而"Smatter"的本义是"东拉西扯地聊天"。名字的含义和句意相得益彰，勾画出斯迈特夸夸其谈的边疆大话王形象，情景设定更加美国化，而整个句子也变得活灵活现起来。

在长达 25 年的时间里，年历的叙述者也由理查·桑德斯（Richard Sanders）变成后来的穷理查（Poor Richard），后者的人物设定因更接近下层社会的殖民者而受到更多读者的关注和喜爱。1758 年，新版的《穷理查年历》问世，在前言部分富兰克林创作了一个幽默短篇小说《发财之路》（*The Way to Wealth*）。故事开始时，穷理查以一个失败作者的姿态出现，感叹年历不被大家认可，除了自己很少有人引用其中的名言警句等。之后，穷理查讲述了在集市碰到亚伯拉罕老爹（Father Abraham）的经历。集市上，有人向经验丰富的亚伯拉罕老爹咨询问题，比如如何在重税之下生活等。亚伯拉罕很明显是穷理查的粉丝，因为他坚持用穷理查名句回答每一个问题，因而他的答案听起来冗长单调、枯燥无味。穷理查碰巧经过集市并听到了一切，"我发现这位老好人仔细研究过我的年历，他完全吸收了我在过去 25 年内对有关主题的所有见解"（转引自 Ziff，1970：630）。穷理查刚要为之窃喜不已，戏剧性的一幕就出现了："人们听后表示赞同谚语讲述的规则，但立刻反其道而行之，好像这就是一场普通的传教而已。"（转引自 Ziff，1970：630）经过这场"传教"，被感动的也许只有理查自己而已：他本来打算买一件新外套，但想想也许真的是"省一分等于挣一分"（A penny saved is a penny earned），终究放弃了购买计划。可以看出，小说中的穷理查实际道出了现实之中富兰克林的心声。富兰克林通过小说质疑了年历的实用性，并对作为作者的虚荣心进行了自嘲。但对于提高年历的销量来说，这无疑是一箭双雕的做法：一方面，这种自嘲的口吻迎合了美国大众读者的反智主义口味，夯实了《穷理查年历》的读者群基础；另一方面，穷理查的大智若愚的愚人形象反讽地指向了精英文化群体，使年历带上了幽默讽刺的特点。在古希腊喜剧中，愚人常常陪伴"大话王"（alazon）出场，而除了愚人，大话王也是富兰克林幽默小说中常常出现的重要角色。

1782 年，富兰克林在法国帕西发表了短篇小说《波士顿独立记事副刊》（*Supplement to the Boston Independent Chronicle*）。作品通过戏仿史记的形式讲述了装在 8 个箱子内的 1062 个白人头皮的故事。小说详细介绍了头皮的编号，并附加了几封"真实"信件介绍头皮的由来，颇具现实主义色彩的写作手法在增加故事真实感的同时，让读者体味到冷漠的叙述者所表现出的"大话王"特点。例如，编号 2 的包裹中有 98 个被突袭杀死剥掉头皮的白人，编号 7 中有 211 个女孩子的头皮，编号 8 中有 122 个婴儿的头皮，"有些中间有黑色的刀印，可见是从孕妇腹中剖出来的婴儿"（Blair，1962：87），诸多细节的描写令人发指，而叙述者却表现得异常冷漠，面对杀戮不动声色地侃侃而谈。格瑞斯上尉在给加拿大总督的信中提出，这些头皮将来会挂在王宫附近公园的树上，这样国王和王后从宫殿中就能看到它们。此外，头皮还将作为礼物被分送到各处：每种头皮选一个送到国王图书馆；部分女人和小孩的头皮送给王后；其他的送到议会的各个院里；还要给教堂助教送双份的头皮；等等。故事叙述者的冷漠与无知令读者发指，其自以为是的样子正符合希腊喜剧中"大话王"这一角色设定。在古希腊喜剧中，愚人看似愚蠢实则谦卑睿智，而大话王夸夸其谈却往往言不由衷。故事叙述者在血淋淋的数字面前异常冷漠，在谈到头皮的作用时更是无不骄傲地强调其应该为皇室贵族服务，其残忍却荒谬的执着让故事读来颇有黑色幽默的美学效果。

在古希腊喜剧中，大话王和愚人总是一起出现在舞台之上，一个张狂自大且愚蠢无知，另一个看似愚钝实则大智若愚。加拿大学者弗莱（Northrop Frye）描述了两个角色在喜剧中不同的作用。

> 愚人和大话王之间的竞争形成了喜剧行为的基础……很多喜剧场景中，一个趾高气扬的人物在独白，而另一个人物则处处与之针锋相对，通过舞台旁白不断拆台。这就是愚人和大话王之间最纯粹的对话形式，而观众则会一边倒地支持愚人这一方。（Frye，1971：172）

在《波士顿独立记事副刊》的故事中，富兰克林别出心裁地将愚人这一角色设定在文本之外，与作为大话王的叙述者针锋相对。作品发表在 1782 年，时值美国独立战争时期，富兰克林在 76 岁高龄写作这部作品，旨在通过歌颂殖民地时期美国人殉道者般的牺牲，来斥责英国提出的不平等停战协议。通过夸大叙述者的冷漠和残忍，富兰克林向读者揭示了

"大话王"的蠢笨，而读者则与作者一起站在了愚人阵营之中。再看整个故事，叙述者的大话王和预设的愚人始终未停止对话，在愚人波澜不惊的暗语中，整个作品的讽刺意义跃然纸上。富兰克林的其他小说，例如《普鲁士国王的法令》(*An Edict by the King of Prussia*) 和《出售雇佣兵》(*The Sale of the Hessians*) 等都使用了这一讽刺模式。

受到时代特点和身份背景的限制，富兰克林在文学创作中对欧洲文学，尤其是英国文学的模仿显而易见。但富兰克林在创作文本时使用的"假面具"叙事，作品表现出的"反智主义"倾向，以及"愚人解构大话王"的幽默叙事模式等，成就了其首位美国幽默小说家的身份，对后世幽默小说的发展产生了重要的影响，更预示了"美国幽默小说黄金时代"的到来。

第二章 美国幽默小说的黄金时代

进入 19 世纪，美国在赢得独立战争后取得了长足的发展。政治上国家认同的建构，地理上"西进运动"的推进，文化上浪漫主义思潮的繁盛，各个领域都呈现一片生机勃勃的景象。尽管南北战争只是赢得了表面的统一，但北方的胜利的确为民主制度的推广和资本主义经济的发展夯实了基础。随着美国政治经济的发展，文化产业也得到了迅速发展，迎来了美国幽默小说的黄金时代。

前文指出，美国起源于建立"应许之地"的梦想，从殖民地时期美国梦便成为美国人集体无意识的重要组成部分。1931 年，美国历史学家詹姆斯·亚当斯出版了《美国史诗》一书，在书中他这样界定美国梦：它是能够"让公民过上更好、更富裕和更幸福的生活的美国梦"，也是"对这样一个国度的憧憬，在那里每个人都有依据自己的能力实现目标的机会"（Adams，1945：415）。亚当斯对美国梦的阐释，凸显了"公民"一词，也表明了"自由、平等、民主"是美国梦最基本的构成元素。当 19 世纪美国着手文化认同的构建之时，美国人怀着美好的愿景畅想真正自由的国度，但当梦想和现实出现落差之后，极具美国特色的民粹幽默（horse sense humor）诞生了。根据美国学者沃尔特·布莱尔的解读，民粹幽默小说的出现标志着美国幽默进入了所谓的黄金时代（golden age）（Blair，1978：155）。

第一节 美国民粹幽默小说的诞生

殖民地时期美国人受教育的程度普遍不高，口头故事（oral story）是街头巷尾最受欢迎的朴素文学形式。为了吸引听众的注意，讲述者不但会着意夸张故事细节，而且往往在故事中加入令人捧腹的幽默元素。布莱尔把边疆口头故事的情节分为三种类型，它们具有不同的文本特征：多个情节的凌乱叠加、弱者战胜强者的故事主线和荒诞不经的夸张细节（Blair,1978：29）。18 世纪随着大众教育的开展，人们着手把口头故事付诸笔端，这便是美国最早期的幽默小说之一。像口述故事伸张正义、荒诞不经等特点，也延续到文本故事之中。而因为最初来自街头巷尾且以普通民众为目标读者，口头故事书面化实际就标志着美国民粹幽默小说的诞生。

19 世纪，美国平民教育得到了大力推广，民众对于通俗文学作品的阅读需求逐渐增加，这成为推动美国民粹幽默小说发展的重要原因。殖民地早期的教育相对落后，大部分儿童在家里由父母教授最基本的语法和书写。随着殖民地的扩展和民族意识的萌发，大众教育的普及变得尤为重要。17 世纪后期，马萨诸塞和康涅狄格两州规定，凡是超过 50 个家庭的社区就要设立学校，教儿童读书识字。经过一个多世纪的努力，19 世纪美国的大众教育得到了普及。美国史学家亨利·斯蒂尔·康麦格（Henry Steel Commager）谈道，对 19 世纪的美国人来说，"教育就是宗教……尽管这种教育具有实用主义和世俗主义倾向"（Commager,1950：10）。将教育提高到信仰的地位，足见 19 世纪美国人对教育的重视程度。尽管教育得到了普及，但是教育体制并不完善，教育制度的具体推行带有较强的功利性，教育改革的效果也大多不尽如人意。例如，理查德·霍夫施塔特在《美国生活中的反智主义》中就谈到了 1837 年马萨诸塞州的教育状况：学校不但小而且地理位置偏远，没有统一的教材，学校管理阶层不合格，教师不能胜任教学工作，等等（Hofstadter,1963：302）。且不谈"反智主义"思潮的影响，普及但不完善的教育体制下，虽然美国读者的阅读需求量增加，但他们往往舍弃经典文学而选择民粹幽默小说，推崇类似"大话王"的民粹英雄。

一、幽默民粹英雄大卫·克洛科特

19 世纪初期美国报纸杂志业空前繁盛，报纸成为民粹幽默小说发展最好的载体。虽然大众教育得到了普及，但 19 世纪美国的印刷业还处于比较落后与混乱的局面。19 世纪 30 年代，美国一半以上的图书是进口的，本土作家产量不高，而且还存在版权管理混乱的问题。但这种混乱的局面却促成了报纸杂志业的繁荣。为了迎合大众读者的阅读喜好，大量的民俗报纸（folk journalism）开始刊登口头故事。作者在将口头故事付诸笔端时，既着意减弱文本口语化的倾向，又尽可能地保留口头故事中的幽默元素。因为没有版权问题，不同报纸往往会剽窃对方的新闻故事。经过反复修改和刊登，其中有些打磨较好的文本就成为脍炙人口的幽默小说，它们所描写的民粹英雄逐渐引起了美国民众的广泛关注，其中具有代表性的是麦克·芬克（Mike Fink）、大卫·克洛科特（Davy Crockett）、杰克·唐宁（Jack Downing）、以西结·比格罗等。

　　船员麦克·芬克是 19 世纪美国幽默小说第一个重要的民粹英雄。1823 年 7 月 16 日的《密苏里共和党报》（*Missouri Republican*）刊登了芬克的讣闻，文章重现了他被谋杀的场景。现实中的芬克出生于 18 世纪后半期，在密西西比河、俄亥俄和新奥兰多做过船员，脾气暴躁、性格粗鲁、喜欢恶作剧捉弄别人，被称为"平底船水手之王"（King of the Keelboaters）。芬克故事的传奇色彩愈演愈烈，很多作者都以芬克为原型写作幽默短篇小说。这些以芬克为原型的幽默小说受到了普通读者的欢迎，而报纸为了迎合读者口味也开始大量且重复刊登他的传奇故事，双重因素促成了芬克这一民粹英雄的声名鹊起。在小说中，"大卫·克洛科特"这一名字经常和芬克一起出现，两位民粹英雄常常以竞争者的姿态出现在射击比赛中，难怪沃尔特·布莱尔将芬克比作赫拉克勒斯的朋友阿孔（Alcon）（Blair，1978：118），而梅尔维尔则把赫拉克勒斯比作"古时候的克洛科特"（Lynn，1958：149）。芬克和克洛科特两个形象同样被布莱尔称为"喜剧半神"（comic semi-god），都是现实人物和虚构元素的结合体，且都是早期幽默小说中的民粹英雄。但比较起来，就美国边疆英雄的人物塑造传统和幽默小说创作对美国文化认同的建构作用来说，学界将更多关注的目光投向了以克洛科特为原型的幽默故事。

　　现实中的克洛科特于 1786 年出生在田纳西一个贫苦家庭中，没有受过正规的教育，12 岁便到邻近的农庄工作养家糊口。克洛科特的生活经历异常丰富，他参加过克里克战争（Creek War），当过农夫、猎人、军官、说书人，还两次成功地竞选为美国国会议员。克洛科特在 1835 年议会竞争失利后搬至得克萨斯州，在 1836 年阿拉莫战役中牺牲。在首次成功竞选议员后，克洛科特发现，很多小说家开始以自己为原型写作幽默小说。令克洛科特愤愤不平的是，小说中克洛科特的形象将自己完全丑化了。现实中，身着鹿皮的克洛科特相貌堂堂：身高六英尺，宽宽的肩膀、黑红的脸颊、浓黑的头发。但在报纸杂志的幽默小说中，读者却看到了一个样貌丑陋的克洛科特：模样猥琐、弯腰驼背、蠢笨至极，还长着一副厚嘴唇。尽管如此，让人意想不到的是，小说中的克洛科特形象受到了读者的大力追捧。如果将报纸杂志上克洛科特不同的形象综合在一起，读者会发现这是一个典型的拓荒者，尤其是严重地酗酒和不着边际地吹牛两点更符合这一身份特征。例如，在田纳西州报纸刊登的一则克洛科特故事中，他这样自我介绍道：

> 我就是传说中的那个大卫·克洛科特，刚刚从处女地回来，一半像马，一半像鳄，还有一点鳄龟的模样。我能徒步涉水渡过密西西比河，一步跨越俄亥俄河；我能骑着闪电四处滑行，连皂荚树上都不会留下一丝痕迹；我能轻易战胜敌手……也能一下吃掉反对杰克逊的人。（Blair，1962：37）

其荒诞夸张的自吹自擂和口语化的讲述方式，保留了口述故事的痕迹，小说文本亦呈现美国边疆幽默的特点。无论是与原型人物不同的丑陋样貌，还是拓荒者的粗俗性格，都是作者在现实基础上的艺术虚构，旨在通过本土化小人物插科打诨的闹剧引发读者的笑声。在克洛科特系列短篇幽默小说中，最受读者欢迎的是克洛科特参政的故事，平民参政的美国梦在民粹幽默小说的小人物身上得以实现。

进入 19 世纪，美国文化认同建构的问题被提上日程。1824 年安德鲁·杰克逊和约翰·昆西·亚当斯就总统选举展开激烈竞争，美国政治体制和文化意识在民主政治和官僚统治之间、民粹主义和精英主义之间挣扎徘徊。1824 年，亚当斯最终当选美国总统。亚当斯是哈佛大学毕业的高才生，主张以华盛顿为中心逐步开展教育和科学改革，是美国精英派的代表。5 年后，倡导自由经济和实用主义的杰克逊就任美国总统，他被称为"拥有自然智慧的自然人"，是典型的民粹主义者。亚当斯是知识分子，而杰克逊是实干家，两个人的总统之争实际代表了美国精英文化和民粹文化的对立。随着 19 世纪美国民粹主义的兴盛，总统之争的最终胜利是属于实干家的。在美国认同建构过程中，来自报纸杂志的舆论力量成为重要导向。从 18 世纪末开始，报纸杂志呼应文化认同建构的潮流，开始刊登着意渲染 "美国性" 的文章。例如，《波士顿杂志》（*Boston Magazine*）在 1783 年的创刊词中就炫耀道："三分之一的文章都是美国原创的"；而《马萨诸塞杂志》（*Massachusetts Magazine*）在 1791 年也骄傲地宣称："现行杂志绝大部分文章或多或少带有一定的美国性。"（Spencer，1957：26）19 世纪初发生在亚当斯和杰克逊之间激烈的总统之争，更激发了报纸杂志代表民众参政议政、建构文化认同的热情，而克洛科特的参政故事就是在这样的背景下出现在报刊的小说版面中。

现实生活里，克洛科特在 1827 年作为杰克逊的粉丝来到华盛顿，由此造就了平民参政的神话。前文提到胸无点墨的克洛科特来自平民阶层。他来自田纳西州乡下，身上带有处女地的气息，喜欢吹牛说大话，不知所云还异常自信，是个十足的民粹主义者。在 1834 年的自传中，克洛科特炫耀说，虽然连名字都写不出来，自己的提议却被议会接纳。在华盛顿，他很快成为媒体关注的焦点，被人们戏称为 "穿浣熊皮的议员"。与此同时，报纸杂志也开始刊登有关克洛科特的奇闻趣事。在这些幽默短篇故事中，克洛科特有时以插科打诨的小丑形象出现，笑料百出，有时又以民粹英雄的形象出现，参政议政。自此之后，人们印象中的克洛科特不再是现实中的平民议员，而成为那个时代 "美国主要的民俗符号"，而他的幽默故事也成为 "美国边疆幽默的经典作品之一"（Hofstadter，1963：161）。

在克洛科特来到华盛顿不久，就有报纸刊登幽默小说，以第一人称视角讲述他与亚当斯总统晚宴的场景，把克洛科特塑造成了十足的乡巴佬形象。在进入晚宴现场后，"我围着长长的餐桌走了一圈，寻找最喜欢的食物。最终坐到了一只大肥鹅旁边，并即时大快朵颐起来"（Blair，1962：39）。看到侍者端来酒水，克洛科特更是不顾形象地开怀畅饮了六杯。现实生活中，这一乡巴佬形象让克洛科特难堪极了，他立即找到当时在场的两位议员，让他们撰文证实这个故事纯属杜撰。显而易见，这则故事的作者因为支持亚当斯总统的精英文化，而故意贬低丑化了典型的民粹主义者克洛科特。与此同时，支持民粹主义的文人也纷纷借克洛科特的形象来讽刺亚当斯、批判精英文化思想。当时有一则颇为流行的幽默短篇小说，其中克洛科特与亚当斯的儿子展开针锋相对的辩论，克洛科特以 "愚人"

的形象戏弄了后者的"大话王"姿态,有效地嘲讽了以亚当斯为首的共和党派。

让报纸杂志措手不及的是,在杰克逊当选总统后,克洛科特立即转变政治立场站到了反杰克逊的阵营中。因克洛科特这一形象备受关注,这一转变引起了报刊界的轩然大波。之前嘲弄克洛科特乡巴佬的报刊开始挖掘他身上的优点,而先前把克洛科特塑造成"愚人"形象的作者则将其重塑成另一个愚蠢的"大话王"。例如,《纽约时报》等支持杰克逊的报刊一反之前的态度,嘲讽地将克洛科特称为"花花公子"(Dainty Davy),更将其污蔑为专谋私利的"大卫·克洛科特有限公司"(David Crockett & Co.)的老板。与此同时,之前反对杰克逊的作者看准了时机,以"幡然醒悟"为主题重塑了克洛科特边疆英雄的形象。例如,反对杰克逊总统的《杰克逊维尔旗帜》(Jacksonveill Flag)就一反常态刊登了一篇正面描写克洛科特的信件,认为他诚实、独立而且聪明,具有拓荒者的优秀品质。现实生活中的克洛科特也不甘落后,于1834年出版了自传《大卫·克洛科特自述》(A Narrative of the Life of David Crockett)。尽管以自传为噱头,但是这部作品也带有鲜明的政治色彩,其中克洛科特以不容置疑的语气肯定了自己信仰的民粹主义思想,并且表达了反对杰克逊总统的坚定立场。

19世纪上半期"克洛科特现象"的出现有其深刻的社会原因。像克洛科特这样的小人物之所以能引起政界和媒体的关注,与当时如火如荼进行中的美国文化认同建构是分不开的。换句话说,无论在现实生活中还是在虚构世界里,克洛科特只不过是美国认同建构过程中的一枚棋子。媒体关注的并不是现实中的平民议员,而是如何利用克洛科特这一民粹形象来推广自己的政治观点,带动民众积极参与美国认同建构,因此才会不遗余力地塑造反智主义思潮下的民粹英雄克洛科特。在自传中,克洛科特讲道:

> 任何人都不能强迫我做任何决定,否则,那样的决定只能是味同嚼蜡。我的决定都是遵从常识性公正和人际关系诚实的原则,依靠的是与生俱来的第一感觉,而不是后天学到的法律条文。说实话,我一辈子都没有读过一页法律书。(Hofstadter,1963:162)

如引文所述，克洛科特对教育投入持反对的态度，认为法律规范一文不值，而"常识"和"第一感觉"才是成功必备的条件，这些论调在本质上都是反智主义的。美国梦宣讲，只要努力投入定会平等产出。不论出身如何，任何人只要努力都会成功的民粹主义思想，是美国 19 世纪文化认同建构的核心内容之一，而克洛科特就是那个信奉民粹主义和美国梦的民粹英雄。

在今天看来，克洛科特幽默小说的社会和文化价值是不容置疑的，它是学界了解 19 世纪前期美国文化认同民粹主义建构的重要资料，还是最早带有鲜明"美国性"的幽默小说之一，从人物塑造和艺术手法两个方面预示了美国幽默小说后来的发展方向。确切地说，克洛科特是第一个受到大众读者追捧的美国幽默小说人物，而克洛科特的故事则是典型的美国民粹幽默小说代表。由于现实中政治态度的转变，作家笔下的克洛科特时而愚蠢时而精明，时而质朴时而挑剔，变化多端；他同时承担起"大话王"和"愚人"两个角色，他的故事也延续了美国幽默小说中"愚人必胜"的故事模式。正如前文所述，愚人克洛科特是不折不扣的民粹主义者，对启蒙知识和精英思想持否定的态度，而这也是"美国愚人"特有的反智情结。此外，克洛科特小说也继承了芬克故事的叙事特点，即以夸张视角讲述荒诞故事的叙事模式，为马克·吐温美国边疆幽默小说的出现奠定了基础。例如，幽默短篇小说《克洛科特清晨狩猎》（*Crockett's Morning Hunt*）就讲述了克洛科特如何解救冰冻在轴线上的太阳的荒诞故事。他一路追到太阳升起的地方，从肩膀上卸下一只 20 磅的熊，"将这只熊使劲砸向冰块，直到太阳炙热的光线四散开来"（Lynn，1958：153）。还有报纸记载了克洛科特如何在阿勒格尼山脉上赤手空拳截住彗星拯救地球的故事。这些故事幽默夸张，荒诞情节中的克洛科特往往化身为力大无穷的超人。19 世纪作者将克洛科特超人化，实际表达了美国边疆居民最朴素的精神诉求——拥有神力战胜自然。在不断发掘新领域的过程中，开拓者与自然进行了一场激烈赤膊战。严苛的地理自然环境让人们畏惧，因而才有了对能够战胜自然的超级英雄渴求。在以克洛科特故事为代表的幽默小说着意满足这一诉求的过程中，美国边疆幽默小说的夸张、荒诞、口语化等特点也逐渐形成。

短篇小说《克洛科特之死》（*The Death of Crockett*）的开头描述了一场动物的狂欢：肯塔基州丛林熊开心不已、密西西比河里的鳄鱼又肥又懒、响尾蛇独霸一方、狐狸住在了鹅棚之中，这些动物之所以能够"逍遥法外"，都是因为它们的天敌克洛科特死了。在故事的最后，作者不无伤感地讲道：和任何肯塔基州的人谈起克洛科特，他们"都会转过身走到大树背后，偷偷拭去几滴泪水"（Lynn，1958：152）。正是基于克洛科特在美国文化认同建构过程中起到的重要作用，以及克洛科特故事对后来美国幽默小说创作的引领作用，才使得这个结合了真实和虚构的人物形象成为美国幽默小说中首位"喜剧之神"。

二、杰克·唐宁：总统身边的幽默大师

在《美国幽默：从穷理查到杜尼丝伯里》（*American Humor*：*From Poor Richard to Doonesbury*）中，美国学者沃尔特·布莱尔提出，19 世纪初的美国幽默文学有建构的（constructive）和消解的（subversive）两种。根据布莱尔的解释，"建构的幽默在混乱之中探索秩序，在自由散漫之中寻找原则，在边疆随意的平均主义中寻求固定的社会等级制度……它认可一种道德的和可预测的宇宙观"（Blair，1978：163）。[①] 其中的"秩序"、"原则"和"等级制度"其实是对独立战争后美国文化认同内涵的呈现，表达了当时美国人对建立并稳定美国国家制度、民俗风尚、文化体制等的渴求。19 世纪上半叶，美国大部分幽默小说都带有鲜明的"建构特性"。小说家借助像克洛科特这样的民粹英雄人物，针对具体问题表达观点，展开论述，呼应美国梦所倡导的民主平等意识，真正做到了对文化认同建构的积极参与。这样看来，民粹幽默小说家是美国早期文化认同建构的积极参与者，而克洛科特们则是美国"建构"幽默小说作品中的民粹英雄。随着文学领域"建构的"民粹幽默小说大行其道，杰克·唐宁少校的故事逐渐受到大众读者的追捧。

1825 年，纽约《爱国者》（*National Advocate*）等报纸开始刊登乔·W. 斯特里克兰（George W. Strickland）的系列信件。斯特里克兰来自佛蒙特州，后来迁居纽约，他的信件都是向老家亲戚诉说在大都市的所见所感。斯特里克兰在信件中"乡巴佬"的形象，让读者忍俊不禁。例

---

① 另一种"消解的幽默"则被布莱尔解读为"反建制的"（anti-establishment）。本章第二节和第三节将会就欧文幽默小说和美国西南幽默谈论美国早期幽默小说的"消解"作用。

如，在寄给叔叔本的信里，他讲道："你从来没见过这样的地方。房子挨着房子，之间的空当只能放进一个手指；这里的人群像雨后洪水般密集。"（Blair，1978：181）斯特里克兰的信件备受读者欢迎，很快被多家报纸连续转载，并由此促生了一波报纸刊登信件的热潮。1830 年，《波特兰市快讯》（*Portland Courier*）开始刊登唐宁信件。报纸的创办者、唐宁人物形象的创作者西巴·史密斯（Seba Smith）偶然读到了斯特里克兰的信件，从斯特里克兰在纽约州法庭的闹剧得到灵感，开始创作唐宁系列信件。

尽管作品形式不同，但幽默人物芬克、克洛科特、斯特里克兰和唐宁的身影却多有重叠之处。他们都是典型的北方佬（Yankees）形象，语言粗俗、丑态百出、笑料不断，但看似插科打诨的故事情节背后，作者别具匠心地利用人物塑造对时政问题针砭时弊，且这些民粹人物的故事都带有鲜明的反智主义倾向。在"建构的"民粹幽默小说世界，唐宁少校在克洛科特之后接棒，开始就文化认同问题发表独特的见解，引起了大众读者强烈的反响。实际上，较之克洛科特，唐宁的故事更加真实、也更加幽默。现实中的克洛科特议员在某种意义上限制了作家的文学想象空间，他后期在政治立场上的转变更让作家措手不及，重塑的克洛科特形象给读者以生硬、做作的感觉。与之相比，唐宁少校虽然是虚构出来的人物，形象却更加活灵活现、神气十足，故事的嘲讽意味也更加强烈。为了增加可信度，史密斯为唐宁少校设定了家乡唐宁镇（Downingville），并虚构了极具个性的唐宁家人：喜爱吹嘘的唐宁爷爷、勤奋寡言的唐宁爸爸、健谈的叔叔约书亚、暴脾气的奈比表妹和唐宁妈妈等。这样的设定增加了故事的层次感，并保证了叙述视角的灵动，确保了唐宁信件的成功。另外，在写作第一封唐宁信件时，史密斯便把嘲讽时政作为创作的单一目的，所以较之克洛科特的夸张奇遇，唐宁信件因其时效性而更具幽默讽刺意味。

1830 年，史密斯创办日报《波特兰市快讯》。史密斯是无党派人士，因而报纸刊登的均为不温不火、政治立场中立的文章。不到三个月，日报便由于资金短缺、发行量不足等问题而濒临破产。史密斯被迫向其他报纸取经。和新英格兰其他州一样，波特兰市所在的缅因州也存在政党之争，加之波特兰市两党实力相对均衡，因而矛盾尤为激烈。史密斯经过研究发现，波特兰市销量较好的报纸大多或针砭时弊或含沙射影地谈论政事。这也印证了美国学者本杰明·T. 斯宾塞（Benjamin T. Spencer）的话："在如火如荼的氛围中，19 世纪上半期的读者只对充斥着政治谩骂的作品感兴趣。"（Spencer，1957：67）史密斯意识到，《波特兰市快讯》想要渡过难关就不得不"涉政"，而且必须有自己明确的政治立场。在偶然读到斯特里克兰描述大闹法庭的信件后，史密斯决定用写信的方式呈现唐宁少校的传奇经历。让史密斯始料不及的是，这个决定不但挽救了《波特兰市快讯》，而且让唐宁少校这一民粹英雄成为美国幽默小说史上的经典人物。在唐宁信件大获成功后，史密斯曾以第三人称的视角谈到创作初衷："他（史密斯）想要揭示立法制度愚蠢荒诞的真相，此外，还想通过更接地气的创作，给他卑微的日报增加收入和发行量。"（Blair，1978：57）如前文所述，史密斯在写作第一封唐宁信件时就有的放矢——讽刺时政以增加报纸的销量，而在全民关注国家文化认同建构的关键时期，史密斯的成功也是意料之中的。

围绕政党矛盾展开的唐宁信件很快引起了读者的关注，这成为史密斯继续创作信件的巨大动力。在后来的故事中，唐宁来到华盛顿市，不但赢得了杰克逊总统的青睐，而且成为总统"厨房内阁"（Kitchen Cabinet）[①]的成员之一，为总统立下了赫赫战功。例如，在与国家银行的矛盾中，唐宁坚定地站在总统的身边支持他渡过难关；在南卡罗来纳州威胁脱离联邦之时，唐宁安排故乡的民兵团伸出援手，帮助总统解决了问题；等等。接下来，作为智囊团的一员，唐宁还陪同总统巡游了全国。巡游中发生的逸事，唐宁也写入信中以飨大众读者。例如，在写给叔叔约书亚的信中，他记叙了在费城如何帮助总统和平民握手的经历。为了表示友好，总统坚持亲自和平民握手，但不到两个小时就累坏了，躺在沙发上再也起不来。关键时刻，唐宁站在躺着的杰克逊总统身后，偷偷伸出手来替总统握手，这一荒诞情节读来令人啼笑皆非。在写给《波特兰市快讯》主编的信中，唐宁提到了一个让总统赞不绝口的好计谋。剑桥大学要给总统颁发荣誉法学博士学位，但不懂外文的杰克逊对此忧心忡忡：如果他们讲拉丁文，那该怎么办？针对总统的困扰，唐宁提议："一句

---

① 杰克逊"厨房内阁"指的是总统智囊团，成员均为杰克逊总统在位期间的得力助手，包括 Amos Kendall（写手）、Major William B. Lewis（信息员）、Isaac Hill（口才好）、Martin Van Buren（主要参谋）等。

话也不说，而且装作很明白的样子。"唐宁的提议解决了总统的忧虑，令他感动不已："唐宁少校，你就是我中意的人；没有你的话，我都不知道该怎么活下去。"（Lynn，1958：91）总统的愚蠢和唐宁的小聪明跃然纸上，让读者为之捧腹。在结束巡游之后，唐宁随总统回到华盛顿并继续写作信件。

与克洛科特相比，唐宁更加深入政治体制的中心，来到总统的身边参政议政。唐宁以平民的智慧得到了总统的赏识，并从小人物的视角揭示了总统普通人的一面，是名副其实的民粹英雄，而作者史密斯借由唐宁这一人物，也对现代国家首领的权威进行了解构。史密斯在描述总统时所用的平民视角，在19世纪之前是很罕见的，它将总统从神坛上拉了下来，甚至进行了适度的丑化。唐宁信件中的杰克逊总统无知、傲慢且虚荣：在巴尔的摩，总统怕印第安人黑鹰抢了风头，而不愿意和他站在一起；在新奥尔良，总统突然喜上眉梢，因为他瞧见了街道两边站着5000个穿得花枝招展的姑娘；在剑桥学院，总统像个傻子一般不懂装懂，成为剑桥师生的笑料；等等。尽管唐宁信件丑化了总统的形象，但它无疑属于对当时美国文化认同"建构的"幽默文学。林恩曾经说过，史密斯是一位典型的保守主义者，"深深眷恋着故土的幸福传统和小镇居民的质朴生活"（Lynn，1958：81）。作为一位保守主义者，史密斯在文学创作中坚定地拥护美国传统价值观，从正面肯定并积极参与到美国文化认同的建构中。小人物视角下的总统故事，表达了19世纪前半期美国平民对民主参政的渴求，而唐宁信件的创作及其成功无疑源于这种平民参政的诉求，形象勾勒了全民参与国家文化认同建构的火热局面。正是基于对唐宁的认可和追捧，民众才将其从虚构世界拉入现实生活中：缅因州很多议员投票选举他做少将；波特兰特市人投票选举他做市长；新罕布什尔州很多人投票选他做州长；等等。实际上，连杰克逊总统本人都十分喜爱唐宁，称内阁成员范布伦就是唐宁的原型。在史密斯的唐宁信件成功之后，很多作者也开始模仿史密斯写作唐宁信件。

19世纪前半期，美国出版业虽然得到了长足的发展，但是版权问题并未受到重视。美国学者斯宾塞在《赢得民族独立：美国文学战争》中谈到当时的版权问题，认为出版商和报刊编辑在选择文学题材时，往往是出于"金钱和利润，而非对民族文学的独立性和尊严的考虑"（Spencer，1957：143）。为了尽可能赢得利润，出版商在未付版税的情况下大量印刷进口书籍，同时还鼓励美国业余作家模仿甚至剽窃比较成功的作家作品。而史密斯也成为版权问题的受害者之一。如前文所述，唐宁形象受到普通读者的追捧，史密斯也因为唐宁系列信件而名利双收。在史密斯成功之后，作家纷纷效仿他用唐宁这一形象创作幽默小说。史密斯开始并不在意，直到 1833 年 6 月《纽约每日广告》（*New York Daily Advertiser*）刊登了系列署名"J. 唐宁少校"（J. Downing, Major）的信件。这些信件很快赢得了读者的关注，甚至还惊动了国家的政治高层。据说，克洛科特曾在国会大厦对亚当斯说，J. 唐宁是"唯——一个对政府在做什么了如指掌的人"（Blair, 1962：74）。

J. 唐宁信件的作者是查尔斯·奥古斯都·戴维斯（Charles Augustus Davis）。戴维斯出生在美国新泽西州，后来在纽约做船舶生意。和史密斯不一样，戴维斯并没有"北方佬"的生活背景，而且对大众文学不屑一顾。戴维斯之所以"屈身"剽窃史密斯的唐宁形象，完全是出于政治斗争的需要。杰克逊总统对银行垄断一直持否定态度，并因此与大银行家尼古拉斯·比德尔（Nicholas Biddle）明争暗斗。作为比德尔的朋友，戴维斯站到了支持银行垄断的阵营中。为了驳斥杰克逊总统的银行政策，戴维斯用唐宁的口吻写作了前文提到的信件，以亲信的视角来揭示总统在银行政策上的愚蠢和错误。与史密斯的创作相比，戴维斯笔下的唐宁北方佬特征并不明显，作品"大智若愚"的民粹幽默也被弱化。但 J. 唐宁针锋相对的讽刺意味更加强烈，许多片段直指时下财政问题，有的放矢地批评杰克逊总统策略的失误。例如，在杰克逊总统下令撤出银行中的政府财政收入之后，戴维斯立刻以 J. 唐宁的口吻写作信件："我回白宫的时候已经是午夜时分，总统早已入睡了。但我听说他一直找我，就把他叫了起来。"总统见到唐宁异常高兴，邀请他共处一榻。当总统就撤资问题征询他的意见时，唐宁回答道："你知道的，无论你是对还是错，我都支持。我就是你的依靠。"（Blair, 1962：73）这里的总统像犯了错的孩子一般唯唯诺诺，希望得到唐宁的安抚，与现实中雷厉风行的杰克逊总统形成巨大反差，因而信件读来让人忍俊不禁。戴维斯的用意很明显，即通过对总统形象的扭曲指出撤资并不是英明的决策。

由于更有针对性，J. 唐宁的受欢迎程度甚至超过了史密斯的唐宁少校，这令史密斯大为恼火，便借用唐宁信件对剽窃者进行了严厉斥责。在《波特兰市快讯》上，唐宁少校谴责剽窃者"比扒手还卑鄙"，并通过戏仿莎士比亚的墓志铭来诅咒他们：“偷我名字的人，脖子迟早会被拧断。”①（Blair, 1962：66）面对这样的斥责，戴维斯毫不示弱，写信给《波特兰市快讯》进行挑衅：他才是唐宁信件的原创者，是总统身边的亲信，是纽约读者最喜爱的人物。两位作者之间的针锋相对，扩宽了唐宁信件的幽默空间，吸引了更多爱看热闹的读者。不久之后，戴维斯和史密斯分别出版了标识唐宁信件的专著。事实上，除了竞争关系，两个唐宁之间还有一定的互补关系。一方面，戴维斯借用了史密斯的成功，J. 唐宁的身份特征、家庭背景，甚至故乡唐宁镇都是剽窃后者而来。另一方面，戴维斯为唐宁信件注入了新的故事元素。如前文所述，J. 唐宁以更近距离的视角展示了总统和银行大亨的世界，呼应了标榜平民参政时代的美国梦口号，因而备受普通读者欢迎。好笑的是，史密斯虽然气愤不已，但在阅读了戴维斯的作品后感慨不已，甚至开始模仿 J. 唐宁信件的写作特点，以更加明晰的政治视角、更加嘲讽的口吻继续创作。事实上，两个唐宁形象互相融合以至难以区分。在史密斯去世以后，《纽约每日论坛》（*New York Daily Tribune*）刊登讣闻，认为他写作的唐宁信件大多是反对美国银行业和尼古拉斯·比德尔的。很明显，讣闻的作者将戴维斯当作史密斯，而且将 J. 唐宁少校误认成来自缅因州的北方佬唐宁。

与克洛科特一样，唐宁少校这一民粹英雄幽默形象的成功，反映了19 世纪前期普通大众对平民参政的愿望和信念，自由、平等、民主的美国信念让新生的民族对未来充满了信心。尽管克洛科特和唐宁的故事辛辣嘲讽，但都属于建构的幽默小说，用独特的方式肯定了平民参政梦想，开创了具有美国特色民粹幽默小说历史发展的先河。在未受版权保护的文学创作领域，史密斯和戴维斯的幽默故事甚至远渡海峡，获得了彼岸欧洲读者的喜爱，使唐宁少校成为最初被世界认可的美国幽默小说人物之一。唐宁少校的幽默信件启迪了一代幽默作家，阿特姆斯·沃德（Artemus Ward）、法利·德昂（Finley Dunne）等 19 世纪幽默小说家的作品均延续了史密斯幽默信件的创作思路。19 世纪 40 年代末期，评论家鲁弗斯·格里斯沃尔德（Rufus Griswold）就曾提出，克洛科特和唐宁少校小说等早

① 莎士比亚用五步抑扬格的节奏写作了自己的墓志铭："Good friend, for Jesus' sake forbear, /To dig the dust enclosed here. /Blessed be the man that spares these stones, /And cursed be he who moves my bones."（亲爱的朋友，我以耶稣的名义起誓/禁止碰触坟墓的泥土/手下留情的人，将会得到庇佑/敢动我尸骨的人，脖子迟早会被扭断）

期幽默作品的出现，标志着"美国具有原创性本土文学"的产生（Spencer，1957：142）。

三、《比格罗信件》：平民参政的热潮

1776 年签署的《独立宣言》被称为"美国梦的宪章"，其中提到的"生命、自由和追求幸福"的权利被认为是美国梦的核心内容。国家文化认同建构在民族神话之上，美国文化认同的建构即基于"美国梦"的平台。在独立战争结束以后，建构怎样的国家制度和文化体系成为人们亟待解决的问题之一。积极参与国家认同的建构，是追求自由和平等的美国梦最直接的表达，促成了 19 世纪前半期全民参政的热潮。正是在热火朝天的民众参政议政中，美国幽默小说迎来了它的"黄金时期"。前文提到倔强的克洛科特、油滑的唐宁少校等民粹幽默小说人物积极参与政治活动，丑态百出、笑料不断，却恰当地表达了当时最普通群众的内心呼声——实现"民主、平等"的梦想，参与美国国家文化认同的建构。在这种创作热情带动下，甚至连坚守儒雅传统的新英格兰作家也着手塑造民粹英雄的幽默形象，詹姆士·拉塞尔·罗威尔（James Russell Lowell）就是来自上层社会但"屈尊"写作下层幽默人物故事的代表作家之一。

19 世纪 40 年代，发生在马丁·范布伦（Martin Van Buren）和威廉·亨利·哈里森（William Henry Harrison）之间的总统之争，逐渐演化为一场美国全民参与的闹剧。哈里森是共和党推出的总统候选人，虽然出身富贵但性格怯懦，怎么看都不是一个强势的竞争者。为了赢得竞选，民主党人四处散布有关哈里森的谣言："相信我，给他一桶苹果酒……和 2000 英镑的年薪就足够了，他一辈子都不会离开那个靠煤球炉取暖的小木屋。"（Blair，1962：78）让民主党人意想不到的是，哈里森这个"小木屋形象"赢得了美国普通民众的同情甚至喜爱。民众自发捐钱捐物帮助"穷人"哈里森，并表示将支持他竞选总统。共和党人充分利用了这个机会，在强化哈里森穷人形象的同时，着意凸显范布伦玩世不恭的花花公子形象。身为共和党人的银行家尼古拉斯·比德尔甚至下了"封笔令"：不让哈里森做任何辩解。在平民参政建构国家认同的背景下，哈里森的小木屋形象引起民众的关注和同情是意料之中的事情。美国人心中哈里森的小木屋形象和范布伦的花花公子形象，实则源于捕风捉影的社会舆论和虚构的

主观想象，与真实人物和现实情况相去甚远。大选之日，哈里森以 236 票对 60 票的绝对优势胜出，当选美国第九任总统。在全民参与国家文化认同建构的时代，共和党建构的小木屋形象正符合民众对民粹英雄的想象，因而受到了大力追捧。在这一背景下，来自署名"比格罗"的信件逐渐引起了读者的注意。

1846 年 6 月 17 日，《波士顿快讯》（*Boston Courier*）刊登了一封署名以西结·比格罗的信件，还附有以西结的儿子何西阿·比格罗（Hosea Biglow）创作的一首诗。作者詹姆士·拉塞尔·罗威尔由此开启了"比格罗诗歌"的创作旅程。在创作了系列信件后，1848 年罗威尔出版的《比格罗信件》一书，成为当年最畅销的书籍之一。第一版总共印刷了 1500本，在一周之内售罄。罗威尔对这突如其来的成功感到十分意外："我尝试写作并取得了成功，这是始料不及的。"（Blair，1962：93）罗威尔1819 年出生于剑桥郡，家庭条件优渥。从哈佛大学毕业后，罗威尔做了一名专职律师，写作对于他来说只能算是业余的兴趣爱好。罗威尔是典型的新英格兰儒雅传统的信奉者，他是"炉边诗人"（Fireside Poets）[①] 的重要成员，还是"婆罗门社团"（Brahmins）[②] 的成员。在这种成长和生活环境的影响下，罗威尔表现出保守的政治倾向，在文学创作上也坚守儒雅传统。例如，他公开作诗反对废除奴隶制，并认定女性为废奴运动的始作俑者，应该群起讨伐。但让读者意想不到的是，正是走精英文化路线的罗威尔创作出了激荡着民粹主义灵魂的《比格罗信件》。

罗威尔虽然是一名职业律师，却热衷于艺术创作，有独到的艺术见解："真正的艺术……能把社会成员的集体意识浓缩到一行文字之中。"（Duberman，1966：50）如前文所述，在良好的新英格兰教育背景影响下，罗威尔最初的作品带有明显的精英文学特点，遵循儒雅传统的诗歌创作理念和写作技巧。但在这一理念下创作出来的作品，并未受到读者关注。在实践写作了一段时间后，罗威尔逐渐意识到，是因为没有迎合大众的阅读口味作品才会销路不畅。就在这个时候，他遇到了转变其写作风格

---

① "炉边诗人"是指 19 世纪新英格兰地区的一个诗人团体，他们遵从儒雅文学的创作理念和方法，亦探寻具有"美国性"的文学表达方式。这些诗人在美国和欧陆都享有盛誉，其中包括亨利·沃兹沃斯·朗费罗（Henry Wadsworth Longfellow）、威廉·卡伦·布莱恩特（William Cullen Bryant）、约翰·格林里夫·惠蒂埃（John Greenleaf Whittier）、罗威尔等诗人。

② 该社团成员大多是新英格兰殖民者的后代，家庭富裕，受过良好的教育，在政治上都比较保守。

的关键人物——玛利亚·怀特（Maria White）。1839 年底，在拜访大学同学威廉姆·怀特时，罗威尔与怀特的妹妹玛利亚一见钟情。两人于 1840年秋天订婚。玛利亚思想比较前卫，支持废奴运动和女权主义运动，赞同超验主义思想和禁酒令。讽刺的是，罗威尔之前所厌恶的，正是玛利亚所热爱的。意识到写作问题的症结后，在玛利亚的影响下，罗威尔的创作理念发生了颠覆性的变化。1843 年，罗威尔以反对奴隶制为主题出版诗集《杂诗》（*Miscellaneous Poems*）。在迁居费城后，罗威尔还成为反奴隶制重要刊物《宾夕法尼亚自由人》（*Pennsylvania Freeman*）的特约撰稿人。然而，虽然作品主题迎合了大众口味，但是颇具新英格兰特色的严肃叙事和儒雅文体却令大多读者望而却步。罗威尔也意识到了这个问题，在诗歌中感叹道：

> 想要写作真诚的诗行，
> 不是为了寻求艺术的认同，
> 而是为了让更真切的信仰和男性气质照进
> 那淳朴的心。（转引自 Blair，1962：90）

1846 年墨西哥战争爆发，借此契机罗威尔终于找到了既满足自己艺术表达的需求，又迎合大众读者的艺术创作形式——"比格罗信件"。19世纪中期，美国政府以"命由天定"（predestination）为神学依据，提出美国领土的扩张是在上帝授意下进行的，美国国内充斥着扩张主义的狂热。正如 1845 年《纽约晨报》（*New York Morning Newspaper*）的编辑约翰·L. 沙利文（John L. Sullivan）公开叫嚣的，"上帝给了我们这片土地，我们的天命就是扩张并拥有整个大陆"（转引自 Simonson，1989：101）。事实上，美国发动的墨西哥战争带有明确的侵略性，加之美国领土的扩张意味着奴隶制的延伸，因此这一战争引起了国内外进步人士的强烈抗议。1846 年 6 月的一天，坐在波士顿法院广场办公室的罗威尔听到了窗外征兵的军乐声。他循声望出窗外，看到帽插羽毛、扬扬得意地走在军乐队前面的征兵军士。厌恶愤怒之余，罗威尔写了第一封比格罗信件，并发表在6 月 17 日出版的《波士顿快讯》上。信件署名以西结·比格罗，开门见山便讲述了儿子上周去波士顿市中心的经历："我们的何西阿上周去了趟波士顿，在那儿看到了征兵的军士。军士胖得像只怀孕的母鸡，两个跟着军士的小兵奏着军乐。"（Lowell，1861：1）信件继续讲道，何西阿回来后就坐立不安，在房间里唉声叹气，比格罗父母为此担忧不已。第二天一早，何西阿拿着一篇写好的诗文走出了房间。以西结在信中附了何西阿创作的诗歌，诗歌之后还加上了当地牧师荷马·威尔伯（Homer Wilbur）的批注。《比格罗信件》出版后立刻引起了轰动，比格罗父子受到了大众读者的极力追捧。罗威尔面对突如其来的成功有些手足无措，他兴奋地讲道："我发现到处都是抄录的比格罗诗稿，连作坊的墙上都钉着手抄诗稿。我听到大家都在引用比格罗的诗行，并争论到底谁才是诗稿的原创者。"（Blair，1962：93）经过不懈的努力，罗威尔终于为新近接受的民粹思想找到了最合适的文学表达体裁。

《比格罗信件》延续了克洛科特和唐宁少校故事中的民粹幽默传统，用夸张荒诞的手法从小人物视角展示了平民参与国家文化认同建构的热情。布鲁纳在《记忆的战略：国家认同建构中的修辞维度》中指出，国家认同"最适当的概念化为一种持续的紧张关系，亦即对过去的积极解读和对现在及未来的积极愿景之间的持续的紧张关系"（布鲁纳，2016：116）。一方面，在独立战争结束后，"命由天定"的神佑思想和迦南王国的梦想成为美国建立殖民帝国的神话依据，美国在领土空间的维度上不断扩张；另一方面，《独立宣言》高呼的"生命、自由和追求幸福"深入人心，美国民众积极参与时下国家文化认同的建构，并对在未来国家文化认同中占有一席之地信心十足。在过去、现在和未来之间的"紧张关系"中，一种美好的愿景逐渐成形：每个人都有对认同建构的话语权，全民参政共建普天下最民主和自由的迦南王国。这幅愿景图因对梦想的实现信心十足而振奋人心，而像比格罗这样的民粹英雄则为图画增添了一抹诙谐的幽默色彩。虽然均为民粹主义倾向的幽默作品，但比起克洛科特故事的荒诞不经和唐宁小说中的插科打诨，比格罗颇具现实主义倾向的文学故事更加真实可信。比格罗没有征服野兽的超人力量，也没有戏耍总统的天赐良机，却从小人物视角表达了下层群众朴素而真实的观点和想法，间或将看似粗鄙的内心世界展示给读者，令人忍俊不禁。在第一封信件中，以西结羞怯地讲道："如果你要出版诗歌，我希望你让大伙知道谁是作者何西阿的爸爸。"（Lowell，1861：2-3）以西结笨拙地表达了"父因子贵"的愿望，非常符合其农民阶层的质朴形象，读来令人会心一笑。除此之外，与同时代其他的民粹幽默作品相比，《比格罗信件》还在其他方面独树一帜，影响到后来美国幽默小说的创作理念。

"视觉方言"（eye dialect）是《比格罗信件》在写作技巧上最主要的特点。所谓"视觉方言"，是根据方言读音将单词拼写下来的文学修辞方法。经过一系列未果的写作实践，罗威尔意识到，北方话"视觉方言"是最能表达民粹主题的语言，用方言进行写作更能创作出民众喜闻乐见的文学作品。像作者罗威尔一样，信件中的比格罗父子来自新英格兰地区，是典型的"北方佬"，讲着口音浓重的北方话。在 1896 年出版的《詹姆士·拉塞尔·罗威尔诗歌全集》（*The Complete Poetical Works of James Russell Lowell*）的前介中，信件的另一主要人物威尔伯牧师讲道：当比格罗拿着写好的诗歌来寻他时，牧师并没有看好他的创作。但为了鼓励比格罗，威尔伯牧师"给了他几本英文诗歌写作的经典范例，且看他之后造化如何"（Lowell，1896：1）。这些经典作品是以蒲柏和戈尔斯密斯诗歌为代表的儒雅传统文学。不久之后，比格罗就带来了模仿儒雅而创作的作品，但结果却令威尔伯大失所望。比格罗创作的诗歌，只是拙劣地改变了经典文本中的几个词语，而且韵律听来也造作别扭甚至刺耳聒噪。相比较后，威尔伯牧师只得劝说比格罗使用之前的创作方式。显而易见，罗威尔之所以在前介伊始便谈到这个细节，是因为要点明作品以方言为标志的地方色彩写作风格与其民粹主题的一致性。与此同时，在写作比格罗信件时，罗威尔也着意于探求美国民族文学的独立个性所在。在罗威尔看来，文学个性的形成不在于作品的"国家性"（national），而在于作品所表达的自然状态（natural）。因此他提出，"走进新英格兰的小窄巷子，倾听我们最质朴的闲言碎语"（Lynn，1958：162），是寻求美国文学个性的必经之路。因此，用方言写作北方佬自己的故事，这种最自然的叙述形式，既契合了罗威尔作品的民粹主义路线，又是其探究美国文学个性的重要尝试。

罗威尔是美国方言协会（American Dialect Society）的成员，在语言学研究方面很有建树。他将方言用在文学创作中，这在当时的美国文学领域实属创新之举。这种写作方式为马克·吐温、斯托夫人（Harriet Beecher Stowe）等地方色彩小说家的创作奠定了基础，预示了美国 19 世纪六七十年代地方色彩文学的繁荣。在内战以前，美国学界似乎达成了一种共识，即"新英格兰文学和美国文学是同义的重复"（Spencer，1957：264）。也就是说，美国文学的发展，就是新英格兰文学的发展，新英格兰文学的成熟也代表了美国民族文学的独立。身处 19 世纪中期，罗威尔在创作《比格罗信件》时也是赞同这种共识的。他所使用的方言，是区别于标准英文发音的美国特色语言；他所讲述的故事，是代表美国人的北方佬的故事；他所谓的"自然"，显然指的是英格兰人日常生活的琐碎；等等。《比格罗信件》迎合了"新英格兰文学就是美国文学"的时代呼声，因而得到了美国读者尤其是新英格兰地区读者的追捧。美国内战结束后，随着南方文学和西进文学的发展，新英格兰的地域优越感逐渐消失，这时期像斯托夫人等地方色彩作家的作品，也从凸显地域特色的现实主义转为抒发怀旧情绪的浪漫主义。当地方色彩文学发展势头减弱后，用纯粹视觉方言写作的作品开始受到学界的批评和攻击，《比格罗信件》也因此受到了学界的冷落甚至雪藏。但是，从整个美国文学发展史来看，处在 19 世纪四五十年代，罗威尔迎合民粹文化思潮，用北方方言进行创作，并通过"自然流露"来记录生活，对美国民族文学认同和美国作家身份认同的建构做出了贡献，这一点是应该得到肯定的。论者哈罗德·P. 西蒙森（Harold P. Simonson）曾经讲道："真正的地方主义者……知道它（地方色彩）是整体、中心和连接的寓言"（Simonson，1989：143），《比格罗信件》正因为它鲜明的新英格兰特色而成为构建美国民族文学的成功实践之一。

《比格罗信件》除了呼应民粹主义认同建构之外，还在美国幽默小说发展史上起到了承上启下的作用。在开始写作《比格罗信件》之前，罗威尔曾经尝试模仿富兰克林的写作风格。他曾以马修·特鲁曼（Matthew Trueman）为笔名，仿照富兰克林的讽刺文写作文章，并将其邮寄给纽约的报刊发表。正因如此，读者可以在《比格罗信件》中觉察到富兰克林写作小说惯用的幽默视角。如前文所述，富兰克林写作幽默小说走的同样是民粹主义路线，他善用"假面具"叙述者来讲述故事，并刻意与叙述者保持一定的距离。作者和叙述者身份差距越大，其乖讹产生的幽默效果也越明显。受富兰克林"假面具"叙事方式的影响，比格罗这个人物的设定，和作者罗威尔本人也大不相同。作为以儒雅文风著称的"婆罗门社团"成员之一，罗威尔却创作出比格罗这个地道的下层北方佬形象，这无疑让读者大跌眼镜。《比格罗信件》中有三个主要人物：比格罗、威尔伯牧师和比格罗儿时的朋友赛文（Birdofredum Sawin）。比格罗和赛文都是来自社会底层的农民，而威尔伯牧师则是受过良好教育、拥有一定社会声誉的中产阶级。如果这三个角色都是罗威尔在作品中的"假面具"，那么威尔伯很明显是和现实中的作者最相近的一个。故事中，每当比格罗完成诗稿，威尔伯总会对其品头论足。和比格罗风格活泼的诗作比起来，威尔伯的点评显得单调冗长，其中不乏卖弄地引经据典，甚至还使用了大量的拉丁文。比格罗和威尔伯在审美和文学创作观点上的不同以及由此产生的冲突对话，赋予比格罗信件特有的幽默乖讹。布莱尔不无揶揄地提出，"罗威尔喜欢讲空话大话，在他反奴隶制的文章中卖弄学识。他似乎因为嫉妒比格罗名声大振，而化身为荷马·威尔伯偷偷潜入了故事之中"（Blair，1962：101）。总之，和故事叙述者保持距离，并让不同身份的人物进行对话，这一点是罗威尔对富兰克林幽默小说的继承和发扬。

除此之外，《比格罗信件》文本中的黑色幽默写作风格，预示了吐温边疆幽默小说的出现，并且已经初步显露出20世纪60年代美国黑色幽默小说的创作特点。和前期幽默小品文不同，《比格罗信件》虽然延续了民粹幽默路线，但是幽默中却不乏"黑色元素"。19世纪中期的美国已经有二百多年的发展历史，尽管"西进运动"仍在进行之中，美国文化认同也正在如火如荼地建构中，但美国社会发展中的一些潜在矛盾逐渐浮出水面，很多同时代的作家注意到这些矛盾并将其记录在文学作品之中。除此之外，罗威尔天性敏感多愁，一生之中由于失意、丧亲等原因多次产生过自杀的念头。他曾公开宣称，只有死亡才是自己"最好的家庭教师"（Duberman，1966：116）。上述这些因素促成了《比格罗信件》幽默中"黑色元素"的出现，包括对正义的背弃、信仰的迷失、梦想的破灭和生活的荒诞等。例如，在第一封信件中，借助比格罗的口吻，罗威尔谴责了美墨战争对信仰的背弃。

> 你说是战争，我说是谋杀——
> 经文中说得清楚又明白；
> 我不想再继续下去
> 上帝不让我继续下去。（转引自James，1961：5）

200年前《五月花公约》中殖民者表现出的对上帝的敬畏，如今变成一纸空文，信仰在利益扩张面前变得廉价无比。在第八封信中，赛文谈到了梦想的破灭。他因英雄主义的虚假宣传而参军，之后却发现"将军是最大的利益获得者，中尉其次，以此类推/之前讲到的荣誉，我一丁点都没感觉到……但是，我不会再追求所谓的荣誉/因为那是当官的专属，——普通士兵只是在屠杀而已"（James，1961：94）。在战争中，赛文身心都受到了重大的创伤：瞎了一只眼睛，丢了一只胳膊，右手仅剩下拇指，还断了六根肋骨……在参战前，他认为"这个国家就是迦南，流着蜂蜜和牛奶的天国"（James，1961：91），但事实却令人发指：

> 我没法告诉你将军到底发了多少战争财，
> 我知道的是，门外有两个人被烧死，
> 不到一百英里的地方有个孩子被杀死，
> 一个马萨诸塞州人被煎炸致死。（James，1961：96）

这些镶嵌在幽默文本中的血淋淋的黑色现实，是作者从生存维度对现实社会的思考，揭示了社会体制的不公和个人命运的荒诞，增加了幽默文本的哲学厚度。总体看来，《比格罗信件》讲述了信仰的迷失和梦想的破灭，已经具备了现代荒诞小说的雏形。随着美国社会的发展，文化体制内的矛盾会进一步激化，而"黑色元素"会得到更进一步的发展，那时美国黑色幽默小说才会登上文学舞台的中心，但黑色幽默小说的写作特点，在它出现一个世纪之前就已经隐现在《比格罗信件》的字里行间。

罗威尔出身新英格兰贵族家庭，却"屈尊"塑造了小人物比格罗的形象并大获成功，由此可见 19 世纪上半叶民粹主义在整个美国思想领域的主导地位和影响力。在北方民粹幽默小说兴起繁荣之际，伴随"西进运动"的展开，颇具美国特色的边疆幽默小说也逐渐发展起来，为"美国幽默小说的黄金时代"贡献了一分力量。

第二节 "西进运动"中幽默小说的成长

1728 年，爱尔兰哲人乔治·贝克莱（George Berkeley）在诗歌《美洲艺术与教育发展之前景》（*Verses on the Prospect of Planting Arts and Learning in America*）最后一个诗节中写道：

> 帝国之路朝向西方；
> 四出戏剧已经落幕，
> 第五幕将会是最后一出；
> 主角是历史长河中最高贵的子孙。（Berkeley，1763：311）

　　诗文中，贝克莱描述了"不断西进"的文明发展史，表达了对美国发展前景的信心。受贝克莱诗歌的启发，画家埃玛纽埃尔·戈特利布·洛伊茨（Emanuel Gottlieb Leutze）在 1861 年创作壁画《帝国之路朝向西方》，栩栩如生地描绘了拓荒者历尽艰辛到达旧金山金门的场景。壁画左边在天空的映照下色彩明亮寄托美好的未来，而右边灰暗的峡谷则表明拓荒者在经历了"死亡之谷"的艰辛才到达目的地。这幅画如今仍挂在美国国会大厦众议院楼道西侧，其中蕴含的美国精神成为鼓舞美国人民不断前行的力量。

　　19 世纪的美洲大陆上，"西进运动"如火如荼地进行着。美国人没有忘记早期殖民者建立迦南王国的梦想，勤恳劳作开拓边疆的过程中尽管挫折不断、困难重重，但他们将希望的目光投向了西边的"下一个山头"：也许那里才是实现梦想的"应许之地"。在逐梦的过程中，美国浪漫主义文学的种子生根发芽并结出了丰硕的果实，美国文化认同逐渐浮出水面，而美国文学的个性也逐渐成形。正如西蒙森所感慨的："西部"实则是"美国梦"的同义词（Simonson，1989：1）。然而，追梦的过程，也是不断失梦的过程。贝克莱曾经也怀着梦想来到美洲，企望在百慕大地区建立"理想之城"，但最终由于现实条件的局限而放弃。在 19 世纪浪漫主义文学明亮色彩的背后，总是隐含着一丝失梦之后的挫败感和迷茫，但与此同时，梦想和现实之间的乖讹也促成了幽默小说的长足发展。

一、《见闻札记》：幽默视域下的民族文学

　　1776 年 1 月，托马斯·潘恩（Thomas Paine）的《常识》（*Common Sense*）正式出版。在正文结束之前，他诘问面对英国压迫而无动于衷的美国人："上帝创造了这个新世界，并且把它安排在距离旧世界尽可

能远的地方，一个在东边，一个在西边。难道不是意在让我们脱离这个腐朽败坏的国家吗？"①（潘恩，2010：159）《常识》发表在独立战争爆发之时，表达了美国寻求独立自由的迫切呼声。美国独立、美国性（Americanness）、美国国家和文化认同等相关问题，随着《常识》读者群体的扩大，这些问题成为世纪之交的热点问题。19世纪的美国，将其独立革命进行到文化层面，独具民族特色的美国文学作品呼之欲出。然而，在此过程中，人们发现美国文化认同建构缺少了一个最重要的基础——历史。

有共享的历史（usable history），是不同殖民地社区形成共同文化认同的必要前提（Spencer，1957：14）。在殖民者踏上美洲大陆之前，这里的历史是属于本土印第安人的。美国民族诗人菲利普·弗伦诺（Philip Freneau）在《印第安人墓地》（The Indian Burying Ground）中讲道：白人，只是这片土地上的"陌生人"（stranger）而已。②在独立战争之前，各殖民地社区分别有自己的行政和文化体系，因而并无文化意义上的"过去"可以共享。独立战争意味着政治上的独立，也意味着和英国文化认同的分裂，因而英国历史也带上了"他者"的标签。英国作家 D. H. 劳伦斯将战争前后的美国比喻成一条蜕皮的蛇，新生的蛇在古旧的皮蜕去后，义无反顾地游向远方（Lawrence，1923：58 – 60）。经过共同抵御外敌的独立战争，新生美国的各地区似乎拥有了珍贵的共享历史。但历史对集体记忆起作用有个前提，即需要时间的沉淀。战争刚刚过去，它的历史意义以及其在文学中的表达还需很长的时间来积淀。因为没有共享的历史，美国人建构文化认同的关注点就更多地投向了"未来"。既然没有共同的过去，那么共同的奋斗目标，同样可以增加民族凝聚力。如前文所述，美国最初的梦想源于"应许之地"的诺言，而这正为共享的"未来"奠定了基础。这种"看向未来"的态度和理念，就是斯宾塞所谓的"进步观"（the idea of progress）（Spencer，1957：16）。未来替代了历史在文

---

① 在《常识》的原文中，潘恩为了避免过于敏感的词语，用"B-n"指涉英国。因而文中的翻译并没有明确指出该"国家"就是英国。

② 民族主义诗人弗伦诺在《印第安人墓地》的第四个诗节中写道：Thou, stranger, that shalt come this way, No fraud upon the dead commit – Observe the swelling turf and say they do not lie, but here they sit.（译文：来到这里的陌生人/不要随意评论死者/看到了隆起的坟堆便说/他们没有躺着，而是坐在那里）诗歌描写了印第安文明和白人文明的对立，表达了对印第安传统和文化的尊崇，这里的"thou"和"stranger"暗指侵入印第安文明的白人。

化认同中的重要作用，影响到了哈德逊河畔包括华盛顿·欧文和詹姆斯·费尼莫尔·库柏在内的美国早期浪漫主义作家，他们将视野投向西部，从"再建伊甸园"的美好维度去思索和实践美国民族文学的核心。

欧文的《见闻札记》在 1819 年到 1820 年间出版，开篇"作者自述"（"The Author's Account of Himself"）讲道："美国拥有最神圣、最美丽的景色，因此美国人不需要去别的地方欣赏美景。但是欧洲却是一个充满历史故事和诗性想象的魅力之地。"（Irving，1901：2）在欧文看来，美国年轻有活力却没有历史根基，而欧洲历史悠久，遍布各地的古迹是诗人想象力的源泉。所以，应以欧洲历史为参照点在美洲大陆上建构美国的文化认同。一言以蔽之，欧文认为，将欧洲历史美国化，是建构美国文化认同的重要途径。欧文在《见闻札记》的另一篇小品文《英国作家看美国》（"English Writers on America"）中对此进行了详细的阐释。欧文开门见山便提出，英国和美国之间的文学敌对情绪日益增长。他在谴责英国文学界打压美国作家的同时，也警告本土作家对英国文学的怨怼会"在作家之中形成一种牢骚满腹、矫情易怒的情绪"（Irving，1901：52）。美国是一个新生的民族，发展壮大必然需要模仿欧洲国家，文学的发展更需如此。在文章结束之时，欧文呼吁道：

> 经过长久的时间沉淀，英国已经具备了丰富的历史经验，我们必然要将其作为榜样去学习和模仿。当然，其中错误的观点和荒谬的行为可能会乘虚而入，我们必须尽量避免这些负面的东西。与此同时，我们应该从其中汲取务实智慧的黄金法则，用来强化和修饰我们的民族个性。（Irving，1901：54）

从引文可以看出，欧文认为美国文化认同与英国不同，必须建构具有美国民族个性的文学；但与此同时，他也坚信，学习和模仿英国，是建构美国文化认同的必经之路。正因为欧文在作品中对英国文化榜样力量的肯定，评论界才出现了否定欧文"美国作家"身份的声音。例如，有评论家就指出欧文是"哈英派"："他的作品带有明显的英国特质，是专为英国歌功颂德而作的，根本看不出任何与祖国相关的地方。"（Jones，2008：291）不可否认，欧文在很大程度上赞同以英国为代表的欧洲文明和价值观，但与此同时，他也认定美国文化认同是不同于欧洲国家的。"学习和模仿"的目的，是通过学习欧洲国家历史文化，最终建构美国独特的文化认同。与同时代其他美国浪漫主义作家相似，欧文也是从"进步观"出发、以欧洲历史为参照点探讨美国未来视域中文化认同的建构问题。正因如此，英国小说家威廉·梅克比斯·萨克雷（William Makepeace Thackeray）才在评论文章《死者为大》（"Nil Nisi Bonum"）中称赞欧文是"来自新世界文学的第一位使者"（Thackeray，1860：129），肯定了欧文作品中的"美国性"。

萨克雷所谓的"第一位使者"，既点明了欧文的创作已经表现出美国文学个性，又暗示了欧文作品中的"美国性"并不成熟。在探索美国文化认同和美国作家身份的过程中，以欧文为代表的自由派文学家倡导保守的创作方式，在探索过程中始终将欧陆文学作为导向标，学习和模仿欧洲特别是英国作家的习作方式。评论家杰西·比尔认为，正是因为对文化认同和文学身份界定的不清晰，欧文的作品才带上了"早期幽默的迷茫和犹豫不决"（Bier，1968：34）的特点。欧文在几个笔名之间的穿梭，就形象地阐释了这种"犹豫不决"：从1802年的乔纳森·欧德斯泰尔（Jonathan Oldstyle），到后来《纽约史》的迪德里希·尼克博克（Diedrich Knickerbocker），再到后来《见闻札记》的杰弗里·克雷恩（Geoffery Crayon）等。可以看出，和富兰克林一样，欧文也受到了艾迪生和斯蒂尔《旁观者》的影响，用"假面具"手法将作者和叙述者之间的距离拉开。与富兰克林的"世俗降级"不同，欧文所用的"假面具"人物均是受过良好教育、具有一定身份背景的中产阶级上层。尼克博克和克雷恩都是来自欧陆的绅士，而欧德斯泰尔也是从欧陆绅士的视角针砭时弊地谈论时事。可见，欧文对自己美国作家的身份并没有自信，因此才借助来自"文明世界"的面具讲述故事。和富兰克林比起来，欧文明显更具备"美国作家"的自我意识。桑塔亚纳在《美国哲学中的儒雅传统》（"The Genteel Tradition in American Philosophy"）一文中指出，美国特性具有两个不可分割的特点，即具有男性气质的美国意志和女性阴柔的美国思想，一个宣讲边疆精神，一个信奉儒雅传统（Santayana，1967：40）。以桑塔亚纳的分析为基础，可以看出徘徊在本土和欧陆之间的欧文兼具"美国意志"的阳刚和"美国思想"的阴柔。正因为兼具两种气质，欧文的短篇小说才在建构美国文化认同的实践中表现出"建构的"和"消解的"双重特点。

以《见闻札记》为例，欧文的短篇故事表现出对美国文化认同积极建构的姿态。在《睡谷传说》（*The Legend of Sleepy Hollow*）的故事中，伊卡博德·卡莱恩（Ichabod Crane）和布罗姆·伯恩斯（Brom Bones）为了赢得卡特里娜（Katrina）的青睐而展开竞争。最终，伯恩斯装扮成"断头骑士"吓走了卡莱恩。同为边疆拓荒者，两个人的性格却截然不同。教师卡莱恩梦想娶到卡特里娜后卖掉田产，"带着一家老小，坐着丁零当啷满是锅碗瓢盆的马车"（Irving，1901：343），移民到遥远的肯塔基州、田纳西州等地。针对这一"搬家计划"，布莱尔提出，卡莱恩"威胁着纽约市这个荷兰人社区的和谐和秩序"（Blair，1978：106）。西蒙森认为，真正的拓荒者（Westerner）"居住在充满神妙色彩的西部地域，并通过集体无意识感知到和这片地域之间的紧密联系"，也只有"山野之人"（mountain man）才是真正意义上的拓荒者（Simonson，1989：47）。与卡莱恩相对应，伯恩斯则为典型的"丛林之人"，他性格憨厚、乐善好施，也孔武有力，虽然常常参与斗殴和恶作剧，却是建设社区、开拓边疆的中坚力量。从这个意义上讲，卡莱恩是社区的不稳定因子，而伯恩斯则属于维持社区稳定的核心力量，小说中伯恩斯的成功正说明了作者欧文对社区建构甚至文化认同建构的积极肯定。

《见闻札记》对文化认同"建构"的特点，也体现在欧文短篇故事对于家庭、信仰等问题的思考上。欧文的几个短篇故事都谈到了"妻子"这一家庭角色的重要性。短篇小说《破碎的心》（*Broken Heart*）讲述了女孩在恋人死后郁郁寡欢而最终离世的故事，其中欧文谈到了男性和女性的区别，"男性是兴趣和欲望的动物……而女性的一生都依赖情感的归属"（Irving，1901：63），女性的坚贞不渝是对男性价值的最大肯定。另一短篇小说《妻子》（*The Wife*）同样讲述了夫妻之间的担当关系。丈夫破产后担心养尊处优的妻子不能接受现实，因而犹豫是否应向妻子告知真相。最终证明丈夫的顾虑是多余的，妻子不但欣然接受了现实，而且立即着手帮助丈夫重新振作起来。故事伊始，欧文写道：

女性是弱势的，而且依赖于男性。可是，有的女性虽然温柔体贴，但在面对生活康庄大道上的小麻烦时，能够慎于思而敏于行；当丈夫陷入困境时，她能够成为他最好的抚慰和支撑；当最痛苦的灾难

袭来时，她能够以永不退缩的隐忍坚定地支撑下去。（Irving，1901：18）

　　欧文对完美妻子的描述，符合清教教义中在家庭单位里女性对男性完全服从这一约定俗成的规则。早期清教徒出于建构社区和国家的需要，强调最基本的崇尚夫权、父权的家庭单位。从这个意义上讲，欧文对"妻子"德行的赞扬，肯定了夫妻、家庭秩序这一基本的社会单位，旨在夯实文化认同建构的社会根基。除此以外，欧文在《见闻札记》中对宗教信仰的正面肯定同样出于这一考虑。在故事《寡妇与儿子》（*The Widow and Her Son*）中，年老多病的女人遭受丈夫暴毙、儿子受伤去世的双重打击。在邻里帮助下，寡妇体面地埋葬了亲人。令邻里肃然起敬的是，寡妇在整个过程中一天也没有缺席教堂礼拜。欧文感叹道："再也没有什么比在虔诚的信仰和无助的贫穷之间挣扎更可悲的了。"（Irving，1901：102）贫穷孤独的寡妇面对灾祸却仍然执着于对上帝的信仰，直到生命的最后一刻。通过信仰的力量在建构"应许之地"的道路上不断前行，欧文通过小故事正面肯定了信仰的力量，同样具有积极的建构作用。

　　然而，除了对社会结构和秩序的积极肯定，欧文的短篇小说有时还表现出对建构认同的消解倾向。《见闻札记》中另一个名篇《里普·万·温克尔》（*Rip Van Winkle*）就阐释了作家消极保守的政治态度。在丛林里，温克尔偷喝了哈德逊将军鬼魂士兵的酒，并因此沉睡了20年。在温克尔沉睡的20年里，妻子去世，孩子们离家，美国发生了独立战争并赢得了民族独立。醒来以后，温克尔对新生事物百般不适。故事集中描写了两个世界的对抗：温克尔沉睡前，鸡飞狗跳、妻子唠唠叨叨的乡村生活和宁静安谧、可以舒舒服服睡一觉的丛林深处；温克尔醒后，战前熟悉且质朴的田园生活和战后充斥着金钱权力欲望的现代生活。两相对比，温克尔向往丛林和田园生活的宁谧，厌恶战争和现代化的喧嚣，因而一觉醒来还继续以之前悠然闲散的方式度日。这样看来，温克尔的南柯一梦，显然是对家庭义务和社会责任的一种逃离。美国学者布莱尔在谈论温克尔这一人物时讲道："里普尝试逃离社会的束缚——财产、婚姻和劳作——而且他成功了！"（Blair，1978：170）这种"懒散"和"逃离"，对于社区的建构具有明显的消解作用，因而被布莱尔划归为"消解"幽默的范畴。

在《美国幽默：从穷理查到杜尼丝伯里》中，布莱尔划分了两类不同的幽默：建构的①和消解的。建构性幽默认可社会道德秩序和主流价值观，而消解性幽默与之相反，它是反建制的（anti-establishment），否认宇宙秩序和标准价值观的存在。具体说来，布莱尔标识的消解性幽默小说有三个特点：世界的无序性、人物的不道德和作者态度的漠然。在消解性幽默小说视域下，世界是无序的，人类生活在一个"神秘不可测"的世界，因而可以超越道德和社会伦理的界限，只有通过"暴力、阴谋与生活经验"才能存活其中（Blair，1978：163）。在消解性幽默小说的叙事中，作者常常隐身于叙述者身后，当叙述者表达其"震惊和愤怒"之时，作者却往往乐在其中。当美国"西进运动"如火如荼进行之际，白人殖民者眼中的自然具有美好和荒芜的双重特性，是一个融合了神圣与世俗、理性与荒诞的综合体。如果建构性幽默表达了早期美国人对于国家文化认同建构的美好畅想，那么消解性幽默则是对这种畅想的必要补充，描述了自然的无序、社会的荒诞和人性的异化等现实情形，20世纪60年代美国黑色幽默小说正与之一脉相承。由此看来，《里普·万·温克尔》确实具有"消解性幽默"的特点。主人公温克尔个性懒散，他坚信："与其为自家劳作，还不如替别家干活……在自家一亩三分地劳作一点用也没有，那块地怎么看怎么不对劲，根本不会长出什么东西。"（Irving，1901：29）这种观点消解了以勤奋和谦卑著称的清教生活态度和道德观，与社区建设和认同建构背道而驰。诸如"议会""公民权利""自由"等字眼，对睡醒后的温克尔来说"完全是巴比伦古国的奇文异语"（Irving，1901：38）。温克尔选择对新世界闭门塞户，推掉一切家庭义务和社会责任，过起之前悠闲的懒散生活。很明显，在这一消解性幽默叙事中，作者欧文借用人物温克尔表达了对独立革命和现行制度的保守态度。

《见闻札记》表现出既建构又消解的双重特点，这与欧文眼中英国形象的多面性是相关的。如前文所述，处于19世纪前期美国文化认同建构的关键时期，欧文针对"缺失的历史"提出了以英国为参照建构美国历史的想法。《见闻札记》取材于欧文的欧洲之行，字里行间可以看出作者对英国悠久历史和文化传统再现美洲大陆的憧憬。在流连于英国乡村美景、陶醉于诗情画意的作家故里、徜徉于传统节日的喧闹时，作家潜意识

---

① 有关美国建构性幽默的详细阐释，参加本章第一节第二部分。

中思考的却是美国国家和文化图景，是用英国历史来畅想美国的未来，尝试为美国读者勾勒"一场梦境"、建构"一个精神家园"（胡晓玲，2010：160）。这也是写作英国之旅的《见闻札记》在美国读者中备受好评的重要原因之一。然而，这个"梦境"并不真实，这个"精神家园"也主要源自想象，没有现实源泉的滋养。不经意间，《见闻札记》的文本流露出在工业文明和世俗欲望冲击之下，英国的以儒雅著称的历史和文化传统也正在腐化堕落的事实。此外，欧文观察到，尽管美国人对英国传统文化普遍怀有好感，但英国学界却对美国作家天生持有敌意，共享历史和文化根本行不通。因而，与其说《见闻札记》是作者通过英国基点对美国文化认同建构的思考，不如说它是美国作家在想象中勾勒的美好英国图景。这种对传统价值观的想象及其否定，让欧文的这部短篇小说集带上了建构和消解的双重特点。正因如此，林恩才会提出，"对于欧文那双有些恍惚、有些神经质的双眼来说，没有任何价值观是神圣不可违背的，世上的一切都是一个笑话"（Lynn，1958：17）。

林恩的评价实际也指明了欧文作品中潜在的幽默特质。对传统价值与未来认同的建构与消解的双重特性，让《见闻札记》故事表现出犹豫踯躅的价值观，然而在两个特性之间的徘徊也让作品带上了幽默好笑的意味。例如，在《见闻札记》有关圣诞节的五个故事中①，欧文用戏谑的口吻描述了乡绅布雷斯布里奇的形象，读者在字里行间能够感受到作者对乡绅的褒贬，而这正源于其对传统价值的双重态度。从对花园陈设的布局、对房屋结构的考究、对圣诞习俗的执着、对年轻一代庆祝方式的否定等方面可以看出，布雷斯布里奇是位极其重视传统的老绅士，作者不无赞许地将其称为"值得尊敬的老幽默大师"（Irving，1901：219）。乡绅感叹世风日下，尤其是上层社会逐渐脱离农民阶层的问题，于是"改善世风"。故事讲到之前布雷斯布里奇曾经在圣诞节打开庄园大门，邀请所有穷人共度节日。结果，"一周之内邻里聚集了数不清的乞丐，教区官一年都赶不光"（Irving，1901：212）。之后乡绅改变策略，只邀请附近体面的农民，但结果还是好笑："乡绅与农民们面对面地坐着，听着他们不无尴尬的奉

---

① 这五个系列故事分别是：《圣诞节》（Christmas）、《马车》（The Stage Coach）、《圣诞节前夜》（Christmas Eve）、《圣诞日》（Christmas Day）和《圣诞晚宴》（The Christmas Dinner），主要讲述了作者前往乡绅布雷斯布里奇家里过圣诞节的前后经历。

承话而不知所措。"（Irving，1901：213）这些幽默细节之处又透露出乡绅的固执与保守，可以看出作者在这里的叙事口吻充满了戏谑和嘲弄。牧师西蒙（Master Simon）是布雷斯布里奇在牛津大学的同学，但性格却与之截然不同。他像极了莎士比亚作品中的福斯塔夫（Falstaff），幽默滑稽、最爱卖弄有限的知识，却平易近人、深受年轻人的喜爱。牧师的儒雅和西蒙的粗俗，形成了鲜明且幽默的对比。

在五个圣诞故事的最后，欧文对文学创作进行了思考，提出娱乐（to amuse）才是写作小说的最终目的。欧文反对站在道德平台上对读者指手画脚，并指出了作品对读者的"陪伴"作用。

> 如果我幸运地创作了一部好的作品，它应该可以抹去读者眉头的一丝阴霾，让沉重忧伤的心灵得到些许慰藉；如果我时而能够穿透愤世嫉俗的隔膜，让读者更多地感受到与身边人、与自己的美好与和谐，那么我就能确信无疑：没有白白浪费笔墨写出这部作品。（Irving，1901：229）

上述这段话是欧文对自己创作理念的最好总结——与对建构文化认同的思考和实践相比，作品形而上的审美价值对读者的陪伴作用更加容易一些。总而言之，《见闻札记》中建构与消解的双重特点，说明了欧文企图弥补美国"缺失历史"的尝试并没有成功，但这种双重性也促成了欧文特有的幽默文笔。可以说，《见闻札记》是欧文在幽默视域下对美国文化认同建构的深刻思考，是美国19世纪文学宝库中的艺术瑰宝之一。

二、"皮袜子故事集"：努力尝试幽默的荒野传奇

在美国文化认同建构时期，"荒野"（wilderness）对美国民族个性形成所起到的关键作用，一直是学界的关注点之一。早在17世纪殖民者踏上美洲大陆之时，建立"山巅之城"的梦想便激励着他们不断西行。在荒野之中建立城镇，用文明征服自然，却潜移默化地被美洲的边疆风貌所改变。19世纪的美国浪漫主义思想大行其道，实现梦想的激情促使人们继续西行，在文明与荒野的纠缠之中，美国文化认同的内涵也逐渐明晰起来。

1893 年，美国历史学家弗雷德里克·杰克逊·特纳（Frederick Jackson Turner）在芝加哥召开的"美国历史学会年会"上宣读了参会论文《论边疆在美国历史上的重要性》（*The Significance of the Frontier in American History*）。特纳提出，"边疆"和"荒野"是美国民族特性形成的关键所在，但如今美国开拓边疆的时代已经结束了。他强调了"荒野"对文明的反作用，认为是"荒野操控了殖民者"（Turner，1969：29）。在整个开拓边疆的过程中，一条荒野和文明纠缠的隐形线索不断西行，但正是荒野赐予文明不断新生的力量。

> 所以美国的发展紧紧追随着这条不断西行的线索，在此过程之中不断地回归原始与拓展新区域。随着边疆的开拓，美国社会的发展也获得了源源不断的新生力量。这种永恒的新生，这种美国生活的流动性，这种带来新机遇的西进，以及与原始自然淳朴性的不断撞击，是美国性格形成的主导力量。（Turner，1969：28）

特纳的想法引起了学界的共鸣：在即将过去的这个百年之中，美国在经历了"西进运动"的历练后，民族身份和文化特征已然成形。在整个"西进运动"过程中，那条荒野和文明纠缠的线索无形却有力，而这条线索与美国文化认同之间的关系是学界津津乐道的话题之一。实际上，在《论边疆在美国历史上的重要性》发表半个多世纪之前，就已经有作家围绕这条无形的线索进行文学思考与创作，其中最有代表性的便是詹姆斯·费尼莫尔·库柏的"皮袜子故事集"系列小说（"the Leatherstocking Tales"）。

库柏和欧文一样，是最早获得欧洲文学圈认可的美国作家之一。库柏没有受过正规的写作训练，而且 30 岁才开始写作第一部小说。虽然创作起步晚，但库柏却具有异常丰富的文学想象力。从 1821 年出版的第二部小说《间谍》（*The Spy*）大获成功开始，库柏逐渐成为与欧文齐名的具有鲜明本土特色的美国作家。库柏一生总共创作了 30 多部长篇小说，其中最受关注的便是由五部小说组成的"皮袜子故事集"。以出版时间为序，这五部小说分别是：《先驱者》（*The Pioneers*，1823）、《最后的摩西干人》（*The Last of the Mohicans*，1826）、《草原》（*The Prairie*，1827）、《探路者》（*The Pathfinder*，1840）和《弑鹿者》（*The Deerslayer*，1841）。五部小说围绕主人公纳蒂·邦波（Natty Bumppo）的生平展开，描写了他从1740年到1806年60多年的边疆丛林生活经历。邦波虽是白人殖民者的后裔，因在印第安部落长大，接受了崇尚自然的森林法则。特殊的身份设定让邦波得以将白人社区和印第安人社区联系起来，周旋在文明和荒野两个世界之间，他的故事将特纳那条文明和荒野交织的西进之线形象地展示在读者面前。尽管库柏没有到过印第安人居留地，也没有和印第安人打过交道，但由于紧紧抓住了时代脉搏，"将文学创作与整个时代的发展紧密地结合起来"（陈许，2004：21），他得以将文学想象上升为国家想象，将"西进运动"引入美国作家和读者的视野中。

前文提到根据特纳的理解，开拓边疆赋予美国"永恒的新生"（Turner，1969：28），讲述"西进运动"的皮袜子系列小说，在故事时间安排上无疑正呼应了特纳的想法。在1827年出版的《草原》中，邦波已然走到了生命的尽头。然而，除了《草原》，从《先驱者》中的中年"皮袜子"到《最后的摩西干人》中的壮年"鹰眼"，以及后来《探路者》中的成年"探路者"，到最后一部小说《弑鹿者》中的20岁出头的"弑鹿者"，邦波神奇地经历了"返老还童"的新生历程。故事发生在美国西进开拓边疆的过程中，因而特纳所谓的"永恒的新生"在故事集中以时空倒置的叙事方式呈现出来。如劳伦斯在《美国经典文学研究》中指出的，"皮袜子故事集"实际上再现了"美国神话"。

> 他们的时空是倒置的，从耄耋老年到金色青春。而这就是真正的美国神话。开始的时候，她很老很老，在古旧褶皱的皮肤里痛苦地蠕动。然后，古老的皮肤逐渐蜕去，崭新的青春由此开始。这就是美国的神话。（Lawrence，1923：60）

在"西进运动"中，开拓者逐渐西行的过程，也是摆脱欧陆儒雅传统束缚、寻找并建构民族身份的过程。越西行越自由，正是在从美洲东海岸到西海岸的整个开拓经历中，美国人完成了对美国文化认同的建构。所以，"皮袜子故事集"系列小说的时空排序，以隐喻的方式在文学世界里再现了美国神话。针对"永恒的新生"，库柏在小说中还通过荒野书写对其进行了形象的阐释。

殖民者踏上新大陆之时，映入眼帘的是广袤无边的边疆土地和原始粗犷的自然风光。建设"应许之地",在荒野中寻觅和建构文明的意义,是自殖民地时代起美国文化重要的主题。在早期清教思想的影响下,殖民地时代美国文人对自然的思考带有明显的宗教色彩。殖民地诗人安妮·布拉德斯特里特(Anne Bradstreet)在《沉思录》(*Contemplations*)中通过对自然的思考察觉上帝的所在,冥想诗人爱德华·泰勒(Edward Taylor)在《蜘蛛捉苍蝇》(*Upon a Spider Catching a Fly*)中,从蜘蛛捕捉苍蝇的场景中看到了原罪的再现,乔纳森·爱德华兹眼中的自然是美好的,但同样印证着上帝的权威和力量,等等。到了19世纪上半叶,随着反物质主义运动的兴起,以爱默生和梭罗为代表的超验主义运动大行其道,美国文化对自然的反思由此开始淡化宗教的意味,强调荒野对心灵的净化作用。

爱默生是美国超验主义思潮的领袖,在1836年出版的《论自然》(*Nature*)中围绕超灵(oversoul)、自然(nature)和个人(individual)初步提出了超验主义思想的框架。爱默生认为,"宇宙是由自然和心灵构成的"(爱默生,2010:2),个人可以通过解读自然中超灵的信息与之沟通。在自然的净化作用下,个人变成了一只巨大透明的眼球:"我变成了一个透明的眼球。我什么都不是,我看到了一切。全能的上帝之流在我体内流淌,我是上帝的一个颗粒,是上帝的一部分"(爱默生,2010:4)。梭罗受爱默生思想的影响,是一位更注重实践体验的超验主义者。为了近距离地体验自然,他搬到瓦尔登湖畔独居了两年多,之后写成了美国生态文学的开篇之作《瓦尔登湖》(*Walden*)。在离世前完成的小品文《散步》(*Walking*)中,梭罗提出了"在荒野之中,世界得以存留"的名言(Thoreau,1979:609)。为了在荒野中寻找生存的力量,爱默生注重观察和思考,而梭罗则强调亲身感受,他们分别从思想和实践两个方面完善了对荒野与超验的理解。正如学者肯尼斯·罗博·奥韦戈(Kenneth Rober Olwig)总结的:"对于爱默生来讲,风景首先属于观察的双眼;而对于梭罗这位专业的测量员来说,它首先属于迈开的双脚。"(Olwig,2002:192)库柏和爱默生与梭罗同处一个时代,从其作品中同样也能察觉到鲜明的超验色彩。在"皮袜子故事集"系列中,自然还是文明没有入侵之前的荒野状态,而"双眼"和"双脚"都是主人公邦波生存力量的源泉。

《弑鹿者》在出版时间上是"皮袜子故事集"的最后一部,描写了20岁出头的邦波在纽约州奥齐戈湖的历险故事。故事最精彩的地方,便是邦波与奥齐戈湖之间的互动。初见奥齐戈湖时,邦波情不自禁地发出了一声赞叹："不远处有一片广阔的湖水，宁谧无瑕，清澈见底，俨然是大山里清新空气的倒影，湖面和空气紧密地交织在一起，逐渐融入连绵的山脉和无尽的丛林之中。"（Cooper，1964：26）陶醉在水天一色的美景之中，邦波的情感变得复杂起来，既感叹人在自然面前的孤独与无助，又沉醉于和自然融为一体的宁谧和甜美。《弑鹿者》的故事发生在 1740 年到 1745 年之间，背景是英法两国殖民者在纽约争夺殖民地的七年战争。小说中邦波看到的奥齐戈湖，不但未受到白人文明的侵蚀，而且连"红种人的手也没碰过这里的一棵树"（Cooper，1964：27）。尽管身为白种人，但邦波接受了印第安部落对自然的崇敬，敬畏荒野之中的神秘力量，将最原始的丛林法则作为生存之道。奥齐戈湖这份独有的荒野图景，和邦波对自然的信仰产生共鸣，拨动了他的心弦，让其为之沉醉不已。正如有学者指出的，"人在荒野，实际就是一种天人合一的自然状态"（程虹，2014：301）。此情此景，邦波真正地化身为爱默生笔下那只透明的"大眼球"，一无所有却洞察一切。与之形成强烈的反差，同行的白人伙伴赫里（Harry）面对原始的荒野图景却无动于衷，心里想的是如何得到心爱的姑娘朱迪斯的青睐，更重要的是如何剥下印第安人的头皮换钱。

赫里认为，"除了白皮肤，其他任何肤色的人种都是低贱的"（Cooper，1964：47）。因而，此次大湖之行前，他就打好了如意算盘，多剥几个印第安人的头皮向英国政府换钱。大湖房子的主人汤姆·赫特（Tom Hutter）和赫里的想法如出一辙。在利益驱使下，他们夜袭印第安休伦部落的营地，结果非但没有剥得头皮，反而双双落入印第安人的圈套中。对于剥头皮这件事情，邦波有着不同的理解。在他看来，尽管肤色不同，但每个种族都是上帝创造出来的，不同种族是平等的。"白种人的恩惠是基督教，而红种人的恩惠则在荒野之中。所以，白种人剥头皮是极大的亵渎，而对于印第安人来说则只是天性而已。"（Copper，1964：37）对于印第安人来说，剥头皮源自他们赖以生存的丛林规则，是天性的自然；而对于白人来说，剥头皮与文明法则背道而驰，是对文明的亵渎。他反对赫特和赫里企图通过剥头皮挣钱的想法，并与之产生了激烈的矛盾冲突。在故事最后，赫特和赫里的冒失致使他们再次落入印第安人的陷阱之中，赫特更被印第安人剥掉头皮而丢了性命。邦波虽然也成为俘虏，却因为尊重丛林法则和众生平等的生存逻辑而被印第安人所敬重，结果不但活了下来，而且帮助英国军队灭掉了休伦部落的敌人。

如前文所述，荒野英雄邦波崇敬荒野，相信至高无上的自然神，信仰众生平等的丛林法则。斡旋于印第安人和白人两个群体之间，邦波同时赢得了两者的敬重。在《超越边疆》一书中，作者西蒙森谈到了位于"西进运动"开拓最前沿的"山野之人"。西蒙森提出，这类人遵从泛神论的主旨，认可超验思想中"上帝－荒野－人类"之间有不可分割的关系。"他们可能并不赞同所谓的社会法令，但为了生存下去，为了寻找归属感，他们将自然法则作为生命行为的标准。"（Simonson，1989：47）这样看来，邦波正是西蒙森所谓的"山野之人"：行走在那条无形的西进线索之中，在真正的开拓者到来之前，邦波身上既有超验思想"天人合一"的荒野情结，又表现出西进者无畏的开拓精神。有学者指出，"他（邦波）的力量、他的气质、他的不受束缚的自由精神、他的高于一切的道德境界，是西部精神的最好体现"（陈许，2004：13）。

文明和荒野位于西行线索的两侧，在西进文学中常常被隐喻为两性关系，例如，学者安妮特·克劳奈德（Annette Kolodny）就用两性关系的隐喻文明对荒野的入侵："像个美丽的处子，渴求时光的加速/在新婚的床上等待着爱人的到来。"（Kolodny，1975：12）库柏在"皮袜子故事集"中同样使用了这一性别隐喻。在最后两部"皮袜子"小说中，荒野英雄邦波经历了两次情感风波。在《探路者》中，邦波向梅尔布·邓纳梅表达了爱意，认为对女孩的爱情已经取代了之前对荒野的眷恋。但这次爱情告白以失败告终，邓纳梅爱上了邦波的朋友韦斯顿，故事最后邦波只得和印第安伙伴钦格什固克回到丛林之中。在《弑鹿者》故事的最后，赫特的大女儿朱迪斯对邦波表达了爱意，希望能与之继续生活在大湖的房子里。然而，这次邦波却毅然拒绝了朱迪斯的好意，执意与朋友钦格什固克再次回到摩西干部落的原始文明中。西进开拓边疆过程中文明与荒野的对抗，经常被隐喻地看作两性关系的纠缠。从时间线索上看，《弑鹿者》的故事最先发生，故事中邦波拒绝朱迪斯，实则隐喻了荒野对文明西行的抗拒。而第二部中邦波爱情告白的失败，也可看作影射了文明在西行中与荒野之间矛盾。在后面的三部小说中，库柏再也没让邦波与女性产生任何瓜葛，悄然维系了邦波与其身后荒野的尊严和独立性。《弑鹿者》的故事结束15年后，邦波回到了美丽的奥齐戈湖。这里早就物是人非，荒野反噬了文明，大湖房子在自然的力量下垮塌："或者是它们自己消失了，或者是寻觅者已经忘记了具体的方位。"（Cooper，1964：411）"皮袜子"的故事止步于作者美好但不可能实现的愿望："皮袜子"永远年轻，而荒野永远不会被入侵。

尽管库柏没有参与过边疆的开拓，也没有近距离接触过印第安人，但"皮袜子故事集"形象地描写了"西进运动"中文明和荒野的纠缠，真实地揭示了美国人的荒野情结和边疆精神，作者的文学想象经过时间的沉淀后上升为美国文化想象，而"皮袜子故事集"亦成为美国19世纪文学经典作品之一。尽管如此，脱离现实的纯粹文学想象，往往在细节上让读者产生疑问，在情节上也会因衔接不当而令读者哑然失笑。这也是"皮袜子故事集"系列小说常常被问责的地方，其中比较有代表性的，便是1895年马克·吐温发表在《北美评论》（*The North American Review*）上的《费尼莫尔·库柏文学问责》（"Fennimore Cooper's Literary Offenses"）。马克·吐温在文中指责道："在传奇小说创作中有19条规范——有人说是22条。库柏仅在《弑鹿者》一部小说中，就违反了其中的18条。"（转引自Lynn，1958：328-329）吐温指出，"皮袜子故事集"不但缺乏现实根基，而且库柏的语言冗长乏味，因此这些小说根本不值一读。为了证实这一点，吐温改写了《弑鹿者》中邦波被印第安人惩处的情节，将原本的320个单词压缩到220个，故事的内容却丝毫未受影响。现在看来，吐温以现实主义文学的创作标准彻底否定了"皮袜子"小说的艺术价值，这种做法忽略了作品对美国边疆精神的描绘以及对美国文化认同建构的作用，因而失之偏颇。然而，就缺少现实根基这一点，吐温却是一针见血地指出了小说的问题所在。

在人物设定上，库柏小说中的人物往往和现实相去甚远，而令读者啼笑皆非。在"皮袜子故事集"的五部小说中，库柏都讲到了生活在边疆的白人女性，如《先驱者》中坦普尔法官的女儿伊丽莎白，《最后的摩西干人》中蒙罗将军的女儿克拉和爱丽丝，《探路者》中邦波热恋的邓纳梅，以及《弑鹿者》中的朱迪斯姐妹等。这些来自文明社会习惯养尊处优的白人女性，如今置身于美洲开拓边疆的最前沿地带，不仅缺乏最基本的生活保障，而且在部落战争中常有性命之忧。而库柏笔下的白人女性个个优雅多姿，不但生活上没有后顾之忧，而且还保留着文明社会中贵妇的体面和骄傲。例如，在《弑鹿者》中，库柏就有违常识地将姐姐朱迪斯设定为荒野之中的优雅贵妇。漂亮出众的朱迪斯热衷于时尚装扮，就算在人烟稀少的奥齐戈湖也每日装扮精致，是大湖区远近闻名的"野玫瑰"。为了营救邦波，朱迪斯穿上了母亲留下的礼服，瞬间变身"女王"，连印第安人首领都折服于她的魅力，称其为"丛林之花"（Cooper，1964：385）。很明显，库柏在小说中对白人女性丛林生活的描写过于浪漫，忽视了原始荒野中女性生活不便和艰辛的事实。难怪劳伦斯批评库柏："没有肥皂、梳子和毛巾，每餐大块吃肉，天知道这些女性真正的生活是怎样的。然而，在小说中她们却是时刻优雅多姿、干干净净的完美女士。这根本是不真实的！"（Lawrence，1923：66）在情节设定上，邦波的传奇故事在细节上也常令读者产生疑问。例如，同样在《弑鹿者》最后，印第安人决定处死邦波却没有立即执行，而是通过投射匕首、射击比赛等方式企图先消磨邦波的生存意志。当印第安人意识到无法让他屈服后，就决定用火刑烧死邦波。就在这个时候，朱迪斯假扮女王盛装出现。在朱迪斯被识破后，妹妹海蒂、印第安女孩海斯特、钦格什固克轮番出现阻挠火刑。朱迪斯的父亲赫特被剥去头皮那血淋淋的一幕犹在眼前，印第安人表现出的冷血残忍让读者发指。在处决邦波的情景中，印第安人却一再拖延行刑时间，似乎有意等待英国军队前来救援，情节设定不合常理，因而显得荒诞可笑。总而言之，库柏在设定这一情节时，只是一味地凸显邦波丛林勇士的英雄气概，而忽略了故事细节的真实性。皮袜子故事集缺少现实的根基，有些人物和情节设定过于突兀，而当读者意识到这一点的时候，反而会激发读者忍俊不禁的情感体验。这种幽默效果，是作者始料不及的。实际上，库柏将喜剧效果视为文学作品不可或缺的一部分，因而在创作过程中总是不失时机地主动加入幽默元素。

在《弑鹿者》中，为了寻找能够赎回赫特和赫里的物品，邦波和钦格什固克翻箱倒柜，意外找到了一把精致的手枪，并由此展开了一场颇有喜剧效果的射击比赛。钦格什固克并不懂得如何使用白人的枪支，因而显得格外笨拙。他把枪举起又放下，如此重复几次，尝试用两只手平衡还是不行。挫败感压垮了钦格什固克，最终他在没有瞄准任何物体的情况下胡乱开了一枪。邦波看到擅长狩猎的印第安同伴如此蠢笨，自信地戏谑道：

> 印第安人天生就不适合使用精致袖珍的武器！你击中了湖面，但总比打到空中好得多。好吧，靠后站，让我们看看天生就会使用这种武器的白人如何使用手枪。手枪可不是步枪，得看适合谁使用。（Cooper，1964：166）

结果让读者大跌眼镜：自负的邦波还没拿好枪便发射了，子弹像四散的烟火一样，引得美女朱迪斯惊慌失措地大喊大叫。邦波和钦格什固克都以为朱迪斯受伤了，急忙上前去救助，结果朱迪斯却因邦波的窘态而放声大笑。从这场滑稽的射击比赛中，读者可以看出，无论是印第安人钦格什固克还是白人邦波，他们都是适应荒野生活的边疆人，面对现代文明同样地手足无措。邦波自负的一枪颇有喜剧效果，却也侧面展示了邦波英勇果敢、胸襟坦荡的情怀。尽管这一情节让读者忍俊不禁，但不可否认的是，"皮袜子"小说所谓喜剧情节的幽默效果大多是不尽如人意的。例如，在同一情节中，当邦波忙于寻找赎人之物时，妹妹海蒂却莽撞地只身前去救父。令人啼笑皆非的是，她只拿一本《圣经》，想要通过宗教宣讲感化印第安人释放人质。当海蒂讲明来意后，印第安人首领目瞪口呆，不敢相信这个姑娘竟有如此的信心。在这个情节设定上，作者明显想要通过海蒂和印第安人信仰的不同，达到一定的喜剧效果。然而，由于对于海蒂的人物性格交代得过于简单苍白，这个情节本身可信度又不高，因而喜剧效果也大打折扣。

由此看来，无论是否有意为之，"皮袜子"小说的喜剧效果并不出彩。杰西·比尔谈到"皮袜子"小说的幽默有效时，曾经中肯地评价道："库柏的幽默与小说人物、情节等设定完全不和谐，显然这是作者不负责任地想要强行获取幽默效果的结果。"（Bier，1968：362）19世纪前叶，英国历史小说家司各特在美国文学领域颇具影响力。像同时代其他的美国作家一样，库柏竭力模仿司各特历史传奇小说的写作方式，并因此被学界戏称为"美国的司各特"（Bier，1968：362）。既然司各特可以在严肃的历史小说中使用喜剧因素，那么作为"美国司各特"的库柏也应该让故事带上幽默色彩。然而，他们的创作背景大相径庭，库柏的作品以描写美洲大陆原始的荒野图景见长，因而司各特的"喜剧释放"（comic relief）不能完全适应邦波荒野故事的情节设定。由此可见，库柏的内心有相互矛盾的两个身份：一个是荒野英雄邦波，一个是欧陆绅士库柏；也可以说，"皮袜子"小说是儒雅绅士通过想象编织的边疆故事。对此劳伦斯曾不无反讽地讲道：库柏是躺在法国咖啡馆的沙发上，编写着美洲大陆的荒野英雄故事（Lawrence，1923：54）。库柏矛盾的身份构成和创作现实根基的匮乏，是"皮袜子"小说人物设置不真实、情节叙述不连贯、幽默效果不尽如人意的内在原因。尽管如此，库柏首次将边疆因素引入了美国作家的创作视野，"皮袜子"小说中描写的荒野情结更是渗入了美国文化认同的机制之中，其对"美国性"文学创作的思考和实践是美国文学独立不可或缺的一部分。

第三节 地方幽默小说的兴起

19世纪初，英国地质学家查尔斯·莱尔爵士（Sir Charles Lyell）提出了"地质学渐进论"，认为地球变化是一个渐进流动的过程，地质作用的过程是缓慢的，只有通过今天的地质特点和作用才能认识地球的过去。与从神话学视角解释地球的渊源不同，莱尔从科学地理学出发，强调看似微弱的地质作用是导致现在地质状况的直接原因。

莱尔强调现在是认识过去的钥匙，"以今论古"是阐释历史的重要手法，这对19世纪中期的美国文化思想领域产生了一定的冲击。随着美国拓荒运动的继续，新开发出来的西南、南部、西部地域面临定位自我的问题，而"以今论古"的历史阐释观成为它们定位、阐释自我身份的重要手法。此外，19世纪40年代，莱尔曾经先后两次到美国旅行，写作了两本畅销的美洲地质学专著：《北美之旅》（*Travels in North America*，1845）和《再访美国》（*A Second Visit to the United States*，1849）。莱尔在其中提出了美国三大地理奇观："尼亚加拉大瀑布的后退、密西西比河三角洲越堆越高的泥土和弗吉尼亚州迪斯默尔沼泽出现的可开垦地。"（Blair，1978：227）莱尔提出的"地理奇观"将大众读者的关注点转移到了美国的地方景观之上，这从地理学视角预示了出现在19世纪中期的美国地方色彩文学，而地域特色的研究也带来了美国地方幽默小说的进一步发展和成熟。

一、《佐治亚见闻》：西南幽默小说的兴起

前文提到美国"西进运动"之所以能够如火如荼地持续近百年，除了扩张领土、积累物质财富等直接原因之外，更与美国人灵魂深处的美国梦情结相关。尽管"美国梦"一词直到1931年才由亚当斯在《美国史诗》一书中提出，但正是这一梦想驱动清教殖民者来到美洲大陆，它早

就已经存在于美国人的意识形态之中，是美国社会文化发展的决定因素之一。

在19世纪美国开拓边疆的历程中，这种对"山巅之城"的憧憬幻化成一种对美好未来的期待，对乌托邦理想社会的期盼。美国学者劳伦斯·R. 塞缪尔（Lawrence R. Samuel）在《美国梦：文化历史》（*The American Dream: A Cultural History*）中提出，美国梦是一个充满了变量的动态平衡，"既激进又保守，既超验又世俗，兼有共和党之红和民主党之蓝，实际上适用任何构想或提议"（Samuel, 2012: 4）。美国梦包含了像"激进"与"保守"、"超验"与"世俗"等这样意义相反的内涵，因而这一概念本身就有乖讹的特质，这也是美国梦文学作品往往带有幽默艺术特色的重要原因。那么梦想到底能否实现？不同的答案让19世纪的美国作家站到了不同的阵营之中。美国学者弗雷德里克·I. 卡朋特在《美国文学与美国梦》中就根据对梦想态度的不同，将作家分为四个类别：超验的、儒雅传统的、浪漫主义的和现实主义的。[①] 其中，超验的作家认为"完美的民主是可以实现的，梦想是好的"，而坚守儒雅传统的作家则认为"完美的民主是不能实现的，梦想是坏的"（Carpenter, 1968: 7），前者具有乐观的浪漫主义倾向，而后者受传统价值体系的拘束而呈现悲观主义的基调。前面的章节谈到欧文和库柏在作品中对美国文化认同建构都进行了乐观的浪漫主义憧憬，但随着"西进运动"的深入开展和地方色彩文学的发展，更多具有区域特征的作家在作品中初步表达了对梦想实现不了的悲观主义情绪。19世纪上半叶兴起的西南幽默小说便是集现实主义和浪漫主义于一身的地方色彩幽默文学的代表。

1831年，威廉姆·T. 波特等人在纽约市创办了日报《时代精神》，报纸的全称为"时代精神：记录跑马、农业、运动、文学和戏剧"，目标读者是纽约上层社会群体，因而内容涵盖了运动和文学两个看似不相关的领域。顾名思义，报纸以呈现"时代精神"为己任。主编敏锐地嗅到了读者对于边疆区域风土人情的兴趣，《时代精神》在30年代后期开始大量刊发西南作家的幽默短篇小说。借助《时代精神》，西南幽默小说流派逐渐发展起来，出现了朗斯特利特、约翰逊·胡珀（Johnson J. Hooper）、乔

---

① 四类不同的作家群别是：超验的（transcendentalists）、儒雅传统的（genteel traditionalists）、浪漫主义的（romantics）和现实主义的（realists）。对于后两者的论述将在第三章中涉及。

治·哈里斯（George Washington Harris）、托马斯·班斯·索普（Thomas Bangs Thorpe）等代表作家。在 19 世纪上半叶的西南边疆地区，因教育还未普及，读书识字的人并不多，而能够记录当地风土人情、写作幽默故事的作家大都身兼他职。日常生活中，他们可能是律师、牧师、政客、记者甚至商贩或农夫，但闲暇时间里，他们却化身为西南幽默小说家，用心将口口相传的民俗故事记录下来，创作完成了最早的地方色彩幽默小说。评论家杰西·比尔在谈到西南幽默小说时强调了两点：其一，西南幽默小说兴起发展主要在内战前的四五十年代；其二，西南幽默小说从一开始就着意模仿传统英国幽默文学（Bier，1968：52）。西南幽默小说家尽管身处边疆开拓前沿，但大多是有身份与地位的"绅士"，在创作小说时有意无意都延续了英国儒雅文学传统。这样，在大洋彼岸英式讽刺文的影响下，在社会地位和身份的拘束中，西南幽默小说家的文学作品一般具有简洁、生动、直观、本土化等特点。所谓美国的西南区域，主要指田纳西、佐治亚、亚拉巴马、路易斯安那、密西西比、阿肯色和密苏里七个州（Blair，1962：62），西南幽默小说以幽默活泼的笔调描述了这些边疆地域的地理景观和风俗人情。

朗斯特利特是最早出现的西南幽默小说家之一，代表作品《佐治亚见闻》是西南幽默小说流派的开山与扛鼎之作。作品一经出版就得到了学界的高度认可。例如，爱伦·坡在 1836 年的《南方文学信使》杂志（*The Southern Literary Messenger*）中对《佐治亚见闻》的创新性赞不绝口，认为作者"参透了人性的普遍问题，尤其是美国南方人的性格"（Poe，1902：257）；美国历史学家伯纳德·德沃托（Bernard Devoto）认为，"就西南幽默小说来说，朗斯特利特的成就无人可与之比肩。今天看来，他的作品仍然充满了活力、让读者为之着迷——它是边疆第一本具有永恒意义的作品"（转引自 Longstreet，1957："Introduction" v）；而评论家沃尔特·布莱尔认为，《佐治亚见闻》"作为西南幽默小说，既是第一部，也是最有影响力的一部"（Blair，1960：65）；等等。

作者朗斯特利特丰富的人生经历，是其创作幽默小说灵感的源泉。1790 年朗斯特利特出生于佐治亚州的奥古斯塔市，后到北方求学。1813 年在耶鲁大学毕业后，又到康涅狄格州的利奇菲尔德市学习法律。之后回到佐治亚州从事法律工作。朗斯特利特精力充沛、兴趣广泛，是典型的边疆人。他一生从事过很多行业，做过律师、政客、法官、教师、校长、音乐家、牧师等。他是名副其实的"校长专业户"，曾先后任埃默里学院、森坦那瑞学院、密西西比大学和南卡罗来纳大学的校长。朗斯特利特于 1827 年加入卫理公会，两年之后获得传教资质。《佐治亚见闻》发表伊始，读者很难将从事体面工作的朗斯特利特与小说作者联系起来。实际上，就连朗斯特利特都曾否认自己的作者身份。与此同时，似乎有无穷精力的朗斯特利特还主动参与下层社会的生活，做过生意、种过农田、参加过体育竞赛等，这些亦成为其幽默小说的重要素材。除此之外，与读者的想象不同，现实中的朗斯特利特不但长相异常丑陋，脾气暴躁，而且身材矮小，体弱多病（Bier，1968：50）。总之，游移在体面的上层社会和随意的下层生活之间，徘徊在羸弱的身体和跳动的灵魂之间，乖讹让朗斯特利特的小说带上了荒诞幽默的特点。与这种徘徊和游移相对应，朗斯特利特在《佐治亚见闻》中化身为莱曼·霍尔（Lyman Hall）和亚伯拉罕·鲍德温（Abraham Baldwin）两个身份性格迥然不同的叙述者。[①]

和作者朗斯特利特一样，霍尔和鲍德温都是自底层社会艰难地爬到阶级金字塔顶端的普通人。在《佐治亚见闻》中，霍尔讲述了 12 个故事，鲍德温讲述了 6 个故事，他们会现身在彼此讲述的故事之中，从而增添了故事的可信度。霍尔是主要的叙述者，更接近作者的本真身份。有评论者指出小说中的霍尔是一位牧师（Lynn，1959：66），也有人提出他是一位律师（Meriwether，1982：359）。尽管作者并未点明霍尔和鲍德温的职业，但读者知道他们所从事的行业肯定是作者自己曾经涉猎并熟知的领域。在霍尔的 12 个故事中，无论是讲述学生时代校园生活的故事，还是讲述南方历险的故事抑或是描述地方风土人情的小说，霍尔都是作为旁观者从第三人称视角进行叙述的，直到整个序列的最后一篇小说《射击比赛》（The Shooting-Match）中，霍尔才真正参与到故事之中。实际上，《射击比赛》这则短篇故事之前并未在报纸上出现过，是随着《佐治亚见闻》的出版第一次与读者见面。也就是说，朗斯特利特故意写作了这个短篇放在系列故事的最后。作为作者的代言人和故事的旁观者，霍尔在整个叙事

---

① 《佐治亚见闻》短篇故事的叙述者一共有三个人，霍尔、鲍德温和克莱伯肖（Timothy Crabshaw）。其中克莱伯肖只讲述了一个故事《民兵训练营》（The Militia Company Drill），该故事由朗斯特利特的朋友普林斯（Oliver Hillhouse Prince）写作而成，后放在《佐治亚见闻》中一同出版。

中始终尴尬地徘徊在"上层"和"下层"两个不同的群体之间。只有在《射击比赛》中，霍尔才放下旁观者的姿态，恣意享受在射击场上对下层群体的归属感。故事中，霍尔坐实了传说中"神枪手"的美名，一举获得第二名的好成绩，得到了其他参赛者和在场观众的追捧。可以说，这既是故事人物霍尔也是作家朗斯特利特对下层社会生活的回归。正如评论家大卫·雷切尔斯（David Rachels）所讲，在系列故事中，很明显"霍尔在下层人士群体中活动时更加轻松自如"（转引自 Inge，2001：125）。如前文所述，大多数西南幽默小说家都踯躅于两个阶层之间，朗斯特利特则在《佐治亚见闻》中对这种尴尬的处境进行了细致却不动声色的描写，并在《射击比赛》中宣告了自己更属意下层生活的随意。

　　另一位叙述者鲍德温讲述的故事，尤其凸显了其与女性相处时的尴尬和难堪。朗斯特利特在第一版《佐治亚见闻》的前言里就指出了两个叙述者的不同："霍尔讲述的故事主要角色是男性，而鲍德温的故事则是以女性为主导。"（Inge，2001：105）鲍德温一共讲述了六则故事：《乡村舞会》（The Dance）、《歌曲》（The Song）、《娶个尤物做妻子》（The "Charming Creature" as a Wife）、《舞会》（The Ball）、《妈妈与孩子》（The Mother and Her Child），以及《与老妇聊天》（A Sage Conversation）。在《乡村舞会》中，鲍德温认出房主太太是年轻时的恋人波莉·杰克逊，于是尝试唤起恋人对自己的记忆。没想到的是，波莉虽然知道所有他提到的熟人，却根本不记得鲍德温。鲍德温最终使出了撒手锏——年轻时擅长的舞蹈动作腾空两次双脚交叉跳（double cross-hop），希望用精彩的表演唤起波莉对自己的记忆。结果不再年轻的鲍德温出了丑。还好在他表演前，波莉走出舞厅料理其他事务。这样看来，波莉根本没有注意到鲍德温和自己"重温旧梦"的企图。鲍德温面对女性的愚钝和笨拙，令读者捧腹不已。在第二则故事《歌曲》中，鲍德温讲到了两个歌手，一个是唱歌把自己感动到流泪的玛丽小姐，另一个是被大家吹捧、唱歌却难听的克伦普小姐。鲍德温这样描述后者的歌声，"她大声尖叫，她鬼哭狼嚎，她歇斯底里，她如同母鸡一样咯咯乱叫……一个听众感叹道：'如果这个是她的歌声，那么她哭起来得是什么声音！'"（Longstreet，1957：60）鲍德温最终因为无法忍受而提前离席。半夜舍友霍尔回来告诉鲍德温：克伦普小姐还在唱歌，而鲍德温竟然因为恶心而晕了过去。这两则故事讲述了鲍德温在上层社交圈里与女性相处的尴尬与失败，但至少他亲身参与到了故事中，而在后面的小说里，鲍德温逐渐退出了故事中心成为旁观的讲述者。这一从中心到边缘的退出，实际更凸显了鲍德温的社交恐惧。在以鲍德温为叙述者的最后一篇小说《与老妇聊天》中，他甚至做起了鬼鬼祟祟的偷窥者。故事中，鲍德温和朋友奈德夜宿老妇家中，在退到隔间休息之后，他"无法抵抗从隔间裂隙偷窥的欲望"（Longstreet，1957：175）并偷听了老妇们的谈话。可以看出，在叙述这六则故事的过程中，随着鲍德温愈演愈烈的挫败感，他距离故事中心也越来越远。鲍德温在社交中所表现出来的愚笨和尴尬，很容易让读者联想起现代作家艾略特诗歌里普鲁菲洛克那孤芳自赏的情歌，福克纳小说中企图用死亡留住爱情的艾米丽，舍伍德·安德森故事中无法伸出双手的比德尔·鲍姆，等等。这些角色的共同特点是对社交的恐惧，尤其在与异性的交往中，他们尴尬、迷惑、绝望，徘徊在社会的边缘，既是别人的笑柄，也形象地阐释了现代社会人际关系的疏离和人性的异化。在宣扬梦想至上的美国文化里，鲍德温们被剥夺了寻梦的资格，是被社会抛弃的失败者。如果说霍尔代表了阳光下热情奔放、积极向上的朗斯特利特，那么鲍德温则是作者挫折、痛苦、疏离、绝望等情绪的宣泄口。

《佐治亚见闻》的幽默乖讹，还体现在作品中新英格兰文化与西南地域文化冲突与融合之中。虽然主要生活在西南的佐治亚州，但朗斯特利特毕业于耶鲁大学，后又在康涅狄格州学习法律，北方的儒雅传统教育背景让他的小说带上了一丝新英格兰风味。《佐治亚见闻》是新英格兰文学风格与西南边疆故事结合的产物。布莱尔在谈到西南幽默小说家的创作风格时，提出"因为作品迟早要在东部出版，因而他们写作时眼睛总是盯住东部，将东部读者设定为作品的目标读者群体"（Blair，1962：64）。前文提到很多西南幽默小说家就是通过东部报纸《时代精神》的媒介而广为人知。为了赢得东部读者群体的认可，西南幽默小说家往往会模仿新英格兰作家的创作风格，许多北方读者熟悉的人物形象也能够在西南小说中寻到踪迹。出于上述原因，朗斯特利特在写作《佐治亚见闻》时，很多细节处理上都在刻意迎合新英格兰读者的阅读口味。在故事集中，作为故事主要叙述者的"霍尔"就是一位儒雅传统定义下典型的新英格兰绅士。在其中的短篇小说《蜡像》（The Was-Works）中，小说人物为了支付宾馆住宿费，模仿刚刚撤走的新英格兰蜡像，上演了一出啼笑皆非的闹剧。在模仿闹剧的背后，作者强调了"西南模仿北方"这一套路，暗示了作品中两种地域文化之间的冲突和融合。在另一则小说《辩论社》（*The Debating Society*）中，尽管作者专门交代故事的主要参与者是佐治亚州人，但故事发生地 W - n 显然指的是北方威斯康星州，而涉及的民主和选举等辩论主题也具有鲜明的新英格兰政治特色。故事集中还多次提到了对新英格兰文学儒雅风格影响深远的经典欧陆作品。例如，在《一个佐治亚本地人的性格》（*The Character of a Native Georgian*）之中，房东这样谈起怪人奈德阅读幼儿书籍时的专注："他就好像在读最好的那期《旁观者》一样。"（Longstreet，1957：37）前文提到《旁观者》报纸对富兰克林等重要的新英格兰作家写作风格的形成起到了关键作用。作者在这里专门提到它，暗示了《佐治亚见闻》一书同样受到了它的影响。但与此同时，作为土生土长的佐治亚州人，朗斯特利特在创作小说时更注重给读者呈现一幅原生态的佐治亚景观图。他在谈到《佐治亚见闻》时说道："这部作品从头到尾没有一个词不是描述'佐治亚州'的。"（转引自Fitzgerald，1951：164）也正是因为着意展示西南地域特征、描写佐治亚州风土人情，《佐治亚见闻》才能在得到新英格兰读者认可的同时，更受到本土读者的追捧，成为名副其实的第一部西南幽默小说作品。

评论家詹尼特·坦迪（Jennette Tandy）认为，"朗斯特利特是最能代表南方灵魂的作家"（Tandy，1925：75）。这一"南方灵魂"正呼应了劳伦斯所谓的"最深刻的灵魂"。劳伦斯指出，"最深刻的灵魂"是一种"逃离被操控的趋向"，驱使美国早期殖民者来到美洲，也是美国历史发展的内在动力（Lawrence，1923：13）。"逃离"，既是美国建构文化认同的重要方式，也是西南幽默小说寻求读者认同的重要途径。在美国作家眼中，如果桑塔亚纳所谓的"儒雅传统"是他们所要逃离的束缚；那么在西南作家看来，这种束缚又包含了新英格兰文学传统这一新的内涵。成长，往往建立在叛逆的基础之上。受欧陆文学的儒雅传统影响，新英格兰地域文学一般具有言语精致、语法书面、语体文雅等特点。与之相反，在西南幽默小说之中，读者感受到的却是极具男性阳刚之气的边疆文学气息。与儒雅传统对立，充满阳刚之气的边疆精神让西南幽默小说带上了两个重要的特点，即对女性的歧视和对暴力美学的彰显。作为最早出现的西南幽默小说之一，《佐治亚见闻》的文本已经明显呈现上述两个特点。

论者格雷琴·马丁（Gretchen Martin）在评论文章《性别的牢笼——西南幽默中的阳性束缚与逃离》（"Masculine Confinement and Escape in

Southwest Humor")中提到了西南幽默小说中一个有趣的现象："男性联合起来，共同对抗美国儒雅教养文学所带来的女性化入侵……西南幽默小说歌颂的正是理想的男性阳刚之气。"（转引自 Inge，2001：88）马丁犀利地指出了"厌女症"（misogyny）深埋于西南幽默小说家的集体无意识中。大力推广西南幽默小说的《时代精神》创办者威廉姆·波特曾宣称："我们报纸的读者，都是有身份、有金钱以及教育背景的绅士"（转引自 Fienberg，1987：272），而且布莱尔在谈到《时代精神》时亦提出，"报纸保有最原始的男性气味"（Blair，1962：82）。《佐治亚见闻》最初以连载小说的形式刊登于《时代精神》，小说之所以能受到报纸编辑的赏识，与字里行间透露出来的"厌女主义"思想不无关系。例如，短篇小说《母亲与孩子》（*The Mother and Her Child*）就塑造了一个强悍多疑、令人侧目的母亲形象。故事中，因为八个月的婴儿一直哭闹，女主人思朗太太不停地责骂殴打黑人女仆罗斯。思朗太太个性彪悍，咄咄逼人，连旁边的丈夫思朗先生和客人鲍德温都不敢搭腔。最后，细心的思朗先生发现，是婴儿右耳中的一根小羽毛让其哭闹不停，与女仆根本没有关系。像思朗太太这样跋扈无理的女性形象在朗斯特利特的小说中比比皆是，如另一则小说《娶个尤物当妻子》（*The "Charming Creature" as a Wife*）中的埃维莉娜。故事中的埃维莉娜出身暴发户家庭，爱慕虚荣，陶醉于纸醉金迷的上层生活。鲍德温的侄子乔治是当地一个有前途的律师，结果不幸落入埃维莉娜的爱情陷阱之中，并由此走上了毁灭之路。婚后，埃维莉娜傲慢虚荣、好吃懒做的本性暴露无遗，她瞧不起乔治的亲朋好友，连料理家庭琐事的基本能力都没有。乔治想要改变埃维莉娜，但几经努力却毫无效果，最终只能借酒浇愁，并草草了结了自己的一生。在指责埃维莉娜的同时，鲍德温大力褒扬了乔治的妈妈："听她谈话，你会觉得她成日沉溺于书海之中；但是看她料理家务事，你却感觉她大字不识一个。"（Longstreet，1957：71）很明显，在朗斯特利特看来，屈从男性、善于料理家务的女性形象才是值得赞扬的，而像埃维莉娜这样对家庭不管不顾的女性只能以悲剧结束自己的命运。

　　远离新英格兰文明，生活在开拓处女地的最前沿，边疆人推崇男性的阳刚与孔武，与之相应的，暴力美学亦成为西南幽默小说探讨的重要问题之一。论者林恩在评价《佐治亚见闻》时，就因暴力场景过多而将其称为"噩梦一般的暴力玩笑"（Lynn，1958：58）。佐治亚州曾经是棉花种植大州，但在朗斯特利特出生之时，随着种植中心的西移，很多城市呈现破败的景象，治安环境也比较差，刑事案件时有发生。此外，朗斯特利特早年曾随父母迁居南卡罗来纳州的埃奇菲尔德县，这个县因谋杀案件发生频率高而被称为"血腥埃奇菲尔德"。有历史学家指出，"埃奇菲尔德的传统就是暴力和极端主义的综合体"（Butterworth，1995：7）。在佐治亚州和南卡罗来纳州的生活经历影响到了朗斯特利特的创作，作品中很多暴力场景实际就是对现实中埃奇菲尔德县的真实还原。例如，《佐治亚见闻》的第一则短篇小说《佐治亚舞台剧》（*Georgian Theatrics*）中，叙述者霍尔就在林肯郡的"黑暗角"（dark corner）碰到了"挖眼"的场景，尽管只是戏剧排练，但读来却不无惊悚之处。霍尔从远处隐约看到了"挖眼"的场景，"我听到了挨揍者时断时续的咒骂声……在短暂的打斗后，我看到上面的那个人双手拇指用力向下一按，接着就有人因为极度痛苦而哭喊起来"（Longstreet，1957：2）。尽管后来"我"知道这只是在排练，但对"挖眼"场景的形象描写让人读来十分害怕。叙述者之所以将排练当作现实，暗示了这一血腥场景在真实生活中确有发生。在另一则故事《斗殴》（*The Fight*）中，比尔和鲍勃在好事者的挑衅下决斗，打斗的场景也异常血腥惨烈。比尔"鼻子的三分之一被咬掉，肿胀的脸颊紫痕斑斑，一点看不出原来的样子"（Longstreet，1957：50），而另一方也受了重伤："鲍勃的耳朵、脸颊、手指的伤口血流如注，换了别人也许5秒钟内就会因失血而死亡"（Longstreet，1957：51）。决斗中的比尔和鲍勃化身为两头野兽，剥除了灵魂的肉体打斗赤裸裸地呈现在读者眼前。以《佐治亚见闻》为代表，暴力美学是早期西南幽默小说的重要特点，其后在乔治·哈里斯创作的好好先生（Sut Lovingood）幽默故事集中，在托马斯·索普的《阿肯色州的大熊》中，在马克·吐温的幽默小说中，甚至在福克纳充斥着喧哗与骚动的荒诞意识流小说中，这种暴力因子更是生根发芽，成为南方作品的重要伦理构架之一。

正如作者在小说第一版前言中所讲的，《佐治亚见闻》最大限度地保留了西南地域特别是佐治亚州的地方特色。像《拉鹅比赛》（*The Gander Pulling*）和《猎狐》（*The Fox Hunt*）等小说，就详细介绍了佐治亚州成年男子的狩猎活动，字里行间激荡着西南边疆特有的暴力元素和边疆精神。朗斯特利特在讲述这些故事时，往往情不自禁地表现出对过去时光的留恋，一种特有的对南方历史的"怀乡情"（nostalgia）。在《乡村舞会》中，叙述者鲍德温看到年轻时的恋人波莉后，心中涌现出对过去的无限感叹，悔恨当时为了事业而放弃恋人。可笑的是，当鲍德温想方设法接近恋人时，波莉却自始至终没有认出他。尽管对初恋的美好充满了怀念，但鲍德温的努力却未换来丝毫的慰藉。在另一则小说《赶走老师！》（The Turn Out）的最后，上尉指着学校驻地说，"这些土地永远不会枯萎，50 年后它们会像现在一样平静安详"（Longstreet，1957：65）。然而，叙述者霍尔紧接着说道，当 42 年之后他重访旧地，"这儿一切都变得贫瘠、乏味，了无生趣"（Longstreet，1957：65）。在这些故事中，借助两位叙述者对美好过去的怀念之情，朗斯特利特间接地表达了对现实的不满与对实现梦想的惶恐，小说文本透露出作者的失落情绪和挫败感。这种挫败感，和朗斯特利特个人的经历相关，也从梦想失落的视域预示了未来美国梦的走向。

前文提到在朗斯特利特写作《佐治亚见闻》时，佐治亚州作为棉花种植中心刚刚经历了繁荣的 20 年。19 世纪 30 年代，随着种棉中心的西移，佐治亚州各个区域出现了不同程度的衰败，佐治亚州人也感受到了"梦醒后"的失落。从个人层面来看，"失败者"成为朗斯特利特生活难以挣脱的魔咒。为了寻求更好的生活，父亲威廉姆在 1790 年从新泽西州搬到佐治亚州。威廉姆是一个不成功的发明家，他因对发明的执着被当地人当作笑柄，之后更是成为一则政治丑闻的牺牲品。和父亲威廉姆一样，朗斯特利特的固执和保守也让他屡遭命运的嘲弄。面对工业化的冲击，他坚持杰斐逊总统提出的农耕生活方式；南北统一是大势所趋，但他却反对联邦，坚决支持南方独立；与废奴运动的呼声相背而行，他始终认为蓄奴是南方社会发展的必然条件等。此外，朗斯特利特最终因种植园经营不善而破产，之后卖掉了所有的奴隶和部分产业。对于朗斯特利特来说，过去是值得怀念的美好，现实充满不尽如人意的失落，未来更不在像他这样的普通人的掌握之中。而这样一种怀旧的基调也悄然藏身于《佐治亚见闻》中，与将近一个世纪后美国"失梦一代"作家遥相呼应。

综上所述，朗斯特利特在建构西南幽默小说写作框架，搭建地方色彩文学创作平台的同时，亦表达了对已逝过去的怀念，阐释了梦想破灭的挫败感。卡罗尔·布莱瑟（Carol Bleser）在评价南方议员詹姆斯·亨利·哈蒙德（James Henry Hammond）时曾经讲过，"在南方变老成为神话之前，他已经沉溺在了古旧的南方历史之中不能自拔"（转引自 Bleser，1988：304），而这句话同样适用于评价朗斯特利特。

二、《咆哮营的幸运儿》：西部梦想的失落

在美国的文化词典里，"西部"（the Western）是一个具有丰富内涵的词语。文人骚客的心中都怀有一个有关西部的梦想，其中既包含了对个人美好未来的畅想，又蕴含着对民族文化认同的坚定信仰。正因如此，超验主义作家梭罗和爱默生在去世之前都选择到西部旅行，爱默生的西部之旅更是跨越整个美洲，最后到达加利福尼亚。梭罗在《散步》中表达了对"西部"的无限热爱："那里有未来，那里的土地更加神秘和富饶……外在因素强迫我才往东去，而自由自在之时我却往西行。"（Thoreau，1979：603）

19世纪的"西进运动"包括了四个阶段：最初的康涅狄格州人、哈德逊河流域的居民、特拉华州人等顺着东部的内陆河北上；之后西进翻越阿巴拉契亚山脉和阿勒格尼山脉到达俄亥俄河和密西西比河流域；第三波西进者从伊利诺伊州、阿肯色州和内布拉斯加州出发，翻越了落基山脉之后穿越沙漠；最后的西进分成两拨：往西北进入俄勒冈州、往西南进入加利福尼亚州。最终，西进者的脚步停在了加利福尼亚的海滩上。向西行建设'应许之地'的梦想激励美国人完成了跨越整个美洲的大迁徙，"西进运动"并不局限于空间扩张和版图统一的地理意义上，而是具有更深层的社会和文化意义。尽管特纳在《论边疆在美国历史上的重要性》中重点谈论了边疆问题，却没有对"西部"一词进行界定。在特纳看来，似乎整个美洲都可以被规划为"西部"的一部分。在《征服西部：美国智力和文化转变》（*Quest West：American Intellectual and Cultural Transformations*）中，作者理查德·利罕（Richard Lehan）提出，"西部边疆的意义，在于它记录了文明是如何冲撞和改变荒野的"（Lehan，2014：52）。根据利罕的理解，"西部"不仅仅是一个历史事实，更是一种文化想象，"西部"与民族文化认同建构是联系在一起的。美国学者斯宾塞就曾指出，整个"西进运动"的过程其实就是一部"伟大的美国史诗"（Spencer，1957：282）。不断西行，实际正是逐梦的过程。当怀揣宗教自由、政治独立的梦想来到美洲东海岸之时，当现实和梦想之间的沟壑无法填平之时，美国人将目光投向了西部：边疆广袤的土地，也许是实现梦想的天堂。只要可以往西行，梦想就有可能实现。但是，当

西进者的脚步停滞在加州的海滩——往西不再是广袤的希望之地，取而代之的是没有尽头的海洋——美国人第一次真切地体验到了梦想的失落。

作为抽象的民族文化想象，"西部"赋予美国梦以长久的生命力和活力。当西进者的脚步停滞在加州海滩时，"西部"随即由文化想象变为历史现实。当没有"更西边"去维系梦想的时候，西进者从梦想的云端跌至现实的地面。在边疆开拓行将结束之际，梦想和现实之间的差距，在美国民众中引发了一种梦想失落后的悲观情绪。论者西蒙森认为，这种悲观情绪源自"虚幻和真实、理想和现实之间的断裂……紧随而至的是失望，最初是无声的，然后表现出暴力的特征，希望越大失望就会越大"（Simonson，1989：104）。从西进追梦到梦想失落的悲剧，集中表现在1848年到1855年"加利福尼亚淘金热"（California Gold Rush）的闹剧之上。自1848年1月24日在"萨特磨坊"（Sutter's Mill）发现黄金之后，加州的黄金梦很快席卷全国，紧接着大约有30万淘金大军涌入加州。在"黄金梦"的冲击下，美国人陶醉在迅速致富的幻想中，早已将早期对信仰自由和政治民主的追求抛之脑后。让人啼笑皆非的是，在整个淘金热中，人们只发现了价值大约几万美元的黄金，极少数人真正淘到了金子。僧多粥少的局面让大多数淘金者铩羽而归，更有人为了淘金而家破人亡。与此同时，善于自嘲的美国人开始用幽默来打趣淘金热。例如，1849年1月的《北方佬之剑》（Yankee Blade）杂志转载了一则笑话：当被问到在淘金的时候什么工具最重要时，一个新近从加州回来的淘金者这样回答："那一定是绿色镜片的眼镜，因为它能保证淘金者的眼睛不会被金属的光泽灼伤"（Blair，1978：225–226）；波士顿《传令官》（Herald）幽默地报道了沙士达山上发现了大量易开采的黄金："黄金都长在草根上。把草拔出来抖掉黄金即可，就像是园丁把藤条上的土豆甩掉那么简单"（Blair，1978：226）；而《北方佬之见》（Yankee Notions）更是吹嘘道："据说加利福尼亚有个地方的石英石富含黄金，每一磅岩石可以提取一磅半的黄金"（Blair，1978：226）；等等。在这些插科打诨的玩笑背后，是淘金者命途多舛、梦想失落的泪水。很多作家用或幽默或严肃的文字再现了淘金热、反思了其背后隐含的社会文化问题，其中较有代表性的是马克·吐温的《卡拉维拉斯县驰名的跳蛙》（The Celebrated Jumping Frog of Calaveras County）、杰奎琳·米勒（Joaquin Miller）的《生活在莫多克人之间》（Life Amongst the Modocs）、布勒特·哈特（Bret Harte）的《马虎的百万富翁》（*A Millionaire of Rough-and-Ready*）和《咆哮营的幸运儿》等。哈特写作的《〈咆哮营的幸运儿〉及其他故事》（*The Luck of Roaring Camp and Other Tales*），尤以辛酸却独具幽默风味的文字记录了加州淘金热散去后西部人的失落、困顿和迷茫。

1836 年，哈特出生在纽约州的奥尔巴尼市，17 岁时移居西部。在加州，哈特做过淘金工人，当过教师，做过信差，还曾在好几家报纸做过编辑。35 岁时，哈特和家人迁回东部，后来定居欧洲，并于 1902 年在英国去世。哈特喜欢写作，11 岁时便发表了诗歌《秋日冥想》（*Autumn Musings*）。其作品包括诗歌、小说、喜剧、书评等多种形式。青年时期淘金的经历，让哈特了解到西部淘金者的真实生活，他创作的淘金热小说备受读者追捧，是西部淘金文学中的经典作品。在哈特所有淘金热小说中，1868 年出版的短篇小说《咆哮营的幸运儿》尤被学界称赞。小说于 1868年发表在《陆路月刊》（*Overland Monthly*）上，很快得到了读者的交相称赞，成为哈特最具代表性的西部小说。1870 年，哈特出版短篇故事集《〈咆哮营的幸运儿〉及其他故事》，其中的 23 个西部故事从不同侧面讲述了淘金者的生活，在梦想失落的框架中描述了一系列落后愚钝、空虚迷茫、性格变异的西部人物形象。哈特也经历过淘金狂热之后的失落，因此对小人物的挫败心理把握得异常准确，加之质朴无华且幽默诙谐的文笔，小说在西部读者群体中引起了强烈的共鸣，同时也获得大量东部读者的关注。哈特用灰色幽默手法呈现了边疆小人物心理，用夸张口吻勾勒了西部淘金者的荒诞生存空间，小说文本已经带有吐温边疆幽默的色调，小说人物亦具备《纽约客》现代作家笔下小人物的特点。

《咆哮营的幸运儿》讲述了一则加州金矿"咆哮营"发生的故事。故事开始时，印第安人萨尔正在生产，但在婴儿出生后她便去世了。咆哮营的淘金者给婴儿取名托马斯·幸运儿（Thomas Luck），并共同承担起了抚养幸运儿的责任。在咆哮营的男人们逐渐适应了与幸运儿一起的生活后，1851 年冬天的洪水却毁掉了一切。幸运儿所在的木屋被洪水冲走，人们在峡谷里发现了"不幸的"监护人斯当普（Stump）的尸体。另一名淘金者肯塔基（Kentuck）冒着生命危险救下幸运儿后，却发现怀里的孩子早已死去。肯塔基随即抱着死去的幸运儿跳入洪水之中，随着"充满泥泞的河流漂向未知的大海"（Bret，1961：14）。

"幸运儿"是咆哮营淘金者珍视的宝贝，而"运气"则是整个故事的中心词。前文提到在 1848 年到 1855 年的淘金热中，淘到金子的只是少数运气极好或者行动早的人，大部分淘金者都空手而归。尽管如此，在淘金热散去后，这种迅速致富的捷径仍然吸引着淘金者不断前来。从"热"（rush）一词中，既可看出淘金者人数之多，又可察觉这种热度只是在侥幸心理催化下的一时冲动，不久便会散去。虽然如此，美国梦的内涵在"黄金梦"的冲击下急转直下发生了变化。美国学者 H. W. 布兰兹（H. W. Brands）在《黄金时代：加利福尼亚淘金热和新美国梦》（*The Age of Gold：The California Gold Rush and the New American Dream*）一书中，谈到淘金热中美国梦具象化为黄金梦的现象。

> 传统的美国梦……是清教徒的梦想，是本杰明·富兰克林"穷理查"的梦想……是人们满足于日积月累积聚财富的梦想。而新的梦想却是"暴富"的梦想，只要有勇气、只要运气好，千万财富眨眼间便可获得。在萨特磨坊之后，黄金梦……在美国人心里占据了重要的比重。（Brands，2003：103）

清教徒殖民者在踏上美洲土地之后，他们怀揣对信仰自由的宗教王国的憧憬，搭建上帝的"应许之地"。为了吸引更多开拓者的到来，美洲殖民者开始不遗余力地宣讲殖民地的美好。前文提到史密斯船长在《新英格兰记事》中便声称这是一块"只要辛勤劳作，定能迅速发家致富"之地（Smith，1986：14）。因此，从殖民地时期开始，美国梦就包含了"暴富"的世俗梦想因子。之后随着国土面积的扩张和经济的迅速发展，财富梦想更是渗入美国梦的肌理之中。18 世纪，富兰克林亲身演绎了"穷小子变富翁"梦想的成功，他因脚踏实地的生活态度和勤奋朴实的行事风格成为致富梦想者效仿的对象。与之前的致富梦想比起来，19 世纪"黄金梦"最大的不同便是将赌注押在了"运气"之上。

《咆哮营的幸运儿》围绕"运气"层层展开，并最终指明了"黄金梦"隐含的社会文化问题。故事开始时，萨尔难产而死，而整个淘金社区全部都是粗犷的男性淘金者，没有适合的人选来抚养幸运儿。性别比例严重失调，是西部淘金社区的普遍现象。小说中作者打趣道："除了切洛基·萨尔，在居住地唯一一个是雌性而且适合做母亲的就只剩一头毛驴了。"（Bret，1961：4）故事后来，稚嫩无助、嗷嗷待哺的婴儿却潜移默化地改变了这个主要由逃犯和流浪汉组成的淘金社区：粗鲁的淘金者开始细声细语地讲话，他们会为幸运儿采摘美丽的野花，为了给孩子洗礼他们甚至有模有样地信仰起了上帝，等等。在尚未开化的西部荒蛮之地，充满野性的淘金者"突然发现了一个事实：原来身边这些零碎的事物也是美好的、有意义的"（Bret，1961：11）。邻近的金矿社区不无妒意地戏谑道：咆哮营有一条街道，"房子都用藤条和花朵装饰，而男人们一天洗两次澡"（Bret，1961：13）。自从有了幸运儿，咆哮营焕然一新，"整个营地的道德风尚都有极大的改观"（罗小云，2003：107），咆哮营的淘金者因"幸运儿"的存在而有了更真实的生存意义。直到1851年冬天的一场洪水带走了幸运儿，营地的男人才重新意识到，咆哮营就是一个被上帝遗忘的地方，所有的幸运都只是空中楼阁而已。男人们给婴儿起名"幸运儿"，寄托了他们对西部边疆蛮荒之地的希冀，希望婴儿能够带来淘金的好运，也渴望能够从婴儿身上找到自我存在的意义。然而，理想是美好的，现实却是残酷的。冷漠的现实让淘金者从梦想的天堂摔到了地面：现实生活中根本没有"运气"可言。从叙述者最初对性别比例失调的打趣，到淘金用文明秩序来规范营地的努力，再到后来无奈地意识到生存的荒诞，随着故事的层层深入，主题逐渐浮出水面：孤注一掷地依靠"运气"的黄金梦是行不通的。从文学隐喻视角看，"幸运儿"是淘金者所渴求的"运气"，而咆哮营则代表了冲动狂热的淘金大军，淘金者最终都会在"咆哮营"中遭遇到梦想的失落。除了《咆哮营的幸运儿》，哈特在其他短篇小说中也描写了"黄金梦"的失落。总体看来，这种梦想的失落主要从三个层面上得以表达，即对失梦者形象的塑造、对西部梦想黑暗面的揭示，以及对西进过程中种族矛盾的刻画等，而这些叙述层面也成就了哈特短篇小说鲜明的加利福尼亚西部地方色彩。

《〈咆哮营的幸运儿〉及其他故事》包含了23篇短篇小说，大部分小说着意于对失梦者形象的塑造。在富有西部人文景观特点的背景下，哈特妙笔生花，勾勒了颇具地方色彩的美国西部原型人物，其中淘金热退却后的失梦者更成为美国文学中的经典形象。正如国内学者指出的："哈特在创作美国原型方面比有些优秀的作家更加成功……他创作的人物生存下来，成为固定的模式。"（哈特，1993：7）粗略看来，哈特的人物可以分为"失败者"和"被驱逐者"两类。所谓"失败者"，是指淘金热中的淘汰者。例如，在短篇小说《莫莉斯》（Mliss）中，莫莉斯的爸爸史密斯就是这样一个失败者。史密斯偶然发现了价值 5000 美元的金子，之后将所得全部投入金矿开采，结果金矿倒闭他却一无所获。史密斯被当地人当作笑柄，后来沦为酒鬼，不久便自杀了。在史密斯死后，女儿莫莉斯也受到社区邻居的排挤，性格变得古怪不合群。小说中史密斯的悲剧，是对现实生活中不走运的淘金者的真实写照。在另一篇小说《一个微不足道的人》（*The Man of No Account*）中，主人公大卫·法格在 1852 年随着淘金大军来到西部，即使在一群失败者之中他也是微不足道的——"当我们一伙年轻人在一起谈论错过的黄金机遇，谈论朋友一个个离我们而去，拿出照片讨论自己的女朋友时，这个微不足道的人总是默默坐在一边，一脸痛苦困窘的表情。"（Bret, 1961：99）微不足道的法格内心懦弱善良，在得知未婚妻爱上别人后，他决定独自回欧洲生活。不幸的是，回去的路上发生了船难，法格也因此丧命。倒霉的法格将淘金者的厄运演绎得淋漓尽致，读者在哀其不幸的同时，自会反思淘金热给逐梦者带来的负面影响甚至悲剧命运。

"被驱逐者"是"失败者"的衍生品，也是行走在淘金社区之外的边缘人士。如前文所述，在淘金热中淘到金子的人毕竟是少数，在发财梦屡屡挫败的情形下，淘金社区的居民往往充满了失落甚至愤懑的情绪。而攻击和驱逐所谓的"边缘者"，成为淘金社区发泄这种情绪的重要途径之一。在短篇小说《扑克滩的被驱逐者》（*The Outcasts of Poker Flat*）中，以约翰·奥克赫斯特（John Oakhurst）为首的四名扑克滩居民分别因偷盗、欺诈和通奸等问题而被驱逐，路上四人偶遇"纯真者"汤姆·西姆森（Tom Simson）和其女友。一行六人搭伴前行，不久之后就遇到暴雪。除了外出寻求帮助的西姆森，奥克赫斯特因为承受不了生存之重而自杀，其余四人全部冻死在冰天雪地之中。作者在故事伊始就介绍道，奥克赫斯特是个靠运气发财的"赌徒"。在和西姆森的对话中，奥克赫斯特也强调说："自从我们离开扑克滩，运气就很差。而你也误打误撞进了坏运之中。"（Bret, 1961：23）奥克赫斯特在为自己写的墓志铭中也讲道："在1850 年 11 月 23 日，遭遇到了坏运气。"（Bret, 1961：28）和《咆哮营的幸运儿》一样，"运气"也是小说的关键词。但在所有的厄运背后，致使被驱逐者死亡的根本原因却是淘金热散去后滞留的社会问题——缺乏法制规范的淘金社区恣意动用私刑惩罚居民，最终导致了五人死亡。另一短篇小说《五岔口的傻子》（*The Fool of Five Forks*）故事背景同样是崇尚"运气"的淘金社区。主人公塞勒斯·霍金斯（Cyrus Hawkins）爱上了矿上的有夫之妇安妮，明知没有可能却依然我行我素地追求她。在故事最后，霍金斯为了营救安妮的丈夫而死于矿难，并将所有财产留给了安妮。小说开始时交代道，"他一个人独居"（Bret，1961：242），点明了霍金斯"被驱逐"的状态。矿上的人都认为霍金斯是个傻子，因为"明知那个女人不会回信，却总是写信给她，不是傻子是什么？"（Bret，1961：243）。霍金斯的"怪异"，无非是源于纯真善良和对感情的执着，这与冷漠的淘金社区形成了鲜明的对比。虽然居住在社区内，但和奥克赫斯特一样，在心理维度上霍金斯同样被邻居视为"异类"而遭到驱赶。哈特淘金小说中的"失败者"和"驱逐者"两类人物，无论是史密斯、法格，还是霍金斯、奥克赫斯特，他们都曾对淘得一捧金充满了憧憬，但这种期望却未换得一丝黄金的收获。尽管如此，他们失败却没有丧失纯真，行为怪异却令人同情，是美国西部文学中独具特色的经典人物，而半个世纪后出现的《小镇畸人》（*Winesburg, Ohio*）无论是人物形象还是背景设置都可以看作对哈特故事的延续。

前文指出，从殖民者踏上美洲大陆开始，神秘的西部就是维系美国梦活力的源泉。学者斯宾塞曾经高呼："美国天才……在西部。"（Spencer，1957：280）美国作家一直专注于对美洲独特自然景观的描写，内战前后，更是试图通过对自然风景的艺术呈现来寻求表现美国文化认同的民族文学。如欧文、库柏等东部作家满怀对西部的畅想，描写了美丽富饶且充满神秘感的自然景观，从地理景观层面肯定了实现美国梦的可能性。然而，与东部作家对边疆自然风光赞赏的态度不同，哈特在系列小说之中描述的自然是冷漠残暴且变幻莫测的。哈特对自然的反面描写，实则呼应了"黄金梦"失落后西部淘金者的挫败感和失落感。短篇小说《高水位标记》（*High-Water Mark*）讲述了玛丽在德德罗沼泽遭遇暴雨洪水，怀抱婴儿最终艰难脱险的故事。暴雨引发山洪，很快将房屋淹没，玛丽怀抱婴儿跳到了一棵漂浮在洪水中的大树干之上。玛丽内心惶恐不已，"她时而听到从河面上传来的喊声和牛羊的叫声，但这只是心脏跳动在她耳里的回声而已"（Bret，1961：88）。暴雨和洪水，真实地再现了淘金者所处的西部生存环境之恶劣。与之相似，在另一篇小说《洪水和田园笔记》（*Notes by Flood and Field*）中，作者记叙了1861到1862年的洪水，重点谈到了乔治·泰伦之死。乔治是作者在勘测西部领地"黄金之城"（Golden City）

时认识的朋友，性格开朗、乐于助人。在相识三个月后，黄金之城暴发洪水，乔治为了营救落水者而献出了年轻的生命。小说中的洪水尤为可怕，再次回到"黄金之城"的作者发现，"夜幕逐渐和洪水融为一体，唯一的声响就是啪嗒啪嗒的雨水声，暴雨已经持续了两个星期"（Bret，1961：163）。"黄金之城"被冰冷的洪水所覆盖，对曾经的淘金热与其充满热情的淘金者无疑是最大的嘲讽。黄金之城的居民大多麻木不仁，尽管作者一再询问乔治的下落，但根本无人理睬。人们经历了黄金梦破灭的打击，自然灾害的到来更是雪上加霜，连自保都很困难，谁又会在乎他人的安危？梦想的美好和环境的恶劣形成了鲜明的对比，梦想越美好现实就越残酷，哈特小说对自然残暴面的描述，烘托了西部梦想失落的主题，是美国具有黑色幽默特质的早期文学作品之一。

除了对残暴自然的描写，哈特还用现实主义手法描写了系列社区案件，同样揭示了西部梦想的黑暗面。与美国梦构想的西部美好社会不同，哈特小说描述的边疆是罪恶滋生的地方，这里人们性格怪异、骗子横行、杀人事件时有发生，是和"应许之地"大相径庭的"罗生门"。例如，短篇小说《山麓下的两位圣人》（Two Saints of the Foothills）讲述了简约村（Rough-and-Ready）唐尼老爹和唐尼老妈两位"圣人"的故事。老夫妇俩因为品行耿直而受到当地人敬重，更有人将其奉为"圣人"。故事结尾处，简约村民才知道，唐尼老妈为了逃跑而诈死，而且老夫妇俩原本就是澳大利亚移民而来的逃犯。他们再次逃走时，连同大家的钱财也一起卷走了。西部边疆社区居民鱼龙混杂，当地社会治安又疏于管理，骗子才趁机恣意妄为地实施欺诈。因此，故事中的两个逃犯才能够化身"圣人"，在捞得盆满钵盈之后再次逃走，而简约村的村民只能哑巴吃黄连，面对财产的损失也无计可施。哈特的多篇故事都围绕凶杀案展开，如在短篇故事《塞拉斯的鬼魂》（A Ghost of the Sierras）中，医生通过编造的鬼故事最终逼迫杀人凶手认罪；而在《我的流浪汉朋友》（My Friend the Tramp）中，流浪汉懒惰、爱撒谎，四处招摇撞骗，结果被人误杀；等等。与沉浸在美好梦想的甜美不同，哈特的这些故事以颇具现实主义倾向的笔触描写了西部社区中的"阴暗面"，揭示了在黄金梦破灭的同时，逐梦者所渴求的西部田园理想也随之破灭的现实。

此外，在黄金梦失落的背景下，哈特还在小说中真实记录了 19 世纪中期发生在边疆的西部领土之争。淘金热吸引了大量东部移民的到来，对本土居民的生存环境逐渐形成威胁。一方面，大量淘金者到来后，与当地印第安人展开了争夺生存空间的斗争。在 1848 年到 1868 年的领土争夺中，大约有十万本土印第安人被杀死，这就是历史上的"加利福尼亚种族屠杀"（California Genocide）。另一方面，在大量美国淘金者到来之前，加州主要为墨西哥人的殖民地，因而在西部领土之上美国和墨西哥之间的政治文化冲突异常尖锐。最终，美国通过大量移民吞并了加州，共和党的第一位候选人就是从加州选举产生的。在《〈咆哮营的幸运儿〉及其他故事》中，哈特就针对美墨领土与文化纷争创作了系列小故事。例如，短篇小说《洪水和田园笔记》通过土地勘测员的叙述视角，讲述了墨西哥居民奥尔塔斯卡（Altascar）和美国居民川杨（Tryan）就牧场边界划分产生的矛盾。在另一则故事《多罗雷天主教堂》（*The Mission Dolores*）中，作者描写了破旧衰败的多罗雷教堂，表达了对墨西哥文明逐渐退出西部领土的遗憾。他讲道："多罗雷教堂注定是原加利福尼亚居民的'最后一声叹息'。最后的墨西哥后裔不情愿地让位给逐渐强大的美国佬……"（Bret，1961：176）作为美国本土作家，哈特虽然在民族领土纷争中支持自己的国家，但对彼国文化的退出也不无遗憾。如果哈特在对待民族矛盾的问题上态度是模棱两可的，那么他在种族问题上则明确站到了歧视少数族裔的阵营之中。

在淘金热的催化下，1869 年联合太平洋铁路和中央铁路，在犹他州的奥格登接轨东部和中西部的铁轨，建成了第一条横贯美洲大陆的铁路轨道。边疆的发展需要大量劳动力，这就吸引了更多外国人来到西部参与当地的建设。大多外国人都是社会底层的劳动者，但同样怀揣属于自己的美国梦。因而，19 世纪中后期的西部俨然成为民族大熔炉，种族矛盾异常激烈，这在哈特的短篇小说中也有体现。例如，哈特在其创作的诗歌、戏剧和小说中，均有对华人形象的描述和评论。有评论家指出，哈特在小说中对华人形象的情感是复杂的："同情与厌弃、靠近与远离、仰慕与鄙夷常常交织在一起。"（秦立彦，2011：114）实际上，哈特作为白人作者的种族优越感渗透在小说的字里行间，如果对华人形象有"同情、靠近和仰慕"的话，也是对异族文化的兴趣使然。哈特惯常用幽默戏谑的口吻将华人描述成小丑形象。例如，在小说《约翰·中国人》（*John Chinaman*）中，哈特写道：中国人根本不懂幽默——"在他们嘴巴和眼睛中的痛苦和自卑中，你总能看到'他们低人一等'的自觉意识……我甚至怀疑中国人根本不懂‘欢笑’。”（Bret，1961：179）文中，作者以嘲讽的语气评论华人表演，称根本看不出这是悲剧还是幽默剧。可以看出，在“东方主义”的影响下，哈特从白人种族优越感出发来审视华人，文笔虽然幽默诙谐却表现出一定的文化局限性。另外一则华人故事《异教徒李万》（Wan Lee，the Pagan）讲述了中国孩子李万在美国西部的成长故事。一方面，叙述者对李万的种族特征和宗教信仰颇感兴趣，用略带赞赏的幽默口吻描写了李万的小聪明和恶作剧。另一方面，作者没能摆脱种族和信仰优越感，文本中充斥着对华人整体的蔑视。1869 年三藩市发生暴乱，其间李万被一群基督教孩子用石头砸死。李万的死亡令叙述者感慨万千，但小说却未涉及死亡原因的分析。由此可见，虽然哈特对李万个人是有感情的，但这也不能抹杀其歧视华人族群的事实。尽管如此，哈特的有关西部中国人的系列小说，从白人视角展示了 19 世纪中后期美洲华裔的生存境况。同是失落的逐梦人的故事，但种族歧视更增加了这些故事的悲剧色彩。

哈特的《〈咆哮营的幸运儿〉及其他故事》围绕 19 世纪中叶西部黄金梦的破灭展开。梦想失落后，逐渐异化的人物性格、困惑迷茫的生存状态，以及日益激化的民族和种族矛盾等，都是哈特在小说中深入思考和竭力呈现的主题。哈特的短篇幽默小说具有明显的现实主义倾向，预示了 19 世纪末 20 世纪初以马克·吐温为代表的现实主义幽默小说的出现，更为 20 世纪荒诞幽默小说的出现进行了一场酣畅淋漓的预演。总而言之，哈特讲述的故事大多笼罩在“失梦”的阴影之中，这也是其小说往往以或遗憾或悲情姿态结束的主要原因。

综上所述，19 世纪上半叶，美国国力的强盛、经济的繁荣和文化的发展，推动了民粹幽默小说和地方色彩幽默小说的发展与成熟，促成了美国幽默小说“黄金时代”的到来。与此同时，幽默小说也对美国文化认同的建构进行了积极探索，将美国梦延伸到了文化体制建构层面，这既反映在黑色浪漫主义小说家的反理性思潮上，亦体现在现实主义小说家对民粹幽默的延续中。

第三章　幽默小说中的
美国文化认同建构

　　建国时期的美国社会主要由知识分子和平民阶层组成，而精英知识分子是国家上层建筑的主体。美国文化认同建构在美国梦和美国信念（American Creed）的基础之上，标榜自由、平等、民主等理念，因而民粹主义是其核心。平民参政的愿望，激发了大众阶层的反智倾向，民粹主义逐渐站到了反精英文化的阵营，并成为建国后美国文化领域的主导思潮。19世纪美国文学表现出的"反理性"和"反儒雅传统"的特点，就基于美国民粹主义文化认同的建构。这种反理性的文学叙事集中出现在美国黑色浪漫主义小说中，它本质上不是号召读者"与理性决裂"，而是通过反理性叙事去解构欧陆权威的主体话语权、去洞察人性中的善与恶，在民族文化认同中构建民粹情怀，确立美国文化认同的内涵，并形成具有美国特色的文学创作之路。而所谓"反儒雅传统"的文学叙事，针对的是传播到美洲大陆的欧洲特别是英国传统贵族文化，即狭义上的清教道德禁律和广义上的传统贵族文化。对儒雅传统的反叛，亦是建构美国文化认同的积极手段之一。美国反儒雅传统集中体现在以马克·吐温为代表的现实主义小说之中，系列幽默小说既以文本形式宣讲了美国地方特色从而间接推动了美国地域之间的文化融合，又通过建构具有地方色彩的文学语境促进了美国文学创作的成熟。

　　在《美国史诗》中，亚当斯指出，"美国梦是对普通人价值的信念，是对机会均等的希望。正如其他推动人类社会进步的伟大思想一样，它不是一种符合逻辑的思想观念，而是一种宗教情感，一种源于信仰的伟大行为，是面向无知黑暗的勇敢一跃"（Adams，1945：198）。在亚当斯对美国梦的描述中，"信念""希望""宗教情感"等词语凸显了美国梦浪漫超验的一面；而实现普通人的机会均等，又强调了脚踏实地的现实主义风范。正如评论家卡朋特在《美国文学与美国梦》中提出的，无论是浪漫主义文学还是现实主义文学，都是为了实现美国梦而进行的文学实践，都是对美国文化认同的积极建构，"浪漫主义者是美国梦的狂热追求者，而现实主义作家则是梦想满怀同情的批评者"（Carpenter，1968：3）。

第一节　黑色浪漫主义小说中的反理性思潮

18 世纪末，美国民族诗人菲利普·福莱诺曾经说过，"美国政治独立和文学独立是两码事……美国人大约用七年完成了政治独立，而文学想要获得独立大概需要几个世纪的努力"（Spencer，1957：72）。正如福莱诺所言，整个殖民地时期，美国作家亦步亦趋地模仿欧洲特别是英国作家的创作，并未出现带有鲜明"美国性"的本土文学。进入 19 世纪，随着美国民粹主义文化认同的建构，文学领域内一场声势浩大的浪漫主义运动拉开序幕。这场运动中群星烨烨，涌现了欧文、库柏、爱默生、霍桑、梅尔维尔、狄更生、爱伦·坡等具有"美国性"的浪漫主义作家。随着浪漫主义文学思潮的深入发展，美国文学逐渐挣脱了欧陆文学传统的束缚，在文化认同建构的基础上完成了美国文学上的独立革命。

美国学者理查德·布罗德海德（Richard Brodhead）在评论文章《霍桑、梅尔维尔和预言小说》（"Hawthorne, Melville, and the Fiction of Prophecy"）中，将 19 世纪的浪漫主义小说分为"家园小说"（domestic novels）和"预言小说"（novels of prophecy）两种。布罗德海德提出，"文学是一种预言行为……伟大的艺术家总能看透现实，知晓普通人感知不到的生存秩序"（转引自 Bloom，2001：213）。在建构美国文化认同的过程中，精英艺术家们为了更好地感知社会当下和未来的"生存秩序"，对欧陆文化传统普遍持有一种解构思想，其中就包括了席卷 18 世纪欧洲以孟德斯鸠和培根为代表的理性思想。以欧文作品为代表的家园小说通过对欧陆文学的模仿探寻美国文学的独特性，而以霍桑、梅尔维尔、爱伦·坡为代表的预言小说则从反理性的内视角探索一条只属于美国的文学创作之路。应该说，反理性小说对人性善恶的考量，在美国文化语境内重新定义了罪恶、欺骗、迷失、变异等文学主题，不失为一种由内而外探讨美国文学个性的积极尝试。这种反理性的内视角，赋予19世纪预言小说家另一称呼——黑色浪漫主义小说家。

一、梅尔维尔：徘徊在信仰边缘的幽默大师

赫尔曼·梅尔维尔（1819—1891）是19世纪美国黑色浪漫主义小说家之一，其创作的《白鲸》（*Moby Dick*）被称为"伟大的美国小说"（Great American Novel）之一。梅尔维尔的文学创作之路几经周折，从开始模仿欧文小说到后来尝试讽刺小说，从迎合大众读者口味到后来一意孤行遵从内心的创作理念，作为一个作家梅尔维尔在生前并不成功，直到去世后20年才引起读者的注意。

从1841年到1844年，梅尔维尔在"阿古施耐特"号轮船上进行了一次航海旅行，这次航行对他影响深远，以致后来的小说写作大多围绕航海主题进行，其中有代表性的如《泰比》（*Typee*，1846）、《奥姆》（*Omoo*，1847）、《玛迪》（*Mardi*，1849）、《雷德伯恩》（*Redburn*，1849）、《白夹克》（*White-Jacket*，1950）等。在最初的创作中，梅尔维尔并未形成自己的写作风格，更多的是通过模仿经典来取悦大众读者。《白鲸》是梅尔维尔创作理念的重要转折点。1850年，当梅尔维尔还在写作《白鲸》时，邂逅了朋友兼导师霍桑。在霍桑艺术审美思想的影响下，梅尔维尔重新改写了《白鲸》已经完成的部分，小说完成后在扉页上写下了"献给霍桑"的文字。然而，《白鲸》的销量让梅尔维尔的创作热情降至低谷。尽管10天之内卖出了1500本，然而之后一年总共才卖出3000册。心灰意冷的作家在出版了《骗子：他的假面舞会》（*The Confidence-Man：His Masquerade*，1857）后，便放弃小说写作转投诗歌创作领域。在去世之前，梅尔维尔重新燃起小说创作的欲望，开始写作《水手比利·巴德》（*Billy Budd*，1891）。但小说未出版，作家便溘然长逝。自此之后，梅尔维尔及其小说便被世人遗忘，直到20世纪初在美国传记作者卡尔·范·多伦（Carl Van Doren）、耶鲁教师斯坦利·威廉姆斯（Stanley Williams）等学者的努力下，学界和读者才开始重新关注梅尔维尔及其作品，这才有了"梅尔维尔复兴"（the Melville Revival）。

综观梅尔维尔的一生，他挣扎在维持生计和文学创作之间，从最初的迎合读者到后来的一意孤行坚持自我，饱受创作的孤独和痛苦。霍桑在评

价梅尔维尔时讲道，"他不肯轻易投入信仰的怀抱，但在这种无信仰的状态中又饱受煎熬。他太诚实也太勇敢，宁可在这种痛苦中挣扎也不愿意随便放任自我"（Hawthorn，1891：135）。大多数学者像霍桑一样看到了梅尔维尔在文学创作中的痛苦和挣扎，然而也有评论家敏锐地察觉到其作品中或显性或隐性的幽默元素。例如杰西·比尔就指出，《白鲸》的"前1/4篇其实就是以喜剧的形式呈现的"（Bier，1968：376）；林恩谈到了梅尔维尔作品中具有喜剧特色的"公鸡"形象，认为《白鲸》中船长亚哈实际就是"荒野之中的一只斗鸡"（Lynn，1959：232）；而邓恩则从加尔文教对艺术创作的影响出发，提出"加尔文主义幽默"贯穿于梅尔维尔的作品之中（Dunne：2007，66）；等等。综观其整个创作生涯，梅尔维尔作品中的幽默效果主要有三个来源：迎合读者阅读口味、反讽地表达创作理念以及追寻终极真理。

梅尔维尔最初的创作理念是迎合读者以增加小说的销量，并以此跻身成功作家的行列。《泰比》出版之际，梅尔维尔唯恐作品销量不佳。小说成功后，他坚定了跻身成功作家行列的信心。之后在创作出版《奥姆》和《玛迪》时，梅尔维尔进一步希望得到读者对其写作风格的认可。总之，在梅尔维尔创作生涯的前半期，得到读者的认可、获取名誉和地位是其写作的主要目的。美国学者布罗德海德认为："1849 年到 1850 年的梅尔维尔，渴望获得在文学上不朽的地位，这一点比其他我所知道的 19 世纪作家都明显。"（转引自 Bloom，2004：208）在如火如荼建构民粹主义文化认同的时期，得到大众读者的认可左右着梅尔维尔最初的文学创作。注意到同时代民粹幽默小说的盛行，梅尔维尔自然也将读者喜闻乐见的插科打诨引入了自己的作品之中。1849 年到 1850 年，梅尔维尔主要在写作《白鲸》，因而写作之初是以取悦读者为创作宗旨的，这也是小说前半部分幽默效果相比明显的原因。例如，在《白鲸》伊始，伊什米尔的自我介绍就让读者忍俊不禁。他讲到因性格与社会格格不入而逐渐陷入疯狂的边缘："我发现自己不由自主地在棺材铺门前驻足流连，遇上一队送葬的行列必尾随其后"，而且"之所以没有存心闯到街上去把行人的帽子一顶顶打飞，那只是怕触犯了为人处世的道德准则"（梅尔维尔，2011：22）。想要恶作剧甚至自杀的念头让伊什米尔意识到：是时候去航海了。伊什米尔口中的自己，任性好笑、恣意妄为，让读者忆起了同时代民粹幽默小说中任性的克洛科特和自大的唐宁少校。

《白鲸》第三章介绍的伊什米尔和季奎阁的邂逅，同样充满了令人捧腹的幽默细节。在店主的劝说下，伊什米尔同意和别人共享房间。走进房间发现同住的是野人季奎阁，伊什米尔立即大声喊叫起来。在冷静下来之后，伊什米尔看到"除了身上的刺青之外，总体来说他还是个干净好看的野人"，而且俗话说得好："与其跟个基督徒醉鬼一块儿睡，还不如跟这个头脑正常的生番同床。"（梅尔维尔，2011：47）最终，伊什米尔说服自己与季奎阁同睡。伊什米尔从开始面对季奎阁的惊吓到尝试自我安抚以及最终决定"顺从"，该段情节以略带夸张的细节描写和独特的小人物视角，给读者带来了类似民粹小说中的幽默体验。但是，这里对基督徒的讽刺虽然好笑，但由于突兀而流于表面，可以看出作者模仿民粹小说取悦大众读者的倾向。和季奎阁邂逅之后的情节更令人忍俊不禁。第三章结束时，伊什米尔坦诚道："我上了床，这辈子从来没有睡得这么香过"。（梅尔维尔，2011：47）结果第五章伊始，情节就有了大反转："第二天天将亮，我醒来发现季奎阁的胳膊正搂着我，那样子真是亲热得了不得"。（梅尔维尔，2011：47）伊什米尔又羞又怒挣扎着想要唤醒季奎阁，但"虽说睡着了，却仍然搂得我紧紧的，好像只有死才能把我们俩分开"（梅尔维尔，2011：49）。这一幽默细节明显在暗示伊什米尔和季奎阁之间的同性恋关系，其中伊什米尔的愤怒羞涩和季奎阁的沉睡木讷更增加了片段的喜剧效果。在讲到对季奎阁亲昵动作厌恶的原因时，伊什米尔专门提到了小时候继母强迫自己早睡，被迫在黑暗房间独处的恐怖经历。实际上，这一时期的梅尔维尔正在阅读卢梭的《忏悔录》和托马斯·德·昆西的《一个英国鸦片吸食者的自白》两部自传体文学，它们的成功让梅尔维尔羡慕不已，也正因如此他才会在作品中用同样的"自白"方式讲述故事。由此可以看出，梅尔维尔的创作到这里还是以获得读者认可为主要目的。[①] 如果梅尔维尔坚持用同样的创作理念和写作手法，《白鲸》将会是一本完全不同的小说。但是，在进行到1/4处时，小说文风发生了颠覆性的变化。杰西·比尔就小说中间风格的转变评价道："在某个点上，梅尔维尔改变了主意，虽然或多或少保留了喜剧元素，但是他似乎有意超越其中（喜剧）的风险。"（Bier，1968：378）

---

① 《白鲸》于1851年出版，之后梅尔维尔似乎觉察到了用"自白"方式写作的好处，因此立刻着手并完成了1852年的《皮埃尔》（Pierre）。结果证明这是一次失败的冒险，梅尔维尔也因学界的否定而大伤元气。

　　"这个点"大概在 1850 年前后，梅尔维尔之所以"改变了主意"，是因为他开始认真思考文学价值的文化基础，从文化认同的视角审视美国作家的身份和地位。1849 年，梅尔维尔第一次听说了爱默生，之后对爱默生超验主义文艺理论有了深入的了解，意识到了美国文学独立的必要性和必然性。同样也是这一时期，梅尔维尔被莎士比亚作品深深吸引，"如果有另外一位弥赛亚，那肯定就是莎士比亚"（Melville，1960：77），并由此开始思考文学作品的悲剧意识和文化基础的重要性。正如有学者指出的那样，梅尔维尔对莎士比亚作品的阅读和思考，"丰富了他的语言，扩宽了他对人生的视野"（Lynn：1958：235）。正当他渴求在写作上有一个质的飞跃时，梅尔维尔邂逅了大其 15 岁的霍桑。此时的霍桑已经在美国文学领域声名大噪，出版了《古屋青苔》（*Mosses from an Old Manse*）等脍炙人口的文学作品，《红字》（*Scarlet Letter*）等传奇小说也呼之欲出。在与霍桑交谈之后，挣扎在文学创作转型期的梅尔维尔似乎看到了救命的稻草，将自己多年对文学创作的思考所得全部投射到霍桑身上，在之后的写作中极力模仿"想象中的霍桑"。就这样，梅尔维尔完成了创作的转型，从取悦"普通读者"到取悦"精英读者"，从"为大多数人写作"到"为少数人写作"，从"只为娱乐写作"到"为文学成就而作"（Bloom，2004：208）。

　　就幽默视角来说，在转型期前后，梅尔维尔从单纯的幽默描写转入以民粹主义文化为背景的反讽写作，这尤其表现在他创作的《公鸡喔喔啼》（*Cock-A-Doodle-Doo*！）等中短篇小说之中。弗莱在《批评的剖析》中指出，讽刺文（satire）的"道德规范（moral norms）比较清晰，在讽刺丑陋荒诞事物时有自己的标准"（Frye，1971：223）。根据弗莱的理解，道德规范是讽刺文的重要特点之一，是讽刺作家进行有效嘲讽的重要依据。写作转型期的梅尔维尔开始尝试写作讽刺文，他所依据的"道德规范"来自建构中的美国民粹主义文化。如美国现代诗人华莱士·史蒂文斯（Wallace Stevenson），梅尔维尔逐渐将写作当成一种信仰，从为生活而写作上升到为表达个人的精神气质、建构民族文化认同而写作。与当时美国民粹主义文化认同建构相呼应，梅尔维尔讽刺作品采用了所谓的"加尔文主义视角"（Calvinistic view）①，用怀疑一切的姿态考量现实生活中的

---

① 在《美国文学中的加尔文主义幽默》中，作者迈克尔·邓恩提出，加尔文主义幽默贯穿美国文学发展史，包含对"事物缺憾面的感知""对人性普遍意义上的怀疑"（Dunne，2007：2）。

"狂妄自大"。迈克尔·邓恩在评价梅尔维尔时讲道："他对加尔文主义宣称的'命由天定'不屑一顾，却用加尔文主义视角审视人性。似乎作品中（就加尔文主义来说）留下的，只是加尔文主义幽默而已。"（Dunne，2007：66）《公鸡喔喔啼》借对公鸡"喇叭"（Trumpet）的描写嘲讽了现实生活中的超验主义者，是梅尔维尔加尔文主义幽默代表小说之一。小说开始时，这只叫声独特的公鸡引起了故事叙述者的兴趣，他辗转打听到公鸡的主人是伐木工梅里马斯克，并设法见到了这只骄傲的公鸡："它体形巨大，傲慢地行走着……迈着非凡的步伐，气宇轩昂。看起来就像意大利歌剧中的一位东方国王。"（Lynn，1958：253）在这样一部加尔文主义幽默小说中，喇叭的狂妄自大注定了故事以悲剧收场。小说结束之时，作者描绘了喇叭带有悲剧意味的死亡场景："它啼叫了一声。好像有人在喝彩，在喊万岁，希望它再次啼叫。它跳着走出了屋棚，我跟着它，它飞到了屋脊上，展开翅膀，紧接着在震人心肺的一声啼叫后，从屋脊上掉到我脚边死掉了。"（Lynn，1958：259）喇叭这一形象会让读者联想到《白鲸》中的亚哈船长。"裴廓德号"甲板上，亚哈靠一只木腿的支撑，激情澎湃地讲演、骄傲地对白鲸宣战的样子，恰似一只傲气十足、不肯认输的公鸡。无论是亚哈，还是喇叭，他们最终的厄运都和作者创作理念中的加尔文主义视角是息息相关的。

小说中的喇叭实际隐喻了现实中的超验主义者，梅尔维尔用加尔文主义幽默攻击嘲讽了超验主义者的虚空。在论及讽刺文的特点时，论者彼得·L.伯杰（Peter L. Berger）认为，"讽刺就是有意用喜剧的手法达到攻击的目的……侵略性意图是喜剧表达的中心主题"（Berger，2014：146）。19世纪初，美国文化领域掀起了一场如火如荼的反物质主义运动，其中最引人瞩目的便是以爱默生和梭罗为代表的超验主义思想运动。1837年，爱默生发表了《论美国学者》（"The American Scholar"）一文，被称为美国文学的独立宣言。19世纪中期，整个美国文学圈都激荡着超验主义思想的浪潮，而梅尔维尔也是在这一时期注意到了爱默生。作为一个清醒的"圈外人"，梅尔维尔虽然认同爱默生宣扬的文学独立，但对将文化认同建构在超验之上的观点提出了怀疑。《公鸡喔喔啼》中的"公鸡"形象，很明显是在嘲讽超验主义者梭罗。在《瓦尔登湖》中，梭罗写道："我写作不是为了无病呻吟，而是想像早上威风凛凛的雄鸡一般，站在鸡棚之上高声啼叫，只是为了唤醒邻居。"（Thoreau，2011：70）与梭罗的描述如出一辙，梅尔维尔小说中的喇叭就是这样一只"威风凛凛的雄鸡"。从最初听到它的啼叫，故事叙述者便对这只公鸡念念不忘。而在找到它之后，更是不惜重金想要买下它。喇叭的主人梅里马斯克尽管家境贫寒，却也对这只啼叫声能够"洗涤灵魂"的公鸡万分眷恋，宁可一家老小都饿肚子，也不愿将喇叭卖给别人。故事叙述者最后一次来到梅里马斯克家，不但他的家里已经破败不堪，而且家人也都饿得躺在床上奄奄一息。随着公鸡的一声声啼叫，梅里马斯克、妻子以及孩子们接连咽气。而公鸡也在送走主人一家后，从房顶摔下死去。梅里马克斯为了超验灵魂化身的雄鸡，不惜将一家人活活饿死，其固执和愚钝正影射了现实中超验主义者空中楼阁的做派。即使在临死之际，梅里马克斯还是毫无悔意。

> "你病了，梅里马斯克。"我难过地说。
> "不，我很好。"他虚弱地回答我。
> "喇叭，叫一声。"
> 我吓了一跳，这样孱弱的身体里竟隐藏着这样一个强健的灵魂。
> 但公鸡叫了一声。
> 屋顶瑟瑟发抖。（Lynn，1958：258）

当同时代的超验主义者将关注点完全放置于精神灵魂的超验性之上，并企图通过超验思想来建构美国文化认同的核心时，梅尔维尔用这样一只高傲的公鸡和它执着于洗涤灵魂叫声的主人，通过幽默的文学隐喻指出了超验主义者的问题所在。

梅尔维尔的另一部中篇小说《贝尼托·塞莱诺》（*Benito Cereno*）同样也是辛辣的讽刺小说。小说最初以连载的形式在《普敦南月刊》（*Putnam's Monthly*）发表，后载入梅尔维尔的短篇故事集《广场的故事》（*The Piazza Tales*）。梅尔维尔的传记作者赫谢尔·帕克（Hershel Parker）对这篇小说赞不绝口：它"是一部作者在创作时高度自觉的作品，从形式上应该是梅尔维尔完成的最好作品"（Parker，2002：242）。小说以美国船长亚玛撒·德拉诺（*Amasa Delano*）的视角讲述了他的一次离奇遭遇。故事开始时，德拉诺驾驶的"快乐单身汉号"（Bachelor's Delight）正停泊在智利的圣·玛利亚港口，恰巧碰到一艘看起来破败不堪亟须救助的西班牙船只。表面看来，西班牙船长贝尼托·塞莱诺和手下的一帮黑人奴隶相处融洽。特别是黑人巴伯（Babo）更对塞莱诺船长照顾有加，船长的起居、修剪毛发、梳理头发，连穿衣都由巴伯亲自完成。当德拉诺告别西班牙船只回到"快乐单身汉号"，却发现塞莱诺船长飞奔而来，而其他在船上的白人水手也纷纷跳河逃离。后来德拉诺才得知事情的真相：塞莱诺船上的黑奴起义，杀死了奴隶主阿兰达，把其皮肉剥离后将骨架放置船头，骨架边的牌子上写道："跟随你的指引"（Follow Your Lead）；其他船员大部分被杀死，塞莱诺船长苟活了下来，但也被掌控在以巴伯为首的黑奴手中。后来，黑奴起义被镇压，巴伯等黑奴起义者也被处死。但这段经历却给塞莱诺带了极大的心理创伤，事发三个月后他便离开了人世。德拉诺是故事的叙述者，他的所见所想左右着读者的视野，但德拉诺并不是一位可靠的叙述者。故事发生在1799年美国奴隶制盛行的时代，在养尊处优的新英格兰人看来，"黑人虽不是恶魔，（智商）却与孩童差不多"（Jillson，2016：66）。尽管德拉诺在和船上的人打交道的过程中察觉到蛛丝马迹，但习惯思维让他放松了警惕。后来塞莱诺仓皇投奔"快乐单身汉号"，德拉诺以为是西班牙船只向自己发动了攻击，还没有意识到问题的真正所在。德拉诺循规蹈矩以致闭目塞听，一味沉溺于自己的想象之中，直到故事最后才明白真相。这既讽刺了以德拉诺为代表的新英格兰人的妄自尊大，让小说带上了一丝加尔文主义幽默的色彩，又影射了当时的超验主义者不顾现实状况，执意跨越世俗的障碍获得超灵神性的虚妄。总而言之，《贝尼托·塞莱诺》算得上是梅尔维尔具有代表性的幽默讽刺小说之一。针对德拉诺的视角，评论家约翰尼斯·伯格曼（Johannes Bergmann）谈到小说"不可靠甚至欺骗性的叙述"常常会将读者引入误区（Bergmann，1986：265）。实际上，《贝尼托·塞莱诺》的不可靠叙述视角，预示了梅尔维尔创作理念的再次改变，这集中体现在1857年宣讲"骗子宗教"（religion of confidence）的小说《骗子：他的假面舞会》（*The Confidence Man：His Masquerade*，以下简称《骗子》）上。

综观1846～1857年的写作历程，梅尔维尔的创作理念不断改进，从最初迎合大多数读者，到后来集中思考作品背后的文化认同建构，再到对美国人的生存秩序进行思考，最终着手创作"预言小说"。在预言小说的创作中，梅尔维尔俨然具有了"先知"的身份，正如布鲁姆对其所做的评价：梅尔维尔是"那个被动表达的发言人，虽然他的理念被别人强烈排斥，但他亲眼看到了上帝和恶魔，碰触到了真理和宇宙力量"（Bloom，2004：216）。梅尔维尔的文学创作，从最初糊口谋生的手段，最终转化为谋求真理与信仰的途径。1857 年出版的《骗子》，就是梅尔维尔通过写作获取真理与信仰的尝试。

《骗子》出版于 1857 年 4 月 1 日"愚人节"，而故事开始的时间也恰巧是 4 月 1 日"愚人节"。梅尔维尔别出心裁地将出版日期和故事日期都设定在"愚人节"，既凸显了故事内容的"愚人"主题，同时又具有对文学创作的自我指涉——小说写作本身也是对读者的愚弄。这一天，密西西比河上由圣路易斯市开往新奥尔良市的"信仰号"（Fidele）起航，船上乘客熙熙攘攘、人声鼎沸，来自不同阶层的人士建构了海上的一个小社区。小说由一个个行骗的故事组成，有人装作哑巴乞讨，有人兜售公司虚假债券，有人假冒草药医生卖药，还有人装扮成为公司寻找家政雇主的业务员，等等。作者在小说情节和人物设定上非常用心，让故事最大限度地展示了"美国性"。随着南方棉花帝国的建成和"西进运动"的推进，19世纪中期的密西西比河流域逐渐繁荣起来，成为孕育"美国性"文化体制的摇篮。亚当斯在《美国史诗》中写道："直到 19 世纪中期以后，密西西比河流域运行的还是绝对意义上的经济民主体制，是美国性真正的故乡，也是美国梦最有可能实现的地方。"（Adams，1945：148）如果"信仰号"船上乘客组成的小社区象征了美国社会群体，那么密西西比河的背景设置更凸显了这个群体的"美国性"，而作者正是通过这样的设定来思考美国文化认同建构的可能性。除此之外，小说中的人物也极具美国特色，有粗鲁的边疆开拓者，有狡猾的北方佬商人，还有擅长小丑表演的黑人，等等。这些人物最真实地展现了 19 世纪美国社会的基本构成，不但如此，小说中的主要人物均以 19 世纪美国文学领军人物为原型，如马克·温塞姆以爱默生为原型，温塞姆的学生爱格伯特的原型为梭罗，查理斯·诺贝尔和现实中的霍桑具有很强的对应关系，而其中的一个乞丐则是以爱伦·坡为原型塑造的，等等。

正因为梅尔维尔对这部小说寄予厚望，小说的滞销和学界的无视才令他灰心不已。当时几乎没有评论杂志注意到《骗子》的出版，虽然《普敦南月刊》肯定了小说的艺术价值，但也承认该作品"基本无人能读懂"（郝运慧、郭棲庆，2015：97）。梅尔维尔对《骗子》遭到冷遇深感意外，在灰心之际决定从此不再写作小说。自 1857 年开始一直到他去世的 1891

年，梅尔维尔再没有发表任何小说。① 因此，《骗子》就成为梅尔维尔在小说创作领域的绝唱。作为思考潜在生存秩序的预言小说，《骗子》所思考的认知世界的无限可能性，揭示的盲目信仰带来的危害，以及对美国社会虚伪和盲信的批评，甚至对当时文化意识的审视和批判等，均已超出同时代人能够理解和接受的范围。也只有经历过现代化冲击和信仰危机的现代美国人，才能真正体会到小说预言的准确性。随着 20 世纪 20 年代的"梅尔维尔复兴"，《骗子》才逐渐得到学界的关注。虽然有关其内容的争议从未休止，但是大多数作家认为《骗子》代表了梅尔维尔艺术创作的最高水平。例如，理查德·蔡斯（Richard Chase）指出，《骗子》是"仅次于《白鲸》的第二好书……骗子这一角色是美国文学中最与众不同的人物之一"（Chase，1949：185）；学者罗伯特·米德勒（Robert Midler）也明确指出，《骗子》"虽然很长一段时间被认为是一本有缺陷的小说，尽管现在学者在文本阐释上也未达成一致，但小说却是集讽刺与自控为一体的经典作品，值得被世人仰慕"（Midler，1988：440）；学者亚历山大·C. 科恩（Alexander C. Kern）则指出，梅尔维尔在小说中塑造的骗子形象"创作了新的美国本土类型人物以及对其进行嘲讽的文化期待"（Brack，1977：28）；等等。在小说前半部分里，梅尔维尔利用不同骗子形象对现实世界进行了幽默嘲讽；而小说后半部分中，他对人类生存秩序进行了考量，提出了"骗子宗教"的极端信仰。两部分不同的写作风格和主题内容，向读者展示了一个不断进步、孜孜以求创作完美的美国作家和一个徘徊在自信和自卑之间犹豫不决信仰缺失的美国文人形象。

小说可分为两部分，第一部分讲述了"信仰号"上的种种骗局；第二部分围绕"世界主义者"弗兰克·古德曼（Frank Goodman）这一终极骗子展开。前半部分的出场人物众多，梅尔维尔主要以讽刺的口吻来揭露形形色色的行骗伎俩。19 世纪三四十年代，在杰克逊总统自由贸易政策的引领下，美国经济得到了迅速的发展，北方工业发展加快了脚步，南方的棉花帝国也建立起来了。为了寻找更多的市场和资源，美国人加快了开发西部疆域的节奏。整个国家在热火朝天地发展经济，而"更大更好"（bigger and better）作为美国梦的新内涵深深植入了每个脚步匆忙的追梦

---

① 30 多年之后，梅尔维尔又着手创作小说《水手比利·巴德》。但小说还未完成，梅尔维尔就去世了。《水手比利·巴德》出版于 1924 年，小说很多地方由梅尔维尔的妻子伊丽莎白·肖补充完成。

人心中，"像财富一样，尺寸大小是成功的唯一标识，'质'被淹没在'量'中，精神被淹没在物质中"（Adams，1945：216）。人们沉浸在对金钱和物质的盲目追逐中，而骗子群体在这种形势下也逐渐猖獗起来。在骗子身上，读者看到的仍然是美国梦视域下的追梦人，但在膨胀的物质欲望驱动下，他们已经偏离了梦想的道路并误入歧途。为了获取金钱财富，骗子们绞尽脑汁以卑鄙的手法骗取人们的信任。在这里，梅尔维尔站在民粹主义文化认同的基点上对当时社会拜金主义进行的嘲讽，本质上是"生命、自由和追逐幸福"权利的美国梦对"更大更好"物质追求的深刻批评。正如邓恩提出的，"梅尔维尔的小说《骗子》的主题就是挫败的乐观主义"（Dunne，2007：75）。

小说第二章描写了"信仰号"航行的场景。轮船沿着密西西比河航行，走走停停，在每个停靠点，巨大的'信仰号'送走一批旅客之后，会吸纳进另一批。在描写到船上的旅客时，梅尔维尔写道：

> 就像乔叟笔下到坎特伯雷的朝圣者，或者那些在节假日穿越红海到麦加朝圣的东方人一样，船上的旅客形形色色。有来自不同地域的本土人，也有外国人；有商人也有游手好闲的人；有议员也有边疆人；有各怀鬼胎的'猎人'：有人想要农庄、有人想要名誉、有人想要继承者、有人想要金子、有人想要水牛、有人想要蜜蜂、有人想要幸福、有人想要真理，但也有瞄准上述所有人的更为野心勃勃的猎人。（Melville，1857：7）

19世纪三四十年代，美国迎来了大批国外移民，这增加了社会结构的复杂性。与此同时，美国北部、南部和西部由于不同的经济发展模式，形成了不同的社会经济体制，因而来自国内不同地域的人也是大相径庭。很明显，故事中的"信仰号"隐喻的是现实中的美国，旅客的吞吐暗示移民的到来，而密西西比河流域作为"美国性"的中心更明确地指出：《骗子》是讲述美国故事的本土小说。正如前文所述，在经济发展和社会构成复杂的基础上，"更为野心勃勃的猎人"即骗子群体产生了。通过阅读报纸，梅尔维尔了解到19世纪中期美国流行的主要骗术，即通过博取对方信任（confidence）行骗。现实中的骗子一般穿着讲究，惯用的手法是在接近陌生人后，假装认识对方，然后要求对方表现出对自己的信任。

为了证明信任，骗子会要求陌生人将手表或者一定数额的金钱交给自己，虽然声称第二天会归还，但在拿到手表或者金钱之后，骗子就会消失得无影无踪。这个骗人的情节重现在小说第 4 章中。这一章中，声称名叫约翰·润门（John Ringman）的骗子不但博取了商人罗伯特斯的信任，还以"黑炭湍流煤炭公司"集股的名义从后者身上骗走了大量的钱财。润门的骗术暗示华尔街的暗箱操作，讽刺了现实中招摇撞骗拿人钱财的商人。第 6 章、第 7 章和第 8 章中，年轻的牧师和金袖绅士等均被灰衣人所骗，拿出大量钱财捐赠给所谓的"寡妇和孤儿收容所"，暗嘲了现实中的通过"伪善"发财的骗子。在第 14 章中出现了一个总是不失时机地推销假药的草药医生。在接下来的章节中，草药医生将所谓的"全香脂活力素"和"撒玛利亚去痛药"分别兜售给了贫穷的父女、瘸腿的假士兵和病入膏肓的老人。而在之后的情节中，固执的密苏里州人也成了受骗者，被说服雇用了所谓"哲学智慧办公室"旗下的男孩。在所有的骗局中，受骗者开始时警惕性都很高，但在巧舌如簧、诡计多端的骗子面前，最终都心甘情愿上当受骗。如此情节循环往复几次之后，读者惊叹于骗子的骗术之高，也会暗自反问为什么骗子的骗术总能得逞，这才明白小说题目中的"信任"在骗术中的作用，也为终极骗子古德曼的出现埋下了伏笔。

《骗子》第二部分始于第 24 章，世界主义者弗兰克·古德曼出现，并尝试劝说密苏里州人相信人性本善，但最终未果。古德曼遇到了骗子查理斯·阿诺德·诺贝尔，诺贝尔设计好陷阱，但古德曼却迟迟不上钩。马克·温塞姆出现后，反复警告古德曼谨防诺贝尔，因为后者是个骗子。而后，温塞姆的学生爱格伯特与古德曼玩起了角色扮演的游戏，其间古德曼向爱格伯特借钱未果。后来，古德曼进入一家理发店，骗取了理发师的信任后，理完发未付钱便离开。在最后一章中，古德曼又骗取了白发老人的信任，并将其引入黑暗之中。与小说前半部分描写多个骗子和各种骗局不同，后半部分围绕古德曼这个中心人物展开。在前半部分，读者作为旁观者看到骗子诡计得逞乘客受骗。而在后半部分，满嘴仁义道德的古德曼成功骗取了读者的同情，以至于在倒数第二章之前都被认作是受骗者，读者无意间便站到了古德曼的阵营中。结果在倒数第二章中，因哄骗爱格伯特未果，古德曼恼羞成怒开始公然行骗，读者这才意识到古德曼是个终极大骗子。小说的两个部分在内容和风格上形成鲜明对比，让人读来感觉像是出自两位不同作家之手，这也是《骗子》颇受诟病的原因之一。前文提到梅尔维尔在小说创作道路上不断进步，经历了从取悦读者到表达自我的转变。《骗子》风格对比鲜明的前后两个部分，实际上正标志着梅尔维尔创作理念的又一次升华。

在文章《论作伪和掩饰》（"Of Simulation and Dissimulation"）中，培根将撒谎者分为"作伪"和"掩饰"两种，前者是"肯定的，作伪者总是假装与自我不符的身份"；而后者是"否定的，掩饰者故意抹杀痕迹和言论以否定自己的真实身份"（Bacon，1625：27）。相应地，小说《骗子》前半部分的行骗者大都是"作伪者"，分别装扮成草药商、慈善者、业务员等与自我不符的身份。与他们不同，第二部分的中心人物古德曼是一位"掩饰者"。在他与别人的谈话中，读者可以察觉到古德曼确实是位具有博爱精神的世界主义者。博爱和欺骗在世界主义者古德曼身上共存，却没有丝毫的违和感。古德曼没有刻意地伪装成别人，只是通过宣讲博爱仁义和世界主义的一面，掩饰自己骗子的身份。聪明的古德曼洞悉一切，通过对被骗者传教式的洗脑，在获取对方信任后才开始行骗。古德曼是行骗世界里的传教者，他所传播的既是对"信任"的正面肯定，又是一门精致完善的欺骗艺术。[①]"掩饰是掩饰者有意误导的行为，但也必然肯定了真理的存在。"（Bryant，1993：75）从骗子宗教的信任视角出发，梅尔维尔小说创作的真实目的实际在于探讨艺术创作理念，关注作者与人物、作者与读者之间的审美关系。例如，在《骗子》最后一章，梅尔维尔谈到了小说创作中对原创人物的塑造，认为"一个作家……要看尽繁华世界，并洞悉一切。而运气决定了他是否能写出一个具有原创性的人物"（Melville，1857：374）。小说中的古德曼，影射了梅尔维尔心目中理想的作家——洞悉一切，并在幸运女神的眷顾下编织一个美好的骗局。因而，如果小说的前半部分以讽刺为主，后半部分则透露着作家对生活和写作的深度思考。"洞悉一切"，寻求真理，也成为梅尔维尔写作的重要目的之一。

学者亚历山大·C. 科恩（Alexander C. Kern）提出："因为梅尔维尔感到有必要说出自己的信仰，但与此同时却犹豫是否该暴露对于宗教的否

---

① 小说中"the religion of confidence"具有双重含义，同时具有"信任的宗教"和"欺骗的宗教"两层意思。

定态度，因此在小说的中间突转结构，将《骗子》带出讽刺文学的阈限之外。"（Brack，1977：34）科恩提出的信仰问题，正是梅尔维尔在小说后半部分探讨的中心问题。小说前半部分为"外向视角"叙事，旨在揭露和讽刺；而后半部分则采用了一个较为内敛的视角，梅尔维尔在这里不仅是讽刺现实，更是对信仰的探求。正如霍桑所言，梅尔维尔渴求信仰，却不愿意随意将自己投入任一宗教之中。在专注写作的过程中，梅尔维尔逐渐意识到，文学创作不但能表达自我，而且还可以帮助作者探求到未知的领域。评论家莱文·哈里在专著《黑暗的力量》中提出，"对知识的渴求将梅尔维尔带到了霍桑不能到达的地方，然后这种渴求也往往成为自我毁灭的源头"（Harry，1980：218–219）。在西方哲学思想中，真理和信仰是相辅相成的。培根在《论真理》（"Of Truth"）中就曾经提出，越获取真理就越接近上帝。上帝是超验无形的，因此绝对的真理也就无法获取。将创作当作信仰的梅尔维尔，希望在写作中找到真理，这种创作理念最终只能是一个循环往复、没有出口的迷宫，但正是作家在迷宫中的挣扎以及对写作信仰的执着，赋予作品以永恒的艺术魅力。

综观梅尔维尔的艺术创作历程，他的写作理念不断改变，从"外向"转为"内向"，从早期取悦读者到后来以嘲讽为主，再到将写作当作寻求真理的重要手段。读者从中可以清楚地看到，梅尔维尔是一位真正潜心写作、用作品来表达自我、努力阐释民族文学独特性的美国作家。而在幽默写作领域中，无论是走民粹路线的幽默情节，还是站在大众视角针砭时弊的讽刺片段，抑或是以写作信仰探求真理的意图，都证明了梅尔维尔是一位饱受折磨却勇气十足地游走在信仰边缘的幽默大师。

二、霍桑的乖讹：儒雅传统和荒野精神之间

纳撒尼尔·霍桑（1804—1864）是19世纪美国重要的浪漫主义小说家之一，其传奇小说和短篇小说围绕清教对"罪"（sin）的规诫展开，是美国黑色浪漫主义文学的重要组成部分。霍桑生性敏感多思，尽管不是真正意义上的清教徒，但他却深受清教思想尤其是其中"罪与罚"规诫的影响。鉴于祖辈威廉姆·霍桑（William Hathorne）和约翰·霍桑（John Hathorne）参与故乡希勒姆女巫审判案的事实，霍桑坚信家族受到了诅咒，而自己也难逃厄运的魔掌。父亲在霍桑四岁时死于黄热病，母亲自此

逐渐疏远霍桑兄妹，霍桑对家族因罪而受诅咒更坚信不疑。为了躲避灾难，霍桑在自己的姓氏中加了一个"w"，因此由"Hathorne"变为"Hawthorne"。这种掩耳盗铃的做法虽荒诞可笑，从中却可以看出霍桑确实相信"罪与罚"的存在，而这一原罪阴影也促成了其作品"罪"的主题以及消极悲观的基调。正如美国学者詹姆斯·哈特评价霍桑时所讲，"源于清教背景，在他作品中隐含的哲学态度大体说来是消极悲观的"（Hart，1961：321）。

虽然基调是消极悲观的，但霍桑小说文本却也时时闪现幽默的火花。幽默不仅是霍桑作品"黑色性"的调味品，还是阐释"罪"的主题的重要媒介，因此是建构霍桑创作美学的重要组成部分。这一点引起了学界的关注，例如，杰西·比尔在谈到霍桑作品中的幽默元素时说，霍桑是"美国经典文学中最暗黑的作家之一，但在黑色之中时而会有其他（幽默）色彩"（Bier，1968：374）；林恩认为，霍桑的幽默"时而忧郁低沉，时而悲惨凄凉，时而震撼人心……嘲讽了人类的自以为是"（Lynn，1958：213）；迈克尔·邓恩则认为霍桑是位加尔文主义幽默大师：在阅读霍桑作品时，"当我们以居高临下的姿态嘲笑人物的虚妄之时，却隐约不安地感觉到这种虚妄也存在于我们自己的身上"（Dunne，2007：48）；等等。霍桑创作中的幽默元素，既有戏仿《天路历程》的短篇幽默小说《天国列车》（*The Celestial Railroad*），也有勾勒了执着寻宝的怪人形象的短篇讽刺小说《皮特·戈德威特的宝藏》（*Peter Goldthwaite's Treasure*）；既有《红字》（*Scarlet Letter*）中对"暴徒笑声"（mob's laughter）的描述，也有《福谷传奇》（*Blithedale Romance*）中对叙述者卡佛台尔（Coverdale）偷窥欲的自嘲；等等。范·怀克·布鲁克斯在《美国的成年》中写道：

> 霍桑的艺术作品就像一池波光粼粼的湖水。你去碰触它，用手去拨动它，会有成百上千条影影绰绰的波纹在水中跳舞。但当你定睛去凝视其中某一条波纹时，它却消失在纯净的池水之中，那宁谧的深邃看起来是如此的深不可测。（Brooks，1915：64）

布鲁克斯带有奇喻色彩的描述指出了霍桑作品思想的深邃和乖讹：既深沉大气又灵动诡谲，既阴暗晦涩又明亮活泼。其中深沉阴暗的是围绕

"罪与罚"主题展开的故事内容，而灵动的却是他在创作时采用戏仿、寓言等修辞手法和加尔文主义视角获取的幽默嘲讽效果。

《天国列车》是霍桑在 1843 年创作的短篇小说，后来被收录在 1846 年出版的短篇小说集《古屋青苔》之中。《天国列车》是霍桑最具讽刺意味的小说之一，通过对英国作家班扬《天路历程》的幽默戏仿，对同时代信仰堕落和政治腐败等问题进行了揭示和批判。《天路历程》中为基督徒指引方向的"福音教士"（Evangelist），在《天国列车》中化身为"解决一切"（Smooth-it-away），作为叙述者的导游一路陪行到圣城（Celestial City）。与《天路历程》中的克里斯丁（Christian）一样，《天国列车》中的朝圣者同样经历了毁灭之城（City of Destruction）、绝望沼泽（Slough of Despond）、困难山（Hill Difficulty）、羞耻谷（Valley of Humiliation）、死亡谷（Valley of the Shadow of Death）、名利场（Vanity Fair）等地点，并最终到达目的地——圣城。但与原著不同，《天国列车》采用了第一人称的叙述视角，因此削弱了宗教说教的严肃意味。除此以外，霍桑还对基督徒朝圣之旅的其他细节进行了颠覆性的改写。例如，与克里斯丁不同，霍桑小说中朝圣者乘坐了现代化的交通工具——火车，前往圣城。火车很快就将乘客们送达目的地，虽然速度加快了，但朝圣的意义完全被解构，让人读来哭笑不得。霍桑还对几个重要人物的性格特点进行了改写。例如，叙述者不再像基督徒那样为了原罪而惶惶不安，最令他踟蹰的是继续朝圣还是享乐人间；为基督徒指引方向的"福音教士"化身成"解决一切"，是信奉享乐主义的世俗者；曾与克里斯丁大战的亚波伦（Apollyon）如今骑行在火车头上，早已被重金聘为火车上的工程师；等等。霍桑对情节人物元素的改写，与克里斯丁的朝圣之旅形成鲜明的对比，读者在阅读中会因其对经典的幽默戏仿而忍俊不禁。

除了戏仿之外，小说文本细节还针对社会现实问题进行了嘲讽。例如，在经过绝望沼泽时，针对导游"解决一切"提到的要填平沼泽的计划，"我"想起班扬在《天路历程》中曾经说过用两万辆装载的"健康指引"（wholesome instructions）也难以填平沟壑。而"解决一切"继而讲到了已经奏效的好办法——用书来填平沼泽："我们将有关道德的书、法国哲学和德国唯理主义的书、现代牧师的小册子、布道书和杂文、来自柏拉图、孔子和印度圣贤的引文，连同有关《圣经》的原创性评论等全部扔进沼泽，现在已经扎下了稳定的根基。"（Lynn，1958：215）19 世纪上半叶，在美国第七任总统杰克逊"自由贸易"政策的引领下，美国国内掀起了一股创业热潮，"穷小子变富翁"成为更多美国人的梦想。针对这股获取财富的狂热，以超验主义者为代表的美国精英分子提出了"反物质主义运动"，呼吁"精神至上"的超验思想。霍桑在《天国列车》中设计这一细节，直指追名逐利、物质至上的功利主义，通过幽默的夸张来哀叹美国人文化意识的淡漠。有趣的是，在小说中就连超验主义者也成为霍桑攻击嘲讽的对象。在抵达死亡谷尽头的时候，朝圣者们碰到了一只恐怖的怪物，"他具有德国血统，被称为超验主义巨人"（Lynn，1958：223）。尽管霍桑受到了超验主义思想的影响，但对该思想体系中存在的问题也了然于心。他将超验主义比作"身体畸形的怪物，看起来好像是一团暗黑的迷雾。他冲我们大声喊叫，但因为用词怪异，我们既不知道它在讲什么，也不知道它是敌是友"（Lynn，1958：223）。霍桑在这里表现出高度的文化自觉，通过怪物的隐喻讽刺了超验主义理论的晦涩难懂，以文化认同建构为基础指出了超验主义思想的不切实际。可以看出，霍桑的嘲讽既夸张幽默，又针砭时弊地指出了现实问题，作品颇有英国讽刺作家斯威夫特的风范。

在小说的最后，当朝圣者到达圣城门外，却发现原来进城还需要登上轮渡。大家顿时乱作一团，而导游"解决一切"也趁乱离开。"我"在慌乱之际被溅了一身冰凉的河水，"打了一个惊心动魄的寒战，我醒了——幸好这是一场梦"（Lynn，1958：231）。作为对《天路历程》的戏仿，霍桑对故事情节、人物设定、故事主题等都进行了修改，通过或夸张或相反的喻义来获取乖讹的效果，因而小说文本时时迸发出幽默的火花。但总体来说，《天国列车》并未完全脱离原著的故事结构，霍桑也将火车朝圣故事的背景设定为梦境。不可否认，通过戏仿和嘲讽，霍桑从美国作家视角对社会现实和文化现状进行了审视和思考，但在宗教情感上，一句"幸好这是一场梦"却揭示出作家对以清教思想和贵族文化为中心的儒雅传统的执着（Carpenter，1968：52）。这样看来，霍桑在创作早期小说《天国列车》时，既有建构在美国文化认同基础上的戏仿和嘲讽，又有对英国儒雅传统的眷恋和坚持，而这种坚持也体现在霍桑对传奇（romance）的偏爱之上。

在霍桑看来，传奇是最适合美国文学的写作体裁。在《七个尖角阁的屋子》（*The House of the Seven Gables*）的前言中，霍桑谈到了传奇和小说的区别。

后者（小说）旨在达到细节上的逼真，不仅叙述有可能发生的事件，而且要描写普通人行为的潜在可能。前者（传奇）作为一种艺术形式必然严格遵守创作法则，但因为漠视人心对真理之渴求而显得罪不可赦。虽然如此，传奇却可以呈现隐藏在故事图景之中的真理，并能够最大限度地展现作者选择（该主题）的原因和创作的初衷。（Hawthorne，1961：Introduction，viii）

根据霍桑的理解，创作小说要严格遵守现实主义法则，而写作传奇则可以超越现实并充分发挥作家的想象力。换句话说，小说是现实主义的，而传奇则具有鲜明的浪漫主义倾向。美国学者詹姆斯·哈特对传奇的理解，呼应了霍桑的解读：传奇是"通过想象和现实主义，而不是观察和对真实详尽的描述而创作的小说"（Hart，1983：650）。总体看来，霍桑对传奇的偏爱主要基于两个考虑，即清教规诫的束缚和美国文化认同的建构。前文谈到霍桑在创作作品时表现出对英国儒雅传统的执着，而清教规诫正是该传统的核心之一，这也是霍桑作品大多围绕"罪与罚"主题展开的重要原因。尽管不是传统意义上的清教徒，但由于家庭成长环境的影响，霍桑对清教规诫有一定的畏惧心理，尤其是其中"罪与罚"的思想更让他如坐针毡。霍桑生性谨小慎微、敏感多思。对传奇的偏爱也与作家"谨小慎微"的性格相关，写作传奇让他在奇幻和想象的掩护下"讲述真理、针砭时弊的同时，还避免了（宗教意义上的）冒犯"（常耀信，2009：74）。除了对清教规诫的顾虑外，霍桑选择传奇还基于对美国文化认同建构的思考。与欧文、库柏等美国早期浪漫主义作家一样，霍桑也认为美国本土缺乏创作素材，更没有丰富的历史可以追溯。在《云石牧神》（*The Marble Faun*）的前言中，霍桑讲道，美国"没有暗影、没有神话、没有生动阴郁的冤屈，除了平淡如茶的现实之外，什么都没有"（Hawthorne，1902：Introduction，xxv）。在文学自觉的推动下，霍桑通过创作实践不断思考美国本土文学的出路，直到接触到了他认为最适合美国国情的传奇体裁。将"平淡如茶"的历史片段与作家的"神圣之眼"[1] 结合起来，利用传奇的形式进行创作，既丰富了作家创作可以选取的文学素材，又建构了具有"美国性"的文学作品，是霍桑在美国文学

---

[1]　莎士比亚第116首十四行诗中，将作家的想象力比喻成"divine eyes"（神圣之眼）。

独立道路上的积极尝试。

从对传奇形式的偏爱可以看出，在霍桑眼中，历史并不是"大写的""单数的"，而是"小写的""复数的"（盛宁，1993：156）。作家利用想象的力量，在历史中加入虚幻元素和梦想色彩，创作出更加符合时代风尚、揭示作家创作意图的文学作品。对历史进行的"想象"、"奇幻"和"梦想"视角下的改写，侧面指出了霍桑对于现实的"多样性"和"可能性"表现出极大的宽容和耐心。前文谈到受清教思想的影响，霍桑创作小说的基调是严肃的甚至带上了赎罪的意味。但霍桑在文学创作中对"多样性"的宽容，让小说文本不时表现出幽默诙谐的格调来。美国学者约翰·莫雷尔在《悲剧、喜剧和宗教》中提出，"悲剧英雄倾向于肉体和认知上的安全感——熟悉的、正常的、规律的或者是标准的……与之相对应的，喜剧建构在来自乖讹的乐趣之上，寻觅的正是认知失调（cognitive dissonance）"（Morreall，1999：23 - 24）。对"多样性"的容忍保证了"乖讹"和"认知失调"的在场，因而霍桑小说有时又会呈现喜剧的特征，这成就了霍桑小说独特的审美品质。总而言之，对传奇的偏爱既是霍桑在儒雅传统和美国认同之间寻求的平衡点，同时又拓宽了其"罪与罚"小说的幽默维度。

霍桑的中篇小说《省议厅的传说》（*Legends of the Province House*）是其最有代表性的传奇作品之一，其中包含了四个短篇：《豪的假面舞会》（*Howe's Masquerade*）、《爱德华·伦道夫画像》（*Edward Randolph's Portrait*）、《埃莉诺小姐的斗篷》（*Lady Eleanore's Mantle*）和《老艾斯特·达德利小姐》（*Old Esther Dudley*）。小说创作的素材来自历史，但故事内容在作家想象力的作用下带上了奇幻的色彩：从威廉姆·豪的假面舞会退身出去的并不是假扮者，而是英国国王派遣到波士顿的历任长官的鬼魂；壁炉上的爱德华·伦道夫画像拥有巫师的力量，省议厅主人哈钦森因同意英国部队驻扎波士顿被诅咒而死；埃莉诺小姐的斗篷同样被诅咒，凡是与她接触过的人都神秘地患上了天花；达德利小姐在废旧的省议厅住了多年，传说午夜时分哈钦森等尊贵客人的鬼魂会在此与之相聚；等等。霍桑的故事源于却没有拘泥于历史事实，故事文本在奇幻因素的渗透下具有了神话的维度，既是对原本乏味历史的丰富解读，又包含了作家对美国文化认同建构的思考。

霍桑在小说中多次提及英美两国剑拔弩张的关系，例如，就英王直接任命马萨诸塞州总督而引起当地人民不满的事件，霍桑在《省议厅的传说》、《我的亲戚，莫里诺少校》（*My Kinsman，Major Molineux*）和《恩迪科特与红十字》（*Endicott and the Red Cross*）等多篇小说中都有涉及。1792 年，英王迫于压力撤回波士顿总督。《省议厅的传说》的故事背景就是这一时期，正值英国在美洲统治衰退以及美国民族独立意识爆发。霍桑在故事中描写了英国统治者的迂腐和偏执，嘲讽了他们无视美国民族意识觉醒而一味沉溺历史的荒唐。但与此同时，读者也能从小说文本中看出，霍桑是同情这些滞留下来的英国保皇派的。例如，《埃莉诺小姐的斗篷》刻画了埃莉诺这一英国贵族小姐的形象，高贵富有却骄傲冷漠，在故事的最后，她不仅被镇上的人当成是传播疾病的罪魁祸首而遭到声讨，而且自己也染上天花不治而死。霍桑描写埃莉诺弥留时，字里行间无不透露出遗憾惋惜之情，同情心让他的笔触带上了伤感的情调："在这所大宅的某个房间里，有人看到了一个女人的身影蜷缩在黑暗的角落里，她的脸深深埋在嵌有花边的大斗篷中。"（Hawthorne，1900：55）前文提到霍桑虽然认为美国文学创作资源匮乏，但仍然从美国历史中挖掘可用的素材，并用传奇的文学体裁对其进行加工创作，从而探索美国本土文学的创作理念和写作方法。这是霍桑对美国文化认同和美国作家文学身份建构的积极贡献，也正因如此，有评论者指出的，"霍桑对历史题材的发掘与时代对本土文学的呼唤有一定的关联"（尚晓进，2010：6）。与此同时，在像《省议厅的传说》这样的故事中，霍桑也表现出对英国儒雅传统的同情和眷恋，默认英国儒雅传统在美国历史上留下了难以抹杀的痕迹，而且这些难以抹杀的痕迹已然是美国文化认同建构的重要组成部分。

徘徊在坚守英国儒雅传统和建构美国文化认同之间，霍桑的故事往往带有幽默诙谐的特点。《豪的假面舞会》最后一幕无疑是幽默的。当豪大声地喝道："恶棍，取下你的伪装！不准再走一步"（Hawthorne，1900：16），最后一位"乔装者"很配合地取下了面罩。豪无比惊恐地看到，原来"乔装者"正是自己："他脸上严肃的表情完全变成了惊讶和狂野，虽然并不恐惧，但他从这人身边后退几步，连宝剑也掉到了地上。"（Hawthorne，1900：17）短短几行之间，豪的情绪几经变化：从笃定到愤怒，从吃惊再到迷惑，这既让文本带上了几分幽默可笑的荒诞色彩，又表达了作者对英国总督时代即将结束的感叹和唏嘘。在《埃莉诺小姐的斗篷》中，霍桑还以戏谑口吻嘲讽了上层人士对时尚的理解。作者在小说中讲道，尽管时代风尚已经改变，但这些贵族们依然按照旧习俗穿着打扮，因而"几乎每一个穿着光鲜亮丽的人看起来都是愚蠢的"（Hawthorne，1900：43）。但好笑的是，他们却依旧自我感觉良好，"整个晚上这些客人都在穿衣镜前搔首弄姿，为看到在光彩亮丽的人群中卓越不同的自己而兴奋不已"（Hawthorne，1900：43）。参加舞会的上层人士大多是英国贵族，他们依旧追求奢华夸张的时尚，这在奉行俭朴做派的美洲大陆显得迂腐过时，他们越是骄傲自大、越是自我感觉良好，就越显得荒诞可笑。这样看来，霍桑在英国儒雅传统和美国边疆文化之间的踟躇，拓宽了小说文本的幽默空间。

从前文的分析可以看出，英国儒雅传统和美国文化认同两者之间的乖讹深深扎根于霍桑的创作理念之中，正是这种分裂的统一让霍桑的小说带上了独特的艺术品质。桑塔亚纳在谈及两者之间的乖讹时，将其归纳为"美国思想"和"美国意志"的矛盾，他认为美国意志具有鲜明的阴柔气质而后者带有强烈的男性气质（Santayana，1967：40）。与之遥相呼应，梅尔维尔在评论文章《霍桑和他的青苔》（"Hawthorne and His Moss"）中讲道，霍桑拥有美国文学领域内"最伟大的大脑"（largest brain）和"最强壮的心脏"（largest mind）（Melville，1952：421）。梅尔维尔认为，霍桑集"思想"和"意志"于一体，而这恰指出霍桑创作理念中文雅和荒野两种精神的对立统一。针对桑塔亚纳提出的"儒雅传统"，学者卡朋特在《美国文学与美国梦》中指出，这种传统的内核是"清教思想"和"贵族文化"（Carpenter，1968：52）。自1825年从大学毕业之后，霍桑开始了长达12年离群索居的生活，在幽闭的环境中思考艺术创作和人生哲学，其间开始实践写作小说，并逐渐确定了传奇小说体裁和"罪与罚"的叙述主题。很多学者指出霍桑作品具有典型的地域性特点，认为"当霍桑提及'家乡'一词时，他心里想的只有'新英格兰'"（Buell，2014：74）。霍桑绝大多数的故事都以新英格兰为背景展开，讲述的是新英格兰人的悲欢离合。作品的地域性将霍桑的创作与清教规诫和贵族传统联系在一起，而儒雅传统也成为其作品的鲜明标志之一。与此同时，标榜边疆精神的美国认同也渗透到了霍桑的创作之中。正因为霍桑写作的是美国传奇故事，思考建构的是美国文化文学认同，因而才被认为拥有美国文学领域"最强壮的心脏"。儒雅传统和边疆精神两种看似不相容的写作理念，却赋予霍桑小说独一无二的艺术品质——加尔文主义幽默和美国梦情结，为争取美国文学的独立做出了贡献。

如果说加尔文主义幽默的创作视角主要源于霍桑对儒雅传统的执着，那么渗入其作品肌理的美国梦情结则指明了作家对以英格兰地域为代表的美国文化认同的积极建构。学界认可霍桑作品中的"民族性"，认为其创作"在新的向度上探索并试图改变社会结构的多种可能性……按照新视角表现个体体验和价值观反思"（张冲，2000：335）。无论是宏观上对改变社会结构的尝试，还是微观上对个体价值观的反思，都是建构新的文化认同的积极尝试。前文提到丰富的想象力赋予霍桑敏感的宗教意识和高度的文学自觉。作家在文艺创作实践中意识到，作品的生命力不仅仅在于对儒雅传统的执着，更应该对本土文化体系进行思考和表现，作品应"既是本土的，也是国际的；既植根于民族历史和清教主义传统，也深受欧洲文化，尤其是英国文学传统的影响"（尚晓进，2010：1）。只有站在民族文化认同自觉的视角进行创作，作家才能创作出生命力持久的文学作品。

这样看来，霍桑之所以表现出对历史和古迹的兴趣，主要源自对作品民族性的思考。按照学者本尼迪克特·安德森的理解，"民族"预设了"年代久远的历史，更重要的是，在无限向度上向未来发展"，将过去和未来统一以来，赋予现在以更广阔也更系统的阐释空间（Anderson，2006：11）。霍桑在小说中不断思考过去、现在和未来之间的渗透关系，认为过去是现在和未来不可或缺的组成部分。例如，前文提到的《老艾斯特·达德利小姐》等作品中都提到了"镜子意象"（mirror）。在镜中，达德利小姐得以和之前的总督朋友相聚，才让她感受到了生活的意义所在。过去渗透到了现在，延伸至未来。短篇小说《乡村大叔》（*The Village Uncle*）同样采用了"镜子意象"。乡村大叔一个人孤独地生活，但从镜中可以窥探到过去的岁月，浏览过往岁月，与妻子苏珊和家人相聚。在乡村大叔看来，历史赋予现在的生活以意义和希望，过去不但影响现在，而且吸收了未来。《红字》是霍桑最具代表性的长篇小说。在介绍写作背景的文章《海关》（"The Custom House"）中，霍桑煞有介事地讲述了在海关工作时偶然碰到了有关海斯特·普林（Hester Prynne）材料的经历。材料显示，普林由于犯了通奸罪而被罚穿戴缝有"A"字的衣服。之所以讲到小说素材的来源，霍桑的用意很明显：告知读者《红

字》讲述的确有其事，以增加小说的历史韵味。事实上，女性佩戴
"A"字的故事场景，霍桑早在短篇故事《恩迪科特与红十字》中就有
提及："一个年轻的女人……在长袍外面佩戴 A 字，不得不如此面对世
人和自己的孩子。就连她的孩子也知道这个大写字母的含义。"
（Hawthorne，1900：217）《恩迪科特与红十字》的故事写作早于 1837 年，
而霍桑从 1839 年才开始在海关工作，因而偶遇普林犯罪资料的经历，很
可能是作家杜撰出来的。对历史和过去孜孜不倦的寻觅和想象，正说明了
霍桑作为文学家对于美国文化认同建构的参与。除此以外，在像《红字》
这样的代表性作品中，霍桑还暗喻了美国梦的萌生和发展，从文学的角度
对国家想象进行了延伸。

　　《红字》的故事围绕海斯特和丁梅斯代尔的关系展开，但与一般的爱
情故事不同，小说建构在原罪的基础之上，因而并未展示爱情的发生，却
围绕因通奸而受的惩罚逐步深入。女主人公海斯特爱憎分明、敢爱敢恨，
勇敢面对所谓的"罪与罚"，与马萨诸塞湾殖民地社区的其他人形成了鲜
明的对比。从 1620 年"五月花"号轮船抵达美洲普利茅斯殖民地，到
1850 年《红字》首次出版，美洲大陆目睹了 200 多年间人们为了追寻
"自由、平等、民主"美国梦的努力。到了 19 世纪中期，美国梦已经超
越追求信仰自由的层面，并围绕"平等"针对不同的人群和个人具化为
不同的追求。从形而上视角审视，美国梦"平等"一词预设了"个人"
和"群体"之间不可调和的矛盾。霍桑在《红字》中以寓言的形式通过
讲述 17 世纪 40 年代的故事，阐释了美国梦中这一对潜在的矛盾。海斯特
来到美国，不期遇到了爱情，并甘愿为之奉献自己。直到故事最后与丁梅
斯代尔告别，海斯特依然坚守着对爱情的信念："我们死后还会相见吗？"
（Hawthorne，1878：292）海斯特的美国梦就是爱情的自由，这与当时清教
社区的规诫是背道而驰的，海斯特的个人梦想与群体协约针锋相对，因此
论者卡尔·吉尔森在《历史、政治和小说语境中的美国梦》才会讲道：
"《红字》……将权威、法律、规范等社会等级结构对挑战者的扼杀置于聚
光灯下。"（Jillson，2016：27）

　　为了凸显个人和群体之间的矛盾，霍桑在多篇小说中描述了"暴徒
的笑声"。所谓"暴徒的笑声"，是指小说主人公周边人的议论、指责和
嘲笑。其实在霍桑 1832 年出版的《我的亲戚，莫里诺少校》中，已经彰
显了"暴徒的笑声"这一主题。罗宾进城投奔亲戚莫里诺少校迷路，询

问路人但对方却总是闪烁其词。故事最后莫里诺少校以意想不到的方式出场：他全身涂满沥青和羽毛，正被押解着游街示众。当莫里诺少校经过时，人群发出振聋发聩的笑声。"笑声很快感染了每一个人，包括罗宾……每个人都笑得身子止不住地颤抖，而罗宾的喊叫声是最大的。"（尚晓进，2010：92 – 93）这段描述显示了"暴徒的笑声"席卷一切的恐怖力量，连莫里诺的亲戚罗宾也深陷其中。在这场游街的狂欢中，唯一严肃的面孔是正在受刑的少校，与大笑的人群形成鲜明的对比。在这恐怖又荒诞的笑声中，罗宾仓皇逃出城去。在《美国史诗》中，亚当斯曾经谈到"说闲话"（gossip）的问题，认为"说闲话迎合了清教意识的某种思想意识，即每一个人都是其邻居是否犯罪的监督者"（Adams，1945：44）。在《我的亲戚，莫里诺少校》中，"暴徒的笑声"就起到了这样的监督作用，"发出笑声"成为是否归属监督者群体的必要条件，是避免个人被隔离在群体之外的重要途径。所以，罗宾出于"自保"才会情不自禁地参与到"暴徒的笑声"之中。同样地，《红字》中说闲话散布舆论者也比比皆是。例如，在第一幕海斯特示众之前，霍桑从人群中挑选了五女一男共六个人，分别对佩戴 A字的海斯特进行评论。除了一位年轻妈妈和男人表示同情之外，其余四人都坚持认为海斯特应该受到更为严厉的惩罚。舆论无形中拧成了一股强大的力量，与"暴徒的笑声"对莫里诺少校的作用一样，将海斯特孤立在人群之外。看似弱小却坚毅的个人与貌似毁灭一切的群体形成鲜明的对比，让海斯特的梦想显得遥不可及而带上了悲壮的色彩。卡朋特在《美国文学与美国梦》中提出，"霍桑没有预料到，海斯特勾画了绝对自由的超验理想……代表在新世界的荒野中追逐新生活，并依靠自我力量实现理想的独特美国梦"（Carpenter，1968：71）。在卡朋特看来，霍桑是追随内心感受的真正艺术家，尽管受到了以清教规诫为主的儒雅传统的影响，但源于现实生活的创作灵感却赋予作品鲜明的时代主题。海斯特所代表的"超验理想"，并不属于霍桑的创作初衷，也就是说，霍桑在无意识间创作了一个超越现实的追梦人。也正因如此，劳伦斯·比尔在《伟大美国小说的梦想》（*The Dream of the Great American Novel*）中才会提出，尽管《红字》当之无愧是"伟大的美国小说"，但霍桑却是一位"不情愿的大师"（reluctant master）（Buell，2014：71）。霍桑的"不情愿"在另一长篇传奇小说《福谷传奇》中也得以体现。该小说以 1841 年霍桑参与乌托邦实验基地布鲁克农庄（Brook Farm）的经验为原型。与建设农庄的初衷相似，福谷的参与者同样也期望实现"人人共享""劳力和脑力的平等"等理念。现实中的布鲁克农庄未能坚持到最后，而小说中的福谷计划也最终作罢。故事叙述者卡佛台尔来到福谷时满怀热情，但很快便察觉到梦想与现实的差距，在热情散尽后绝望地离开了福谷。作为卡佛台尔在现实中的原型，霍桑同样有追寻理想的热情和知难而退的理性。可以说，《福谷传奇》以文学寓言的形式探究了梦想和现实的关系，而这已经超越了霍桑最初记录布鲁克农庄生活的创作初衷。

霍桑是一位具有丰富想象力的梦想作家，正如乔治·路易斯·博尔赫斯（Jorge Luis Borges）所讲，"霍桑也许先是无意识中想象出一个场景，然后才创作人物情节去丰富它"（Borges，2004b：82）。但在这"神圣之眼"的背后，霍桑所执着的儒雅传统，特别是清教意识，最终却延缓了最佳彻底的释放。踯躅于以清教思想为中心的英国儒雅传统和彰显边疆精神的美国国家想象之间，霍桑的作品却出乎意料地带上了乖讹的色彩，无论是加尔文主义幽默的艺术特点还是对美国梦情结"欲说还休"的情感表达，都成为霍桑黑色浪漫主义小说独有的文学气质。这也揭示了学者威廉姆·J. 雪珂（William J. Scheick）对霍桑作品充满矛盾意味的评价："霍桑的传奇作品是由多种因素混合而成的（hybrid），既揭示又隐藏了人生的奥秘，还以暗喻视角挑战了我们对现实的传统认知。"（转引自 Lamb and Thompson，2005：50）

三、爱伦·坡：梦魇小说家笑声中的国家想象

爱伦·坡被称为美国文学史上"最受争议也被误解最深的"作家（常耀信，2009：105）。当同时代的美国作家对其作品嗤之以鼻之际，他却受到了以波德莱尔为代表的欧洲作家的追捧；当 F. O. 马西森（F. O. Mattiessen）在《美国文艺复兴：爱默生和惠特曼时代的艺术与表达》（*American Renaissance：Art and Expression in the Age of Emerson and Whiteman*）中将坡划出美国文艺复兴作家行列，现代评论家却默认其为 19 世纪美国文化认同建构最重要的参与者之一；当林恩等评论家否认坡作品的"美国性"，称其不属于"粉碎《布莱克伍德》杂志的美国作者"行列（Lynn，1958：126），斯宾塞在《追寻民族性》（*Quest for Nationality*）中却因"摧毁英国评论声音权威的努力"而将坡归为民族主义文学的建构者（Spencer，1957：78），

而西蒙斯也称其为"开创真正地道的美国文学的先驱者之一"（西蒙斯，1986：3），等等。正是这样一位饱受争议的作家，通过创作梦魇般的小说编织了一幅最具原创性的美国国家想象图景。

坡的一生短暂且命运多舛，父亲的早逝、母亲的疏远、养父的背弃、妻子的逝去等人生经历为其作品带来了悲观的灰色调，写作之路上的坎坷，精神和健康的每况愈下，加之强烈的文学敏感和创作自觉，成就了坡写作阴暗恐怖故事的创作理念。造就这位"苦难天才"的还有他的爱尔兰血统，"对神秘、超自然事物的向往常常把爱伦·坡带入生死之间明暗交接的真空地带"（朱振武，2008：3）。坡的小说叙事多从"内视角"展开，一切恐怖神秘的镜像都是阴暗内心世界的反射。布鲁克斯在《美国的成年》中描绘了坡的小说叙事中所表达的绝望。

> 自从炼金术士的年代之后，就没人比坡对被诅咒持有更强烈的感知，没有人比坡更形象地表达了被诅咒的后果。在他的字里行间，生命的呼吸无声无息：罪恶的滋生不会引起良知的震撼；这里有大笑却没有声音，有哭泣却没有泪水，有美好却没有爱情，有爱情却没有结晶；大树在生长却没有果实，鲜花在开放却没有芬芳——这是一个无声的世界，寒冷、荒凉、疯狂、贫瘠，是恶魔的荒野。只有难以容忍的懊悔弥漫在空中。（Brooks，1915：59）

从布鲁克斯的评价可以看出，坡的小说极具渲染力，他塑造的恐怖场景让读者毛发直立、呈现的幽默情节是对荒诞的最好表达。从里士满到费城，再到纽约，坡的作品引起了当地读者的强烈反响，他逐步成为家喻户晓的美国作家。在热火朝天建构文化认同的19世纪中期，普通读者最喜闻乐见的文学体裁是宣讲民粹精神的幽默小说，而坡在小说中所描绘的恐怖场景和荒诞氛围并不能被同时代读者充分解读，因而他的作品虽然家喻户晓却饱受争议。面对质疑，坡自信地讲道："无论读者是当代的，还是后代的，对此我不在乎。我可以花一个世纪等待读者。"（转引自Thompson，2004：580）正如作家自己所讲，坡作品的艺术魅力是恒久的，无论是19世纪中期还是现代社会，尽管学界对其作品的争议不一而足，但坡作为美国黑色浪漫主义经典作家的地位却是坚不可摧的。

坡的成功与做杂志编辑的工作有密不可分的关系。1835 年，坡前往故乡里士满的《南方文学信使》（*Southern Literary Messenger*）任助理编辑。任职期间，一方面，坡的创作生涯迎来了高产期，他共发表了 83 篇评论、6 首诗歌、4 篇杂文、3 则短篇小说，还有一部未完成的剧本，在文学创作领域声名鹊起；另一方面，他获取了更多的文学人脉，并逐渐通晓出版业的运作机制，在他的努力下《南方文学信使》的出版发行量陡增了五倍。1839 年，坡就职《伯顿绅士杂志》（*Burton's Gentleman's Magazine*），任助理编辑。在职的一年期间，他继续大量发表文学评论、小说和诗歌，并出版了颇有影响力的《怪诞故事集》（*Tales of the Grotesque and Arabesque*）。1840 年，坡担任《格雷姆杂志》（*Graham's Magazine*）的助理编辑。此外，坡还曾在纽约《明镜晚报》（*Evening Mirror*）工作过，并担任过《百老汇杂志》（*Broadway Journal*）① 的主编。编辑文章和精英杂志的工作经历造就了坡非凡的文学审视力，通过丰富的写作实践，坡最终形成了独具特色的写作风格，即"效果创作原则"。所谓"效果创作原则"，是指作品写作围绕"效果"（effect）展开，旨在拨动读者的心弦引起强烈的阅读共鸣。在评述霍桑的《故事新编》时，坡曾经提出：

> 一个聪慧追求细致的小说家在创作时，并不是把自己的思想加工后硬塞入小说的情节中，而是事先精心筹划，在构思出某个独特的、与众不同的效果后，再编撰出情节——他把情节联系起来，所有的努力都是最大限度地实现预先构想的效果。（转引自 Perkins，1999：1308）

从坡的论述可以看出，霍桑的创作始于某些灵感激发的场景，而坡的写作则旨在达到某种"效果"。在写作实践中，爱伦·坡遵守"效果创作原则"，让"每一事件和细节的描写甚至一字一句都要产生一定预想的效果"（Perkins，1999：1308）。《厄舍府的倒塌》（*The Fall of the House of Usher*）对古屋神秘恐怖气氛的渲染，《丽姬娅》（*Legeia*）对死而复活场景的栩栩再现，《瓶中手稿》（*Ms. Found in a Bottle*）中对科学主义扼杀人性的冷漠，《瘟疫王》（*King Pest*）对时局政治的辛辣嘲讽

---

① 坡后来成为《百老汇杂志》最大的股份持有者，由于不善经营，该杂志于 1846 年宣布破产。

等，坡在小说中围绕"效果"营造的场景常常引人入胜，让人读来欲罢不能。

综观爱伦·坡的创作生涯，幽默讽刺无疑是坡想要获取的重要艺术效果之一。实际上，越来越多的学者开始关注坡在小说中使用的幽默元素。例如，杰西·比尔在谈及坡小说中的幽默时提出，"对坡小说中喜剧元素的正确评估，能够帮助我们分析他既统一又矛盾的创作表现的本质原因"（Bier，1968：373）；学者约翰·布莱恩特也谈到了坡小说中的幽默，认为"他最有效的喜剧策略实际出现在他最恐怖和离奇的故事中"，而作品中的笑声所表达的是一种"有节制、表示怀疑的哲学意味上的绝望"（Bryant，1993：89）；林恩在《美国喜剧传统》中指出："坡的幽默是其克服心理恐惧的尝试，他最好的恐怖、奇异和幽默故事中都会将一些情景喜剧化以激发读者的笑声，实际上这些情景在他内心中如强迫症般不断地被回忆"（Lynn，1958：126）；等等。这些学术评论都指向了坡小说的一个特点，即将"幽默"与"黑色"结合在一起，用幽默的媒介来表达黑色的内涵。这种将"黑色"和幽默结合起来的做法，是20世纪后期美国黑色幽默作家创作理念的核心，难怪比尔认为坡的小说已经具备了20世纪60年代美国黑色幽默小说的雏形（Bier，1968：373）。国内对爱伦·坡的研究已经取得了丰硕的成果，也有学者谈到了其作品中的幽默元素。其中，朱振武在《爱伦·坡小说全解》中提出，爱伦·坡不但"继承了美国本土幽默和喜剧传统……（而且）形成了自己独特的幽默文风，为推进美国文学，尤其是幽默文学向纵深发展做出了卓越的贡献"（朱振武，2008：26）；曹明伦在论文《爱伦·坡幽默小说一瞥》中指出，虽然坡的恐怖小说和推理小说脱离了时代，"可他的幽默小说却恰好触及了19世纪上半叶美国社会生活的现实"（曹明伦，1997：57）；苏晖提出，爱伦·坡作品以"将恐怖与滑稽融合"的"怪诞"见长，其怪诞风格的作品，可被视作"美国现代怪诞小说包括黑色幽默小说的源头之一"（苏晖，2013：74、79）；等等。总而言之，学界认可坡幽默小说的两个重要特点，即用"幽默"表达"黑色"的早期黑色幽默写作手法，以及对同时代文化思想的批判与嘲讽。

前文指出，马西森对爱伦·坡作品表现出不屑，并且将其划出美国文艺复兴作家行列。但19世纪三四十年代是坡创作最活跃的时期，因此坡与文艺复兴之间不可能没有交集。从19世纪初开始，美国宗教领域中的

"唯一神论"（unitarianism）开始占据主导地位，有 1/3 的新英格兰作家信仰唯一神论，而主流作家中有超过一半的唯一神论信仰者。唯一神论在确认上帝至高无上地位的同时，否认耶稣作为神的身份，否认原罪说和救赎论调，肯定人生活的主动性和生存的自由，积极倡导文学艺术给人带来的正面力量。唯一神论的论调与清教思想大相径庭，对后者产生了巨大的解构作用。突破了清教思想对文学艺术的束缚，美国文学取得了长足的发展。正如劳伦斯·比尔所提出的，"美国唯一神运动和所谓的美国文艺复兴之间存在紧密的联系"（Bloom，2004：241）。因此，唯一神论不仅是一种宗教思想意识，而且还作为一种文化意识鼓励批判精神。与唯一神论调如出一辙，坡认可宇宙中存在不可言状的唯一神论，而且宇宙秩序是神秘莫测的；与唯一神论的批判精神一致，坡带着审视挑剔的眼光判断评价包括文学作品在内的身边事物。尽管 19 世纪的美国社会经济迅速发展，外表看起来蒸蒸日上，但坡却看到了民主政治、宗教信仰、文化体制等存在的诸多深层问题，语出惊人地提出这是一个"所有不幸的时代中最不幸的时代"（Poe，1984：451）。

作为一个"侧目"的"闲游客"（于雷，2014：14），爱伦·坡用讽刺小说针砭时弊地抨击了政治、文化和社会等各个领域存在的问题，不失为一位在创作中担当起社会责任的美国本土作家。例如，《与一具木乃伊的对话》（Some Words with a Mummy）是坡具有代表性的荒诞嘲讽小说，作品以第一人称叙述者的身份讲了五千年前木乃伊复活的故事。在与木乃伊对话的过程中，"我"发现，现代文明与古埃及相比在各个方面都是落后的。无论是宗教意识、社会学思想、文化民主思想等人文观，还是科学技术、交通建筑、机械制作等技术观，现代社会都无法与古文明颉颃。为了挽回面子，在场的人最终只能用波诺纳医生的"现代药品"来唬住木乃伊。故事荒诞不经，展示坡作为一名社会批评者的强烈批判意识。嘲讽基调渗透到坡幽默小说的肌理，攻击对象来自不同的领域：如《瘟疫王》用"长腿"和休·塔伯林误入封锁区偶遇瘟疫王的故事，嘲讽抨击了爱德华三世的强权政治和议会的不作为；《辛格姆·鲍勃先生的文学生涯》（Literary Life of Thingum Bob，ESQ）则讲述了文抄公鲍勃巧妙周旋于不同杂志社而成功的故事，暗讽了 19 世纪美国文学创作中投机取巧、剽窃抄袭等行为；《别和恶魔赌脑袋》（Never Bet the Devil Your Head）则针对评论者对坡的小说没有道德立场创作的诟病，用最后丢掉脑袋的托比·丹米特（Toby Dammit）暗喻批评者，并借托比的故事对被奉为经典的超验主义思想进行了嘲弄；《耶路撒冷的故事》（*Tale of Jerusalem*）讲述了三个来自耶路撒冷的祭品收集者最终从异教徒手中换下一头猪的故事，荒诞的情节建构了对宗教的辛辣嘲讽，喻讽了追求物质、丢失信仰的社会风气；等等。

鉴于爱伦·坡小说中无时不在的嘲讽，学界有声音质疑坡实为一名解构一切的无政府主义者，将其作为主流文学创作群体的异类孤立起来，并进而否定坡作品中的"美国性"。例如，马西森在《美国文艺复兴：爱默生和惠特曼时代的艺术与表达》中就将爱伦·坡划出高举"美国性"大旗的美国文艺复兴作家行列，而19世纪美国学界对坡的定位也否定了其"美国作家"的身份："一个没有本土特点的天才，一个迎合市民口味的商业写手或无国别的纯文学作家，一个无根的精神漂泊者。"（罗昔明，2012：41）事实上，只依据坡的嘲讽就否定其文学创作的"美国性"并不合理。弗莱的"神话批评"理论根据四季更替将文学分成四个类别：春天——喜剧、夏天——传奇、秋天——悲剧、冬天——嘲讽。弗莱提出，在类似季节更替的无休止的自然循环中，"上半圈是传奇和类纯真的世界，而下半圈是现实主义和类经验的世界"（Frye，1971：162）。弗莱认为嘲讽和喜剧之间存在千丝万缕的关联："嘲讽有两个基本的构成元素：建构在幻想或者奇异荒诞之上的睿智或幽默，以及攻击的对象。"（Frye，1971：224）也就是说，幽默和攻击是构成嘲讽的重要条件。在冬天（嘲讽）向春天（喜剧）的过渡中，弗莱更把嘲讽分成六个等级，越靠近春天，嘲讽对文本建构的文化意识和社会制度也越加肯定。弗莱关于喜剧和嘲讽关系的理解，恰到好处地指出了坡作品对美国文化认同的正面建构作用。坡的小说有些靠近春天（喜剧），而有些更具备冬天的特点（嘲讽）。例如，短篇小说《眼镜》（*The Spectacles*）讲述了老祖母戏弄近视孙辈的故事，更具有风俗喜剧的特点；轻喜剧《离奇天使》（*The Angel of the Odd*）则用自嘲的语气表达了对多舛命运的无可奈何；而像《瘟疫王》和《别和恶魔赌脑袋》等故事则针对时政矛盾和文学纷争更具有犀利讽刺的意味等。美国学者弗雷德里克·詹姆士（Frederic Jameson）这样界定解构的后现代理论："是在没有任何尺度标准的审视时代精神的努力，我们并不清楚这个时代是否还存留像年代、时代精神、体制和现状这样成体系的事物"（Jameson，1991：Introduction，xi）。综观爱伦·坡的短篇小说，尤其是幽默讽刺小说，"侧目"的作者并未将自我从主流文化领域放逐并对时代进行解构处理，而是采用了一种旁观者、审视者或批评者的身份以攻击讽刺为方式对美国文化认同和作家身份建构进行的鞭策。良药苦口利于病，无论是轻喜剧还是嘲讽喜剧，可以看出坡的小说在从冬天到春天的过渡中对美国文化认同和作家文学身份都进行了积极建构。

由此看来，坡的小说是在文化认同建构的视域下进行嘲讽的。例如，轻松诙谐的短篇小说《生意人》（*The Business Man*）就是作者将嘲讽世弊和建构文化结合在一起的尝试。小说以第一人称视角讲述了"我"是如何投机取巧做生意的。在所有的行当中，"养猫"的营生最具讽刺意味。因为野猫泛滥成灾，政府颁布"杀猫令"：一只猫头可以换取四便士（后来将"猫头"换为"猫尾"）。有商业头脑的"我"抓住了这个机遇开始养殖野猫。叙述者发现，利用孟加锡发油，一年可以收获三次猫尾，"这些猫很快就适应了割猫尾，一旦猫尾长出便迫不及待地想要摆脱它"（Poe，2005：210）。这个幽默片段攻击的对象很明确，即早期美国政府"九先令换一个印第安头皮"的法令，暗嘲了这一法令的非人道主义。但无论是对生意人的嘲讽还是对政府法令的戏仿，坡都没有否认美国政治经济发展的大环境，并未对主流文化认同进行颠覆性的解构。这篇轻幽默小说是坡从嘲讽视角对美国国家想象图景的补充，对于文化认同建构无疑是一剂苦口良药。

荒诞嘲讽喜剧《被用光的人》（*The Man That Was Used Up*）同样融合了嘲讽与建构两个特点，小说以第一人称视角讲述了名誉准将约翰·A. B. C. 史密斯的故事。故事叙述者初见史密斯便被其气质出众俊朗的外表深深吸引，在听说准将参加过与巴格布人和基卡普人的战斗后，出于好奇想方设法打听其中的细节。然而，叙述者所询问到的人都不愿意谈及史密斯，所以叙述者决定找他当面聊聊。在准将的卧室里，叙述者惊奇地发现原来史密斯只是一个"捆包"。他在南方作战的时候身体早已支离破碎，只能通过现代社会发明的胳膊、眼睛、肩膀、头发、胸腔甚至上腭每天由黑人奴隶庞贝组装成现在的模样。反战是小说最重要的主题之一。故事开始时，叙述者深信，是战争带来的荣誉让史密斯准将如此有魅力。故事结尾处，英雄主义情结消散，取而代之的是令人毛骨悚然的荒诞真相。史密斯用破碎的语言形象地勾勒了所受的酷刑，让人读来汗毛直竖，而他从外表光鲜的将军到一堆"捆包"的蜕变，则嘲讽地揭示了所谓英雄主义的虚假，赤裸裸地展示了战争的残酷。此外，小说还从"物化"的视角审视了现代文明对人性的抹杀。"捆包"准将一边咒骂黑奴庞贝，一边还得依靠他重新组建身躯。在小说人物赞叹现代发明伟大之时，读者却发现史密斯早已退化成了毫无人性的"捆包"。正如有论者指出的，小说"表现出了爱伦·坡对于人的生存状态的关注，特别是对于人被物化趋势的暗示，表现了……对人的本质的深层追问"（朱振武，2008：174）。值得注意的是，尽管坡在小说中讽刺了战争和现代文明等所谓的"宏大主题"，但他的创作目的却并不是解构本土战争的必要性和美国文明的本体。反战虽然是小说的中心主题，但坡却并未批判战争的非正义性，只是从普遍意义上指出战争的残酷。而故事对"物化"的暗示，也只是作者从"侧目"的角度对现代文明提出的警示。总之，尽管《被用光的人》字里行间饱含荒诞的意味，却激发读者对战争的残酷性和人类的生存本质进行反思，是"闲游客"坡对美国文化认同建构的另一剂"苦口良药"。总之，尽管坡的幽默讽刺小说针砭时弊地批判了众多或显性或隐性的时代问题，但它们实则从建构的视角督促了对美国文化认同内涵和美国作家身份特征的探索。

坡的建构视角之所以被称为"侧目"，与其在创作中"精英作者"的出发点不无关系。在《爱伦·坡与"南方性"》中，于雷借用阈限理论用"侧目"和"闲游客"来界定爱伦·坡作品中的文化属性，因坡"选择在南方文学的边缘地带徘徊"而将其称为"善于在门槛上舞蹈的艺术家"（于雷，2014：20）。尽管受《佐治亚见闻》等西南幽默小说的影响，使用了暴力美学、黑色幽默、第一人称叙事等西南幽默小说创作手法，但坡的小说却标新立异地将人物设定在某一极端的环境中，揭示人物心理活动，以"内视角"来考量人类生存之重。受欧陆文化的影响，19世纪的美国理性思潮大行其道。由于"致力于表现生活的无意义和传统道德的衰落"，坡的小说创作呈现"反理性"的倾向（苏晖，2013：176）。"内视角"和"反理性"的创作理念造就了坡作为"精英作者"的独特意象，作品中隐含了美国学者帕斯卡尔·科维奇（Pascal Covici）提出的作者的贵族姿态（aristocratic separation）和读者的群众视角（democratic mass）之间的对立："信任群众的思维习惯就会有陷入疯狂和绝望的危险，进而导致反常变态、恣意妄为和自我毁灭。只有像贵族一样分离的姿态才能获取心理上和社会上相对的稳定。"（Covici，1997：186）相似地，约翰·布莱恩特也明确指出了在坡小说中暗藏的两个群体："作为个人的人"（man the individual）和"作为群体的人"（man the mass）。

> 坡认为，个体灵魂可能"在对未来的幻想中永久地存活下去"。但在面对群体之时，他却看不到任何超越死亡的希望，并宣告"对人类的完美不存任何信仰"。天才个人可以接近柏拉图式的完美，但是群体却只能毫无希望地被锁在柏拉图笔下的洞穴①之中。（Bryant，1993：96）

前文谈到霍桑小说中"暴徒的笑声"实则揭示了"个人"和"群体"之间的对抗，霍桑对这笑声既憎恶又畏惧，如《我的亲戚，莫里诺少校》就描写了罗宾被"暴徒笑声"的漩涡所吸引，情不自禁加入其中的荒诞场景。爱伦·坡的小说中同样存在"暴徒的笑声"，但是坡对这笑声非但没有畏惧心理，反而从精英作者的视角出发对其表达了蔑视。简单地说，与霍桑面对"暴徒"的惶恐不同，坡以精英者的姿态自信地站到了群体的对立面。前文提到美国梦是有关自由、平等和民主的梦想，带有鲜明的民粹主义倾向。坡从精英者的姿态出发，虽然看似与美国梦殊途，但其作品通过"侧目"视角的审视和内敛视角的阐释，拷问了美国梦文学发展的健康维度，丰富了美国文化认同的内涵，并进一步确立了美国作家的身份特征。总而言之，坡精英叙述视角的出现和成熟，是美国文学尤其是美国梦文学中自我审视传统形成的关键一步。

西方叙事学认为有隐含作者和真实作者的区分："'隐含作者'就是处于某种创作状态，以某种立场来写作的作者"，"'隐含作者'和'真实作者'的区分实际上是处于创作过程中的人（以特定的立场来写作的人）和处于日常生活中的这个人（可涉及此人的整个生平）的区分"（申丹、王丽亚，2017：71）。当鲁弗斯·格里斯沃尔德（Rufus Griswold）谴责爱伦·坡"放荡不羁、道德败坏、恶贯满盈，是个道德沦丧的恶棍"时

---

① 柏拉图在《国家篇》的"洞穴之喻"（allegory of the cave）中指出，洞穴之中的囚徒只能看到墙壁上的影子，并不知道光源和事物本身的样子，这一隐喻描述了对人类知识的基本想象，亦是阐释柏拉图政治哲学观的基本理念。

（常耀信，2009：105），他批评的显然是现实生活中的"真实作者"。对于作者爱伦·坡来说，虽然"真实作者"的身份饱受世人非议，但其"隐含作者"却以精英者的姿态为世界文学奉献了最具美国特色的哀梨并剪。坡在文学创作中将自我界定为精英者，这一精英的隐含作者不但操纵着人物的思想和命运，而且掌控着读者的阅读感受和情感体验。对于坡来说，写作变成了一场精英者与普通群众之间的游戏。正如美国学者科维奇所断论的："坡的世界逐渐成为一个自我中心论者（solipsist）的天堂"（Covici，1997：189），小说文本总是暗含着精英和民粹之间的对立。例如，短篇小说《人群中的人》（*The Man of the Crowd*）中就暗含了隐含作者的精英视角。故事中，叙述者在 D 咖啡厅饶有兴趣地观察街上的过客时，发现一位衣衫褴褛、表情怪异的老人，对其产生兴趣并开始跟踪他。叙述者最终发现，老人是通过追逐人群来消遣寂寞、排解孤独。小说中有三个群体：作为叙述者的"隐含作者"、作为主人公的老人和故事中的人群。"我"和老人都是人群外的独居者，但与孤独的老人不同，"我"是对人群侧目审视的精英者。同样地，小说《钟楼魔影》（*The Devil in the Belfry*）也以寓言形式幽默诙谐地展示了魔鬼（精英）和居民（大众）之间的对立。德国奥顿沃提米提斯镇（Vondervotteimittiss）的居民依照教堂钟表的报时日出而作日落而息，如此日复一日，生活平静且满足。直到有一天，小镇上来了一位年轻人，不但殴打了钟楼报时人，而且在十二点之时将钟表敲响了十三声。生活作息的依据突然被打破，镇子上顿时鸡飞狗跳，人们也变得恐慌焦虑。陌生的年轻人和镇子居民是故事中冲突的双方，前者通过乱敲钟打乱了后者的生存秩序，显然是镇子上的"恶人"。有趣的是，读者在阅读过程中逐渐站到了年轻人的阵营之中，为其恶作剧的成功而暗自叫好，对镇上居民的狂乱焦躁则捧腹不已。在年轻人的身上，读者看到的是作家爱伦·坡的影子——一位打破陈规、破旧立新的美国精英学者。

除了通过人物塑造进行暗喻，坡在创作中的精英视角还体现在小说叙事方式上。与隐含作者相关，西方叙事学还推出了隐含读者的概念。所谓"隐含读者"，"就是隐含作者心目中的理想读者，或者说是文本预设的读者，这是一种跟隐含作者完全保持一致、完全能理解作品的理想化的阅读位置"（申丹、王丽亚，2017：77）。前文提到坡小说中的隐含作者是以精英者的姿态出现的，相应地，其中的隐含读者自然是预设的"读者民众"。相较精英的隐含作者来说，这里的"读者民众"朴素但愚钝，在阅读过程中完全受控于隐含作者。实际上，坡小说中"隐含作者 - 隐含读者"之间的关系，可以在当时美国蔚然成风的催眠术中略见一斑。19世纪中期的美国，随着物质经济的发展，有关灵魂的学说也逐渐发展起来，颅相术、动物磁力学、顺势疗法、催眠术等潮流如白云苍狗此起彼伏。尤其是时代灵魂人物爱默生对催眠术的追捧，更是推动了灵魂学说的发展。爱默生源于"超灵"的存在，认为万事万物之间总是有某种联系，催眠术因肯定了表面风马牛不相及事物的关联而是"合乎人性的"（Emerson，2010：601）。同时代的黑色浪漫主义作家霍桑、梅尔维尔和爱伦·坡的作品中都提及了催眠术的使用。例如，霍桑的《福谷传奇》中就有普利西亚被韦斯特维尔催眠，在不自知的情况下进行舞台表演的情节。对神秘事物感兴趣的爱伦·坡，也在多篇小说中谈及催眠术。

1845年4月，《百老汇杂志》（Broadway Journal）刊登了一篇有关催眠术的介绍。坡对此表现出极大的兴趣，并在1846年11月出版的《书边批识》（Marginalia）中部分地引用了该篇报道。之后坡对催眠术的兴趣日渐增加，著文对两部催眠术的权威专著进行了论述。[①] 坡对动物磁力学，以及灵魂和肉体之间的关系进行了深入浅出的研究。对催眠术的兴趣和研究延伸到坡的文学创作中，他开始在物质符号和内在过程的联系之中寻找话语表达的可能，此时坡在多篇小说中谈及了催眠术。例如，在《与一具木乃伊的对话》中，故事叙述者"我"就曾询问木乃伊五千年前埃及是否有颅相术和催眠术，而木乃伊不屑道：在那个时代，这不过是儿戏罢了；在短篇故事《瓦尔德马先生病例之真相》（The Facts in the Case of M. Valdemar）中，病危的瓦尔德马先生坚持对自己实施催眠术，在被催眠之后又存活了七个月，但被唤醒后他的身体顿时化作一摊恶心的腐液；《催眠启示录》（Mesmeric Revelation）围绕作为医生的"我"和被催眠的病人凡柯克的对话展开，涉及信仰、生与死、宇宙存在秩序等问题，在故事最终"我"发现，凡柯克早已死亡，这其实是一场与冥冥之界的对话；在《凹凸山的传说》（A Tale of the Ragged Mountain）中，贝德尔奥耶先生因神经痛而接受催眠治疗，并在第十二次催眠治疗

---

① 这两部催眠术专著是威廉·纽汉姆（William Newnham）的《人类磁性学：平心静气的调查》（Human Magnetism: Its Claims to Dispassionate Inquiry）和昌西·黑尔·汤森德（Chauncy Hare Townshend）的《催眠术里的事实》（Facts in Mesmerism）。

时成功；等等。

除了在小说中对催眠术进行直接描写外，坡在叙事方式上借鉴了催眠模式："隐含作者"和"隐含读者"的关系演化为"催眠师"和"被催眠者"的互动。在坡看来，小说写作就是一场作者与读者之间妙趣横生的游戏。坡的"催眠叙事"理念主要受催眠术专家昌西·黑尔·汤森德相关理论的影响。汤森德在《催眠术里的事实》中提出了第三条"生存法则"（law of our being），指出"无论是与感性认知相关，还是与理性思考相关，当集中于某一个点时（a single point）知觉会最强有力地体会到它"（Townshend，1982：211）。汤森德认为，这时的知觉发生在半睡半醒即梦游的状态中，是更为高级的感知力。基于汤森德的理论，法国人弗朗索瓦·德勒兹（Joseph Philippe Francois Deleuze）在《动物磁力学实用指导手册》中提出，"缩短实施催眠术的时间能够将体验结果最大化"（转引自 Mills，2006：59）。在汤森德和德勒兹的理论基础上，坡在《创作哲学》（*The Philosophy of Composition*）中对文学创作进行了反思，提出"有控制的篇幅"是读者获取最大"体验结果"的保证。

> 如果一部文学作品太长，读者一次读不完，在这种情形下，如果读者在整体阅读后没有感知到作者想要达到的创作效果，那么（作者）就不要抱怨——因为，如果需要二次阅读才能完成，（两次阅读之间）在世俗事物的干扰下，所谓的作品整体性就会被破坏。（Poe，1906：12）

除了作品篇幅的长短外，针对汤森德提出的催眠三要素：激发物（exciting cause）、中介（medium）和肉体的改变（change in corporeal frame），坡在文学创作中分别寻找到了它们的对应点：作者、文本和读者的阅读效果。因此，坡的"催眠叙事"逐渐成形：作者作为催眠师引导读者进入一种被催眠的状态，而这种半梦半醒的状态可让读者体会到更高层次的知觉意识。美国学者哈里·莱文在《黑暗的力量》中就曾经用催眠术来隐喻坡的小说叙事："尽管小说内容是具体真实的，但他的用词却抽象模糊，所以读者往往意识到，自己的阅读体验完全被作者掌控。"（Levin，1980：133）前文提到在坡的创作理念中，隐含读者就是"群体"。在阅读中，群体读者在隐含作者的误导下往往对情节或人物产生误解，而当故事最终拨云见日时，读者会恍然大悟并对之前的误解进行反思，并由此获得更高层次的认知。坡的侦探小说尤为按此思路创作的班马文章。

发表于 1841 年的《摩格街谋杀案》（*The Murders in the Rue Morgue*）是坡最具代表性的侦探小说之一，也是其经典的催眠叙事作品之一。故事讲述了一宗神秘的密室杀人案：公寓四楼的列士巴奈母女在家中被害，母亲几近身首异处，女儿窒息而死，之后被塞进了烟囱内。由于窗门封闭，现场没有找到蛛丝马迹，警察也难以破案。案件显得扑朔迷离，似乎最终会作为一桩无头案结束。落魄贵族奥古斯特·杜宾（Auguste Dupin）的出现打破了僵局。在细致的观察和考证之后，杜宾证实凶手是一只从水手家里出逃的大猩猩。小说篇幅长短适中，符合坡"有控制的篇幅"的条件。面对难解的凶杀案，读者在隐含作者的误导下如堕五里雾中。在案件"真相大白"之后，读者自然被杜宾卓越的分析推理能力折服。实际上，读者在阅读过程中无意识间被坡的叙事所"催眠"。小说文本很多细节透露出杜宾其实在阻止案件的破获，而且破案的真正原因是他的内心同样住着一只"非理性之猿"（the ape of unreason）（Bryant，1993：90）。在勘测案发现场时，杜宾从偶然发现的一撮毛发上已经对案件有了大致的了解：房间里发出的尖叫声并非人类的声音，凶手在逃离时因碰到了插销而将窗户关闭，甚至是母女俩不同的死亡原因，等等。但是，杜宾非但未将这些发现告诉警方，而且偷偷把动物的毛发藏了起来。杜宾之所以能够突破普通人的认知习惯认定凶手不是人类，是因为他具有理性和直觉的双重分裂人格，即杜宾既有文明的逻辑思维又有野蛮的斯芬克斯因子。"正如选手会与敌手进行换位思考，侦探杜宾也会将自己视为在逃的凶手"（Bryant，1993：94），而这才是他破案的关键。回忆整个阅读体验，从最初的迷惑到后来的"恍然大悟"，再到反思中体会到杜宾的分裂人格，读者这才意识到在最初的阅读体验中已经被隐含作者进行了叙事催眠。但催眠带来的误解却将读者推至理性的边缘，让其体会到了更高层次的直觉意识，而这就是坡"催眠叙事"的艺术魅力所在。

本尼迪克特·安德森在《想象的共同体：民族主义的起源与散布》（*Imagined Communities：Reflections on the Origin and Spread of Nationalism*）中提出，所谓"民族"（nation）就是"一个想象的政治共同体，因想象而被赋予内在固有的却有限的神圣主权"（Anderson，2006：6）。按照安德森的逻辑，民族在现实中并不存在，而是在某种共享语言基础上通过想象建构的抽象体。简言之，"想象"（imagination）是民族、国家和文化形成和牢固的关键。文学创作是表达作家想象的重要方式，而文学作品则是国家想象的重要媒介。爱伦·坡出生于波士顿，一生都没有远离故土。尽管因为恐怖、阴暗、晦涩的创作基调，坡被视为19世纪美国文学领域的异类，但作为与时代共享语言的美国人，尤其是一位文学创作天才，坡的小说大音希声但无疑也是一种国家想象。无论是"侧目"视角下的幽默讽刺小说，还是精英视角下的催眠叙事，坡的小说触及人物内心世界的最阴暗处，通过探究人类潜意识的可能、洞察人性的善与恶，在国家文化认同建构的大环境中构建民粹情怀，从而另辟蹊径地形成了最具美国特色的文学创作。难怪美国学者布鲁斯·米尔斯（Bruce Mills）宣称："在很大程度上，（美国）短篇小说的起源和形成都离不开坡的批评与实践。"（Mills，2006：43）

第二节　现实主义幽默小说视域下美国的成年

19世纪中期，美国社会开始经历巨大的变迁，南北矛盾积聚，内战爆发迫在眉睫，工业化趋势日趋明朗，贫富差距加大，"西进运动"接近尾声，务实精神逐渐替代了理想主义，等等。前文提到，"西进运动"是建构美国文化认同的关键所在。而随着西进脚步的渐止，美国人的心态也发生了巨大的转变。亚当斯在《美国史诗》中描写了这种改变。

> 以前的时候，如果想逃离困难和威胁、想要将问题简单化，"往西去"就好了。但这样的日子结束了。终于到了东西贯通的时候了，脚踏同一片土地的美国人再也无法逃离，只有面对并设法解决问题。也许这是边疆结束带来的最深远的影响之一。我们的问题自此再也无法逃避。美国迎来了新时代，她再也无法如以前那么盲目乐观，那样充满青春活力。（Adams，1945：306）

"往西去"，给美国人以无限的希望。梦想在此时未实现，也许在"更西边"的彼时会实现。"西进运动"契合了追逐美国梦的精神气质，也呼应了浪漫主义思潮中的理想主义。而随着"西进运动"接近尾声，不再有"更西边"的可能，逐梦者陡然惊醒：这是否意味着梦想的终结？因而，19世纪后期，随着"西进运动"的结束，美国思想领域充斥着悲观主义的情绪。西蒙森在《边疆之外》中讲道："边疆开发结束最重要的影响，是创造了悲剧产生的必要气候——尤其是美国悲剧。"（Simonson，1989：55）痛定思痛之后，不再向西行的逐梦者只有停下脚步，转而面对和思考已经走过的路途和已有的经验。用亚当斯的话来说，这是一个"巩固"（consolidation）而不是"扩张"（expansion）的时代（Adams，1945：306）。之前张扬诗性表达和理想化的浪漫主义已经不合时宜，新的时代特点召唤新的文学表达形式——现实主义文学呼之欲出。与黑色浪漫主义的内视角不同，美国现实主义作家从文学和现实的相互关系出发，以民粹精神拷问文学表达方式，完善了对美国文化认同和美国作家身份的建构。而在现实和文学的互动之间，幽默小说迎来了美国文学发展史上的第一次高峰，出现了享有世界声誉的美国幽默小说家——马克·吐温。

一、现实主义的乖讹：豪威尔斯的"蚱蜢"和詹姆斯的国际题材

19世纪中期，美国工业得到了长足的发展。亚当斯在《美国史诗》中描述了19世纪中期密西西比河谷船只熙熙攘攘的繁荣景象，提出"这里才是'美国性'真正的发生地，是美国梦真正实现的地方"（Adams，1945：148）。随着西进脚步的减缓和工业发展的加速，杰斐逊总统的农耕社会秩序变得不合时宜，在文化领域内浪漫主义思潮也受到了抨击。针对特纳提出边疆开拓已经在1890年结束的论断，美国学者理查德·利罕提出有荒野边疆（wilderness frontier）和城市边疆（urban frontier）两种，前者虽然结束但后者刚刚发轫，因而美国的边疆开拓史不会中道而止。特纳用1890年标识的，是所谓的荒野边疆开拓的结束，农耕是其主要的拓展方式。而随着工业的繁荣和向西扩张，另一波"西进运动"，即对城市边疆的开拓业已开始，发展工业是其主要的开拓方式。利罕提出，这两种边疆都是建构美国认同不可或缺的元素。

荒野意象和工业转变创造了两种政治现实：一个建立在个人优先的基础上，一个将社区集体的利益推至前台。这两种现实大相径庭，却创造了至今对我们影响深远的价值体系。（Lehan，2014：15－16）

在这段话中，利罕指出了农耕社会中的个人主义和工业文明中的集体概念之间的对立。宣扬想象力和个人的浪漫主义是适合农耕社会的文学表达，而呼吁务实精神的工业文明则有着对现实主义文学的诉求。面对工业社会的到来，美国学者唐纳德·皮泽尔提出了文学创作转向的必要性："在这种普遍的社会洪流中，文学的功能在于抛弃过去过时的价值观……转而接受现实主义的美学原则。"（皮泽尔，2009：6）在这种背景下，美国学者威廉·迪安·豪威尔斯举起了现实主义文学大旗，结合美国实际情况对现实主义美学进行了新的阐释，在新时期为美国文化认同注入了新的内涵。

豪威尔斯是美国现实主义文学的奠基人，曾经帮助过很多同时代的作家，被学界称为"美国文学学院院长"（the Dean of American Letters）。豪威尔斯对现实主义文学思想的阐释和扩展，迎合了美国边疆开拓结束、工业化趋势加强的现实情况，是美国现实主义小说发展成熟所依据的理论框架。亨利·詹姆斯就曾对豪威尔斯的作品赞不绝口："一部接一部著作，你的作品逐渐成为我们整个民主时代光与影、给予和索取的最精细、最真实的记录。"（James，1920：233）与浪漫主义对想象力和理想化的侧重不同，豪威尔斯提出的现实主义"实事求是地处理现实素材，不多一分也不少一点"（Crow，2003：92）。在代表作品《批评与小说》（*Criticism and Fiction*）中，豪威尔斯用节日隐喻了英国文学和美国文学的不同，提出英国文学是以"圣诞故事"（Christmas story）为框架，而美国文学记录的则大多为"感恩节故事"（Thanksgiving story），前者多记载"奇迹"，而后者则围绕"道德"展开（Howells，1891：164）。豪威尔斯认为，与圣诞故事比较起来，感恩节故事"在剧情发展上更欢快，人物塑造上更简单……地域局限性更明确……更倾向于描述性"（Howells，1891：168－169）。与圣诞故事缺乏真实性不同，感恩节故事更质朴、更简练、更符合美国国情。感恩节故事的质朴、简练和本土化，很明显符合现实主义"实事求是地处理现实素材"的基本要求。既然感恩节故事是美国文学的核心情节，那么在豪威尔斯看来，现实主义创作理念自然更符合美国的文学气候，是表达美国精神的最佳文学形式。

豪威尔斯提出美国的现实主义小说应该围绕"经验"和"动机"两个主题展开，认为美国小说家应该观察和记录普通人的日常状态，而不是恣意涂绘高高在上的阳春白雪或者与众不同的下里巴人。在《批评与小说》中，豪威尔斯围绕"蚱蜢"的隐喻提出了著名的现实主义宣言。

> 有一天，不仅艺术家、连普通人都会懂得而且敢于运用恰当的艺术准则。在科学、文学和艺术领域，只要发现理想主义的蚱蜢就坚决拒斥，因为它不是简单、自然和诚实的，不是真正的蚱蜢。尽管希望这一天早日到来，但我明白就现在来说还为时过早，因为人们早已习惯了理想主义的蚱蜢。在简单、诚实和自然的蚱蜢占有一席之地以前，那些英雄主义的、激情澎湃的、自我中心的、讲述冒险故事的、古老因循守旧的浪漫主义的蚱蜢必须先得消亡。（Howells，1891：12 - 13）

在这里，豪威尔斯明确提出美国现实主义描写的是"普通人"的"简单、自然和诚实"，抛弃了浪漫主义宣扬的具有英雄光环的个人主义。前文提到从《独立宣言》开始，获取自由、平等和民主的机会逐渐成为美国梦的核心内容。在"均等"这层意义上，现实主义思想和美国梦精神有异曲同工之妙。如果浪漫主义从形而上的层面凸显了美国梦的梦想维度，那么现实主义则从务实的层面将实现梦想的努力具体到每一个人。豪威尔斯对美国现实主义的界定具有扎实的现实根基，准确地抓住了新时代文化中民粹主义精神的内核。不仅如此，从上面的引文可以看出，"浪漫主义"和"现实主义"，"理想主义的蚱蜢"和"简单、自然和诚实的蚱蜢"之间存在的乖讹，亦拓宽了幽默小说的创作空间。既然机会是均等的，那么即使穷小子也有可能成为像洛克菲勒、摩根这样的大财阀，而这就是幽默小说家霍雷肖·阿尔杰在作品中反复描绘的场景。自 1867 年发表《穷小子迪克》（*Ragged Dick*）开始到 1899 年去世，阿尔杰一共写作出版了一百多部小说。有趣的是，每一部小说都是"穷小子变富翁"的故事，而且几乎每一部都是畅销作品，这就是所谓的"霍雷肖·阿尔杰神话"（Horatio Alger myth）。舍弃了"岛瘦郊寒"的文风，阿尔杰以质朴幽默的现实主义笔触描写了最底层人民为了实现梦想而付出的艰辛。尽管学界对阿尔杰小说的审美价值存有争议，但其宣扬的具有民粹精神的顽强个人主义（rugged individualism）是符合工业社会生存法则的，而其带有民粹情怀的幽默元素亦与 19 世纪早期的民粹幽默小说相呼应。

按照豪威尔斯的理解，现实主义文学创作理念与传统的美国梦精神并行不悖。现实主义的"蚱蜢"简单自然，但绝不枯燥乏味。在强调文学记录现实的同时，豪威尔斯并没有否定文学本质上的审美功能，提出"美"是文学创作的最终目的："正如巴尔德斯先生所讲，美存在于人类的灵魂之中，是由从事物中获取的本质意义带来的美感效应。事物本身是什么并不重要，艺术家的职责就在于感知到这种美感，并将其传达给读者"（Howells，1891：62 – 63）。尽管现实主义强调文学记录现实的创作原则，但刻板模仿现实的作家实则是"假现实主义者"（pseudo-realists）。在追求美这一点上，美国现实主义小说家和浪漫主义作家是一致的。在美国的文化语境中，对美好梦想的描述具有最强的"美感效应"。浪漫主义者强调想象力和理想化，像爱伦·坡这样的黑色浪漫主义小说家都在作品中展开了基于美国梦的国家想象；现实主义者注重客观和真实，作家通过现实主义叙事同样讲述了有关梦想的美好故事。卡朋特在《美国文学与美国梦》中提出，美国的现实主义作家对美国梦持有批判的态度，因为"梦想描述的完美民主太过模糊，美国人既对其内涵不清楚，也无法找到有效实现梦想的方法"（Carpenter，1968：9）。可以看出，美国现实主义作家批判梦想的虚幻但并不否认美国梦本身，他们认为可以在廓清内涵的基础上用务实的方法来实现梦想。"梦是坏的，但是通过积极务实的努力来实现它的理想典范却是好的。"（Carpenter，1968：9）

豪威尔斯的代表小说《塞拉斯·拉帕姆的发迹》（*The Rise of Silas Lapham*）就以现实主义口吻讲述了主人公拉帕姆美国梦的成功与失败。与阿尔杰小说的主人公一样，故事开始时拉帕姆通过矿漆行业发迹成为百万富翁，实现了"穷小子变富翁"的梦想。拉帕姆一家在发迹之后，更想在上层人士的社交圈赢得一席之地，渴望得到上层社会的认可和尊重。在种种努力未果之时，拉帕姆生意也遭遇危机、面临破产。本可以将矿漆工厂卖给一家英国公司以渡过难关，但是拉帕姆担心其他买主会上当受骗，宁愿破产也不愿做损人利己之事。小说中的"发迹"用了"上升"（rise）一词，财富与道德、物质与灵魂的"升"与"降"实际构成了小说的主线，而两条线索的碰撞也会产生相应的幽默响应。例如，小说描写拉帕姆在参加上层聚会前，为戴不戴手套的问题左右为难，但又碍于脸面不愿就此询问别人。这一情节隐喻了拉帕姆在金钱和道德的"升"与"降"之间的徘徊，读来让人忍俊不禁，也暗示了拉帕姆想要"名利双收"是不可能的。在拉帕姆看来，在道德缺失的情况下无法继续占有财富，逐梦者必须拥有自由的灵魂。豪威尔斯在这部现实主义小说中并未浓墨重彩地描述穷小子变富翁的过程，而是将笔墨集中于变成富豪后拉帕姆的精神生活和道德抉择。正如卡朋特所讲，现实主义作家关注的是实现梦想的具体办法，豪威尔斯在小说中指出了梦想存在物质和精神两个层面，而且只有灵魂自由的成功者才能真正实现梦想，分别针对美国梦的内涵和梦想实现过程中的问题进行了思考。在小说的最后，当拉帕姆被问及是否遗憾做出这一选择时，他回答道：

> 就我所做的事情？好吧，我总觉得我并没有做什么……有时好像那就是一个专为我设计的陷阱，我只是从陷阱中爬了出来。我不知道……我不知道这到底值不值。但是既然我已经做了，让我再选择一次的话，结果还是一样的。我想我不得不这么做。（Howells，1964：394）

不言而喻，在作家豪威尔斯和人物拉帕姆看来，道德是追逐梦想的前提，只有自由的灵魂才有资格被称为成功的梦想家。总而言之，《塞拉斯·拉帕姆的发迹》可以看作美国作家在现实主义视域下对美国梦的思考和畅想。

豪威尔斯从"经验"和"动机"两个方面界定现实主义，其中的"动机"强调了对人物内心活动的描写。在豪威尔斯看来，细致的心理描写是现实主义小说不可或缺的部分。在评论文章《新近小说中的心理逆流》（"A Psychological Counter-current in Recent Novels"）中，豪威尔斯讲道："在过去四五年的浪漫主义中，有一种叫作'心理主义'（psychologism）的思潮得到了长足的发展。饶有兴致的评论界有责任对其进行擘肌分理的研究。"（Howells，2011：872）在豪威尔斯看来，亨利·詹姆斯的现实主义小说无疑是"经验"和"动机"两方面的集大成的代表。在詹姆斯发表《贵妇画像》（The Portrait of a Lady）后，豪威尔斯写作了评论文章《小亨利·詹姆斯》（"Henry James, Jr."）对其进行了高度评价，认为詹姆斯"规划并指导着美国小说的发展……总体来说，他的写作风格胜于我知道的任何其他小说家"。[①] 詹姆斯对心理现实主义小说进行了翔实的理论阐释和充分的创作实践，被学界称为"现代小说理论的奠基人"（申丹、王丽亚，2017：4）和"西方现代心理分析小说的开拓者"（盛宁，2012：46）。与心理现实主义相关的，是詹姆斯小说的喜剧特质。实际上，詹姆斯是一位颇具幽默感的作家，这一点形象地体现在其小说人物塑造、故事情节构成和"国际主题"（international theme）等几个方面。在《小亨利·詹姆斯》中，豪威尔斯也察觉到了詹姆斯小说的幽默特点："詹姆斯本人指出，作为一个国家和民族，我们有自己的笑话，而我们每一个人都或多或少出现在这个笑话中。"

詹姆斯在小说人物塑造尤其是人物内心刻画上可谓长袖善舞。在围绕文化冲突展开的故事中，人物内心和人物之间在思想和言行上难免有冲突，而这些冲突往往营造出幽默的艺术效果。美国学者罗纳德·华莱士（Ronald Wallace）在专著《亨利·詹姆斯和喜剧形式》（*Henry James and the Comic Form*）中指出，"詹姆斯的大部分人物，无论智者还是愚者，都可以看作承袭了两类戏剧人物原型，即传统喜剧中的愚人和大话王"（Wallace，1975：149）。自殖民地时期，富兰克林便在小说中暗设了"愚人"和"大话王"的对话与冲突，之后他们又成为19世纪美国民粹幽默小说的人物原型，而黑色浪漫主义的加尔文主义幽默与愚人视角亦有异曲同工之妙。美国幽默小说发展到现实主义时期，詹姆斯更是将愚人和大话王的冲突作为建构小说情节的重要基础。

詹姆斯小说情节多有发生在"愚人"和"大话王"之间唇枪舌剑的冲突，这些机智幽默的对话读来往往令人忍俊不禁。例如，在像《黛西·米勒》（*Daisy Miller*）、《贵妇画像》（*The Portrait of a Lady*）、《奉使记》（*The Ambassadors*）等带有个人成长特点的作品中，主人公对某种品质的执着让其带上了"大话王"的狂妄表象，而詹姆斯总会设定"愚人"形象对主人公的自以为是评头论足，这样就有了两类喜剧艺术形象的对峙。《黛西·米勒》的故事围绕黛西和温特博恩两位主人公展开。年轻漂

---

① 《小亨利·詹姆斯》文本参见古腾堡电子书：http://www.gutenberg.org/ebooks/723，2018年12月8日。下同。豪威尔斯和詹姆斯一家保持着长久的友谊，与詹姆斯更是因为共同的文学爱好而惺惺相惜。在共同的爱好下，他们保持通信达47年，对彼此的小说创作和理论研究给予了巨大的支持和鼓励。

亮、开朗活泼的美国女孩黛西怀揣美好的梦想来到瑞士生活，受欧洲风俗礼仪影响的温特博恩在欣赏黛西的同时，却不免对其看似轻浮的举动侧目。黛西丝毫不受社交圈对自己飞短流长的影响，我行我素地按照之前的方式生活。这样看来，黛西这一角色表现出"大话王"的特点，而温特博恩则成为对其指手画脚的"愚人"。看似是两个人之间的矛盾和分歧，实际上是美国和欧陆两种文化价值观的冲突，这就拓宽了"愚人"和"大话王"之间关系的社会文化背景，增加了矛盾冲突产生幽默效果的可能。例如，在和黛西见第一面后，温特博恩看着她的背影感叹道："她的模样多像一位公主啊！"（盛宁，2012：56）但在接下来的情节中，温特博恩就和姑妈科斯特洛夫人一起批判黛西，将其比作美洲"原始的科曼契人"（盛宁，2012：57）。先用"公主"来形容黛西，紧接着就借用印第安科曼契人来批评她，从中可以看出温特博恩对黛西既爱慕又排斥的矛盾态度。源自两种文化价值冲突，温特博恩态度的模棱两可和黛西形象的两面性，让故事文本带上了幽默诙谐的特点。故事中的黛西似乎也察觉到了温特博恩对自己的"愚人作用"，在临终之际再三嘱托米勒夫人转告温特博恩：她"从没和那个漂亮的意大利人订婚"（盛宁，2012：92）。有趣的是，在故事的最后，温特博恩和黛西的喜剧角色定位得以转换。黛西的死让温特博恩意识到，她那看似轻浮的处事方式源自纯真无邪的内心，而自己的世俗偏见却是导致黛西死亡的原因之一。也就是说，黛西用死亡让温特博恩意识到自己带有"大话王"意味的偏执，起到了对温特博恩的"愚人"作用。这样看来，"愚人"和"大话王"的关系正是《黛西·米勒》情节构建的重要基础。

除了两类传统喜剧人物的对话与冲突，詹姆斯小说的幽默特质还源自故事中暗含的新价值观。在小说人物塑造上，詹姆斯突破了传统小说写作方式的束缚，借助成长小说的故事模式，主人公最终获取了新的认知和价值观，因而人物显得更加鲜活、生动和丰满。对此，学界已经给予了充分的肯定。例如，学者唐纳德·大卫·斯托（Donald Dave Stone）就肯定了詹姆斯在小说创作上的突破："如果梅瑞狄斯的例子告诉我们，典型的维多利亚小说家不能从'过渡时期的英格兰'幸存下来，那么詹姆斯就是一个特别的例子，证明一个作家可以从死亡时代出走，进入一个新的时代"（Stone，1972：84）；华莱士也提到了詹姆斯小说对新价值观创造："詹姆斯的喜剧朝向一种价值观的创造，一种在先前社会并不存在的对某种行为准则的采纳"（Wallace，1975：155）；等等。这种新认知和价值观的出现，是詹姆斯小说突破价值冲突情节悲剧性的关键。弗莱曾经指出："小说中，我们发现了两种倾向，喜剧倾向将主人公融入社会，而悲剧倾向则会将他孤立出去。"（Frye，1971：54）詹姆斯的国际题材小说讲述了来自他者社会的主人公在当下社会的生存故事，因而主人公总是作为边缘者被孤立于社会主流之外。按照弗莱的理解，国际题材小说的故事情节理应充满悲剧性。但在詹姆斯的国际题材小说中，主人公往往最终获取了新认知或者某种价值观，并以自我为中心形成了或大或小的新的社交圈，而这就增加了小说超越悲剧限制并表现出喜剧特点的可能性。例如，《奉使记》就是这样一部突破边缘者的悲剧限制，获取幽默效果的中篇小说。故事讲述了美国人斯特莱特受雇于纽曼夫人，前往巴黎劝说纽曼夫人的儿子查德回美国未果的经历。离开美国之前，斯特莱特满怀期望，憧憬在任务完成后可以回国与纽曼夫人结婚。但来到巴黎之后，斯特莱特却发现情况和自己预想的完全不一样："那几颗种子在黑暗的角落里埋藏多年，在他到达巴黎的四十八小时之内，再次抽出新芽。"（James，1994：57）来自美国文化体系的斯特莱特是巴黎社交界的另类，带回查德的使命更让他无法融入上层社会的群体生活。尽管如此，浸泡在巴黎时尚文化之中，斯特莱特内心的"种子"却挣扎着发出新芽。詹姆斯在小说序言中将斯特莱特比喻成"纯绿色的液体"，这种液体一旦暴露在空气中颜色就会发生改变（James，1984：1310）。色彩的改变暗喻了斯特莱特价值观的悄然变化，而小说最后他不但放弃了劝说查德的使命，连自己也成为维欧娜特夫人的爱慕者。与刚到巴黎时一样，启程回国的斯特莱特还是徘徊在巴黎社交圈外的孤独者。斯特莱特对巴黎上层社会的生活方式从排斥到沉迷，虽然抽身离去，但已经获得了对巴黎生活的新认知并默认了其生活秩序的合理性。陈丽从唯美主义视角出发，认为斯特莱特"摆脱了原有的狭隘道德观，对道德获得了更深刻的理解"（陈丽，2010：81），其中所谓对道德"更深刻的理解"正是这种新的认知，是对价值观的完善，也是让斯特莱特的故事带上喜剧色调的根本原因。

可以看出，在詹姆斯的小说中，人物是灵魂，先有人物后有情节，情节要围绕人物塑造展开。在《贵妇画像》中，詹姆斯将人物塑造看作小说创作的标尺（measure），将情节发展比喻成容纳人物的房屋："看似我拥有了足够的东西——展示我的人物，他们之间的相互关系——这就是我全部的标尺……我宁愿房屋小一些，也不想它去干扰人物真理的标尺。"（James，1984：Preface，xxvii - xxvi）在回忆《贵妇画像》的创作过程时，詹姆斯承认小说源于脑海中伊莎贝尔这一模糊的意象，之后才开始构建其他小说人物以及小说结构与故事情节。豪威尔斯在《小亨利·詹姆斯》中也谈到了詹姆斯对人物塑造的关注："很明显，他所关注的是人物的性格，而不是他们的命运。"总体看来，詹姆斯小说的情节为塑造人物性格服务，而两类主要的小说情节也是围绕人物塑造展开：一是围绕主人公与社会群体的对立，在颉颃之中主人公构建并完善了自我身份；二是最终主人公融入社会，个人和社会的价值冲突最终得以调和（Wallace，1975：150）。前文提到"愚人"和"大话王"的人物原型是詹姆斯小说重要的喜剧基础，他们同时也是两类故事情节构建的基础之一。在对立情节中，主人公具有"大话王"的特点，固执地坚守自我身份的堡垒；而在融入情节中，主人公则化身为"愚人"形象，明哲保身地站到主流社会的一方。发表于1877年的《美国人》（*The American*）与1878年的《欧洲人》（*The Europeans*）正对应两类不同的故事情节。同样是讲述美洲和欧陆两种文化价值观的冲突，前者的故事主要以欧洲为背景，而后者则主要发生在美国波士顿。在《美国人》中，三十多岁的主人公克里斯托弗·纽曼在美国做生意发迹，踌躇满志地启程前往欧洲定居。在追求年轻寡妇克莱尔·桑特的过程中，纽曼不小心掉入了贝勒加德家族的陷阱中，与克莱尔的割臂之盟最终落空。纽曼是美国新兴的中产阶级，而贝勒加德家族则是法国波旁王朝的忠实支持者，两者之间文化价值观完全不同，这意味着纽曼在追求爱情的道路上不会一帆风顺。像古希腊喜剧中自负的"大话王"一样，故事开始时纽曼对美好富贵、受人敬重的欧洲生活志在必得，但最终只能铩羽而归。纽曼将自己视作"美国新兴的资产阶级的代表人物"，但是在欧洲人看来，"他是一个没有教养的人——像一个农夫，一个鲁莽汉子，一个美国大西部的野蛮人"（吴富恒、王誉公，1999：262 - 263）。两种文化价值观对纽曼认知的乖讹，是小说喜剧冲突的主要来源。《欧洲人》的故事背景主要在美国，一直生活在欧洲各国的菲利克斯·杨陪伴妹妹尤金妮亚·明斯特前往美国，打算在众多表兄之中为尤金妮亚挑选夫婿。尽管妹妹尤金妮亚对美国文化和美国人深恶痛绝，菲利克斯却爱上了温特沃斯家的大女儿格特鲁特，并最终排除万难与格特鲁特结合在一起。与《美国人》中的纽曼最终只能在修道院外面哀其不幸不同，菲利克斯通过与美国女孩的结合融入了美国社会。妹妹尤金妮亚自视甚高瞧不上美国"野蛮人"，是另一位"大话王"形象，而菲利克斯不但作为"愚人"嘲弄妹妹的妄自尊大，而且还设法克服了文化价值观的障碍得到了真爱。

詹姆斯小说的两类情节构成都服务于国际主题，探讨的是两种文化价值观的冲突，且都是建构在个人和社会的矛盾之上。前文提到根据弗莱的理解，个人和社会之间矛盾的结果决定了作品的悲剧或者喜剧性。在詹姆斯的小说中，即使个人最终被隔离于主流社会之外，因为其获取了新的认识和价值观，作品也带上了开放性的喜剧因子。个人和社会的矛盾冲突，以及或显性或隐性的喜剧因子，让詹姆斯的小说呈现风俗喜剧（comedy of manners）的特点。实际上，已经有学者研究詹姆斯在小说中使用的戏剧化手法。例如，王跃洪、周莹莹指出，詹姆斯用戏剧化手法写作小说，"不仅可以使故事情节更加生动，也使作品具有可想象性"（王跃洪、周莹莹，2011：4）。具体看来，詹姆斯小说呼应了风俗喜剧的"风俗"、"机智"和"阴谋"三个特点。（贺安芳、赵超群，2017：40）所谓"风俗"，指的是作品展现的传统习惯、社会风尚和社交礼仪等，是对故事中某个阶层生活场景的形象勾画。其中的"机智"，从语言和情境两个方面得以表现，也是作品呈现喜剧性的重要原因之一；而"阴谋"，则和情节剧（melodrama）强调故事的悬念设置和情节的跌宕起伏有异曲同工之妙。三个因素在詹姆斯小说中各占一隅，共同构建了作品风俗喜剧的特征。

出版于1881年的《贵妇画像》被学界公认为詹姆斯最具代表性的国际题材小说之一，因其"内心复杂的主人公、悬念迭出的情节、钩深致远的文化指涉、精湛的创作理念和实践"（Porte，2007：1）而被认为代表了詹姆斯艺术创作的最高水平。实际上，《贵妇画像》的成功与其鲜明的风俗喜剧特点是分不开的。小说以英国和意大利为故事背景讲述了美国女孩伊莎贝尔·阿切尔的爱情故事。被莉迪亚姑妈带到英国后，伊莎贝尔被迅速卷入爱情风暴之中，面对三名男性的求爱：富有的沃伯顿、执着的美国青年卡斯帕和老谋深算的奥斯蒙德。天真纯朴的伊莎贝尔最终落入奥斯蒙德和默尔夫人设置的圈套之中。詹姆斯在小说中对欧洲上层社会生活进行了细致的刻画：在英国戈登科特庄园风月无边的花园小聚，在巴黎富有美国移民喧嚣浮躁的聚会，在意大利罗马和佛罗伦萨沸反盈天的舞会等，詹姆斯描绘了一幅幅深入欧陆上流社会的众生相。风俗喜剧中的"风俗"，指的是这类喜剧"对做作肤浅的上流社会风尚和习惯的描述……是对所谓上流社会体制方式和交际认识的习惯风俗的嘲讽"（张耘，2008：18）。围绕风俗二字，詹姆斯不仅在《贵妇画像》中勾勒了上流社会的风尚和习惯，还不乏尖锐地讽刺了交际圈中的"做作和肤浅"：贵妇莉迪亚姑妈终年四处旅行游乐，丈夫和儿子生病过世也无法让她停下脚步；默尔夫人忙于到处应酬，外表热心实则心怀不轨算计他人；奥斯蒙德看似目空一切、与世无争，其实性情怪异且精于算计；美国人洛奇儿在法国过着纸醉金迷的生活，说着一口"法式英语"却"对贴身保姆言听计从"（James，1997：230）；等等。

风俗喜剧的另一个特点是"阴谋"，在《贵妇画像》中起到情节展开的重要框架支撑作用。整体看来，伊莎贝尔在故事中的遭遇实际是表兄拉尔夫设的一个"局"。虽然拉尔夫深爱表妹，但每况愈下的健康状况让他知难而退。拉尔夫劝说父亲为伊莎贝尔留下六万英镑的遗产，想要考验像伊莎贝尔这样拥有独立思想的美国女孩，面对这笔巨额遗产如何安置自己的生活。后来这个"局"意外失控，伊莎贝尔接受了她继承遗产后的第一个求爱者奥斯蒙德。这样看来，拉尔夫对伊莎贝尔的悲剧命运负有大部分责任。拉尔夫的"局"是整个故事最大的阴谋，而后来阴谋失控则让小说带上了加尔文主义幽默的特点。如果拉尔夫设局的初衷是善良的，那么默尔夫人和奥斯蒙德的阴谋则是鬼蜮伎俩的交易。默尔夫人与前夫奥斯蒙德一唱一和，前者做铺垫后者装可怜，步步深入将伊莎贝尔引入婚姻的陷阱。另外，"阴谋"也时时体现在故事的细枝末节上。例如，初到伦敦时，好友汉丽艾塔出去聚会让伊莎贝尔在酒店独处，其实是在谋划如何让卡斯帕见到伊莎贝尔；在伊莎贝尔婚后，拉尔夫佯装取道罗马前往西西里养病，其真正的目的是探望生活在水深火热之中的表妹；沃伯顿追求奥斯蒙德的女儿潘西，但真实的目的则是要再次接近心爱的伊莎贝尔；等等。无论是善意的还是恶意的，小说中针对伊莎贝尔的"阴谋"层层相套，推动情节不断向前、人物性格也随之逐渐丰满圆润起来。正如有学者指出的，在《贵妇画像》中，"阴谋不仅推动情节的展开还参与人物刻画和制造喜剧效果"（贺安芳、赵超群，2017：43）。

风俗喜剧"机智"的特点充分体现在《贵妇画像》占有大量篇幅的对话中。针锋相对的巧言妙答细致地揭露了人物的心理活动，生动地展示了人物的个性特点。例如，在得知伊莎贝尔和卡斯帕的两年之约后，汉丽艾塔就约定的目的质问伊莎贝尔。

> "你知道你在干什么吗，伊莎贝尔·阿切尔？"
>
> "刚刚我正要上床睡觉。"伊莎贝尔仍然半开玩笑地回答。
>
> "你知道这样做的结果是什么吗？"汉丽艾塔坚持问道，手中轻轻捏着她的帽子。
>
> "不，我一点也不清楚，而且我发现这令我快乐。漆黑的夜里，四匹快马拉着一辆轻快的马车，经过乘客也看不到的街道——这就是我对幸福的定义。"（James，1997：177）

引文中的谈话围绕伊莎贝尔拒绝卡斯帕的原因展开，但两人的发言所指均违背了对话合作原则。针对汉丽艾塔的第一问，伊莎贝尔利用语义的模糊答非所问，展示了主人公的聪慧机智，读来让人忍俊不禁。在汉丽艾塔第二问的步步紧逼下，伊莎贝尔还是没有正面回答，而是用黑夜马车的暗喻来应对，婉转告诉对方：虽然这种选择不是出于理性的思考，但自己却乐在其中。两问之中汉丽艾塔执着于对原因的探究，她表现出刨根问底的理性精神与伊莎贝尔的机智幽默形成鲜明的对比。同样利用语言的多义性，拉尔夫和伊莎贝尔关于"鬼"的谈话亦体现了前者的机智与幽默。伊莎贝尔对神秘的戈登科特庄园充满好奇，询问表兄这里是否闹鬼、他是否见过鬼。拉尔夫逗趣地承认见过鬼，在伊莎贝尔执着的追问下，他最终无奈回答道：

> 就算我指给你看，你也不会看到它。不是每个人都能看到，看到也不是什么让人羡慕的事情。从来没有像你这么年轻、快乐、纯真的人看到它。你必须先要遭受磨炼，很痛苦的磨炼，由此获取关于痛苦的认知，只有这样你才能看到它。我很久之前就看到它了。（James，1997：49）

拉尔夫借用伊莎贝尔有关鬼的问题，不失时机地给表妹上了一课：所谓"鬼"，实则是在人世间的磨难，它可能是疾病、痛苦和灾难，也可能是恶人的圈套。伊莎贝尔的亦步亦趋的逼问，拉尔夫隐晦自如的回答，前者的天真和后者的经验形成鲜明的对比，既给文本阅读带来了瞬间的幽默体验，又为下文伊莎贝尔遭遇恶人落入陷阱埋下伏笔。

从前面的两段引文可以看出，小说人物之间的机智对话让文本呈现诙谐幽默的特点。根据英国作家斯威夫特的理解，"机智带来的惊喜……是艺术创作的结果，取悦了大脑；而幽默带来的喜悦是未经加工的天性（nature）使然，是更加直接和简单的享受"（转引自 Tave，1960：114）。简单来说，机智是人为创作的，而幽默则是自然生发的，与天性相关。詹姆斯的小说虽然具备了风俗喜剧的三大特点，但因其源自天性的幽默而从根本上区别于英国传统的风俗喜剧。在詹姆斯的小说中，这种源自天性的幽默来自美国文化认同和英国传统价值之间的乖讹。在《小说的艺术》一文中，詹姆斯指出："一部小说之所以存在，其唯一的理由就是它确实试图表现生活"（詹姆斯，2001：5）；对于詹姆斯而言，他最真实的生活无疑就是在美洲大陆和欧洲诸城之间的徘徊。

詹姆斯一生多次在美洲大陆和伦敦、巴黎、罗马等欧洲诸城之间往返。詹姆斯的父亲坚信旅行是最好的教育方式，因而在詹姆斯很小的时候就常带他到欧洲旅行。尤其是詹姆斯在十一岁时的欧洲之旅，他随家人游览了伦敦、巴黎、日内瓦、布洛涅等城市，六年后才回到美国。成年后，1869 年到 1970 年，詹姆斯自己又做了一次长达十四个月的欧洲旅行。其间，他在罗马流连忘返，在给哥哥的信中他这样说道，"我现在在不朽之城。终于——人生中第一次——我感觉自己是活着的"（转引自 Powers，1970：12）。这也是詹姆斯常常把罗马设定为小说故事背景的原因。詹姆斯一生大部分时间都在美洲和欧陆两种文化体制之间穿梭，"可以说是自欧美开通旅行航线以来在两地旅行次数最多和旅行时间最长的一位作家"（田俊武，2017：235）。1915 年，詹姆斯加入英国国籍。在他死后，詹姆斯的葬礼虽然在英国举行，但是遗体却运回了美国安葬。穿梭两地的旅行经历成为詹姆斯小说展示给读者最真实的"生活"，也是小说文本之所以"天性"幽默的主要原因。

在詹姆斯的国际题材小说中，有一个有趣的现象，即虽然故事讲的是两种文化群体之间。也就是说，詹姆斯在小说创作中关注的是文化价值冲突体制的冲突，但是小说中的主要人物都来自美国。例如，在《黛西·米勒》中，美国女孩黛西来到欧洲，与之发生对手戏的也是同为美国人的温特博恩；在《奉使记》中，美国中年男人斯特莱特来到巴黎，接触到的同样也是来自美国的查德、萨拉等人；在《贵妇画像》中，伊莎贝尔在欧洲接触到的卡斯帕和奥斯蒙德也是美国人；等等。这样看来，詹姆斯小说讲述的主要内容是来自新世界的美国人和久居旧世界的美国人之间的矛盾冲突，而表面上欧美两种文化价值的冲突实际发生在两个同样来自美洲的美国人的身份认同上。在地理意义和精神意义上，欧洲都是美国文化的生发地，因而美国人到欧洲的旅行（grand tour）本身就有寻根的意味。随着"西进运动"的结束，在停下脚步去记录和反思现实状况时，像詹姆斯这样的美国精英作家将目光投向了大洋彼岸，在两种文化制度的对话中思考美国人的身份和美国文化认同的内涵。像往返于两种文化体制的作者一样，詹姆斯的小说人物也被安置在特殊的文化冲突中，"经历美国身份与欧洲血统、美国世俗主义和欧洲文化主义、美国庸俗化和欧洲世故倾向、美国灵动和欧洲僵化等一系列的碰撞"（Larsen，1998：1），并在碰撞中反思本土的文化体制和自我身份。因而，詹姆斯的小说创作已然超越了风俗喜剧的传统，小说主人公通过获取新的认知和价值观来应对两种文化之间的交锋，而作家则用传统的喜剧形式为媒介勾画了一幅生动的美国文化想象图景。

二、地方色彩文学与马克·吐温梦想的启航

自内战结束后，美国社会出现了前所未有的安定局面，南北统一保证了国内经济的迅速发展，以洛克菲勒和卡内基为首的工商业巨头引领经济发展的浪潮。然而，在平静的表面下实则波涛暗涌。这几十年工商业的发展成就了"发明时代"的到来，贝尔、爱迪生、福特、莱特兄弟等进行的科技发明改写了文明的定义；这也是"扩张时代"，"西进运动"的结束、自由经济的发展、放牛大亨的出现、迅速蔓延全国的铁轨等，在地理和心理两个空间上扩大了美国的疆域；这还是"镀金年代"的几十年，金钱新贵的发展和泡沫经济的兴起，虚假繁荣的背后是社会等级分化和贫富差距加剧。在社会阶层构成方面，改变中的美国同样经历着时而发作的

阵痛。美国的"大熔炉"接纳的移民包括来自东欧和南欧不同信仰的群体、远西的黄种人、斯堪的纳维亚的农夫、爱尔兰的铁路工作者、城市里的犹太人和矿井中的波兰人等。与此同时，带有抵抗情绪的群体遍布社会各个角落，"黑幕揭发者"（the Muckrakers）与城市新贵矛盾异常尖锐，3K 党歧视有色族裔的暴力事件时有发生，美国最早的工人运动团体"劳力骑士团"（the Knights of Labor）已经开始为自己争取权益，等等。19 世纪后半叶的美国社会正悄然经历着巨大的社会变革，而曾经的美国梦也在细节上被重新界定。

在社会变革的背后，是工商业的蓬勃发展以及垄断经济和财政寡头的出现。18 世纪杰斐逊总统提出的农耕秩序逐渐退出了历史舞台的中心，取而代之的是标榜"适者生存"的工业文明。钢铁大王安德鲁·卡内基（Andrew Carnegie）在 1889 年发表的文章《财富》（"Wealth"）中讲道："竞争法则……对个人来说可能是残酷的，却是一个民族最好的选择，因为它确保了最强大者的存留。"（Carnegie，1889：655）在以卡内基为首的财阀大亨看来，弱肉强食是现代社会的生存秩序，因而企业合并、经济垄断与个企破产、贫富差距拉大是经济发展的必然。综观美国梦的文化传统，从 17 世纪史密斯船长在《新英格兰记事》中讲到的"只要辛勤劳作，定能迅速发家致富"，到 18 世纪《独立宣言》宣讲"生命、自由和追求幸福"的美国梦，以及 19 世纪超验者赋予普通人以"超灵"的特性，"个人"始终是美国精神的内核。但到了 19 世纪中后期，"个人"的核心地位逐渐被动摇。卡内基的言论将"民族"置于"个人"之上，表明美国梦价值观已经发生了巨大变革。美国学者韦斯（Weiss）在《成功的美国神话》（*The American Myth of Success*）中提出："兼并的时代会继续下去，而个人主义的时代一去不复返了。"（Weiss，1969：9）这种思想打着"种族优越"的旗号，为财阀和寡头谋求利益，却无视穷人等弱势群体的权利和地位，为了达到聚拢财富的目的而不择手段，是典型的马基雅维利主义做法。在《美国史诗》中，亚当斯谈到了一味聚拢财富的危害："上帝造物是神奇的，如果我们仅仅让保险公司和合资企业最大限度地为自己盈利，那么这种做法定会改变我们的精神价值观。"（Adams，1945：220）在垄断经济和马基雅维利主义的背景下，"不择手段地积累财富"也被默认为是循规蹈矩的合法行为，人们的传统观念在工业浪潮的席卷下发生了改变。与此同时，美国文学领域的现实主义作品也带上了批判色调，针对美国梦转向或批判或嘲讽的作品如雨后春笋般出现，而其中最具代表性的就是幽默大师马克·吐温的美国梦小说。

马克·吐温（1835—1910），原名萨缪尔·兰亨·克莱门斯（Samuel Langhorne Clemens）。作为美国最具代表性的幽默大师，他的去世也充满了戏谑自嘲的味道。1835 年 11 月 30 日是哈雷彗星回归日，也是马克·吐温出生的日子。1909 年，马克·吐温在去世之前曾经感叹道："1835 年我随哈雷彗星而来，明年又是哈雷彗星回归年，我希望随它而去。否则，我会十分失望。毫无疑问，上帝曾经说过：'世上有两个别人无法理解的怪胎，他们相携而来，也必定一同归去。'"[①] 如其所愿，马克·吐温于 1910 年哈雷彗星回归日的第二天去世，这是他与这个世界开的最后一个玩笑。《纽约时报》刊登的讣闻将吐温称为"这个国家最伟大的幽默大师"，学者詹姆斯·M. 考克斯（James M. Cox）认为马克·吐温和乔叟是用英文创作的最杰出的两位幽默大师（转引自 Rubin，1973：140），沃尔特·布莱尔坦言，"再也没有作家能像马克·吐温一样代表美国幽默发展的最高潮"（Blair，1937：147），将近半个世纪的好友豪威尔斯更是赞赏马克·吐温："我了解所有的'圣贤'，无论是诗人、先知、批评家还是幽默大师，他们彼此相近没有个性。但是克莱门斯是独一无二，不可比拟的……是'我们文学世界的林肯'。"（Howells，1967：84）综观美国幽默小说的发展史，马克·吐温是第一位真正赢得美国学界一致认可、享有世界声誉的美国幽默作家。马克·吐温在美国文学史上无可比拟的地位，有两个重要的原因：其一，他以写作幽默小说的方式构建了"马克·吐温"作者的身份特征，在更为宏大的背景下这也是对美国作家身份的建构；其二，像地方色彩和边疆幽默故事的小说写作手法，与美国梦的失落、现行体制的腐败、生存逻辑的荒诞等小说主题，集中体现了世纪之交的文学创作风尚和美国时代精神。

马克·吐温的一生充满了流动性和矛盾悖论，在这种不稳定状态的背后是克莱门斯对"吐温"作者身份建构所付出的巨大努力。他是典型的南方人，后来却定居北方；他出生在边疆，却在新英格兰声名鹊起；他是

---

① 转引自艾伯特·比奇洛·佩恩（Albert Bigelow Paine）的《马克·吐温：传记》（Mark Twain：A Biography），参见古腾堡电子书 http：//www. gutenberg. org/ebooks/2988，2018 年 12 月 10 日。

美国人，却在国外漂泊了十余年；他本是豪放的边疆汉子，但后来却成为儒雅的新英格兰绅士。出身贫寒的马克·吐温一直渴求进入上层社会，是一名典型的追梦人。一方面，美国精神在他身上得到了最充分的体现，他喜欢独立和自由，批判体制化社会对人性的束缚，是具有边疆精神的美国逐梦者；另一方面，他又是"镀金年代"的典型代表之一，他渴望成为体制化社会的一员，富有且受人尊重，奉行马基雅维利主义的行事方式。针对这两个方面在马克·吐温文学创作中的表现，美国学者罗伯特·保罗·兰姆（Robert Paul Lamb）讲道："克莱门斯对自由、个人和想象的强烈需求，与他对社会稳定和道德秩序的迫切渴求，让他形成了矛盾的个性：既想融入群体又想保持独立。"（Lamb，2005：469）

正是由于潜意识中"个人"和"体制"之间的矛盾，才有了马克·吐温在"纪念惠蒂尔七十周年诞辰宴会"上尴尬的演讲。1877 年 12 月 17 日，马克·吐温受邀参加宴会并做了会议发言。当时的马克·吐温发表了短篇小说《卡拉维拉斯县驰名的跳蛙》和长篇小说《汤姆·索亚历险记》（ The Adventures of Tom Sawyer），因而在学界已经小有名气。在演讲中，马克·吐温虚构了 15 年前拜访一位矿工的经历。故事中的马克·吐温年轻自负，为了证明自己已经是家喻户晓的作家，便跑到了一位矿工家里。没想到这位矿工对马克·吐温的到来十分不屑，不耐烦地说道："你是 24 小时内第四位来访的作家了——我真得搬家了。"（Twain，1994：110）原来，爱默生和霍姆斯、朗费罗前夜刚刚来访，在矿工家里狂吃豪饮、赌博生事，丑态百出。马克·吐温在演讲中故意丑化了三位名气如日中天的大作家：红发不入流的爱默生，憨态可掬的双下巴霍姆斯，还有鲁莽的拳击手朗费罗。在马克·吐温结束演讲后，现场鸦雀无声，气氛尴尬无比。实际上，马克·吐温自己也察觉到了演讲有失分寸，因而会后分别给三位前辈作家写了道歉信。帕斯卡尔·科维奇在提及马克·吐温演讲时指出，之所以尴尬的根本原因在于"本土"（vernacular）和"儒雅"（genteel）之间的矛盾冲突。这场宴会除了纪念惠蒂尔生辰，还有一个目的，即庆祝新英格兰文学核心期刊《大西洋月刊》（Atlantic Monthly）创刊 20 周年。无论是惠蒂尔还是《大西洋月刊》，他们最引人注目的标签便是上层社会的"儒雅"，这也是洛瑞（Lowry）提出宴会发言诉求"崇敬修辞"（rhetoric of reverence）的原因（Lowry，1996：32）。在演讲中，颇具本土务实特点的矿工和装腔作势的儒雅作者形成鲜明对比，而在会议现场，马克·吐温也意图用边疆开拓者的演讲者身份嘲讽在座的新英格兰儒雅人士。马克·吐温明白"儒雅人士对本土方言的热爱"（Covici，1997：22 - 23），所以预想他的发言会让在座的听众捧腹。然而，马克·吐温没有想到的是，他刚刚接到成为"儒雅人士"群体一员的邀请，而且内心十分渴望被"儒雅阶层"认可和接受，所以连带他自己也成为演讲的攻击对象。换句话说，马克·吐温想要成为他所攻击群体的一员，其中的矛盾悖论将他自己置于不无尴尬的境地。

　　前文提到从殖民地时期开始，个人与体制之间的矛盾就深嵌在美国梦文化之中。一方面，美国梦是有关独立、民主、自由的梦想，本质上推崇个人主义，具有精英文化的色彩；另一方面，美国梦是有关"伊甸园"的梦想，以建立信仰自由、政治民主和文化多元化的社区为最终目的，因而其内核又是民粹主义的。19 世纪前半期在黑色浪漫主义小说家的作品中"民粹"和"精英"的矛盾已经初露端倪，而马克·吐温在其现实主义小说，尤其是《哈克贝利·费恩历险记》中，更是对这一矛盾进行了细致的刻画。小说延续了美国梦文化传统，一经出版便大获成功，海明威认为"所有的美国文学都来自……《哈克贝利·费恩历险记》"（Hemingway，1963：22），杰西·比尔坚称"这部作品是马克·吐温作者生涯的顶点和美国幽默的最高成就"（Bier，1968：117），而学者兰姆也提出"（《哈克贝利·费恩历险记》标志着）小说中的美国本土特色达到了顶点"（Lamb，2005：479），等等。小说中"哈克的道德抉择"已经暗化为文学意义上美国作家的集体无意识，是美国本土作家艺术创作的经典范式之一。

　　在与吉姆顺密西西比河南下历险的过程中，哈克的内心是痛苦纠结的。哈克是白人世界里成长起来的孩子，耳濡目染之中奴隶制内化为其重要的价值判断准则，他内心认定黑奴是低人一等的。正因如此，与吉姆的友谊才会令哈克惴惴不安。这种不安在吉姆被卖到菲尔普斯庄园之后达到顶点。哈克首先想到的是违抗体制的后果："帮一个黑奴重获自由，我要是再见到镇上随便哪个人的话，就会羞愧得趴在地上，舔人家的靴子。"（Twain，2006：289）以一己之力对抗强大的社会体制，即使是像《第二十二条军规》（Catch - 22）中约塞连（Yossarian）这样的成年人都如蚍蜉撼大树，更何况哈克这样一个未受过正规教育的白人小孩。不出意料，他受到了来自良心的谴责："我越是考虑这件事，我的良心就越是折磨我，越觉得自己卑鄙、下流、没出息。"（Twain，2006：289）其后，哈克想到上帝的惩罚，更是恐惧到无以复加——"会下地狱，永远遭受烈火的煎熬"（Twain，2006：290）——因而决定说出实情。但在写完告密信之后，哈克脑海中却浮现出与吉姆一路欢声笑语、彼此关爱的一幕幕场景，不经意间两个人已经建立起了深厚的友谊。在体制的束缚和良知的警醒之间痛苦挣扎后，哈克将告密信撕得粉碎："好吧，那么，就让我下地狱吧。"（Twain，2006：291）在个人和体制的矛盾中，哈克有过怀疑、恐惧的念头，但最终却通过"撕信"这一举动否定了体制的合理性。哈克与体制的这场战争没有硝烟却异常艰难，他的胜利是对崇尚自由和民主的美国精神最恰当的文学表达。正因如此，杰西·比尔才戏谑道，《哈克贝利·费恩历险记》"因彻底推翻了社会道德价值观而犯了重罪"（Bier，1968：117）。前文提到马克·吐温对"体制"的态度是双面的，既从个人主义的视角对其批判，又渴求成为上层体制的一员。《哈克贝利·费恩历险记》同样包含了作者的这种矛盾态度。小说中，哈克离开圣彼得堡的"文明社会"，既是从现行体制中的逃离也是对另一种群体秩序的寻觅。第十六章伊始，哈克和吉姆碰到一只大木筏，哈克这样描述木筏上的情景："我们猜那上面大约有三十个人。木筏上搭了五个相距开来的大棚，当中一堆篝火熊熊燃烧。木筏两头旗帜飘扬，可真神气啊。"（Twain，2006：120）很明显，该场景重现了《艰难时刻》（*Roughing It*）中马克·吐温对"导航员慈善协会"（Pilotsl Benevolent Association）相聚炉火大屋的景象。《艰难时刻》中马克·吐温渴望成为炉火边群体的一员，这里的哈克也对大木筏充满了向往，甚至因此一度想要告发吉姆。聪明的吉姆察觉到了哈克的异样并巧言化解了危机。针对寻觅主题，美国学者亨利·B. 旺纳姆（Henry B. Wonham）提出：

> 马克·吐温终其一生致力于通过幽默叙事来建构和完善一个类似"导航员慈善协会"的社区，一个由男人建立的"最团结、最系统、最坚韧"的社区。1876年夏天，马克·吐温决定让哈克贝利·费恩和一个逃跑的奴隶顺密西西比河南下去寻找这样一个社区。（Wonham，1993：145）

为了找寻这个"最团结、最系统、最坚韧"的社区，哈克在小说最后婉拒道格拉斯夫人想要收养自己的好意，前往印第安人居留地继续自己的寻觅之旅。马克·吐温将小说背景设定在19世纪中期最具"美国性"

的密西西比河流域，河流意象迎合了小说中个人对抗体制的主题。古老的河流既拥有"原始的纯真"（primitive purity），又蕴含着"黑暗的诱惑"（dark temptation）（Hauck，1971：145），恰到好处地暗示了故事中哈克在个人良知和体制规范之间的徘徊和矛盾，既想维系独属个人的纯真，又情不自禁地想要投入体系之中。而哈克的这种矛盾心理，正是马克·吐温对社会体制爱恨交织态度的真实写照。

在小说中，哈克自故事开始便踏上了逃离之路，之后与吉姆顺密西西比河南下，在故事最后又决定前往印第安人领地。哈克是美国小说领域最早出现的"在路上"人物之一，揭开了以荒诞作家厄普代克（John Updike）的"兔子系列"、黑色幽默作家海勒的《第二十二条军规》，以及垮掉一代小说家凯鲁亚克的《在路上》为代表的"在路上"文学的大幕。与现代"在路上"人物相似，哈克也是为了寻找美国梦传统中的"理想社区"。但在马克·吐温看来，所谓的"理想社区"在现实中并不存在，密西西比河上的"导航员慈善协会"也只是回忆中的美好而已。论者旺纳姆也讲道："在《哈克贝利·费恩历险记》的世界中，哈克和吉姆一直孜孜以求的兄弟社区永远只能是不能实现的梦想。"（Wonham，1993：146）这样看来，虽为现实主义代表作家，马克·吐温却写作了具有鲜明浪漫主义特点的《哈克贝利·费恩历险记》。而现实主义和浪漫主义相结合的地方色彩写作风格，也是小说成功的重要原因之一。

美国地方色彩文学兴起于19世纪六七十年代，在80年代达到高潮，90年代写作地方色彩小说成为文学滥觞，之后逐渐退出文学历史舞台中心。1894年，有评论者讲道："就像'百日咳'一样，现今每个人都写作'地方色彩'故事。根本没有必要鼓励这种创作——说实话，稍微限制一点并没有坏处。"（Bramen，2000：120）地方色彩文学在19世纪后半叶达到高峰，有其深刻的社会历史原因。19世纪中叶，美国南北矛盾达到白热化，随后的内战虽然在领土意义上统一了南北两地，但并未解决深层次的社会体制矛盾。在文化意义上，以新英格兰地域为中心的美国东北部占有绝对优势。相比之下，南方和西部边疆文化发展相对滞后、僵化。如《失乐园》中的撒旦蔑视上帝的成功："武力征服只能部分地征服敌手"（Who overcomes/ By force，hath overcome but half his foe），南方和边疆作家同样用文字谴责北方作家的强势。《哈克贝利·费恩历险记》对密西西比河流域优美风光的描述和南方社会"世仇""私刑"问题的探讨，哈特的《咆哮营的幸运儿》对加州矿工生活的真实再现，爱德华·埃格斯顿（Edward Eggleston）在《印第安纳校长》（*The Hoosier Schoolmaster*）中对印第安纳州边疆生活的优美刻画等，既以带有浪漫主义色彩的笔触展示了"真实的"地方色彩，也强有力地挑衅了在文学领域占主导地位的北方作家。与此同时，以斯托夫人的《老城居民》（*Oldtown Folks*）为代表的北方作家作品也不甘示弱地展示了新英格兰传统文化的魅力。虽然地方色彩文学源自各地域之间的文化差异和矛盾，但对地方风土人情的书写加深了不同地域之间的认知和融合，促进了战后美国在文化意义上的真正统一。这样看来，地方色彩文学实际是美国本土作家定位美国作家身份和建构美国文化认同的积极尝试。美国学者沃尔特·布莱尔谈及地方色彩文学的发展时指出："到了19世纪80年代，美国地方色彩幽默文学已经做好了全面准备接应经典名篇的诞生。"（Blair，1978：147）这里的"经典名篇"，指的就是以《哈克贝利·费恩历险记》为代表的马克·吐温的系列幽默作品。

在众多地方色彩作品之中，马克·吐温的小说最被当时的读者追捧。马克·吐温的作品，特别是前期创作的小说，展示了南方和西部边疆的地理风貌和人情世事，以其鲜明的地域特色和幽默的叙事风格在众多地方色彩小说中脱颖而出。马克·吐温出生在密苏里州的佛罗里达市，四岁时全家迁居汉尼拔市，该市后来成为《汤姆·索亚历险记》和《哈克贝利·费恩历险记》故事背景圣彼得镇的原型。马克·吐温后来曾在纽约市、宾夕法尼亚州费城、俄亥俄州的辛辛那提市等做过印刷工。26岁那年，马克·吐温穿越落基山脉前往盐湖城，并在内华达州的弗吉尼亚市成为一名银矿矿工。这些经历为《卡拉维拉斯县驰名的跳蛙》等边疆幽默小说提供了丰富的创作素材。美国学者阿林·特纳（Arlin Turner）在评论文章《地方色彩小说中的喜剧和现实：1865—1900》（"Comedy and Reality in Local Color Fiction，1865–1900"）中指出，最好的地方色彩作家应该从旁观者的视角，利用地域特征进行文学创作："他们（地方色彩作家）或多或少都是外来者的身份，搜集素材进行文学创作，以飨对作品中的地域和群体一无所知的读者。也就是说，地方色彩小说里的人物通常都是被嘲笑者，而不是嘲笑的主体。"（转引自Rubin，1973：164）根据特纳的理解，旁观者的视角能够客观地记录和审视作品中的地方特色，而且旁观者与故事人物的距离亦拓宽了小说幽默效果的维度。但与此同时，如果作家对地域特色不够熟悉的话，其作品往往不能有效地将地方色彩呈现出来。因此，一名合格的地方色彩小说家应既是地方社区的一员，又能随时脱离群体做一名冷眼旁观者。在对地方色彩作家的身份要求这一点上，马克·吐温无疑是合格的。布莱尔就曾提及马克·吐温游刃有余的旁观者视角："马克·吐温是西南幽默鼎盛时期培养出来的作家；他的书稿最先由波士顿的北方幽默作家以幽默系列故事出版；他作为文学喜剧家闻名遐迩，而他的经典作品属于地方色彩文学。"（Blair，1978：147）从地理生存空间看，马克·吐温是土生土长的南方人，但长期生活在西部边疆，与此同时被北方文学界所推崇。总而言之，地方社区成员与旁观者的双重身份，让马克·吐温得以创作出最具美国特色的地方色彩幽默小说。

《卡拉维拉斯县驰名的跳蛙》（以下简称《跳蛙》）取材于马克·吐温西部淘金的经历，最早以《吉姆·斯迈利和他的跳蛙》（"Jim Smiley and his Jumping Frog"）为题发表于1865年11月18日的《纽约周六新闻报》（*The New York Saturday Press*）。故事发生在加利福尼亚州的安吉尔矿区，叙述者"我"受朋友之托找西蒙·威勒（Simon Wheeler）打听吉姆·斯迈利的消息。消息没打听到多少，但没想到威勒却堵住"我"，强行讲述吉姆与人比赛跳蛙的故事。小说中，叙述者在"破旧旅馆酒吧间的火炉"边找到威勒，这个背景设定具有鲜明的"边疆故事"特点，而故事中的"跳蛙赌博"更是具有地方色彩的娱乐项目。前文提到淘金者在暴富梦想推动下来到加州，本身就带有赌徒的特点，而赌博亦是矿工主要的娱乐方式之一。威勒就吉姆爱赌博一事打趣道："如果他看到一只屎壳郎，他会和你打赌它要去哪里——只要你和他赌，为了确定屎壳郎最终到了哪里、在路上花费多长时间，他可以一路追随它到墨西哥。"（Twain，2010：2）通过"屎壳郎"的例子，吉姆嗜赌成性的个性幽默诙谐地呈现在读者面前，让人读来忍俊不禁。故事中的吉姆带有明显的"大话王"特征，对爱蛙丹尼尔的实力自信至极，逢人便挑衅与之进行跳蛙比赛。吉姆不知丹尼尔被灌进了铅粉，输了比赛令他备受打击，其愚蠢形象令人啼笑皆非。除了吉姆之外，威勒同样也是位热情且爱吹牛的"大话王"。他讲述的跳蛙故事本身就有杜撰的嫌疑，而之后更主动为"我"讲述吉姆那头独眼黄母牛的故事。"我"察觉他对吉姆并不了解，就趁乱夺门而逃。通过对吉姆和威勒两位边疆开拓者"大话王"形象的塑造，马克·吐温幽默诙谐却又不失真实地再现了西部矿区人的现实生活。

《跳蛙》一问世便大获成功，被各大报纸杂志接连转载，而马克·吐温趁机于 1867 年出版了包括该故事的第一部短篇小说集。可以说，《跳蛙》是马克·吐温进入文学名流阶层的敲门砖。之所以如此成功，与作品中鲜明的地方色彩修辞不无关系。尽管都是讲述西部矿工的故事，但与哈特的《咆哮营的幸运儿》相比，《跳蛙》中较少涉及梦想失落的主题，而更多的是用西南幽默小说的修辞方式集中呈现加州矿区的社会风貌和人物特征。前文提到马克·吐温之所以能够在创作中自如地运用地方色彩，其地方成员与旁观者的双重身份起着重要的作用。他迎合东部读者猎奇的阅读口味，选择用西南幽默小说的修辞与框架，讲述西部金矿社区人们的生活。正如特纳有关旁观者在地方色彩作品中重要性的论断，作家马克·吐温作为愚人旁观者嘲笑故事中的吉姆等大话王，将地方色彩写作手法演绎得淋漓尽致。但与此同时，马克·吐温的"旁观者"身份也带来了一个问题：像马克·吐温这样的地方色彩小说家在创作时，设定的目标读者是美国东部的受众，作品是为了满足东部读者的阅读期待，因而马克·吐温作家的双重身份与设定的目标读者，让学界对其地方色彩小说的真实性产生了疑问。特纳在《地方色彩小说中的喜剧和现实：1865—1900》中就谈到了新奥尔良地方色彩作家乔治·W. 凯布尔（George W. Cable）为了迎合东部读者的口味，舍弃了故事的"客观准确性"而偏重"叙述有效性"的做法（转引自 Rubin, 1973：162）。实际上，如何在"客观"和"有效"之间平衡是地方色彩小说家创作的难题之一，但这也让地方色彩作品呈现出现实主义和浪漫主义的双重审美特质。对于地方色彩文学现实主义写作中掺杂浪漫主义情怀的特点，美国学者詹姆斯·D. 哈特这样讲道：

> 在地方色彩文学中，读者会察觉到浪漫主义和现实主义的双重特点。一方面，作者频繁摆脱现实的束缚，放眼遥远的疆域领土、奇怪的风俗习惯和异域的景观风貌；另一方面，他却通过细节呈现了场景的逼真和描述的准确。（Hart, 1983：439）

顾名思义，地方色彩文学着意将本土地理景观和风俗习惯展示给读者，因而创作目的是记录和呈现、创作理念是具有现实主义倾向的。但与此同时，地方色彩作家在创作时有着强烈的认同诉求——赢得更多的读者群体和东部学界的认可。这种强烈的主观诉求往往影响了所谓的"客观记录"，地方色彩作品在作者的主观滤镜下对现实进行了改写，并饱含了作者或赞美或批判或伤感等情绪，带上了鲜明的浪漫主义特点。这样看来，地方色彩文学的发展之所以在19世纪后半叶达到顶峰，与作家积极寻找表达认同的文学方式是密切相关的。

如前文所述，美国梦既是民粹主义的，又有精英主义的倾向，既具有务实的本质，又表露出理想主义的情怀。正如国内学者刘建华所讲，"物质富裕和精神自由仍是美国梦的基本内容"（刘建华，2007：3）。美国学者卡尔·吉尔森认为，殖民地时期美国梦的双重追求是并行不悖的："物质财富被视作上帝对信守约定的馈赠，而失败和贫穷则是被上帝忽略的后果，通常是作为懒惰和无知的惩罚而来。"（Jillson，2016：20）19世纪中后期，随着垄断经济和金融寡头的出现，美国社会贫富差距愈演愈烈，基于上帝规诫的宗教阐释已无法填平物质和精神之间的沟壑，现实社会中物质富裕和精神追求之间的矛盾逐渐加剧，而如何将务实主义和理想主义结合在一起成为时代文学亟待解决的问题之一。地方色彩小说家创作理念中的客观记录和情感诉求，正对应了美国梦文化务实和理想两个层面，是适合战后美国文化认同的文学表达方式之一。值得注意的是，殖民地时期文学作品中美国梦的理想维度是指向未来的，而19世纪后半叶现实主义作品的梦理维度则指向过去，现实主义作家将怀旧情绪编织在作品的字里行间，令作品呈现感伤的基调。这种怀旧情绪在地方色彩文学之后越来越浓，影响到了美国现代文学的创作。总而言之，马克·吐温通过幽默的地方色彩小说恰如其分地表达了当时的美国精神，而其中梦想维度的转变则预示了"失梦一代"的诞生。

马克·吐温的地方色彩小说结合了民粹思想和精英思想、务实主义和理想主义，以及现实主义理念和浪漫主义倾向，而这些对立统一的特点亦成就了马克·吐温另一重要的写作手法——"边疆幽默故事"（tall tale）①。哈特这样界定"边疆幽默故事"：

① 国内学界对"tall tale"一词的翻译莫衷一是。如苏晖在《黑色幽默与美国小说的幽默传统》中，将"tall tale"译作"荒诞故事"（苏晖，2013：93），而周静琼在论文《〈苦行记〉与美国幽默民间传奇》中，就将"tall tale"翻译为"民间传奇"（周静琼，2009：67）。这些翻译结合作者的特定研究，强调了"tall tale"不同的内涵。本书聚焦于美国文化认同的建构语境，强调"tall tale"中的现实和夸张因素，因而暂将其翻译为"边疆幽默故事"。

边疆幽默故事，指带有夸张或者明显言不由衷特点的边疆奇闻逸事，通过对人物或者地方习俗的现实主义描述，一步步达到或恐怖、或浪漫、或幽默的艺术效果。该类作品的"幽默"，部分源于对场景以及叙述者的现实主义描述和对奇幻想象世界喜剧叙事之间的乖讹。（Hart，1983：743）

哈特的定义从"现实"和"想象"两个层面揭示了边疆幽默小说的审美特点，认为其是建立在现实基础上的文化想象。通过对边疆社区生活风貌的真实呈现，和对人物情节幽默夸张的想象，马克·吐温的边疆幽默小说对美国文化认同内涵进行了有效的记录、思考和进一步的建构。可以说，边疆幽默小说代表了马克·吐温小说创作的最高艺术成就，成就了其作为经典美国幽默小说家的地位。

三、边疆幽默故事与马克·吐温梦想的破灭

在早期的文学创作中，马克·吐温已经意识到了"现实"和"想象"之间的乖讹是边疆幽默效果的重要来源。例如，在《坏男孩的故事》（*The Story of the Bad Little Boy*）和《好男孩的故事》（*The Story of the Good Little Boy*）中，马克·吐温就利用想象和现实中"好"与"坏"的对比塑造了两个奇葩的男孩。坏男孩没有像主日学校课本（Sunday School Books）上讲的那样做尽坏事而受惩罚，反而顺风顺水最终成为当地的一名法律工作者；而始终按照主日学校课本规范做事的好男孩，最终却被恶狗撕碎。两篇小说都以主日学校课本为判断准则，但现实中的好男孩和坏男孩的结局与理想中的却大相径庭。为了突出理想与现实的区别，马克·吐温在《坏男孩的故事》中标新立异地用否定句式进行叙述。例如，在坏男孩溜进食品贮藏室偷吃了果酱并把瓶子灌满柏油后，马克·吐温这样讲道："突然之间他没有感觉不自在，也没有一个声音向他说'违背妈妈的意愿对吗？'……然后他没有独自跪下来发誓再也不作恶了，没有开心快乐地跑向妈妈承认错误，没有请求她的原谅，妈妈也没有带着泪水和感动原谅他。"（Twain，2010：9）不同寻常的行文方式嘲讽了照本宣科的行事作风，解构了欧陆儒雅文化传统的权威，凸显了现实和理想之间的悬殊，而小说文本已经带上了边疆幽默的些许特色。实际上，边疆幽默中

现实和理想的乖讹，最早源于怀揣梦想的殖民者面对严苛现实环境的无奈：“现实生活牵萝补屋，殖民者通过幽默夸张表达了他们（对现实）的不屑，企望从笑声中寻找安慰”（Wonham，1993：18）。这样看来，边疆幽默小说建构在现实和理想分离的基础之上，是对美国梦文化恰到好处的文学表达方式之一。尽管现实和理想鲜明的对照在这两篇小说中显得有些生硬，但可以看出，彼时的马克·吐温已经开始摸索边疆幽默故事的写作方式。

在男孩系列故事中截然对立的现实和理想，在马克·吐温后来的作品中逐渐磨合、融为一体，成功地演绎了“现实主义描述”和“奇幻喜剧叙事”相结合的边疆幽默小说。1899 年，马克·吐温在《哈珀月刊》（*Harper's Monthly*）上发表了小说《败坏了哈德莱堡的人》（*The Man That Corrupted Hadleyburg*）。这是马克·吐温作品中具有代表性的边疆幽默小说之一，讲述了被哈德莱堡得罪过的人利用一袋金币嘲弄了整个城镇，败坏了居民引以为傲的诚实美德的故事。马克·吐温在 1895 年发表的文章《费尼莫尔·库柏文学问责》中批评了《弑鹿者》：“它没有秩序、没有体制、没有承前继后、没有因果关系——它一点都不像现实生活中发生的故事。”（Twain，1994：268）在马克·吐温看来，库柏小说的问题在于没能真实地再现生活，因而四年后在写作《败坏了哈德莱堡的人》时，马克·吐温着意为读者勾画尽可能真实的现实图景。尽管哈德莱堡是虚构的城镇，但小说真实地还原了现实中的美国偏远小镇：历史悠久的小镇、温馨安静的小屋、忙碌喧嚣的镇公所等无不让读者感受到强烈的生活气息。豪威尔斯在《最近小说中的心理逆流》中提出“心理主义的……是一种更为精致的现实主义”（Howells，2011：872），而《败坏了哈德莱堡的人》亦从心理主义视角出发描写了城镇居民的现实生活。小说的主人公之一理查兹面对金钱诱惑时的情不自禁，在镇公所等待“罪行”被揭露时的惴惴不安，以及故事最后神经质的风声鹤唳，马克·吐温在这些片段中准确地捕捉到了普通人在现实生活中的真情实感。小说还用现实主义的笔触描写了城镇居民“我们”的心理活动和情感变化：在得知斯蒂文森拿到金币之后，“哈德莱堡的居民欢天喜地地醒来，吃惊却幸福——也很骄傲”（Twain，1994：239）；一周之后，期盼中大家的情绪转为“柔软的、甜美的、默默的欢欣——一种深沉的、无名的、无法言说的满足。每个人的脸上都带着安详的、神圣的幸福”（Twain，1994：240）；但在三周过去还没有人认领金币时，情形就不一样了："没有人谈论、没有人阅读、没有人串门——整个村子的人都在家里待着，或叹息，或担忧，或沉默"（Twain，1994：241），等等。小镇居民从欢喜到等待，再到焦虑的情感体验，成为故事情节发展的重要线索，心理现实主义的笔触让故事显得越发真实。与此同时，马克·吐温悄然从另一个角度展开了奇幻喜剧叙事。在万人空巷的镇公所大会上，镇上十八个有头有脸的人物都声称是金币的主人。当伯吉斯一一念出十八封几乎只字不差的认领信时，在座的观众情不自禁地跟着他读信，而每读一次都会哄堂大笑。法国哲学家柏格森在《笑》中指出，"将对生命的关注引向机械性的重复，是引起笑声的真正原因"（Bergson，1986：82）。本来严肃认真、万众期盼的金币认领大会，变成了集体反复阅读同一封信件的闹剧，除了理查兹，镇上有名望的人都成为大家的笑柄。在这里，吐温用夸张的奇幻叙事将带有现实主义色彩的故事带入一个新的幽默丛生的境遇。

边疆幽默小说的成功，确立了马克·吐温美国幽默文学大师的地位。论者詹姆斯·M.考克斯在谈及马克·吐温幽默作家身份时，不无戏谑地说道："萨缪尔·克莱门斯作为幽默作家，处于较低级的艺术家等级。不幸的是，他又是个讲英文的美国人，也就是说，在英语文学中他又处于更低的等级。"（转引自 Rubin，1973：141）有趣的是，马克·吐温却并未低看自己美国幽默作家的身份。在《如何讲故事》（*How to Tell a Story*）中，马克·吐温指出幽默是一门严肃的艺术，而美国人天生就是幽默家。

> 幽默故事是美国的，喜剧故事是英国的，机智故事是法国的。幽默故事凭借讲述方式（manner）达到效果；喜剧和机智故事凭借的却是内容（matter）……幽默故事是严肃的艺术形式——高雅且精美的艺术……讲述幽默故事——你要明白，我讲的是口头讲述，不是书面——是美国原创的，也只有在美国才能做到如鱼得水。（Twain，1994：269）

从引文来看，马克·吐温认为幽默小说重在讲述方式，而内容则只能屈居其次。边疆幽默故事的模式，无疑是马克·吐温艺术创作实践得来的最适合美国本土的文学形式之一。在结合现实主义描述和奇幻喜剧叙事的基础上，边疆幽默小说将口语故事书面化，继承了美国传统幽默文学的特点，也指明了美国幽默小说的未来走向。

对边疆幽默作家来说，最大的挑战莫过于将口头叙述的故事用文本的形式表达出来。在讲述故事时，讲述人直接面对听众，共同的文化语境和生存空间保证了讲述人和听众最有效的交流。这种有效交流是口头表演的灵魂。为了抓住这一灵魂，很多边疆幽默小说家都使用"盒状"叙事方式，即在小说中叙述者倾听另一人讲故事。托马斯·索普的边疆幽默小说《阿肯色州的大熊》是具有代表性的采用盒状叙事模式的边疆幽默小说之一。为了达到讲述现场的有效交流，索普在故事中用了第一人称叙述者视角。一次偶然的机会，"我"在一艘叫"无敌"的汽船上碰到了一群人，其中一个叫胡赛（Hoosier）的印第安人讲述了和大熊几次正面交锋的故事。胡赛登场后，"我"退居故事的背景中，而他则接棒成为故事的叙述者。胡赛的讲述方式预设了听众是"知情者"，懂得他使用的方言俚语，并对猎熊有一定的认知。而这个预设是索普在文本中再现讲述者和听众之间有效交流的关键。《阿肯色州的大熊》最早于 1841 年发表在《时代精神》上，是以边疆幽默为代表的西南文学中的扛鼎之作。然而，虽然盒状结构能够帮助文本故事再现有效交流，这种千篇一律的故事结构略显僵硬，影响了故事陈述的真实性。除此以外，以索普为代表的《时代精神》的边疆幽默作家，大多数是有身份地位的中产阶级，而盒状结构小说的讲述者往往是粗犷的边疆人，因而小说中隐含作者往往着意凸显自己与讲述者的不同："讲述者操着方言，他们不合主流规范的陈述，永远无法真正挑战作者信守的理性标准。"（Wonham，1993：44） "作者—叙述者'我'—讲述者'胡赛'"，当三者之间，尤其是前两者与讲述者距离拉开过大时，读者往往会主动站到作者阵营中，因而极大地影响了阅读效果。

马克·吐温的创作受到了西南幽默文学的影响，但他却已经意识到了《时代精神》作家边疆故事文本化中存在的问题。针对这些问题，马克·吐温用"交互式修辞"（transactive rhetoric）替代了盒状叙事结构，拉近了作者与讲述者的距离，开创了独具特色的马克·吐温式的边疆幽默故事。马克·吐温的"交互式修辞"，指的是文本预设了讲述者和读者之间的文化共享，读者作为"知情者"对讲述者的行话俚语和隐含意味了然于心以至触类旁通，因而重现了表演和反馈之间共时性的戏剧效果。根据旺纳姆的理解，"阐释"（interpretation）在交互式修辞中起到关键作用："马克·吐温表达了对于阐释是群体活动核心的信念，认为众多个体阐释者只有互相合作才能在真理问题上获取共识。"（Wonham，1993：15）简单说来，交互式修辞文本对应现实中讲述故事的场景，文本中的叙述者（有时是隐含作者）对应现实中的讲述者，而文本的读者则对应现实中的听众。小说《汤姆·索亚历险记》开始时刷围墙的场景，就是马克·吐温交互式修辞的成功实践之一。周六早晨，波莉姨妈罚汤姆给围墙刷油漆，汤姆虽不情愿却也不得不听姨妈的吩咐。之后他尝试骗吉姆替自己干活，但没有成功。眼看本·罗杰斯出现，汤姆心生一计。罗杰斯一边吃苹果一边戏谑地调侃汤姆，但汤姆假装因专注于刷墙而没有听到他讲话。罗杰斯被汤姆的"专注"所欺骗，想要试试刷围墙究竟为何如此有趣。最终，在罗杰斯答应用苹果做交换礼物之后，汤姆才"不情愿地"让罗杰斯替自己刷围墙。很快，汤姆用同样的伎俩让更多的男孩参与进来。不仅围墙被刷了三遍，汤姆还得到了死老鼠、破口琴、大瓶塞等礼物。汤姆总结道："如果想要让一个男人，或者男孩，渴求一样东西，只要让这件东西变得难以得手就可以了。"（Twain，2016：17）在这个场景中，汤姆虽然是故事的主要参与者，但同时和隐含作者马克·吐温融合在一起承担了讲述者的角色。与之对应的，读者以"知情者"的身份成为故事的听众，与汤姆（隐含作者马克·吐温）一起看着罗杰斯上钩并为之捧腹不已。这样，小说叙事就有效重现了炉火旁引人入胜的讲述现场。

由于《汤姆·索亚历险记》采用了第三人称的叙事方式，因而时有隐含作者马克·吐温和汤姆视角分离的情况发生，这时交互式修辞的效果就会打折扣。例如，在主日学校的场景中，就出现了隐含作者和主人公视角分离的情况。按照学校的规定，背诵相当的《圣经》选段就会得到相应颜色和数量的小票，之后可以向校长华尔特先生换取一本新《圣经》。汤姆通过交换等小伎俩得到了九张黄票、九张红票和十张蓝票。当汤姆拿票去换《圣经》时，恰巧碰到了县法官一行人来参观主日学校。面对如此"优秀"的学生，法官大人问道："毫无疑问，你肯定知道十二门徒的名字。那你愿意告诉我们最初两名门徒的名字吗？"（Twain，2016：37）再三催促下，汤姆扭捏地回答道："大卫和哥利亚。"（Twain，2016：37）这个情节和刷围墙场景类似，都是汤姆通过小聪明捉弄别人并从中渔利。不同的是，在主日学校片段中讲故事的主动权被作者收回，而汤姆则被推往边疆故事中被讲述者嘲弄的一方。当读者意识到作者和汤姆之间距离拉开后，会自觉站到具有道德优势的作者一方。虽然交互式修辞依然发生作用，读者仍然作为知情人等待后续故事的发生，但故事叙述视角的微转让读者有些措手不及，不得不在慌乱中调整阵营，因而影响了阅读效果。这也是马克·吐温匆忙结束这段故事的重要原因之一："让我们仁慈点吧，就这样结束这个场景的故事。"（Twain，2016：37）德国文学评论家沃尔夫冈·伊瑟尔（Wolfgang Iser）将马克·吐温小说中这种视角的转变称为"张力"（tension）：在叙述者（隐含作者马克·吐温）要求读者与自己统一战线，和读者作为知情者想要支持汤姆之间的矛盾（Iser，1978：37）。

　　传统叙事学区分了"叙述者"和"感知者"的叙事身份，以及"外视角"和"内视角"的叙述角度。叙述者，是讲故事的人，而感知者则是接受故事的人；外视角，指叙述者身处故事之外，而内视角则指叙述者是故事重要的参与者。（申丹、王丽亚，2017：92~95）《汤姆·索亚历险记》使用的主要是叙述者的外视角，为了达到交互式修辞的最佳效果，时有叙述者和感知者融为一体的情况发生。这就是说，当叙述者和感知者合二为一利用内视角讲述故事时，叙述会变得更加深刻、引人入胜从而达到交互式修辞的有效效果，因而是更适合边疆幽默故事的叙事方式。《哈克贝利·费恩历险记》即采用了叙述者和感知者视角融合的叙述方式，是马克·吐温边疆幽默叙事实践最成功的一部小说。小说中，哈克作为叙述者和感知者，在讲故事时最能抓住"知情"的读者，从而重现边疆幽默中的讲述者和听众的有效交流。例如，在小说第十一章，哈克讲述了装成女孩前往圣彼得堡打探消息的故事。在进屋前，哈克还一再提醒自己不要忘记女孩的身份。结果，当女主人问起名字时，他一会回答"萨拉·威廉姆斯"一会回答"玛丽·威廉姆斯"；更是在穿针引线、用铅球砸老鼠等细节上暴露了自己的男孩身份。读者为其身份将要暴露而着急不已，而哈克却随机应变、谎话连篇，连女主人都被唬得团团转。读到哈克渡过难关，读者长吁了一口气。在接下来的对话中，小说文本从直接引语突转为间接引语：

　　　　"哪儿的话，你不用走。坐下！我不会伤害你的，也不会告发你。把你的秘密告诉我，请一定相信我……好了，现在告诉我吧，这才是乖孩子。"
　　　　因此我就说，我也不愿意装下去了。只要她说话算数，我就会一五一十地全部告诉她。然后，我告诉她我爸爸妈妈都死了，法庭把我

判给密西西比河下游五十英里的一个农夫。他虐待我，待不住我就跑了……（Twain，2008：81）

直接引语将读者带到故事现场，增强了故事的可信度；而间接引语则拉近了讲述者和读者的距离，确保了哈克和读者之间的有效交流。从"直接"到"间接"自然而有效的过渡，正体现了马克·吐温边疆幽默大师的匠心所在。在接下来的故事中，哈克顺利通过了女主人速答的考验，让她相信自己就是"乔治·彼得"。

哈克的感知者身份在小说结尾处营救吉姆的场景中发生了微妙的变化——作为观察者以内视角讲述故事，他既是故事的参与者，又从观察者的视角审视事件的过程。汤姆在小说第三十三章出现，听说吉姆被抓后立刻展开了"营救"计划。哈克在圣彼得堡曾经是汤姆忠实的追随者，但在菲尔普斯农庄情况很明显发生了改变。汤姆鄙视简单实用的营救方式，构思了一套套高难度的理想方案。对此哈克讲道：

他告诉了我他的方案，我立刻就明白了在花样上他的方案远胜我的十五倍，而且同样可以救出吉姆，另外还有可能把我们的性命也搭上。我特别满意，说我们简直应该跳着华尔兹去执行这一营救方案。（Twain，2008：318）

从哈克的语气中，读者不难看出讽刺的意味。经历了密西西比河上的历险，哈克变得成熟、稳重且务实，而曾经故乡的"大英雄"在他眼中已经变得幼稚可笑。与此同时，读者也以知情者的身份带着同样嘲讽的目光，饶有兴趣地看着汤姆执行"理想的"营救计划。例如，在谈到如何去除吉姆的脚链时，哈克认为将床搬开即可，但汤姆却认为非得用锯子将链条锯开才算数。他斥责哈克："你只能像幼儿园的小朋友那样解决问题吗？怎么，难道你一本书都没有读过？像拜伦·特兰克、卡萨诺兹、本凡奴托·契里尼和亨利四世，这些英雄故事你一个也没听过？"（Twain，2008：326）"大话王"汤姆执意照本宣科，把营救吉姆当作孩童的游戏，而"愚王"哈克和读者面对其愚蠢则哑然失笑：尽信书则不如无书，汤姆的方法永远救不出吉姆。哈克的务实态度和汤姆的照本宣科形成鲜明的对比，交互式修辞手法让幽默文本带上了对后者的反讽。

在《反讽修辞学》（*A Rhetoric of Irony*）一书中，韦恩·布斯（Wayne C. Booth）提出反讽的必要条件是作者和读者达成共识："所以作者和读者之间的唇齿关系依靠的是一个他们从未参与建构的世界，一言以蔽之，依靠的是……共识。"（Booth，1975：100）边疆幽默小说的交互式修辞预设了作者和读者之间的共识，即读者的"知情者"身份，因而边疆幽默本身就具备反讽的潜质。这一潜质在《哈克贝利·费恩历险记》的结尾恰到好处地表现出来，描写了理想与现实、执拗和务实之间的乖讹，表达了对不切实际的"理想"和"执拗"的嘲讽，而这正符合19世纪朴素务实的美国文化精神。

在布斯看来，反讽虽然具有攻击性，但同时也建构了作者和读者共享的抽象社区："建构和谐空间（amiable community）远比边缘化单纯的牺牲品更重要。阅读稳定反讽文学的主要体验往往是想要寻找并与志趣相投的人交流，参与到这个群体之中。"（Booth，1975：28）在交互式修辞幽默小说中，作者和读者就是这个群体的组成部分，读者作为"知情人"参与到作者的故事中，站在作者身边嘲弄被攻击的对象。难怪克里斯·鲍尔蒂克（Chris Baldick）在定义"反讽"时讲道："文学反讽是以牺牲人物（或者虚构叙述者）为代价对读者的智商进行恭维。"（Baldick，2003：114）读者作为故事知情者，同样是边疆幽默审美品质的重要组成部分。这样看来，反讽修辞和边疆幽默故事在一定程度和范围内是相得益彰的。然而，当反讽的力度过大，从建构的幽默升级为带有解构倾向的嘲讽，其与边疆幽默的创作理念也会渐行渐远。如果说《哈克贝利·费恩历险记》的边疆幽默将反讽运用得恰到好处，随着马克·吐温后来作品讽刺力度的增强，边疆幽默也从其创作的中心舞台退居幕后。

出版于1889年的小说《康州美国佬在亚瑟王朝》（*A Connecticut Yankee in King Arthur's Court*）较好地阐释了马克·吐温创作从边疆幽默到讽刺文学的转型。故事里，主人公汉克·摩根（Hank Morgan）被人打晕醒来之后，发现置身1300年前的中世纪。在亚瑟王朝，汉克利用现代思想和科学技术成为受人尊重的"魔法师"，并赢得了亚瑟王的信赖。在故事最后，亚瑟王被杀死，汉克的朋友全部被屠杀，而汉克则被梅林催眠回到了千年之后。小说的叙事方式还留有马克·吐温边疆幽默的特点，如用汉克第一人称视角叙述以达到交互式修辞的效果，但故事越往后文本的讽刺力度越大直到边疆幽默退而求其次。《康州美国佬在亚瑟王朝》是马克·吐温具有代表性的讽刺文之一，不但讽刺了骑士制度、君主制度、封建体制等，还对现代技术和科学理念甚至民主制度嗤之以鼻。豪威尔斯认为这是马克·吐温最好的作品，是"关于民主的现场教学"（Bell，1996：58）。但小说后半部分过于关注嘲讽攻击，以至行文带上了解构的倾向，忽视了叙述者与读者之间的"共识"，因而边疆幽默的效果也大打折扣。小说最后作者马克·吐温以"M. T."的身份出场，并用带有感伤主义色彩的文字描写了汉克之死。汉克思念在亚瑟王朝的妻子桑迪，错把 M. T. 当作她："哦，桑迪，你到底还是来了。我多想你啊！来，坐在我身边，别离开我，永远别再离开我了，桑迪，再不要了。"（马克·吐温，2002：343）汉克死前让读者动容的情感剖白，进一步解构了小说中边疆幽默的存在，而读者能从其中看到马克·吐温《神秘的陌生人》（*The Mysterious Stranger*）和《来自地球的信》（*Letters from the Earth*）等后期小说中充斥的悲观主义和决定论基调。

小说《神秘的陌生人》发表于 1916 年，是马克·吐温未完成的小说之一。在《我的文学船坞》（*My Literary Shipyard*）中，马克·吐温把小说创作比喻成建造轮船："在过去的 35 年里，总有两三艘未建造完成的轮船停泊在我的文学船坞中，不被人关注，沐浴在阳光之中。"（Twain，1994：279）经过一段时间的沉淀，当"作品能够自我书写之时"，有些"轮船"就会被继续建造完成（Twain，1994：279）。《神秘的陌生人》就是这样一艘暂时停泊在文学船坞未完成的"轮船"。从 1897 年到 1908 年，马克·吐温断断续续写作了三个版本的故事：《年轻撒旦的编年史》（*The Chronicle of Young Satan*）、《校屋山》（*Schoolhouse Hill*）和《第 44 号，神秘的陌生人》（*No. 44，The Mysterious Stranger*）。1916 年出版的《神秘的陌生人》由艾尔伯特·比格罗·潘恩（Albert Bigelow Paine）根据马克·吐温的手稿编纂完成。马克·吐温对这一讲述撒旦的故事表现出极大的兴趣，但在尝试了三个版本后也未能完成这艘"轮船"的建造。这足以说明他对表达小说主题没有把握，对于故事最终走向也始终犹豫不决。但总体看来，这部小说最大限度地体现了马克·吐温艺术创作后期表现出来的虚无主义和决定论基调。

故事发生在 1590 年的奥地利，叙述者是镇上手风琴师的儿子西奥多，故事围绕彼得神父一袋从天而降的金币展开。在彼得银铛入狱，女儿玛格丽特生活窘迫不堪之际，撒旦帮助他们渡过了难关。除了这条故事主线外，小说还有很多其他线索，如玛格丽特家新仆人的妈妈被当作女巫烧死的情节，撒旦改变西奥多朋友命运的多米诺效应，撒旦和西奥多对人性善恶等问题的争论，西奥多对撒旦将彼得变疯的质疑等。在小说最后，撒旦对西奥多说：

> 　　没有上帝、没有宇宙、没有人类、没有地球生命、没有天堂，也没有地狱。一切都只是梦而已——一个恐怖愚蠢的梦。除了你什么都不存在，你也只是一个思想而已——一个无形的、无用的、无归宿的思想，在空荡的永恒之中孤单流浪的思想。（Twain，1994：444）

　　上述引文中，马克·吐温借助撒旦之口表达了极端的虚无主义，认为一切都是虚空，连"我"都只是形而上的思想而已。究其原因，这种虚无主义来自马克·吐温晚年对于现实和梦境的混淆。1897 年，马克·吐温提出有"清醒的我"（waking self）和"梦中的我"（dreaming self）两个自我的区别，而且很难分清到底哪个是现在的我。马克·吐温曾在一封信中讲道："我梦到我出生长大，在密西西比河上做导航员……这个梦不断持续着，有时梦境太真实，我会以为那就是现实。"（转引自Blair，1978：358）从后期公开发表的言论来看，马克·吐温确实相信有一个类似梦境的世界，而现实和梦境是难以区分的。他后期尝试创作却最终无果的《无尽的黑暗》（*The Great Dark*）系列故事，都以隐喻的方式探讨了现实与梦境的荒诞问题。故事的情节基本类似：现实中的成功者梦中失败，梦醒之后发现失败只是"黄粱一梦"而已。很明显，这一情节设定是失败者的自我慰藉。纠缠于梦境主题，以及小说中不断减少的幽默精神和不断加重的虚无主义，揭示了马克·吐温后期创作中的真实想法："想要在一个无意义的世界中创作意义，人们的天赋想象力是根本做不到的。"（Hauck，1971：157）大多数学者认为，马克·吐温的悲观思想和虚无主义与其后来的人生经历密切相关，但这种由幽默到虚无的转变更是马克·吐温踏上艺术创作之路后就注定要发生的。

　　后期的生活遭遇是导致马克·吐温作品表现出虚无和悲观主义的直接原因。在《哈克贝利·费恩历险记》之后，马克·吐温的生活每况愈下。1880 年到 1895 年，不仅马克·吐温经营的出版社破产，对佩奇排字机的大额投资也如石沉大海。除了经济危机，身边亲人的相继离世也让马克·吐温无所适从：1890 年，母亲和岳母去世；1896 年 24 岁的大女儿苏西去世；1897 年，哥哥俄里翁去世；1904 年，妻子和妹妹帕米拉去世；1908 年，侄子山姆去世；1909 年，最小的女儿琼去世；等等。在安葬琼时，马克·吐温写下了感人肺腑的纪念文《琼之死》（"The Death of Jean"）。在文章最后，马克·吐温在为女儿之死伤心不已时再次混淆了梦境和现实：

> 上个周一琼来汽艇上接我的时候、上个周二晚上她在家等我的时候，这个美好的梦境萦绕在我的脑海中。我们在一起。我们是一家人！梦想成真了——如此的珍贵、如此地开心、如此地满足——但这个梦只有两天！现在？现在琼在坟墓中！（Twain，1994：249）

马克·吐温在文章结尾处所强调的"梦"，正是他创作生涯晚期的关键词。在经历了少年的努力、壮年的成功、晚年的落寞之后，作家开始借助有关梦境的系列创作聊以自慰。在琼下葬之后，马克·吐温决定此生不再写作，并于第二年离开了人世。

马克·吐温后期作品中的虚无主义，除了生活创伤的直接原因，更有其深层次的文化原因。前文提到随着工商业的发展和寡头经济的出现，美国社会金钱万能的思想逐渐膨胀起来，物质层面上的美国梦出走了，与宣扬宗教独立和信仰自由的精神梦想分道扬镳。美国梦"脱离了精神信仰的支撑，沦为物质欲望横流的世俗梦想"（唐文，2014：48）。正如马克·吐温与查理斯·华纳（Charles Warner）合作的小说《镀金年代》这一题目所暗示的，表面的风平浪静掩饰了内部的危机重重。物质梦想出走以后，没有精神信仰支撑的美国梦即将在新的世纪遭遇破灭的厄运。与霍桑、梅尔维尔等美国浪漫主义小说家通过阐释美国梦主题寻找灵魂的自由与表达不同，作为现实主义小说家的马克·吐温踟蹰于在"财富、文化和教育"（capital or culture or education）①的范畴内实现梦想，这样的梦想因缺少精神源泉的滋养，注定会枯竭。

就作家个人经历来说，马克·吐温确是"穷小子变富翁"美国梦的成功典范。出身贫寒的律师家庭，后来做过工人、领航员、矿工、记者

---

① 在吐温写于 1891 年的一封信的结尾，吐温讲道："在建构小说中，最珍贵的资源便是涉及财富、文化或者教育的个人经历，因而我认为我是合格的。"（Lowry，1996：3）这里的"财富、文化或者教育"是 19 世纪末 20 世纪初美国衡量成功者的主要标准，也是吐温为之奋斗的美国梦。

等，靠微薄的薪水度日，在娶了富家女奥利维亚·兰登（Olivia Langdon）后结识了许多文坛巨人，之后便开启了成功且富有的作家生涯。对于马克·吐温来说，"财富"无疑是成功最重要的砝码之一，这也是他一生不断尝试商业投资的原因。在文学创作领域亦是如此，小说成功与否不仅取决于读者的反响，更在于是否能为作者挣得盆满钵满。例如，马克·吐温在自传中写道"作为作者的经历"并不是从写作开始的，而是从与查尔斯·韦伯（Charles Webb）就第一本书签订协约开始（Twain，1990：152）。马克·吐温将小说盈利作为其作家生涯开始的标志，足见"财富"在其眼中的重要性。1872 年出版的《苦行记》（Roughing It）是马克·吐温的半自传体游记，记录了作者在内华达州挖矿的经历。游记中清楚地指出一个具有文化隐喻的信息：找到井口不要挖掘，卖出去盈利才是最好的生财之道。这种"不劳而获"的想法逐渐深入美国梦的肌理，成为《镀金年代》的关键词之一。很明显，马克·吐温对这种投机倒把的行为是认可的，在道德和利益冲突之时更不惜牺牲前者为后者开路。这就解释了马克·吐温对文学"剽窃"一事的独特看法。1879 年马克·吐温在霍姆斯（Oliver Wendell Holmes）寿辰上发表讲演《无意中的剽窃》（Unconscious Plagarism），讲到了早年崇拜霍姆斯并对其作品耳熟能详，以至于后来无意识中剽窃了对方的序言，而被发现时恼羞成怒想要杀了对方的幽默经历。在马克·吐温看来，只要作品能盈利，剽窃行为也是允许的。事实上，就连"马克·吐温"也是剽窃了密西西比河上同为导航员的以赛亚·塞勒斯（Isaiah Sellers）的笔名。这样看来，马克·吐温在成功之后的急转直下，无疑隐喻了美国梦即将遭遇的危机，而菲茨杰拉德的《了不起的盖茨比》等小说将在 20 世纪对这种危机做出更充分的解读。然而，当范·怀克·布鲁克斯在《马克·吐温的考验》（The Ordeal of Mark Twain）中提出马克·吐温在物质世界的蝇营狗苟是其创作生涯的绊脚石，他却忽视了正是这种"蝇营狗苟"成就了马克·吐温镀金年代代言人的身份，从边疆幽默到虚无主义的转变正反映了美国梦的物质转向以及其带来的一系列后果。马克·吐温成功的根本原因在于他抓住了镀金年代的命脉，作品反映出 19 世纪末 20 世纪初美国社会的真实状况，从幽默到虚无的笔触更是对当时美国人精神状态的真实写照。

此外，文学创作中儒雅传统和边疆精神的冲突，既促成马克·吐温地方色彩小说写作的成功，也是导致马克·吐温后期创作瓶颈期以及作品虚无主义的重要原因。如前文所述，马克·吐温的创作大体上可以分为三个阶段：早期边疆幽默作品（如《苦行记》和《哈克贝利·费恩历险记》等）、中期的讽刺小说（如《康州美国佬在亚瑟王朝》《傻子威尔逊》等）和后期的虚无主义小说（如《神秘的陌生人》《无尽的黑暗》等）。其中最成功的要数第一个阶段边疆幽默作品期，而这一时期也是马克·吐温创作受儒雅传统影响最少的阶段。马克·吐温渴求成功与名利，喜欢站在聚光灯下，成为万众瞩目的中心。这从他早年跟随阿特姆斯·沃德（Artemus Ward）做全国巡回讲演就可以看出。在惠蒂尔晚宴上，马克·吐温不无尴尬的讲演实际表达了一个真实的意愿：他也想成为像朗费罗等一样被儒雅传统认可的权威作家。始料未及的是，当梦想成真后，马克·吐温也遭遇到了创作上难以突破的瓶颈。例如，在1897年出版的《汤姆·索亚出国记》（*Tom Sawyer Abroad*）中，马克·吐温重新起用了汤姆、哈克和吉姆这些之前被读者追捧的人物。马克·吐温善用边疆幽默写作小说，因而哈克的故事在之前的系列旅行故事中最被读者认可。但在《汤姆·索亚出国记》中，已经晋升"儒雅阶层"的马克·吐温舍弃了哈克的叙事视角，而采用了汤姆的视角讲述故事。在"功成名就"的作者看来，来自"儒雅社会"的白人孩子汤姆才有资格成为小说的主人公。美国学者帕斯卡尔·科维奇在《美国文学的幽默启示录》（*Humor and Revelation in American Literature*）中也注意到了马克·吐温立场的改变："作为作者的吐温已经改变了立场……（故事中）可怜的汤姆不得不忍耐和两个旅伴的争吵，忍耐他们的无知。"（Covici，1997：141）在《傻子出国记》（*Innocent Abroad*）中貌似愚蠢落后的旅欧美国人、在《苦行记》西部边疆摸爬滚打的小矿工和编辑、在《哈克贝利·费恩历险记》中徘徊在良知和体制之间左右为难的费恩等，这些具有边疆精神的人物最具美国特色，也最被马克·吐温的读者所认可。而后期无论是讽刺小说还是带有虚无色彩的作品，已经很难再捕捉到被美国读者追捧的幽默精神和边疆情怀。前文提到在《如何讲故事》中马克·吐温曾经指出，幽默故事是美国原创的（Twain，1994：269）。作为美国本土幽默小说家，儒雅的身份很明显束缚了马克·吐温的创作。桑塔亚纳在《美国哲学中的儒雅传统》中也谈到了美国幽默作家难以挣脱的儒雅魔咒："如果他们完全避开儒雅传统，他们的幽默就会失去独有的风味。他们指出了（儒雅和）现实的矛盾，但不是为了舍弃前者，因为儒雅之外他们别无选择。"

（Santayana，1967：51）这是吐温难以突破的创作瓶颈，同样也是 20 世纪 60 年代美国黑色幽默作家难以挣脱的魔咒。

　　19 世纪末 20 世纪初，马克·吐温用幽默小说对美国文化认同进行了有效的表达，作家自己的创作经历也暗示了美国梦内涵的改变和未来的走向。也正是对美国文化的诸多隐喻，才成就了马克·吐温美国幽默代表作家的身份。正如"马克·吐温"这个名字的含义：小心，前方会触礁！这是对美国梦走向的一个巧妙的警示，暗示了下一个十年美国梦神话的破灭。

第四章 美国现代幽默小说：
20 世纪美国梦的良知拷问

　　19 世纪末 20 世纪初，美国历史学家特纳宣告了美国的边疆开拓即将结束，随之而来的是美国人价值观和生活态度的改变。当豪威尔斯等作家从现实主义的视角记录、反思曾经走过的边疆岁月时，20 世纪的科学技术和人文理念给美国思想领域带来了巨大的冲击。现代科技的发展、新闻媒体的无孔不入、消费文化的盛行等，在已经步入物质泥淖的美国梦上又加了一个沉重的砝码。纸醉金迷的爵士时代过后，突如其来的大萧条对于逐梦者来说无疑是当头一棒。美国学者哈罗德·西蒙森在《边疆之外：作家、西部地方主义和地方意识》(Beyond the Frontier: Writers, Western Regionalism, and a Sense of Place) 中谈道："曾经蕴含着无限可能的开放性边疆已经封闭起来，其中的隐喻从无限的空间转为不透气的墙——史诗转为悲剧。"(Simonson, 1989: 55) 西蒙森所谓的悲剧，是理想的幻灭，即世纪之交美国梦的悲剧转向。喧嚣之后的美国人意识到，所谓的美国梦也许只能是"黄粱一梦"的空中楼阁而已。接踵而来的，是"失梦一代"无尽的怅然。进入 20 世纪后，美国现代幽默小说以戏谑调侃的口吻记录了爵士时代的喧嚣、经济危机的冲击、荒诞的生存秩序以及"失梦一代"等主题，成为 20 世纪美国梦看似漫不经心、实则最严厉的良知拷问。

第一节　世纪的喧嚣：幽默
小说家对美国梦的拷问

　　在喧嚣和危机接踵而来之时，幽默小说家对社会风尚和人们内心世界的细微变化进行了形象记录和诙谐的评述，迎来了 20 世纪初美国幽默小说的第一个繁盛期。无论是专栏作家林·拉德纳，还是"纽约客"作家罗伯特·本奇利（Robert Benchley），抑或是自然主义作家杰克·伦敦（Jack London），他们都从小人物的视角对时下进行了记录和演绎，他们的小说对美国梦的现状和未来的走向进行了思考和预测，在拷问 20 世纪美国梦伦理维度的同时也指出了现代文学的关注点和发展倾向。罗伯特·A. 盖茨（Robert A. Gates）在《大萧条时期的美国幽默文学》（*American Literary Humor during the Great Depression*）中这样评价 19 世纪前半期独领风骚的美国幽默作家：

> 很多幽默作家看似关注的是时下的风云变幻，但是事实证明他们常常准确地预测了将要发生的事情，暗示了未来几代人将要关注的人和事……作家通常需要从历史中寻找未来的答案，而这个隐藏在历史之中的答案往往就存在于幽默的张力之中。（Gates，1999：Preface，xv – xvi）

在经历了大萧条的恐惧之后，文学作品的批判讽刺矛头不再锋利，由此出现了 50 年代文艺创作的平缓期。其间，美国幽默小说家通过荒诞书写指出了平静表面下的波涛汹涌。盖茨提出，相较于其他作家，19 世纪前半叶的美国幽默作家准确把握了时代脉搏，精准呈现了大众心理，并合理预测了梦想的方向，因而是真正的"时代良知"：他们的作品"不仅是对一个遗忘时代的反思，也是构建国家未来的基石"（Gates，1999：179）。

一、幽默专栏作家笔下"爵士时代"的喧嚣

经历了 19 世纪社会变革洗礼的美国，20 世纪既面临严峻的挑战，又拥有更多的发展机遇。一方面，南北统一之后，美国的工商业进一步发展，经济突飞猛进，国力迅速增强；另一方面，边疆开拓的结束，从根本上动摇了美国人传统的价值观和生活态度，对于美好未来的信仰失去了地理依托，美国人在务实主义驱动下更加注重对时下利益的获取。第一次世界大战的炮火不但没有波及美国领土，还为其发战争财提供了契机。与此同时，现代科学技术的发展给人们的生活带来了巨大的变革：汽车和电话

的应用和推广，缩短了人们之间的时空距离，释放了地理空间对人类的束缚；电影、收音机和各种电器设备的发明，改变了人们之前的生活方式，在物质享乐的层面极大地增强了人的信心等。如果一百年前爱默生在《论自然》中提出的"个人"能够通过自然的媒介和圣灵进行交流（Emerson，2010：99），那么在 20 世纪 20 年代，个人仍然孜孜以求获取神性，但媒介已由自然转为物质享乐。随着一战后中产阶级的壮大，这种享乐主义逐渐盛行起来。美国历史学家奥托·弗里德里克（Otto Friedrich）在谈到一战后的享乐主义时说，"日益壮大和富有的中产阶级只对简单地寻求乐趣感兴趣"（Friedrich，1965：6）。综合看来，20 世纪 20 年代的"爵士时代"是经济迅速发展、物质享乐主义盛行、个人对自我力量信心十足的十年。工商业的迅速发展，不断提升的消费需求和生活方式、文化意义的不断改变，"给整个社会带来了激烈的震颤和混乱的骚动，到处充满着令人心烦意乱的嘈杂与热闹轰鸣的喧嚣之声"（邹龙成、张玮琳，2012：192）。

回顾那喧嚣的十年，"爵士时代"具有两个显著的文化特征，即反叛性和开拓性。一方面，爵士时代的参与者带有鲜明的反叛特点。爵士音乐最早出现在美国新奥尔良州，是一种即兴演奏的黑人音乐。除了即兴创作和节奏感强之外，爵士音乐主要表达了黑人"沮丧的""悲伤的"（blue）情感体验。爵士音乐与传统音乐相背而行，在演奏理念和方式上都进行了革新，而这正折射了 20 年代叛逆的时代精神。边疆开拓的结束，意味着一个时代的终结。曾经的清教道德律例和无限可能的美国梦畅想都退到历史舞台的角落里，新时代的律例和梦想是"爵士"——不受传统束缚的个人情绪的表达。1922 年，菲茨杰拉德出版了短篇小说集《爵士时代的故事》（*Tales of the Jazz Age*），首次用"爵士"来命名这个时代以凸显喧嚣时代中的叛逆精神。另一方面，美国的爵士时代仍未脱离美国梦的文化轨迹，显现出在梦想维度上对未来生存秩序的开拓性。艾兹拉·庞德在文章《创新》（"Make It New"）中指出，所谓的"现代性"其实就是"创新"，而爵士时代就是对"新"文化风貌和表达方式的尝试，不可否认的是，它揭开了美国现代纪元的新篇章。但在"立新"的背后，爵士时代的作家从未放弃对美国梦的憧憬。就菲茨杰拉德来说，他的作品记录了爵士时代的消费文化，体现了梦想维度下实现个人价值的另一个极端方式——纸醉金迷的享乐主义。无论是反叛性，还是开拓性，爵士时代的喧嚣沸腾中闪现的是美国人信心十足的身影，是"爵士人"在真正危机到来之前的狂欢。1931 年，菲茨杰拉德在评论文章《爵士时代的回声》（"Echoes of the Jazz Age"）中讲道："这是一个奇迹的时代，一个艺术的时代，一个放纵的时代，也是一个充满嘲讽的时代。"（Fitzgerald，1951：460）

在反叛性和开拓性之中，隐含着爵士时代的张扬和喧嚣。"爵士人"有前所未有的自信，这种自信建立在科技进步和物质富裕的基础之上，建立在消费文化和享乐主义之上。经历过"奇迹"和"放纵"，繁荣的泡沫消散之后仅剩下了"嘲讽"。爵士人的过度自信和纵情享乐，让他们表现出希腊戏剧中经典喜剧角色"大话王"的特点。在沸腾和喧嚣之中，美国幽默作家则延续了加尔文主义幽默"对瑕疵的洞察力"（Dunne，2007：2），承担起了针砭时弊、顽廉懦立的"愚人"重担。其中尤以报纸杂志的专栏作家表现最为突出。由专栏作家完成的连载小说因其即时性而讽刺力度大，幽默效果也立竿见影，深受读者欢迎。20 世纪初，各杂志应时开辟专栏发表系列幽默小说，像《大西洋月刊》、《北美评论》、《斯克里布纳杂志》（Scribner）、《哈珀月刊》和《书商》（Bookman）等杂志都不例外。其中由约翰·肯德里克·班斯（John Kendrick Bangs）等作者在《哈珀月刊》开设专栏"编辑的抽屉"（Editor's Drawer），因专门刊出幽默小说而备受读者追捧，杂志发行量直线上升达到每年 20 万册。正如诺里斯·W. 耶茨（Norris W. Yates）在《美国幽默家：20 世纪的良知》（The American Humorist：Conscience of the Twentieth Century）中所断言的："在世纪之交，侃侃而谈的报刊对美国幽默的复兴起到了推波助澜的作用。"（Yates，1964：35）

大多数专栏作家采用"旁观者"视角进行写作，发挥了"愚人"嬉笑怒骂间嘲讽指点"大话王"的功用。在众多城市中，芝加哥因其独特的地理位置以及工业化和城市化的迅猛发展成为"愚人"故事的滋生地，聚集了大量优秀的幽默专栏作家。美国学者威拉德·索普（Willard Thorp）就曾讲过："芝加哥是幽默专栏作家的检验场。"（Thorp，1964：29）其中比较有代表性的，如乔治·艾迪（George Ade）在《每日新闻》（Daily News）的专栏"街头巷尾的故事"（Stories of the Streets and of the Town）中诙谐地描述了芝加哥从乡村到城市的转变；芬利·彼得·邓恩（Finley Peter Dunne）在芝加哥《晚邮报》（Evening Post）开辟专栏刊登了激进改革者酒保杜力先生（Mr. Dooley）与朋友海利斯（Hannesy）有关时政世事的对话；林·拉德纳在《论坛报》（*Tribune*）开设专栏"新闻随时报"（In the Wake of the News），以下层中产阶级的视角来撰写体育新闻和故事；被称为"巴尔的摩先知"（Sage of Baltimore）的 H. L. 门肯（H. L. Mencken）和"黑色专栏作家"唐·马奎斯也分别在巴尔的摩《先驱晨报》（*Morning Herald*）和《雷默斯大叔的家庭杂志》（*Uncle Remus's the Home Magazine*）设专栏撰写幽默故事；等等。在这些幽默专栏作家中，拉德纳因其体育记者的身份而显得尤为特殊，论者弗里德里克认为拉德纳是"马克·吐温之后出现的最伟大的平民文学英雄之一"（Friedrich，1965：5），充分肯定了拉德纳小说中的民粹幽默精神。拉德纳在书信体小说《艾尔，你了解我的》（*You Know Me Al*）中，用棒球手杰克·科菲（Jack Keefe）的第一人称视角讲述了一个关于爵士时代棒球手的辉煌故事。

拉德纳是 20 世纪初美国著名的体育新闻记者和幽默小说家，写有130 多篇幽默短篇小说。虽为体育记者，但拉德纳文笔幽默辛辣，得到海明威、弗吉尼亚·伍尔芙、菲茨杰拉德等很多同时代作家的赞赏。拉德纳天生脚部残疾，因此矫正器一直戴到 11 岁。成为体育明星一直是拉德纳最大的梦想，但天生残疾让拉德纳永远无法站在赛场上成为万众瞩目的中心。但也正因为脚部残疾，拉德纳才能以一名新闻记者的身份旁观、报道以及分析体育赛事。早在十几岁的时候，拉德纳就在密歇根州奈尔斯市的《南本德报》（*South Bend Times*）工作。22 岁时，拉德纳来到芝加哥，先后在《内洋》（*Inter-Ocean*）、《审查员》（*Examiner*）和《论坛报》作记者，主要报道体育赛事。其间，为了跟踪赛事他曾先后随"芝加哥公牛队"（The Chicago Cubs）和"芝加哥白袜队"（The White Sox）参加全国巡回赛。多年的新闻记者生涯，以及巡回赛中与棒球手一起耳濡目染的生活，为《艾尔，你了解我的》积累了丰富的素材。1909 年，拉德纳前往圣路易斯市为《体育新闻杂志》（*Sporting News*）开辟棒球赛事专栏"普尔曼的消遣"（Pullman Pastimes），这些专栏文章为后来小说的出版搭建了基础框架。

1914 年，《艾尔，你了解我的》以连载小说的形式分六部分先后发表于《星期六晚邮报》（*The Saturday Evening Post*）。这六个部分按照时间顺序讲述了职业棒球手杰克·科菲的运动员生涯，因而合并出版反而让故事更具完整性。1916 年，小说由乔治·H. 多兰公司出版，成为拉德纳第一部被学界关注的长篇小说。故事以书信体形式展开，所有信件均由科菲写给故乡印第安纳州倍德福德市的好友艾尔。第一封信写于 9 月 6 日，最后一封信的日期为第二年的 11 月 19 日，因而小说的时间跨度大约一年，科菲在系列信件中大致讲述了这期间的比赛经历和琐碎生活。故事伊始科菲被卖给芝加哥白袜队，因表现不好而未进入总决赛，但其后竞技状态渐入佳境，不但受到球队重视，还娶了队友艾伦的小姨子弗洛丽（Florrie）为妻。在弗洛丽的怂恿下，科菲向球队负责人科米斯基（Comiskey）狮子开口提出了苛刻的续约条件，遭到拒绝后被转卖，弗洛丽也与科菲分手。辗转回归白袜队后，科菲表现突出并赢得了世人的瞩目，弗洛丽也带着儿子小艾尔回到科菲身边。在故事的最后，科菲踏上了世界巡回赛的旅程。拉德纳以书信的方式，真实地展示了一个现代社会棒球明星的内心世界。信件中使用的语言充斥着语法和拼写错误，符合科菲来自社会底层、未曾受过教育的身份背景，增加了故事的民粹色彩。小说一经出版就得到了学界的认可：同时代的新闻记者安德鲁·弗格森（Andrew Ferguson）曾经讲过，《艾尔，你了解我的》在所有美国幽默作品中排在前五名（Ferguson，2006：8）；而弗吉尼亚·伍尔芙对拉德纳的这部小说更是赞誉有加（Ferguson，2006：8）；论者唐纳德·埃尔德（Donald Elder）也曾经谈到小说在当时非常流行，以至于"人们（总是）引用小说的内容；当时上高中的海明威和詹姆斯·T. 法雷尔（James T. Farell）① 也都在模仿拉德纳的口音"（Elder，1956：14）；等等。

小说最吸引读者的地方，是从内视角讲述了一个"体育明星"棒球手的心理历程。20 世纪初，尤其是一战后，美国人的价值观发生了天翻地覆的变化。19 世纪中后期，"霍雷肖·阿尔杰神话"之所以出现，是因为作者的创作迎合了美国民众"穷小子变富翁"的梦想。随着寡头经济的出现，美国社会贫富差距逐渐增大，美国民众意识到"一夜暴富"的梦想是不可能实现的。随着大众传播媒体的发展，娱乐和体育新闻逐渐引起越来越多美国民众的关注。而媒体对棒球手艾迪·柯林斯（Eddie Collins）和橄榄球手雷德·格兰奇（Red Grange）等运动员的宣传和吹

---

① 詹姆斯·T. 法雷尔（1904—1979）是美国小说家和诗人，代表作品是《斯塔兹·朗尼根》（*The Studs Lonigan Trilogy*）三部曲。

捧，使"成为体育明星"成为 20 世纪初美国年轻人为自己勾画的新的美国梦。弗里德里克曾经提到菲茨杰拉德和法雷尔都曾梦想成为棒球明星，而法雷尔更是讲道："我们美国就是一个由挫败的棒球手组成的民族。"（Friedrich，1965：7）在小说中，科菲在信中多次提到了自己"棒球明星"的身份，受到了球迷，特别是女性球迷的崇拜和迷恋。维奥莱（Violet）、海兹尔（Hazel）和后来成为妻子的费洛丽都是科菲的追随者。在科菲和海兹尔确定恋爱关系后，维奥莱仍然对他紧追不放。在一封信的附言中，科菲提到"我收到了一封维奥莱的信，读得我都要哭了。真希望有两个我，两个女孩一人一个"（Lardner，1916：66）。在另一封信中，科菲告诉艾尔自己不得不加入世界巡回赛，因为科米斯基说，一封来自美国总统威尔逊的信讲到日本天皇不欢迎没有明星的芝加哥白袜队或者巨人队。如果科菲不去，"日本人会对美国产生怨恨，如果日本发动战争，那我们该如何应对？"（Lardner，1916：233）拉德纳戏谑却生动地讲述了美国人对体育明星的盲目崇拜，让读者为"大话王"科菲的盲目自信而捧腹不已。

爵士时代对体育和娱乐明星的崇拜，有深层的社会文化根源。美国学者亨利·F. 梅（Henry F. May）曾经提出，一战前后美国人的信仰文化发生了改变，主要体现在道德观、进步观和对传统文化的尊重三个方面的变化（Yates，1964：138）。一战后美国人受到信仰改变带来的冲击，并通过各种努力来认识并接受这种改变。美国社会对体育明星的关注，在某种程度上正体现了美国人适应新的社会秩序的努力。荷兰历史学家约翰·赫伊津哈（Johan Huizinga）在《游戏的人：文化中游戏成分的研究》（Homo Ludens）一书中谈到了体育和社会之间的关系，提出具有游戏特征的体育竞技本身又是社会性的："游戏创造秩序，游戏就是秩序。游戏给不完美的世界和混乱的生活带来一种暂时的、有局限的完美"（赫伊津哈，2007：12）。根据赫伊津哈的理解，体育竞技在象征意义上是重建社会秩序的努力。这样看来，一战后美国社会和民众对体育明星的推崇和迷恋，正体现了美国人在价值观和信仰发生变化后的自我调适，是美国梦在新形势下的表达方式。但并不是所有的美国人都认同这种自我调适的方式，很多美国作家都在文学作品中对明星崇拜提出了怀疑，其中就包括身兼体育记者和幽默作家双重身份的拉德纳。耶茨曾指出，"为数不少的评论者自战前便认为美国理想已经幻灭了，他（拉德纳）

就属于其中的一员"（Yates，1964：175）。拉德纳从"愚人"视角嘲讽了对体育明星的盲目崇拜，指出了源于美国梦对体育明星"英雄崇拜"的荒诞性。

根据英国书信体小说家塞缪尔·理查逊（Samuel Richardson）的理解，书信体小说因是"在一种具体情形的即刻印象下写成"，因而具有"即时创作"的特点（Ball，1971：24）。书信体小说能够准确地呈现人物的精神状态和心理变化，是心理现实主义文学的一种。通过科菲写给艾尔的系列信件，拉德纳塑造了一个来自社会底层、自负且愚蠢的"棒球明星"，对美国爵士时代流行的"体育英雄崇拜"进行了成功的解构。和传统意义上的英雄不同，科菲是一个十足的"大话王"。由于是信件的形式，话语权完全掌握在写信的科菲手中，但很明显他并不是位言辞高手，因而读者在信中读到了一个处处将过失归咎于他人的蠢笨好笑的形象。例如，在第一部分"业余棒球手的家书"（A Busher's Letters Home）的最后，科菲由于表现不佳被转卖给了弗里斯克队。对于这件事，他写道："艾尔，告诉朋友们真相：如果不是因为胳膊酸疼而表现不佳的话，我肯定不会被转卖掉的。"（Lardner，1916：44）将被转卖的事实归咎于"胳膊酸痛"，其中的荒诞不言自明。隐含作者在文本中虽然不能直接发声，但通过科菲在信件中事无巨细的讲述，读者总能感觉到隐含作者作为"愚人"形象的在场。例如，前一封信中，自负的科菲在弗洛丽的怂恿下向科米斯基提出"家属随行"的要求。但在第二封信里，科菲告诉艾尔愿望未达成，而且他又在弗洛丽的怂恿下，向科米斯基提出签署 3000 美元的合约，结果再次被拒。接下来的信件里，不死心的科菲决定加入"联邦球队"，结果不但未成功而且白袜队也将其开除，走投无路的科菲向艾尔讲道："也许我该出去买支枪，然后一了百了。"[①]（Lardner，1916：112）尽管这一情节是通过科菲的几封信件讲述的，但是过度的自信和失败之后的不堪一击，让读者自觉以"愚人"视角审视嘲讽科菲，而这种"愚人"视角也正隐含了作者创作的出发点。除了自大自负之外，"大话王"科菲的吝啬、笨拙和愚蠢等特点也跃然纸上。俚语满天飞、语法错误比比皆是的信件揭示了科菲粗鄙的出身，而与艾尔、弗洛丽等在金钱上

---

① 拉德纳坦诚，一生之中有好几次想过自杀。他甚至想好了死亡的方式：在街头斗殴中被杀死，或者因流弹击中后背而死亡。（Freidrich，1965：47）

的争执，又说明了其吝啬的本性。科菲的愚蠢更是无出其右。当他再次回归白袜队并引起关注后，弗洛丽带着儿子小艾尔回到了他的身边。信件的细节，如小艾尔是左撇子等，暗示了他可能是科菲的连襟艾伦的儿子。连读者都能意识到的问题，戴了绿帽子的科菲却毫不知情。科菲的愚蠢在小说结尾处更表现得淋漓尽致。科菲为了照顾儿子而拒绝参加世界巡回赛。为了哄骗科菲参赛，科米斯基讲到美国总统和日本天皇都在期待科菲的到来。好笑的是，科菲勉强答应参加比赛后，却在闲谈中被队友讲述的旅途的艰辛吓坏，再次拒绝参加比赛。总而言之，拉德纳通过科菲的系列信件，嘲弄了棒球英雄的自负和愚蠢，解构了体育明星头上的光环，也暗示了喧嚣时代英雄崇拜的盲目和荒诞。

一战之后，美国梦在物质和精神的天平上逐渐失衡，美国民众在追求物质享乐之路上渐行渐远。爵士时代，意味着美国梦在物质层面上的文化膨胀，集中表现在"消费主义"的甚嚣尘上。美国在一战后的消费主义，主要指的是炫耀性消费（conspicuous consumption）[①]，这与倡导生活节俭、例行规诫的美国清教传统是背道而驰的，是奉行"及时行乐"的现代社会生存逻辑的变形。在消费主义的引领下，美国梦在追逐自由的过程中迷失了道路。炫耀性消费带有攀比的心理特征，因而容易产生偶像崇拜。在这样一个全民崇拜体育和娱乐明星的时代，拉德纳通过写作《艾尔，你了解我的》扮演了一个"愚人"的角色，对所谓的英雄崇拜进行了解构，对这种"消费主义"及其背后的爵士时代进行了嘲讽。杰西·比尔在《美国幽默的起起伏伏》中指出，"对我们新的民族英雄的攻击，是他（拉德纳）作品最成功的地方"（Bier，1968：212）。拉德纳在《艾尔，你了解我的》之后，又在1918年和1919年出版了小说的两个续篇《重拳出击》（Treat'Em Rough）和《真正的傻瓜》（The Real Dope）。前者讲述了杰克·科菲参军后的幽默故事，后者是对游记的戏仿，围绕科菲的法国之行展开。相较于第一部，后两部小说远离了时下的"爵士节奏"，因而关注度并不高。但不可否认的是，拉德纳的杰克·科菲系列故事审视了爵士时代的文化价值理念，对其具有喧嚣性的消费主义进行了嘲讽和鞭笞。

---

① "炫耀性消费"这一概念由经济学家凡勃伦在1899年出版的《有闲阶级论》中提出，指的是"为了有效地增进消费者的荣誉，就必须从事奢侈的、非必要的事物的消费"（凡勃伦，2009：76）。

如果拉德纳主要从"明星崇拜"的视角审视爵士时代，那么另一位专栏作家唐·马奎斯则以幽默民粹视角描写了普通人的爵士生活。

马奎斯是活跃于 20 世纪二三十年代的美国幽默专栏作家之一。1912 年，20 岁的马奎斯在报纸《夕日》（The Evening Sun）上开辟每日专栏"日晷"（The Sun Dial）。"日晷"专栏持续了 11 年，直到马奎斯离开《夕日》。1922 年，马奎斯开始在《纽约论坛》（New York Tribune）上开设专栏"塔"（The Tower）以及之后的"灯笼"（The Lantern），这两个专栏受到读者的追捧，增加了杂志的销量。此外，马奎斯还定期向《星期六邮报》、《哈珀报》、《斯克里布纳杂志》和《世界公民》（Cosmopolitan）等报纸杂志供稿。作为专职的幽默专栏作家，马奎斯对一战后特别是 20 年代的美国社会存在的问题了然于心，不但记录了爵士时代的喧嚣和浮夸，还对这种浮夸进行了鞭辟入里的分析和嘲讽，堪称专栏作家之中的无冕之王。正是因为马奎斯专栏写作的即时性和多样性，幽默作品的针砭时弊和衔华佩实，耶茨才会评价道，"他（马奎斯）既是怀疑论者又是梦想家，既是哲学家又是流浪汉，既是叛逆者又是扶轮社会员[①]——总而言之，是一位带着古怪笑容的阴郁的幽默家"（Yates，1964：216）。

在马奎斯写作的专栏小说和诗歌中，蟑螂阿奇先生（Archy）和野猫梅海塔布尔小姐（Mehitabel）是最受读者欢迎的两个角色。阿奇和梅海塔布尔都是马奎斯在为"日晷"撰文时创作的形象。阿奇的前世是一位自由诗体诗人，因而虽然转世成为一只蟑螂，但会吟诗作对。阿奇住在一家报社里。每天傍晚在所有人都离开后，他就会在一台古老的打字机上写作。因为个头小，打字时就需要在键与键之间跳跃，所以阿奇的文章里没有大写字母和标点符号。野猫梅海塔布尔是阿奇的好朋友，他们经常结伴出去探险，嬉笑怒骂地嘲讽世事人情，成为冷眼旁观爵士时代的两个另类的"愚人"。1927 年，他们的故事以书的形式出版——《阿奇和梅海塔布尔》（Archy and Mehitabel）。之后马奎斯在 30 年代又出版了两个续篇：《梅海塔布尔的阿奇生活》（Archys Life of Mehitabel，1933）和《尽职的阿奇》（Archy Does His Part，1935）。《阿奇和梅海塔布尔》一经出版就大获

---

① 扶轮社（Rotary Club）是由商人组成的服务社团，以博爱为宗旨，以维护世界亲善与和平为旗帜。1905 年 2 月，第一个扶轮社在美国伊利诺伊州芝加哥由律师保罗·P. 哈里斯（Paul P. Harris）组建，之后发展遍布世界各地。

成功，是为数不多的仍在出版的 20 世纪 20 年代的作品之一。有趣的是，马奎斯坦诚"有时会担心，自己会因为创作了一只蟑螂而被记住"（Yates，1964：197 - 198），而事实上，以诙谐诗（light verse）形式出现的阿奇的系列故事确实是马奎斯作品的巅峰之作，而且成为美国幽默文学史上不可或缺的一部分。

美国的诙谐诗最早可以追溯到 18 世纪的《扬基歌》（*Yankee Doodle*）。19 世纪后期，随着报纸杂志的繁荣和中产阶级文化的兴起，诙谐诗得到了初步发展，出现了以尤金·菲尔德（Eugene Field）为代表的诙谐诗人。到了 20 世纪，特别是爵士时代，喧嚣躁动的美国迎来了诙谐诗的鼎盛时期，马奎斯、奥格登·纳什（Ogden Nash）、卡尔·桑德伯格（Carl Sandburg）、罗伯特·弗罗斯特（Robert Frost）等诙谐诗人蜚声一时。美国学者莫里斯·毕夏普（Morris Bishop）肯定了诙谐诗的审美意义。

> 诗歌，或说严肃诗歌（heavy verse）是用美的形式来寻求理解。诙谐诗则直视赤裸裸的美，旨在让误解来得更彻底。事实上，即使误解也是理解的一种，是析毫剖厘的分析，是对真理的观察。它迂回地接近真理，发现位于美的后方、建构根基的板条和石灰。（Bishop，1954：3）

诙谐诗与严肃诗歌最主要的区别，是前者插科打诨的语调和戏谑嘲讽的幽默。毕夏普所谓的"迂回地接近真理"，指的就是幽默的"社会纠正功能"（social corrective function）。① 他进一步将诙谐诗分为"戏仿"（light verse proper）和"民俗"（light verse improper）两种，前者是对严肃诗歌的戏仿，后者是通俗的打油诗。马奎斯使用诙谐诗的形式从动物视角讲述了阿奇的故事，戏仿了现代作家的文学创作，韵文具有很强的故事性，且插科打诨让人读来忍俊不禁，实现了幽默、诗歌和小说三种形式的有效结合。根据毕夏普的分类，阿奇的故事应属于"戏

---

① 弗莱说，"小说中，我们发现了两种倾向，喜剧倾向将主人公融入社会，而悲剧倾向则孤立他"（Frye，1971：54）。根据弗莱的理解，如果一个人的行为怪异不符合社会规范，他就可能成为别人的笑柄。当他意识到自己的不同并对之改正后，个人即从"异类"回归正常人群体，而社会秩序亦得以维持。这就是幽默的社会纠正功能。

仿"的诙谐诗。

论者威拉德·索普（William Thorp）认为，"最好的戏仿是一种文学批评，如果在场的观众熟悉被戏仿的文本，那么这一戏仿行为就会取得最好的艺术效果"（Thorp，1964：37）。如果索普的观点是准确的，那么从文学和现实两个层面上去理解，《阿奇和梅海塔布尔》都应该是最好的戏仿诙谐诗之一。一方面，阿奇的故事运用了大量的文学戏仿。为了迎合普通读者，马奎斯作品戏仿的对象大多是读者耳熟能详的经典文学作品。例如，《知更鸟与蚯蚓》（*The Robin and the Worm*）讲述了知更鸟不顾蠕虫的哀求将其杀死，但自己却被梅海塔布尔吃掉的故事。诗歌开始的部分与美国诗人艾米莉·狄金森（Emily Dickinson）的诗歌《一只鸟儿飞下来踱步》（*A Bird Came down the Walk*）有很强的互文性。狄金森的诗歌写道：

> 一只鸟儿飞下来踱步——
> 它不知道我在看着——
> 它一下将一只蚯蚓啄成两半
> 生生吞下那家伙（狄金森，2015：159）

虽然情节相似，不同的是，狄金森的作品展示的是人类视角下的动物世界，而马奎斯的故事则分别从知更鸟和蚯蚓的动物视角展开。知更鸟以生存为由要吃掉蚯蚓，后者还没来得及反应就被吞了下去。被吃掉后，蚯蚓感觉被一点点融入知更鸟的身体内。而当知更鸟吃饱想要引吭高歌时，却被身后的梅海塔布尔一口吞掉。在这一"螳螂捕蝉，黄雀在后"的故事中，马奎斯分别从可怜兮兮的蚯蚓和骄傲自大的知更鸟两个视角去描写，意外的结局给情节增加了生动活泼的幽默元素。此外，如果说狄金森在诗歌中想要呈现自然之真之美的话，马奎斯则通过对狄金森的戏仿将主题引入更抽象的维度——生存之重。阿奇在诗文中这样感叹道：

> ……无论是通俗抒情的，还是严肃宫廷的
> 态度
> 相信一切都是为
> 你而存在的直到你发现

你是为了它而存在的

高歌你的信仰

相信会有食吃直到

你被吃掉的那一刻

因为你终将

是要被吃掉的（Marquis，1933：64）

当客观现实与主观期盼不符时，人类便会产生荒诞感。蟑螂阿奇对这种荒诞感有深刻的体会：以为自己是世界的中心，其实世界只是围绕别人转而已；以为自己是捕食者，其实是被猎食的对象。马奎斯在戏仿狄金森的基础上，让荒诞成为故事的中心主题。为了将荒诞的主题精辟透彻地演绎出来，作品结尾处还专门提到《哈姆雷特》中哈姆雷特、国王和头骨之间互动的情节。作品中的文学戏仿比比皆是，莎士比亚、弥尔顿、艾迪生、雪莱、伊索等作家的身影时隐时现。实际上，作品很有可能是对当时在大洋彼岸风靡一时的卡夫卡小说《变形记》的戏仿。《变形记》讲述了格里高尔变成甲虫的故事，而马奎斯的阿奇也是住在蟑螂躯体里的一位自由体诗人。尽管阿奇大声抗议道："神哪我被困在一只蟑螂的躯体里/可我有着但丁的诗魂"（Marquis，1933：60），但与格里高尔最终落寞死去的结局不同，阿奇带有自嘲的幽默感让他得以存活下来。除了对文学的戏仿，《阿奇和梅海塔布尔》中也有对现实的模仿和嘲弄。

阿奇清楚地记得自己前世的诗人身份，因此在昆虫世界与人类世界之间搭建起了一座桥梁。它把自己在昆虫世界的所见记录下来，写给"老板"（boss）出版以供读者阅读欣赏。阿奇作品的独特之处是通过动物世界来嘲讽人类社会，从一只蟑螂的视角来揭示爵士时代的喧嚣浮夸和道德错乱。例如，阿奇在《一只飞蛾教会我的》（*The Lesson of the Moth*）中，讲述了一只奉行"及时行乐"的飞蛾的故事，实则直指爵士人浮夸的生活方式。当阿奇问飞蛾为什么总要不顾一切地扑火时，飞蛾回答道：

这样更快乐

尽管只是短暂的

以美的姿态在火焰中燃烧

不愿意活到天长地久

　　却总是无所事事（Marquis，1933：99）

　　飞蛾的话正是对爵士人生存逻辑的真实写照。与之相关，系列故事的另一位主人公野猫梅海塔布尔同样奉行"快乐至死"（toujours gai）的生存逻辑。无论是"及时行乐"，还是"快乐至死"，都是对奉行物质享乐、消费主义的爵士人生存价值观的真实再现。在《梅海塔布尔找到了一个家》（*Mehitabel Finds a Home*）中，梅海塔布尔向阿奇讲述了新主人家里夜夜笙歌的场景。在新主人家待了一个星期后，梅海塔布尔发现他们从不睡觉，而且每天晚上都有舞会——"钢琴的盖子/和冰盒的盖子/从未合上。"（Marquis，1933：67）梅海塔布尔效仿新主人，凌晨四点带着女性"猫朋友"来到家里开舞会，"我们唱歌/然后跳舞/从天堂到地狱"（Marquis，1933：68）。"饮酒"是爵士人狂欢的主要方式之一，是对欲望的放纵，亦是表达爵士时代"及时行乐"的文化符号。有学者指出，"饮酒是凝视下的狂欢，是消费主义怂恿下的展示"（虞建华，2015b：35）。阿奇在诗歌中描述了不少的"酒鬼"形象：整日醉醺醺的梅海塔布尔、禁酒令下烟消云散的法老、以醉苍蝇为食的黄蜂、法国醉猫"弗朗索瓦·维庸"等，这些形象均是对现实中爵士酒鬼的有趣戏仿，揭示了爵士时代的浮夸和堕落。除了嘲讽爵士人生存逻辑的荒诞，马奎斯还通过阿奇的故事探讨了物欲横流之下的道德败坏。

　　爵士时代在物质欲望和道德准则的天平上偏向了前者，在有些故事里阿奇也沾染上了爵士人的腐坏习气。例如，在《鬼魂克拉伦斯》（*Clarence the Ghost*）中，他大谈"道德相对论"："我活得越久我越/意识到一切都是/相对的包括道德也是/相对的。"（Marquis，1933：160）阿奇坦白，在很多情形下，会昧着良心做损人利己的事情。而与之相比，好友梅海塔布尔更是一位典型的"道德失衡者"，它的身上闪现着现实生活中"飞女郎"（flappers）的影子。所谓"飞女郎"，"指 20 世纪 20 年代在衣着和行动上不受传统拘束、随心所欲的美国年轻女子"（李丽聪，2006：141）。阿奇告诉读者，梅海塔布尔在爱情游戏中流连忘返不能自已。每段爱情中，它总是受害者，不是挨揍就是被出卖，为此遍体鳞伤饱受摧残。尽管如此，奉行"快乐至死"的它却乐此不疲。在《梅海塔布尔和猫宝宝》（*Mehitabel and Her Kittens*）中，梅海塔布尔对宝宝影响自己"行乐"

苦恼不已，在向阿奇抱怨时提到想把宝宝们扔到河里淹死。阿奇后来讲道：

……之前

家里的三只猫宝宝

消失了

前一天它向我讲起

猫宝宝们

第二天当我问起

它们

它茫然地答道

什么猫宝宝（Marquis，1933：77）

显然，梅海塔布尔为了及时行乐，不惜杀死或者遗弃自己的孩子。在享乐至上的爵士时代，传统的道德观和家庭伦理沦为儿戏，故事中动物世界里的家庭惨剧，却暗示了现实中爵士人的道德失衡及其带来的惨痛后果。

与物质享乐和道德准则失衡相关的，是精神信仰的迷失。在《阿奇收到火星来信》（*Archy Hears from Mars*）中，阿奇戏谑地将地球居民描述为"两条腿的动物叫/人完全/搞不清楚到底/他的祖先是神/还是猴子"（Marquis，1933：135），用斯芬克斯因子嘲讽了缺失信仰的现代人。此外，阿奇在多首诗中质疑上帝的公正性：为什么转世再生后成为一只蟑螂？前文提到美国梦是美国精神的核心所在，是建构美国文化认同的基础平台，这种最初与宗教自由紧密相连的梦想存在于物质和精神两个层面上。随着爵士时代物质享乐、道德失衡和信仰迷失的发生，美国梦的内涵出现了精神自由的真空。被挤压到物质享乐空间的梦想，没有了精神信仰的支撑，注定会走上幻灭之路。在行文中，阿奇多次表露出想要自杀的意愿。而前文也提到与马奎斯同为爵士专栏作家的拉德纳也曾经多次尝试自杀。正是基于这种精神自由的真空，耶茨才指出，马奎斯作品有时会呈现"失望的理想主义者所有的'彻底的黑暗'（blackness ten times black）"（Yates，1964：206）。

活跃在爵士时代的专栏作家记录了时代的声音，通过文字让读者感受到 20 世纪前期在经济繁荣与科技自信膨胀的背景下，喧嚣浮躁的生活气息与信仰迷失的生存状态。专栏小说中的幽默作品，在继承美国传统幽默文学的基础上，开创了在城镇化背景下新的幽默特点；在美国梦文化领域，既幽默夸张地再现了追梦者在"喧嚣"中的沉迷，又犀利地指出了梦想的迷途并预测了一系列的社会问题。总而言之，以拉德纳和马奎斯为代表的爵士时代专栏幽默作家体现了"一种拥抱未来的激奋和失去传统的焦虑"（虞建华，2015a：41），在美国幽默小说发展史有着承上启下的关键作用。

二、《纽约客》幽默小说家的"小人物"

19 世纪末 20 世纪初，随着美国工业化的迅速扩展，报刊业得到了前所未有的发展。据统计，截至 1885 年，美国境内共有超过三万份杂志。其中既有像《民族》（*The Nation*）、《哈珀杂志》（*The Harper's*）、《大西洋月刊》等利基杂志①，也有像《科利尔杂志》（*The Collier's*）、《星期六晚邮报》、《妇女家庭杂志》（*The Ladies Home Journal*）等适合大众口味的民粹杂志。《纽约客》杂志在 1925 年由哈罗德·罗斯（Harold Ross）夫妇创办。罗斯最初的打算是将《纽约客》办成另一本阳春白雪的利基杂志，因而在创刊计划书中讲道："正如对外宣称的那样，杂志绝不是为乡下的迪比克老太太而设计的。"② 随着市场经济的发展，报刊业也受到了影响，读者需求成为左右报刊发展的重要杠杆。一战后，城市化进程进一步加强，美国中产阶级迅速壮大，他们不但成为报纸杂志的主要读者群，而且连大部分杂志撰稿人也来自地方中产阶级家庭。在竞争中寻求存活和发展的《纽约客》，主动迎合"带有上层阶级意愿的中产阶级读者"（Corey，1999：6），适时调整了自己的办刊宗旨。在这种读者定位之下，《纽约客》的销售数量节节攀升，成为最受中产阶级欢迎的杂志之一。而罗斯独特的文化品位和审慎的文字态度，亦成为

---

① "利基"一词音译自英文"niche"（壁龛）。利基杂志与大众杂志分别对准专业人士和普通读者两类不同的群体，其特点"在于利用本身的专长与优势，瞄准某一类型的读者市场……专业补缺缝隙，挖掘深度"（叶子，2013：173～174）。

② 参见德克·约翰逊（Dirk Johnson）1999 年 8 月 5 日发表于《纽约时报》的文章《迪比克刊物：那些年之轻》（"Dubuque Journal：The Slight That Years"）。

杂志销量的重要保证。

　　罗斯出生于美国西部科罗拉多州的艾斯本市，参加过一战，曾经在《星条旗》（*Stars and Strips*）报等报社做编辑。罗斯没有接受过高等教育，在"阿岗昆圆桌"（The Algonquin Round Table）[①] 的成员中也并不出众。此外，如沃尔特·布莱尔所讲，现实生活中的罗斯"自学成才、粗俗野蛮、脾气急躁，还俗不可耐"（Blair，1978：417）。尽管如此，罗斯审美观中的两个倾向却促成了《纽约客》别具一格的特色。一方面，罗斯是一位寻行数墨之人，对文字的准确度和精简要求极高。英国教师亨利·沃森·富勒（Henry Watson Fowler）编纂的《现代英语应用词典》 （*A Dictionary of Modern English Usage*）是罗斯推敲文字的重要法宝。罗斯对阅读来稿表现出极大的耐心和细心，要求编辑工作细致准确，还成立了事实核查部门专门核实文章的准确性。在罗斯的努力下，《纽约客》编辑部形成了"对文字近乎苛刻的琢磨与追求"（魏寅，2009：95）的传统。另一方面，罗斯对于大众幽默品味有独到的见解，在他的努力下，围绕"小人物"的幽默小说成为杂志的重要旗帜之一。罗斯曾经在《名利场》、《生活》（*Life*）等幽默杂志做过编辑，因而熟悉大众读者对幽默文学的阅读期待。此外，罗伯特·本奇（Robert Benchley）、桃乐丝·帕克尔（Dorothy Parker）、亚历山大·伍卡特（Alexander Woollcott）等"阿岗昆圆桌"文化精英撰稿人，也通过其独特的个人魅力和带有自嘲意味的小说，促成了《纽约客》幽默小说繁盛期的到来。经过黑暗中的摸索，渡过了财政赤字的困难期，《纽约客》固定了"城中话题"（Talk of the Town）、"记录评论"（Notes and Comments）、"逃跑的记者"（Reporter at Large）和"人物侧影"（Profiles）等专栏，成为具有鲜明纽约中产阶级知识分子特色的杂志，形成了所谓的"《纽约客》风格"（*New Yorker* Style）。根据学者耶茨的理解，所谓"《纽约客》风格"，指的是"简练直白、用词准确、通俗易懂、态度亲切和语调反讽的幽默书写"（Yates，1964：288）。鉴于《纽约客》在 20 世纪前叶的文化影响力，这种风格席卷了美国文学创作的各个角落。正如论者玛丽·F. 科里（Mary F. Corey）曾经讲到的，"罗斯创办了一份独一无二的现代杂志，改变了当代美国小说的风格和内容，完善了报刊

---

① 1919 年到 1929 年，纽约市的几位著名作家在阿岗昆饭店定期聚会，在午餐时谈论时下流行的话题，彼此交流想法，这些纽约的高端知识分子被称为"阿岗昆圆桌"。

文学的新文类，创建了幽默和喜剧艺术的新标准，形成了众多社会和文化的新日程"（Corey，1999：2 - 3）。

《纽约客》之所以受到读者的欢迎，究其根本，与其建构在"美国梦"的传统文化根基之上密不可分。杂志将逐渐壮大的中产阶级定位为目标读者群体，为刊发的作品定下了民粹利基的基调。20 世纪前叶，美国社会构成随着经济的发展发生了巨大的改变，工商业发展促生了新富阶层，城市化进程催生了大量迁居城镇的居民。如果说 18 世纪初的《旁观者》帮助英国新兴资产阶级摸索并确定了自己的文化品位，20 世纪的《纽约客》也可看作美国社会新贵中产阶级在复杂的社会构成中定位自我的重要媒介。杂志刊载的小说、评论文章、漫画，甚至广告等，其实是特定时期美国中产阶级价值观和生活品位的文化导向。论者菲利普·费雪（Phillip Fisher）在谈及《纽约客》时讲道：它帮助读者"通过想象事物、他者和空间来完成自我的转化"（Fisher，1985：133）。在美国人逐梦的过程中，《纽约客》无疑起到了正面的辅助作用。E. B. 怀特在文章《闲话幽默》中谈到了杂志的幽默风格和执着真理两个特点："幽默类似诗歌，别具含义，接近真理的熊熊烈火，读者时而能够感觉到热量"（怀特，2014：175）。在大危机之时、二战之后、冷战之中，《纽约客》刊登的文章成为读者的文化风向标——"在废墟之中文明社会的最后标杆之一。"（Corey，1999：14）文学，尤其是幽默小说，与《纽约客》有不解之缘。《纽约客》幽默小说无疑是帮助读者认清形势、定位自我、战胜恐惧的一剂良药。

按照罗斯最早的构想，《纽约客》不打算刊登文学类的作品。但事与愿违，杂志后来不但大量刊登小说，而且成为迄今对美国文学影响最深远的三本综合文化类杂志之一。① 在创刊最初的 10 年里，《纽约客》平均每年发表小说 300 多篇。1927 年是《纽约客》发表小说数量的高峰期，平均每期发表近 10 篇小说，全年总共发表 433 篇（叶子，2013：175）。尽管创刊期间的财政捉襟见肘，但《纽约客》因其较高的艺术品位得到了很多现代作家的认可，因而纷纷向杂志投稿。例如，海明威 1927 年就在《纽约客》上发表了戏仿小说《我自己的生活》（My Own Life），菲茨杰拉德自 1929 年开始也在《纽约客》上发表短诗和戏

---

① 另外两本为《哈泼杂志》和《大西洋月刊》，发行量分别为 19 万和 48 万。

仿小说，而其他重要的美国现代作家如弗拉迪米尔·纳博科夫（Vladimir Nabokov）、J. D. 塞林格（J. D. Salinger）、詹姆斯·鲍德温（James Baldwin）和被称为"《纽约客》之魂"的约翰·厄普代克等均在该杂志上发表过作品。《纽约客》以对真理的执着和市井幽默风味的并存而独树一帜，很多出生于20世纪二三十年代的美国现代作家都受到了《纽约客》及其幽默风格的熏陶，因而杂志在某种程度上影响到美国文学后来的发展走向。此外，在美国20世纪上半期的风云动荡之中，《纽约客》小说高举真理的大旗、利用幽默的武器，确实起到了引领思想的作用。例如，针对源自爵士时代的饮酒问题，"第三大道酒吧桂冠诗人"约翰·麦克纳尔蒂（John McNulty）的《这位女士就是他们所称的波士顿人》（The Lady Was a Bostonian They Call Them）等系列小说探讨饮酒现象背后的身份探寻等文化内涵，而约翰·欧哈拉（John O'hara）的《一切都令人满意》（Everthing's Satisfactory）、《B客厅》（Drawing Room B）等小说则以内视角揭示了饮酒对人的身心造成的伤害；在麦卡锡主义的阴影下，玛丽·麦卡锡（Mary McCarthy）的短篇小说《学校丛影》（The Groves of Academe）揭示了国内反共狂热波及象牙塔的现象，而出生在捷克斯洛伐克的作家约瑟夫·韦克斯伯格（Joseph Wechsberg）的小说《与狼同嚎》（Howling with the Wolves）则讲述了捷克中产阶级为了明哲保身而不得不加入共产党的无奈；等等。在思想动荡的四五十年代，这些脍炙人口的小说无疑为读者解读时事、认清自我、寻找方向开启了一扇光明的户牖。

《纽约客》的中产阶级民粹幽默主要体现在系列"小人物"（little man）小说中。与传统的愚人角色不同，《纽约客》中的小人物是特定时代背景催生的新的喜剧角色。罗伯特·A. 盖茨在《大萧条时期的美国幽默文学》中对《纽约客》的小人物进行了界定："一般说来，是不被人知的、反英雄的人物，（小说讲述了）在失控的社会和经济环境中小人物遭遇到的种种困难。"（Gates，1999：31）所谓"失控的社会和经济环境"，首当其冲的就是城市化迁移进程中出现的问题。随着城市化的推进，很多居住在农村和小城镇的美国人开始迁居大都市，成为新的中产阶级。在1915年出版的《美国的成年》中，布鲁克斯讲到美国文化中"高雅"（highbrow）和"庸俗"（lowbrow）之间"没有和缓的中间地带"（Brooks，1915：7）。这些逐渐壮大的中产阶级，即所谓的小人物，实际正是处于高低之间的"和缓地带"。小人物之"小"，也是针对"大的诅咒"（the curse of bigness）而言的。垄断经济背景下，产品大批量生产，爵士时代的消费主义更让人们沉迷于"大"的维度。在物质欲望极度膨胀的背景之下，突如其来的经济危机令人们措手不及。此外，达尔文"进化论"对基督信仰的颠覆、女权主义运动的兴起、人文社会科学的发展和弗洛伊德心理学的渗透等，社会文化各个阶层或显性或隐性的改变同样让中产阶级无所适从。正是这种"无所适从"，成就了以都市生活为背景的中产阶级小人物。耶茨这样理解所谓的"小"："这个神话中的人物，就环境而言缩减了，就自我认知而言变得卑微。经济上，他愈加依赖别人；社交上，他愈加丢失了根基；而心理上，他愈加有危机感。"（Yates，1964：38）像本奇利、詹姆斯·瑟伯、S. J. 佩雷尔曼（S. J. Perelman）等《纽约客》幽默小说家，均在作品中塑造了形象不同却同样"无所适从"的小人物。其中瑟伯带有自传体性质的小说《我的生活和艰难岁月》（*My Life and Hard Times*）记录了作者童年、大学、参战的经历，真实反映了20 世纪上半叶的社会变迁，是典型的小人物叙述视角的《纽约客》幽默小说。

《我的生活和艰难岁月》出版于 1933 年，是当年的畅销书之一。《纽约时报》认为，它"可能是有史以来最短却最优雅的自传"。书中瑟伯引用了《李尔王》的台词："这寒冷的夜晚会让我们都变成傻子和疯子"（Thurber，1961：30），而人们如何适应社会文化环境的变革，是这部自传的中心议题。《我的生活和艰难岁月》的部分文稿最初发表在 20 年代的《纽约客》上，主要讲述了面对电子时代的来临，中产阶级手足无措的幽默故事。例如，瑟伯的妈妈尤其害怕"电"，总觉得它在无声无息中漏的到处都是；瑟伯家的汽车脾气很大，总要在被人推行之后才"愿意"发动；大学时代的瑟伯讨厌生物课上的显微镜，认为它破坏了花朵的美好，因此考试不及格；等等。在瑟伯的自传中，像电、汽车、显微镜这种现代文明的产物显得神妙莫测、难以捉摸，而在"大科技"面前的"小人物"们则变得神经兮兮、惶惶不可终日。自传中最令读者捧腹的，就是"大坝垮塌那天"镇上所有人往东跑的慌乱局面。一开始，街道上人头攒动、热闹非凡，但不久大家就听到"坝塌了""往东跑"的喊声。人们纷纷往东跑逃生，就连"消防员、警察和身着礼服的军官"（Thurber，1961：44）也加入了奔跑的人群。结果证明，所谓的"坝塌了"只是一场乌龙事件。这个荒诞可笑的闹剧中浩浩荡荡的奔跑群体，隐喻了20世纪二三十年代面对以电子科技为代表的现代社会惶恐不安的美国中产阶级。

实际上，《我的生活和艰难岁月》之所以选择在1933年出版另有深层次的文化用意。经济危机到来之时，爵士时代消费主义的五彩泡沫迅速破裂，梦想和现实之间的断裂让很多人走上了不归路。尽管在罗斯福新政干预之前美国经济就已经出现了复苏的迹象，但处在后创伤期的美国人内心仍然充满了对现实的恐惧和对未来的担忧。同一时期，美国的幽默文学却得到了前所未有的发展，除了报纸专栏幽默作家外，影视界的喜剧演员如W. C. 菲尔兹（W. C. Fields）、乔治·伯恩斯（George Burns）、马克斯兄弟（the Marx Brothers）等都成为炙手可热的大众偶像。盖茨在分析这一现象时指出，"他们（幽默家）的成功主要在于幽默独一无二的作用，即化解饱受经济危机摧残的大众的焦虑"（Gates，1999：xv）。前文指出，美国梦情结深深扎根在每个美国人的心中，而幽默正是缓解天生梦想者常有的失落感和焦虑的一剂良药。20世纪的爵士人站在梦想的云端，幽默专栏作家化身"愚人"，冷嘲热讽中指出了潜伏在消费主义中的危机；30年代危机中，梦想者被重重掷于地上，在惊慌和恐惧之中幽默小说却成为其精神慰藉的主要来源之一。这样看来，瑟伯选择在危机之后的第四年出版这部自传，是别有文化用意的。瑟伯在《我的生活和艰难岁月》的前言中明确提到了写作目的：希望读者通过比较自己和作者的生活，"聊以慰藉地发现自己的生活更理智、更平和"（Thurber，1961：12）。既然岁月的沉淀让瑟伯得以用幽默的视角阐释艰涩的过往，那么读者现在经历的困难将来同样可以成为谈笑的对象。在大萧条时期，瑟伯用戏谑的自传抚慰了坠入谷底的梦想者，用幽默的文笔呵护了暂时失落的美国梦。在30年代结束之时，瑟伯完成了另一部短篇小说《沃尔特·米蒂的秘密生活》（*The Secret Life of Walter Mitty*），用小人物视角对大萧条时代做了一个总结。

《沃尔特·米蒂的秘密生活》于1939年3月发表在《纽约客》上，是瑟伯最有代表性的小说之一。小说讲述了米蒂带妻子进城做头发的经历，虽然情节单一，但"英雄叙事"和"日常生活叙事"（陈顺黎，2009：83）两条线索让故事饱满且鲜活。对应两个叙事层次，米蒂分别生活在想象和现实两个空间内。在现实中，他平凡懦弱，是名副其实的

"妻管严"和被生活击垮的失败者；但在白日梦里，他却化身为英勇果敢的司令、医术精湛的大夫、鄙视权威的杀手、视死如归的士兵和沉着冷静的死刑犯等，每个梦想角色都与真实的米蒂天差地别。弗洛伊德在阐释白日梦时提出："它是一种完全有效的心理现象，事实上是心愿的达成；它可能是清醒状态下理智心理活动的延续，是极其复杂的理智活动的积蓄。"（Freud，1997：34）在故事中，每当英雄叙事中的米蒂要成就"大事业"之时，总是被日常生活的叙事线索打断。例如，在故事开始时，米蒂正想象自己是飞行中队的司令，马上要带领其他士兵飞越飓风。白日梦还未成行，米蒂太太就把他从想象的世界拉回："你知道我不喜欢开的超过四十迈，你开的超过了五十五迈。"（瑟伯，2012：113）想象中勇敢坚毅的司令和现实中的妻管严形象落差之大，读来令人捧腹不已。在另一段关于杀手的白日梦中，米蒂揍了地方检察官并骂道"你这个卑鄙小人"（瑟伯，2012：117）。这句话骂出口，他立即想起妻子嘱咐他买"小狗饼干"①，因怕被责骂一时情急而手足无措，引来了周边人的嘲笑。米蒂被现实生活的重压击垮，也只有通过想象的"英雄叙事"才能稍许安抚自己。但可悲的是，就算在想象世界中的英雄叙事，也不断被日常生活叙事打断。两种叙事层面、两个空间之间的乖讹，既让文本显得幽默可笑，也凸显了米蒂在现实生活中的挫败感。盖茨认为，《沃尔特·米蒂的秘密生活》对后经济危机时代美国人的惶恐不安进行了形象的描写："经济可能已经复苏，但是对那些曾经咬着牙渡过艰难时刻的人们来说，对它的记忆仍然是迷惑和令人沮丧的。"（Gates，1999：18）米蒂通过白日梦逃避生活中的挫败感，正是对这种"迷惑"和"沮丧"心态的真实写照。

30 年代经济危机过去以后，在四五十年代的战争和恢复时期，美国人迎来了新的恐惧。如何面对战争的残酷？如何治愈战争的创伤？如何在创伤中挣扎着活下去？这些是 40 年代美国人生活的新议题，同样也是《纽约客》关心的重要问题。在众多作家作品中，欧文·肖（Irwin Shaw）的系列战争题材小说较有代表性。肖的父母是来自俄国的犹太人，而他自己也曾参加过二战，特殊的身份背景让肖对战争题材非常关

---

① "卑鄙小人"（son-of-bitch）和"小狗饼干"（bitch biscuit）对应的英文单词中有一个相同的"bitch"，因此米蒂才联想起现实中妻子叮嘱他给宠物买饼干。

注。肖最具代表性的小说是发表于 1948 年的《百战雄狮》（*The Young Lions*），小说用三个士兵的故事讲述了二战和反犹太主义给美国民众带来的伤害。1946 年 2 月 2 日，肖在《纽约客》上发表的小说《信仰之举》（*The Act of Faith*）同样也是战争题材的小说。二战刚刚结束，大批滞留在前线的士兵焦急地等待撤退的命令。小说采用了全知视角进行叙事，围绕犹太士兵西格借钱和阅读父亲来信两条线索展开。为了到巴黎游玩，朋友奥尔森和韦尔奇怂恿西格向军队指挥官托尼上校借钱。但托尼借给西格的 200 法郎远远不够游资。韦尔奇提议，将西格在战争中缴获德国军官的枪支卖掉凑钱。在这个过程中，西格通过阅读父亲的来信得知：弟弟雅各布在战争中受刺激患上了间歇性精神病，而父亲也在反犹太浪潮的打击下出现自虐倾向。面对战争的伤害和反犹太的冲击，身兼美国士兵和犹太人双重身份的西格却束手无策。西格本来可以用缴获的枪来保护自己和家人，但在故事结束时他却选择卖枪当作去巴黎的游资。一字褒贬，西格放弃了暴力抵抗，选择用爱与包容之心化解对反犹太者的仇恨。小说题目"信仰之举"，是指源自对爱和容忍的信仰的选择，虽然怯懦但也是无奈之举。而对于刚刚经历过战争创伤的美国人来说，"信仰之举"是具有一定正面意义的积极暗示，从中也可以看出《纽约客》文学的左倾民粹主义倾向。因此，小说虽然是战争题材，但在文化隐喻意义上主人公西格仍然属于《纽约客》小人物的行列。

　　无论是应对经济危机及后危机时代，还是面对战争及其带来的创伤，《纽约客》刊登的小说大多表现出左倾民粹主义的倾向，"纽约客们"在特殊时期通过"愤怒却无力"的小人物视角，在重新审视美国梦的同时，呵护了梦想文化中民主、平等和自由的传统。有趣的是，在延续美国梦文化传统这条线索上，《纽约客》小人物的故事同样继承了梦想最初性别失衡的特点。吉姆·卡伦（Jim Cullen）在《美国梦：一个概念成就一个民族之简史》（*The American Dream：A Short History of an Idea That Shaped a Nation*）中指出，"即便是在理论意义上，'平等'也在美国人的日常生活中起到十分重要的作用，因为它是美国梦存在的根基"（Cullen，2003：108）。但卡伦同时也指出，所谓的"人人生而平等"之"人"，"不是女性，也不是肤色或黑或黄的'奴隶'，而是文明世界的白人男性"（Cullen，2003：51）。这样看来，美国梦最初的设定是以盎格鲁－撒克逊白人男性为主体，而忽略了女性公民在这个梦想中的地位和作用。公平地讲，《纽约客》并不歧视女性，也不反对女性独立。主编罗斯是一位拥有维多利亚道德观的绅士，杂志社雇用了像玛丽·麦卡锡（Mary McCarthy）、詹尼特·弗兰妮（Janet Flanner）、安迪·罗根（Andy Logan）等杰出的媒体女性，而这一举动"无论是对《纽约客》，还是对美国报界都产生了深远的影响"（Corey，1999：156）。尽管如此，《纽约客》也称不上是一本女权主义的杂志。它因袭了美国梦两性失衡的传统，在将男性作为梦想的主体和主导的同时，却掩耳盗铃地认为两性之间的不平等只存在于社会底层。前文指出，进入 20 世纪后美国经历了深刻的社会变革，从爵士时代到经济危机，从后危机时代到战争恢复年代。在这一背景下，传统的维多利亚两性道德观走到了尽头，家庭中"男主外、女主内"的两性相处逻辑逐渐被解构，为了应对危机，更多的女性跳出了家庭的囿限。在小说创作领域，当男性弱化为现代生存逻辑下的小人物时，女性角色却被"妖魔化"为令小男人恐惧的"大女人"。

在《纽约客》小说的两性世界里，"战争"是男人和女人常态的共处方式，而女人往往被认为是引发战争的直接原因。如果故事的主人公是"小人物"，那么通常他会把自己的卑微归咎于女性。现实生活中，尤其在三四十年代出现的"迁居郊区"热潮中，家庭中的男性更加深了对女性的憎恨。在郊区购买一所大房子，每天在城市和郊区之间疲于奔波，千篇一律的生活节奏促成了芭芭拉·艾伦瑞克（Barbara Ehrenreich）所谓的"灰色法兰绒抗议者"（gray-flannel dissident）[①]（Ehrenreich，1983：29）。在这群抗议者看来，女性是造成这种千篇一律生活的源头——"在乡下或者郊区拥有一所房子，虽是每个女人的梦想，却是每个男人的噩梦。"（Yates，1964：172）《纽约客》小说家笔下通常有两类不同的女性角色，其中一类女性的特点是漂亮多情却温柔脆弱，她们虽然对男性有一定的吸引力，但往往最终都会被唾弃，以悲剧结束故事；另一类女性角色则具有鲜明的男性气质，她们对男性在家庭中的地位构成威胁，增加了已经变成

---

① "灰色法兰绒抗议者"（gray-flannel dissident）由芭芭拉·艾伦瑞克提出，是指在"到郊区去"（move to the suburbs）的潮流中，在郊区购买了大房子，结婚、生子、有一份白领工作的成功人士。"与邻居区分度不高"、千篇一律的生活令他们对生活不满牢骚满腹，因而被称为"抗议者"（Ehrenreich，1983：30）。

"小人物"的男性的挫败感，这类女性的强势被称为"大母亲主义"（momism）。①

《纽约客》作家多丽丝·帕克尔的小说《金发美女》（*Big Blond*）中，妻子海柔尔就是前一类女性人物的典型代表：金发碧眼，多愁善感、悲悯众生。虽然结婚伊始丈夫赫比对多愁善感的海柔尔十分着迷，但不久之后就开始厌倦她整天哭哭啼啼的样子。两人逐渐生疏，直到赫比彻底离开海柔尔搬到底特律。与此同时，整日借酒消愁的海柔尔过上了交际花的生活。在故事的最后，海柔尔因万念俱灰而自杀。故事中由男女两性构建的传统家庭单位被解构，家庭一词的社会意义已分崩离析。例如，在"吉姆家"俱乐部，海柔尔碰到了为数不少和自己相同命运的女性：福劳斯·米勒太太、薇拉·莱利太太、莉莉安·布洛克太太等，虽然这些称呼由女性的名和丈夫的姓组成，实际却都是被丈夫抛弃的可怜女人。也正是新语境下对两性关系变化的准确捕捉，以及对"两性无法和对方有效地进行交流"（Gates, 1999：45）的描述，帕克尔才因创作《金发美女》而获得了1929年的"欧·亨利短篇小说奖"（The O. Henry Prize Stories）。与海柔尔相反，在弗兰克·奥康纳（Frank O'Connor）的小说《我的爸爸》（*My Da*）中的利里夫人则是典型的"大母亲主义者"。故事虽然发生在爱尔兰，却与美国梦有密切关系。做女佣的利里夫人"身材高大、丰满健美，有嘶哑的大嗓门"（Finder, 2014：307），是名副其实的"大女人"形象。丈夫弗兰克·利里不辞而别到美国去寻梦，利里夫人万里寻夫无果最终只身而回。失去了丈夫，利里夫人常常借酒浇愁。儿子史蒂夫同样想去美国实现梦想，并为此而努力攒钱，但这些钱很快就被嗜酒如命的妈妈花掉。11年后，弗兰克回到爱尔兰，但因不能容忍利里夫人而再次失踪。长大后的史蒂夫启程前往美国寻梦——做一名牧师，而利里夫人在儿子离开后仍然夜夜酗酒。利里夫人是典型的"大母亲主义者"，她强势蛮横、敢爱敢恨、嗜酒如命，对丈夫和儿子控制欲强；但与海柔尔相似的是，她同样逃不脱被丈夫抛弃的命运。比起《金发美女》，小说更加明确地提到了"美国梦"主题。在男性看来，妻子和家庭无疑是其成功梦想道路上的绊脚石。将问题归咎于妻子和家庭的原因，无疑是《纽约

---

① "大母亲主义"由美国作家菲利普·威利（Phillip Wylie）在畅销书《毒蛇一代》（*Generation of Vipers*）中提出，它将家庭中的母亲角色妖魔化，意为吞噬整个家庭的怪兽女性。

客》小人物的惯常做法。三四十年代"纽约客们"写作小人物故事蔚然成风，这与弗洛伊德精神分析学的影响不无关系。"力比多""白日梦""俄狄浦斯情结"等这些耳熟能详的弗氏术语，既是支撑《纽约客》两性战争的心理学理论基础，又帮助"纽约客们"准确捕捉和形象刻画了小人物的异常心理。

20 世纪初，弗洛伊德心理学引起了美国学界的强烈共鸣，小说家纷纷以弗氏心理分析学为依据塑造人物。1919 年，舍伍德·安德森出版了小说《小镇畸人》（Ohio，Winesburg），用 22 个故事描绘了文森伯格小镇上心理畸形者的众生相。弗氏心理学观点在整本小说中若隐若现，作者着意对人物心理的刻画并弱化了小说情节的跌宕起伏，这些都成为其标新立异的重要特点，学界将其称为"现代文学的前驱者之一"（Dunne，2007：44）。《小镇畸人》出版后备受读者追捧，截止到 1921 年总共卖出 3000 万册。美国诗人哈特·克莱恩（Hart Crane）大力赞扬《小镇畸人》，声称："美国应该跪着读这本小说。"（Crane，1919：61）小说的成功说明，弗氏理论在美国土壤之中生根发芽并已经结出了丰硕的果实。前文提到 20 世纪初的风云变幻令美国人手足无措，并逐渐意识到梦想已经迷失了方向。弗洛伊德有关梦境、性学和变态心理学的理论，正恰到好处地阐释了因梦想挫败而走极端的心理疾病患者。正是在这层意义上，论者弗雷德里克·J. 霍夫曼（Frederick J. Hoffman）才指出，"心理分析学渗透到美国集体潜意识之中，正是因为美国作家早已准备好了接纳它"（Hoffman，1951：103）。作为美国时代之音的《纽约客》，刊登的幽默小说中也不乏依据弗氏理论塑造的变态失梦者形象。换句话说，《纽约客》幽默小说中的"小人物"面对社会变革无所适从的挫败感，以及由此衍生的孤僻的个性和异化的性格，均在弗洛伊德的学说中找到了理论依据。布莱尔在提及弗洛伊德对 20 世纪之初幽默小说的影响时说道："错觉、压抑、神经质、痴呆、防御机制、偏执、精神分裂和白日梦，都以幽默的方式表达出来，具象化为无法控制与外在世界关系的人物形象。"（Blair，1978：416）怀特笔下对现实充满恐惧的城里人，瑟伯小说中患有心理疾病的现代人，本奇利游走在疯狂边缘的普通人，佩雷尔曼创作的清醒又理智的疯子，纳博科夫刻画的时时梦魇的俄裔移民等，这些"小人物"生活在《纽约客》的文学世界里，是对同时代美国中产阶级梦想迷失的超现实主义写照。

1948 年，弗拉基米尔·纳博科夫（Vladimire Nabokov）在《纽约客》上发表了短篇小说《符号与象征》（*Symbols and Signs*）。在一份关于 40 年代《纽约客》55 篇最优秀短篇小说的问卷调查中，纳博科夫只给《符号与象征》和塞林格的小说《逮香蕉鱼的最佳日子》（*A Perfect Day for Bananafish*）两篇以"A＋"的成绩，由此可见作者对这篇文章信心十足（Finder，2014：279）。纳博科夫浓墨重彩地将梦想的迷失置于小说中心，并通过精神分析学将老两口的心理问题剖析得淋漓尽致。小说开始时，一对俄裔老夫妇乘车去精神病医院给儿子过生日。到达之后，老夫妇被告知儿子又尝试自杀，不宜见客。原来，儿子患有躁狂症（Referential mania），认为"所有一切都是密码，解析的是他这个万事万物的中心"（Finder，2014：314）。回家之后，午夜两次误拨的电话让老夫妇心惊胆战，唯恐电话带来儿子已经死亡的消息。最终，两人决定天亮便把儿子接回家。小说最后电话铃又响了，但故事到此戛然而止，将悬念留给了读者。纳博科夫在这篇小说中用到了心理学的专业术语"躁狂症"，并对其进行了详细的阐释："病人想象身边所发生的事物都是隐喻，全部指涉自己的性格和生活。"患有躁狂症的儿子曾经尝试跳楼自杀，因为想要"从他的世界撕一个口子逃跑"（Finder，2014：314）。1899 年，弗洛伊德出版了《梦的解析》，他认为这是自己"最杰出的作品"（Gay，1988：103）。其中，弗洛伊德谈到精神分析学（psychoanalysis）通过追忆患者童年点滴来寻找病因、治疗疾病的做法。故事中的老夫妇回家之后翻看儿子的相册：从婴儿时期他就与别的宝宝与众不同，四岁、六岁、八岁、十岁等照片均能看出儿子躁狂症的征兆和症状。老夫妇通过照片回忆儿子的童年，暗示了精神分析学对患者童年的追忆，然而最终两个人也没找到儿子患病的原因。在故事的背后，还有更深层的文化指涉。在寻找儿子病患根源的过程中，老夫妇追忆了两个人"寻梦"的历史：早年在德国莱比锡和柏林的生活，后在屠杀犹太人狂潮中逃到梦想之地美国，在美国却无依无靠地过着贫苦生活之际，儿子又被确诊为躁狂症。到如今两个人依旧孤苦无依，对未来生活没有期盼。《符号与象征》最大的艺术成就便是用精神分析学为美国失梦的一代进行"诊断"，将弗洛伊德心理学和美国梦的迷失巧妙地结合在了一起。

学者指出，《纽约客》的独特之处，在于"能够堂而皇之地呈现互相涵盖、甚至相反的文化观念"（Corey，1999：17）。虽然通过弗氏心理学的渠道，《纽约客》小人物的幽默书写更加深刻，但是"纽约客们"同时也从批判的视角对精神分析学进行了解读。例如，被称为《纽约客》"辕马"①的怀特在1954年发表的小说《从街角数起的第二棵树》（*The Second Tree from the Corner*），就对弗氏精神分析学说的泛化进行了嘲讽。小说开始时主人公特雷克斯勒正在接受精神分析治疗："'你有没有过任何异想天开的念头？'医生问道。"这个问题让特雷克斯勒手足无措，他暗自思忖："两岁以后，除了异想天开，他还有过别的念头吗？"（怀特，2014：98）在第五次就诊时，特雷克斯勒一时兴起反问医生道："你知道你想要什么吗？"（怀特，2014：101）特雷克斯勒注意到，医生在回答问题的时候，身下椅子往后滑了一些。根据医生自己上次的分析，这表示动作者内心充满了恐惧。发现医生同样有心理恐惧，反而让特雷克斯勒感到释然。在结束第五次就诊后，行走在宽阔街道的特雷克斯勒精神焕发，心理疾病也不治而愈，并最终明白了自己想要的是什么。

> 在他和路灯之间，冒出一棵小树，生长在那里，浸透了黄昏景象，每一片镀上金边的叶子都美轮美奂。美景当前，特雷克斯勒的脊椎里自然有所触动，第一次感到如此轻微的震颤。我想要从街角数起的第二棵树，就要它长在那里的样子。（怀特，2014：103）

通过和医生的角色互换，特雷克斯勒明白，原来所谓"心理疾病"存在于每一个人的身上。内心的渴望并不是疾病的原因，而是每个人的私有秘密。将所谓的"心理疾病"常态化后，特雷克斯勒的疾病自然痊愈了。像《纽约客》中的其他小人物一样，特雷克斯勒同样对生活充满了恐惧，时而感到茫然无助。与此同时，特雷克斯勒的经历也揭示了《纽约客》小人物的另一个重要的特点：面对生活中的挫折，他们即使再恐惧茫然、手足无措也不会放弃努力，笨拙卑微的外表下是小人物们为了活下去而做的不懈努力。

20世纪三四十年代，《纽约客》刊登的小说数量达到顶峰，这与时代

---

① "辕马"（wheel horse），指的是马车最靠近车轮的马，对马车的走向起着决定性的引导作用，在这里隐喻关键人物。

变革对美国民众的生活产生的影响不无关系。在这些小说里，《纽约客》小说家集体塑造了经典的"小人物"形象：他们一般是在变革中经受阵痛的中产阶级，面对现代生存逻辑百般不适、卑微笨拙，但即使如此也从未放弃过挣扎和努力。可以看出，"小人物"生活的世界已经开始呈现荒诞的特点——主观期盼总是与客观现实不符。在荒诞的生存逻辑中，他们开始逐渐封闭自己，少言寡语、举止怪异，"沦为"精神分析学救治的对象。尽管如此，如最后重获心理健康的特雷克斯勒一般，这些小人物并没有完全失去对生活的信心，这也是《纽约客》"小人物"故事与60年代黑色幽默小说的重要区别。对于身兼"利基"和"民粹"双重特点的《纽约客》来说，既要迎合中产阶级读者的阅读需求，又要对其进行"正确"的引导，要在艺术创新和文艺良知之间平衡，将美国梦文化传统在社会危机和现代化的双重冲击下延续下去。正是这个原因，布莱尔等人在评价《纽约客》小说家时才断言：尽管描写的是小人物，但从艺术本质上讲他们并非虚无主义的（Blair，1978：436）。身处50年代的耶茨看到了《纽约客》幽默小说已经开始走下坡路，并预言道："正如曾经喧嚣一时的《纽约客》幽默和民俗幽默，也许另一波幽默天才还需静待新的时机。"（Yates，1964：359）如今看来，耶茨所谓的"另一波幽默天才"，正是美国60年代盛极一时的黑色幽默小说家。而这些从《纽约客》幽默小说中成长起来的黑色幽默小说家，无一不耳濡目染地受到了"小人物"故事的影响。

三、自然主义小说家对梦想失落的幽默书写

内战后，美国经济得到了迅猛的发展。从1860年到1890年，美国工业总产值在主要资本主义国家由第四位跃居首位，约占世界工业总产值的三分之一。1884年，美国国内工业总产值首次超过农业总产值，成为名副其实的工业大国。随着科技革命的深入开展和铁路建设的西进，美国已经具备了从自由资本主义到垄断资本主义过渡的条件。与经济迅猛发展相对应，由于大量农民破产、工人待遇低下和失业率居高不下等问题，国内工人和农民运动高涨。工人罢工和农民运动此起彼伏，贫富差距问题日益突出，贫民窟出现在城市人口聚集之处，是高度工业化城市图景上触目惊心的一道道伤疤，而这些都成为美国自然主义文学发轫的重要

原因和背景。

在新的背景下，以豪威尔斯为代表的儒雅现实主义显得力不从心。改变中的社会现实呼唤新的文学表达方式。以弗兰克·诺里斯（Frank Norris）、西奥多·德莱塞、斯蒂芬·克莱恩等为代表的美国小说家，借鉴法国作家左拉创建的自然主义文学创作手法，开创了具有美国特色的自然主义小说流派。19 世纪中后期，随着达尔文进化论的传播和科技革命的深入，科学主义思潮甚嚣尘上。而左拉的自然主义思想就是将科学主义融入文学创作之中，以科学实证的方法思考、创作和审视评价文学作品。如果"重现现实"是现实主义文学的宗旨，那么"科学意义上的真实"则是自然主义文学的精髓。正如有论者指出的，"现实主义执着于典型意义上的真实，执着于社会生活本质意义上的真实；而自然主义的独特追求在于追求科学意义上的真实，也就是真理性的认识"（张祝祥、杨德娟，2007：17）。自然主义文学在美国文化土壤中生根发芽，但与法国自然主义作品相比，结出的果实却已经具有异域的风味。

美国自然主义小说发轫于 19 世纪中后期，90 年代兴盛起来，一直到 20 世纪 20 年代退出历史文学舞台中心，被爵士时代小说取代。相比欧陆，美国自然主义小说在时间上晚了 30 年。之所以在 19 世纪 90 年代达到顶峰，除了新的经济形势之外还有深刻的社会文化原因。前文提到随着内战的结束和边疆开拓尾声的到来，19 世纪后半期的美国思想界激荡着新的声音，对美国儒雅文化传统提出了怀疑。美国作家马尔科姆·考利（Malcolm Cowley）在谈到美国自然主义文学出现的背景时提出，"19 世纪晚期的美国，文化体制和日常生活相对立、理论和实践相对立、阳春白雪和下里巴人相对立，甚至语言都出现了对立：一方讲的是毫无生气的标准英语，另一方的语言……丑陋却实用"（Bloom，2001：50）。这里的"文化体制"、"理论"、"阳春白雪"和"标准英语"等，都带有桑塔亚纳儒雅传统的明显标识。考利认为，美国自然主义小说的发轫之处，正是对儒雅传统的反叛和对抗。在新的经济形势和文化背景下，美国年轻一代作家渴望拥有能够表达自我的新的文学体裁。仿照文学前辈的做法，他们也试图从对儒雅传统的反抗中寻找自己的声音。正是在这种情况下，他们开始学习大洋彼岸的自然主义文学，用来描述美洲大陆上的新境况，这既是为了呈现新状况下的社会真实，也是为了有效地进行作家的自我表达。正如美国文艺批评家唐纳德·皮泽尔（Donald Pizer）提出的，不能仅从环境决定论来审视自然主义作品，因为它"也暗示了人物及其命运中潜在的人文主义价值，确认了个人和生命的意义所在"（Pizer，1993：87）。从这一视角看来，美国自然主义小说实际是美国作家在世纪之交对美国梦的多维度书写。

美国自然主义作家大多出生在 19 世纪 70 年代到世纪之交的"镀金年代"。[①] 在美国工商业大踏步前进的背景下，霍雷肖·阿尔杰笔下"穷小子变富翁"的美国梦故事潜移默化地影响到了这一代作家，而再现另一个"阿尔杰神话"则成为世纪之交美国自然主义小说家的奋斗目标之一。例如，学者查理斯·查尔德·沃尔科特（Charles Child Walcutt）在谈论杰克·伦敦时曾提到"美国梦时时刻刻激励着他，特别是在他作为最受压迫的边缘人士之时"（Walcutt，1966：7）。在镀金年代梦想的鞭策下，美国自然主义小说家普遍都很多产。例如，哈罗德·弗雷德里克（Harold Frederic）每天写作 4000 字，而且常常将未经修改的文稿直接送交杂志社；杰克·伦敦坚持每天写 1000 字，17 年间共完成了 50 部作品；厄普顿·辛克莱（Upton Sinclair）有三个秘书帮忙整理文字，曾经有一天写了 18000 个字；等等。与之相关的，这一时期出现了不一而足的"三部曲"：诺里斯的"小麦三部曲"[②]、德莱塞的金融家三部曲、约翰·多斯·帕索斯（John Dos Passos）的美国三部曲、T. S. 斯特里布林（Thomas Sigismund Stribling）有关白人家庭发迹史的三部曲，等等。从作家多产这一现象来看，美国自然主义小说家的确有"急功近利"之嫌，渴求通过写作再现"阿尔杰神话"。考利就发现了一个有趣的现象，即"当（自然主义）小说被翻译并缩写成其他文字时，反而比原著更加通俗易懂。这种现象几乎存在于所有美国自然主义作家身上"（转引自 Bloom，2004：71）。作家对作品数量的过度关注，正体现了 19 世纪末 20 世纪初美国镀金年代对于"大"（bigness）的迷恋，从侧面展示了工业迅猛发展的经济状况，但也为梦想从云端到地面的衰落埋下了伏笔。在不知凡几的美国自然主义长篇大作之中，也不乏笔饱墨酣的小说，这些被认可的作品大多都

---

① 有趣的是，几乎所有有代表性的自然主义作家都出生于 1870 年前后：诺里斯出生于 1870 年，克莱恩出生于 1871 年，德莱塞出生于 1871 年，杰克·伦敦出生于 1876 年，等等。

② 诺里斯的"小麦三部曲"只完成了《章鱼》（*The Octopus*）和《交易所》（*The Pit*）两部作品，作家在开始创作第三部之前便离世。

围绕镀金年代的美国梦展开。

德莱塞于1900年出版的小说《嘉莉妹妹》（*Sister Carrie*），就是围绕美国梦中心展开的自然主义小说之一。鉴于其对镀金年代梦想的刻画，美国历史学家唐纳德·L. 米勒（Donald L. Miller）将《嘉莉妹妹》称为"最伟大的美国都市小说"（Miller, 1996：263）。故事中，嘉莉是个地道的寻梦者，她梦想能够"品鉴神秘的城市"，在大都市中享有"模糊不清、但令人万分向往的特权"（Dreiser, 2009：9）。嘉莉被这一莫可名状的梦想所驱动，从威斯康星州的老家来到了金融之都芝加哥，之后又辗转来到了国际大都市纽约。在德莱塞的自然主义手法下，读者发现环境在嘉莉的生活变动中起着决定性的作用。芝加哥制鞋厂机器的轰鸣声让嘉莉来到了杜洛埃的身边，纸醉金迷的上层社会让嘉莉接受了赫斯特伍德，弱肉强食的纽约市令嘉莉抛弃赫斯特伍德，继而成为百老汇的明星，等等。故事最后，嘉莉实现了最初的梦想——她不但品鉴了神秘的城市，而且成为真正享有特权的阶层成员。尽管如此，嘉莉却并未品尝到梦想成功的丝毫喜悦。德莱塞用充满同情的对话口吻，描述了故事大幕落下之前的嘉莉："在你窗边的摇椅里梦想，久久的、孤单的；在你窗边的摇椅里，你就能够梦到你从未感知到的幸福。"（Dreiser, 2009：898）弱肉强食的自然主义生存逻辑背景下，追梦者失去了与梦想有关的主动权。在强大的环境因素面前，被视为草芥的个人的梦想不堪一击：渴望得到肉体欢愉的杜洛埃被抛弃，希望获得爱情的赫斯特伍德最终自杀，而看似实现梦想的嘉莉却变成了一具空壳。在马克·吐温等现实主义作家笔下，梦想者已经迷失在镀金年代里，而在德莱塞的自然主义小说中，人物连梦想者的主动权也被剥夺。在小说中多次出现的"摇椅"（rocking-chair）实际正隐喻了梦想的失落：无论如何摇动它最终都会回到原点，所有的努力最终均会付之东流。像回归原位的摇椅一样，故事最终的嘉莉"在道德上和精神上又回到了原点"（Pizer, 1993：103）。德莱塞描述了环境决定论背景下寻梦者的无奈，从自然主义视角扩充了美国梦的主题维度。在某种意义上，《嘉莉妹妹》揭开了美国"失梦一代"文学的大幕，因而一经出版就引起了学界的关注。1930年，辛克莱·刘易斯（Sinclair Lewis）在诺贝尔文学奖的获奖致辞中讲道："30年前德莱塞出版的第一部代表作品《嘉莉妹妹》……犹如一股自由的西风吹进了足不出户、毫无生气的美国家庭，让我们在令人窒息的家庭烦琐中感受到了自马克·吐温和惠特曼后的第一缕清风。"① 刘易斯对《嘉莉妹妹》的高度赞扬，正是源于德莱塞对新时期美国梦征候的准确把握和呈现，小说的出版宣告了"失梦一代"作家浓墨重彩地登上了美国文学的历史舞台。

《马丁·伊登》（*Martin Eden*）出版于 1909 年，是杰克·伦敦最具自传色彩的一部小说，同样也是自然主义视域下经典的美国梦小说。小说中，伊登出身贫苦家庭，他呕心沥血地创作小说，只为了得到摩尔斯家族的认可，能够娶到心仪的姑娘露丝·摩尔斯。经受了屡遭拒稿的打击，伊登最终获得了学界的认可，开始了向往已久的上层知识分子生活。但在此过程中，伊登逐渐对上层社会的卑鄙虚伪深恶痛绝，但不幸的是，自己却深陷其中不能自拔。在故事结尾处，伊登选择跳河自杀结束生命。和故事中的伊登一样，现实中的伦敦也出身劳苦阶层，通过拼命写作而获得了学界认可，之后在纸醉金迷的生活中不能自拔并为此痛苦不已，最终也选择服用过量止疼药自杀。作家和小说中的人物一样，在从贫苦阶层奋斗到上层社会之后，没能调整好个人和社会的关系而最终导致了悲剧的发生。美国作家保罗·伯曼（Paul Berman）曾经指出，伊登的悲剧在于没能在"教化纯净的现在"和"野蛮落后的过去"之间达到平衡（Berman, 2002：Introduction, xv）。从劳工阶层到富有阶层，生存环境的变化不断冲击着伊登对自我的定位，富有中产阶级的生活令他厌恶，但回归底层社会已然不可能。总而言之，实现梦想的伊登却迷失了。与《嘉莉妹妹》一样，环境在伊登的故事里也起到了决定性的作用，"个人"和"社会"的冲突推动情节的发展。论者沃尔科特提出，在伦敦的小说世界里，"了不起的是那些赤手空拳击垮体系的个人"（Walcutt, 1966：23）。但这些"了不起的"个人只存在于作家的理想世界中，环境决定论下的悲观主义情绪激荡在小说的字里行间，个人在弱肉强食的社会里只能是牺牲品。小说最初曾拟定题目"成功"（Success），但最终被出版商弃用（李力等，2004：8）。由此可见，伦敦创作《马丁·伊登》的初衷是从反讽视角对"梦想成功"提出怀疑。故事结尾处，作者用充满梦想色彩的口吻描述了伊登的死亡。

---

① https：//www.nobelprize.org/nobel_ prizes/literature/laureates/1930/lewis－lecture.html，2018 年 6 月 21 日.

他似乎无力地漂浮在梦幻的海洋之上，被缤纷的光线围绕着，沉浸其中。那是什么？好像是座灯塔，但那是他想象的灯塔——一道闪现的白光，越来越淡，越来越淡。耳畔传来持续的轰鸣，他好像从宽敞无尽的台阶上跌下来。只是这样。他跌进了黑暗之中。意识到这一点，他的世界戛然而止。（London，2004：321）

伊登经过努力实现了梦想，但身处上层社会却发现自己无法融入其中，看似是成功者，实际却是社会体制的另一个手下败将而已。远离梦幻的缤纷，沉入无尽的黑暗之中，小说的结尾显然是对梦想失落主题的绝妙隐喻。

如前文所述，19世纪后半期，美国梦小说主题逐渐走向了另一个极端：梦想的失落。这一点在现实主义幽默作家马克·吐温的作品中已经初露端倪。20世纪初，美国自然主义作家更在长篇小说中围绕"失落的梦想"进行了深入浅出的描写。自然主义作家在创作梦想失落主题小说时，关注的是环境因素的决定作用，因而个人往往是环境与命运决定论下的殉道者。也正是基于这一考虑，美国学者菲利普·费雪在评论德莱塞1925年的小说《美国悲剧》（*American Tragedy*）时，才会认为主人公克莱德对自己的罪行并不负有直接责任，因为"他生命中每一个具有决定性的时间都是一个事件、一个错误，或者一种迷惑"（Fisher，2004b：232）。换句话说，环境是悲剧发生的决定因素，而个人只是命运女神的一颗棋子而已。实际上，美国自然主义小说对于失落梦想的描述虽然带有悲剧色彩，但由于它剥夺了人物生存的主动性因而并不是真正意义上的悲剧。布鲁姆在评价《美国悲剧》时就犀利地指出："与其说是'美国悲剧'不如说是'美国悲情'。"（Bloom，2004：19）与之相反，科学主义视角下人物和读者之间的距离感，以及故事情节的去道德化，往往让自然主义小说文本带有嘲讽意味的幽默效果。

詹姆斯·D.哈特在定义美国自然主义文学时提到其创作目的在于"刻画自然人，并达到有距离感的、科学主义的客观性"（Hart，1983：525）。作家刻意拉开读者和人物之间的距离，将读者定位为景外人，以避免与人物等同感的产生，这是美国自然主义小说创作的重要特点之一。左拉在《自然主义小说家》中明确提出，"作者不是一位道德家而是一位解剖家"（张祝祥、杨德娟，2007：22）。受左拉自然主义文学理念的影响，美国自然主义小说家也将人物置于某一环境中，与读者一起置身事外地观察其在环境和生理因素决定下的命运走向。自然主义创作所谓的"距离感"，正是写作幽默文本的先决条件，而这也意味着自然主义小说实际具有潜在的幽默特质。柏格森曾经从读者接受视角出发，提出了幽默文本的两个相反相成的条件：其一：幽默必须发生在人类世界之中，"喜剧性在人类世界之外并不存在"；其二，幽默文本预设了读者阅读时情感的必然缺席（the absence of feeling），情感一旦产生幽默意味便会消散（Sypher，1986：62－63）。根据哈特的界定，自然主义小说描绘了自然人的生存状态；与此同时，自然主义小说家也通过拉开读者与人物的距离，而确保了读者"情感的必然缺席"。这样看来，按照柏格森的理解，自然主义小说正具备了幽默文本的两个相反相成的条件。克莱恩出版于1895年的小说《红色英勇勋章》，被学界称为美国自然主义代表小说。《纽约时报》对该小说给予了高度评价，认为它对战争细节的自然主义陈述"让读者感觉好像在阅读老兵对战争的真实回忆"（Weatherford，1997：87）。实际上，从柏格森的幽默理论出发去审视，《红色英勇勋章》同样也可以被解读为典型意义上的幽默文本。

在美国战争文学史上，《红色英勇勋章》是具有里程碑性质的转折点。克莱恩从自然主义视角出发描绘了战争的残酷，暴力、死亡、恐惧、异化等主题激荡在小说的字里行间。正如左拉理想的自然主义作家一般，克莱恩化身为一位解剖师，将手术台上的战争一刀刀割开，把内里的东西一览无余地展示在读者面前。在自然主义视角下，战争的英雄主义光环被取下，传统的战争小说被解构，而幽默手法在这一解构过程中是功不可没的。例如，克莱恩在小说中用动物形象来隐喻战争中士兵慌乱可笑的样子，消解了战争的严肃性和英雄主义，读来让人忍俊不禁。小说第6章描写了士兵首遇战争就逃跑的场景："一直在旁边拼命开枪的汉子突然打住，号叫着拔腿而逃"，另一个"满脸崇高的勇气"的小伙子也跑得"动如脱兔"，而主人公弗莱明"吓得哇哇乱叫，跟寓言中那只吵闹的小鸡一样"（克莱恩，2012：31～32）。和传统战争小说中描写的英雄不一样，这里的士兵胆小如鼠，战争枪声一响立刻像兔子和小鸡一样撒腿就逃。反英雄主义的隐喻叙事形象地呈现了士兵仓皇逃跑的场景，战争也成为一出荒诞可笑的闹剧。克莱恩在第12章再次描写士兵逃跑的慌乱情景。

不久，人们就四下乱窜，炮弹轰隆隆前后左右乱飞，令人方向莫辨。界标消失在聚集的昏暗中。青年觉得冲进了一场大混乱的中心，入地无门。逃跑的士兵们全都哇哇叫着无数狂乱的问题，可谁也得不到答复。（克莱恩，2012：54）

在这一混乱的场景中，士兵丧失了正常的感官体验和理性思维能力，像受惊的动物一样不知所以、东跑西撞。这与传统战争小说对英雄无畏的描写大相径庭，荒诞幽默的火花迸发于字里行间，其中的乖讹更是令人捧腹。美国心理学家杰奎琳·加里克（Jacqueline Garrick）曾经谈到战争中"非人性化"（dehumanization）的问题："在战争中，敌人一般会被非人性化。如果他（她）不再属于人类，那么杀戮或者伤害对方就变得容易了。而如果敌人可以被嘲笑、被蔑视、被贬低，那么他的命运也不会引起过多的关注。"（Garrick，2006：177）克莱恩将战场上的士兵"动物化"，很明显也是非人性化方式的一种。因为"不再属于人类"，小说人物与读者之间的距离被拉开，读者才能在描述残酷战争的小说场景中感知幽默的存在。

如前文所述，克莱恩在小说中将士兵"动物化"从而拉开人物和读者的距离，以此产生乖讹来激发幽默效果。除此之外，克莱恩对现实的"即时"呈现方式同样也是小说幽默效果的重要来源之一。和豪威尔斯定义的现实不同，克莱恩认为，现实是对作者情感体验的即时记录。克莱恩对现实的理解，无疑受到了印象主义学派的影响。印象主义作家"尝试呈现事物在其脑海中留下的印象"（Hart，1983：361），因而作品中的现实具有浓厚的主观色彩。1894年，在接受豪威尔斯采访时，克莱恩就谈到了这样的"主观现实"，提出小说中"比例"（proportion）的重要性。

艺术家看到街道上的狗——好，他的眼睛立刻将这只狗和身边的情景联系起来。换句话说，（在他眼中）这只狗和身边的建筑物以及树木形成了完好的比例。与此不同的是，很多（普通）人的眼睛却（通过想象）捕捉到了狗尾巴在山顶歇息的画面。（Crane，1984：616）

在克莱恩看来，"山顶上的狗尾巴"呈现了人即时的情感体验，因而

比"街道上的狗"更加接近现实。作家不能被现实主义所束缚,而应该
描写人物对客观事物的即时情感体验。"狗尾巴"和"狗"之间的对比,
"在山顶"对"在街道"地点的扭曲,这些看似荒诞的对立统一同样让
《红色英勇勋章》某些文本细节产生了插科打诨的幽默效果。美国学者
J. C. 利文森(J. C. Levenson)就曾指出,克莱恩对现实的印象主义表达
是"幽默意义上的释放和心理层面上的洞达……克莱恩对视角的把玩独
树一帜,具有喜剧的效果"(Pizer,1995:159)。

《红色英勇勋章》伊始,克莱恩就呈现了一幅具有印象主义色彩的图
景:"寒冷从大地上渐渐退却,雾气散去,沿山谷一支休整的军队蔓延开
来。天亮了,它醒了,在谣言的刺激下带着渴望般地战栗着。"(Crane,
1984:3)在小说开始之时,读者随作者从鸟瞰的远视角看到这支绵延在
山谷的军队,它像蛇一样休眠于山谷之间,也像毒蛇一样带着弑杀的渴
望。在这里,克莱恩将军队比作蛇的荒诞奇喻,既描写了清晨山谷中休整
军队的样子,又预示了战争中士兵浴血拼杀场景的到来,将作者所见所感
的军队形象地呈现在读者面前。而"军队"与"蛇"之间的对立统一亦
给文本带上了另类荒诞的色彩,与传统战争小说的严肃性截然不同。第3
章中,主人公亨利·弗莱明(Henry Fleming)看到了一具士兵尸体:"青
年发现死者的鞋后跟磨得像张薄纸,脚丫从他一只鞋的大口子上凄惨地伸
出。命运背叛了这个兵。死了,还要向敌人暴露他生前大概竭力向朋友隐
瞒的贫穷。"(克莱恩,2012:17)作者没有对尸体进行过多直接描写,
反而集中呈现了破损袜子露出的脚趾。在死神随时降临的战场上,弗莱明
却从容地"观赏"尸体的脚指头,这样的设定本身就是荒诞可笑的。而
死者生前竭力维护的秘密,死后却直露在别人面前,这一细节既有加尔文
主义幽默的嘲讽,亦让读者感叹面对命运的无奈。难怪作者写道:"命运
背叛了这个兵。"这种印象主义的艺术表现手法,比儒雅传统的现实主义
更加准确地捕捉到了士兵的心理活动和生存逻辑。第5章中,当士兵们惶
恐地等待敌军出现时,有人喊道"他们来啦!"关键时刻,高个子士兵做
出了令人费解的举动:他"掏出一块红手巾,煞费苦心地往脖子上系好"
(克莱恩,2012:25)。在这一场景中,北方军深蓝色的军服和灰蒙蒙的
阵地建构了阴暗色调的背景,这与高个子拿出的鲜亮红手巾形成了鲜明的
对比。小说文本呈现了阴暗的严肃与鲜明的活泼两种印象主义色彩,乍读
来高个子荒诞怪异的举动让人哑然失笑,但仔细品味其中的韵味,鲜亮的

红手巾象征高个子对生命的渴望，作者通过这个细节巧妙地呈现了战争对士兵身心的摧残以及由此产生的怪诞心理。

小说结尾处弗莱明的内心独白中，克莱恩同样用到了加尔文主义幽默的手法嘲弄了主人公的盲目自信。在最后一场战役中，弗莱明一反之前的怯懦，英勇作战冲锋在前，成为一位真正的勋章勇士："他感到一种沉静的男子汉气概，不是武断且坚定强大。不论领路人指向何方，他将不再畏首畏尾。"（克莱恩，2012：104）小说最后，作者突然舍弃了前面的第三人称叙述视角，转而从主人公弗莱明的内视角展开叙事。也就是说，是弗莱明自认为变成了男子汉，而隐含作者对此还是有疑问的：如果再有战争发生的话，弗莱明真的不会再次逃跑吗？这样看来，作者在这里实际用了反讽的手法，间接指出了弗莱明再次逃跑的可能，暗讽了其自以为是的"成长"。论者皮泽尔在谈到这一结尾时，认为经历了战争之后的弗莱明获取了不同的经验，但断言他"很可能再次从战争中逃跑……且毫无疑问会再次为自己逃跑找借口"（Pizer，1993：105）。回到故事中，作者和读者达成一致以"旁观者的高姿态"（Dunne，2007：21），对弗莱明的盲目自信哑然失笑，而这正符合传统的美国加尔文主义幽默文学的特征。在自然主义小说家看来，环境和遗传基因决定了个人的命运，没有生存主动权的个人只能在命运的安排下颠沛流离。因此，在自然主义语境中，美国梦文化传统中的追梦人的自信以及对未来的希望都是可笑的，小说家往往用加尔文主义幽默来嘲讽人物对掌控自我命运的信心。

出版于 1898 年的《敞篷船》（*The Open Boat*）是克莱恩具有代表性的自然主义短篇小说之一，英国作家 H. G. 威尔斯（H. G. Wells）认为小说"不容置疑地是克莱恩艺术生涯的顶峰"（转引自 Weatherford，1997：271）。《敞篷船》根据克莱恩的亲身经历改编而成，以第三人称视角讲述了从船难中存活下来的船长、加油工、厨师和记者四人，三十小时海上遇险并死里逃生的故事。克莱恩在小说中着重呈现了人类生存状况的荒诞：明明可以看到岸边的灯塔，却不能靠近；看到了岸上的人招手，却无法让对方知道自己的困境。人类的主观期盼和客观现实针锋相对，荒诞的生存境遇一目了然。在小说最后，海浪打翻了小船，船长、厨师和记者三人互相依偎着游到岸边，最强壮的加油工却溺水而死。结局与"适者生存"的论调背道而驰，更为文本增添了一丝荒诞。克莱恩总结道："当夜幕降临之时，月色中白色潮汐涌动着，风将大海的信息吹到了岸上人的耳朵里，然后他们觉得自己可以做这信息的阐释者。"（Crane，1986：187）和《红色英勇勋章》的结尾一样，作家放弃了第三人称全知视角，转而从人物内视角进行叙述。整篇小说都在讲述人类生存处境的荒诞性，主观期盼与客观现实之间的乖讹，因而小说最后在"他们觉得"的背后，是作家针对人类自信充满讽刺意味的否定。以此观照全篇，《敞篷船》无疑也是一篇带有加尔文主义幽默的自然主义小说。

同样地，杰克·伦敦于1908年出版的短篇小说《生火》（To Build a Fire）也是加尔文主义幽默视角下带有自然主义色彩的生存故事。故事开始时，无名的主人公为了与朋友见面，正试图穿越冰天雪地的育空领地，陪伴他的只有一条狗。不幸的是，他对自己的能力过度自信而低估了冰雪的危害，最终难逃被冻死的厄运。围绕人与自然的关系，小说用带有加尔文主义幽默的口吻讲述了无名者的遭遇。隐含作者在故事中多次提到主人公无视硫磺溪老人的警告兀自冒险前行。与他的固执和盲目不同，"狗却知道现在不是行走的时候，它的直觉比人的判断更加准确"（马红旗，2011：172）。当他不小心落入水中，想再次生火却为时已晚。他试图杀狗，但手指已经冻僵；想要奔跑取暖，但双脚早已麻木，"感觉好像飘在空中滑行地面"（马红旗，2011：185）。在濒死之际，他感叹没有听老人的话："你是对的，老家伙；你是对的。"（马红旗，2011：186）主人公固执己见、胆大妄为，最终只能付出生命的代价。伦敦同样从环境决定论的视角出发，描写了过度自信者的挫败和死亡，育空领地的广袤和主人公的渺小形成鲜明对比，作家用加尔文主义幽默色彩的口吻嘲讽了无名者的自负。与《敞篷船》不同的是，故事最终主人公意识到了盲目自信让自己搭上了性命，因而加重了故事的悲剧色彩。实际上，这种悲剧色彩和幽默元素的结合，是大部分美国自然主义小说的一个重要特点。

一般认为，悲喜剧的创作理念大相径庭，悲剧以严肃的基调探讨生存逻辑、伦理道德等问题，而喜剧则用插科打诨的方式展示生活之中的乖讹。哈里·莱文这样总结悲剧和喜剧不同的戏剧效果。

> 如果悲剧激发了我们的同情，那么喜剧则让我们更多关注自我。面对生活中的挫折，前者用贵族般的隐忍和毅力去战胜它，而后者则尝试冷静且狡猾的方式绕道而行；前者让我们暂时但安

心沉浸在悲伤之中，而后者则让我们处于欣喜的状态之中。
（Levin，1987：14）

　　前文提到美国自然主义小说强调环境决定因素，因而个体梦想者的故事大多是悲剧性的；但与此同时，自然主义的写作特点和表达方式却赋予小说文本独特的幽默效果。这种悲剧故事和幽默元素相结合的特点，是美国梦文化主题和自然主义文学形式桴鼓相应而得来的艺术效果。究其原因，这种效果建构在美国自然主义小说"去道德"（unmoral）的基础之上。针对19世纪末20世纪初美国社会发生的巨大变革，论者考利提到了"美国信仰"（American faith）的改变。所谓的美国信仰，"简单来说，就是情况会逐渐好转，个人通过'西进'会解决所有的问题，德行会有财富做报酬——德行越好，财富越多"（Cowley，2004a：67）。新的形式让人们意识到社会根本的不公平和生存逻辑的荒诞性，原有的美国信仰不堪一击，所谓的道德中空逐渐形成。与此同时，受左拉自然主义美学的影响，尤其是在地理空间和现实境况的直接作用下，美国自然主义小说家着重描写人物的斯芬克斯因子或者"兽性"（the beast within），探讨在极端环境下人物表露出的最原始的动物野性。在野兽的世界里，人类的道德准则并不适用。综上所述，在两个条件的作用下，美国自然主义小说出现了所谓的"去道德"倾向。也正是在这种"去道德"的背景下，美国自然主义小说家才得以在悲剧的故事框架中点亮一簇簇幽默的火花。

　　克莱恩的另一短篇小说《新娘来到黄天镇》（*The Bride Comes to Yellow Sky*）发表于1898年，讲述黄天镇治安官杰克·波特（Jack Porter）带新娘从得克萨斯州的圣安东尼奥市回西部黄天镇的故事。这篇充满意象的小说，是克莱恩经典的自然主义代表作品之一，充分阐释了自然主义小说在美国梦视域下悲喜剧的双重特质。小说整体框架还是建构在美国梦文学的框架之上——向西，建设新的家园，实现更多的财富。与边疆开发结束的现实境况相呼应，故事中波特两口子虽然也是在西行追寻梦想，但字里行间却不断地暗示两人灰色的未来是毫无希望的。正如"黄天镇"这个名称暗示的："落日和死亡……一个为正在死去的西部边疆人准备的巨大坟场。"（Petry，1983：46）镇上的斯凯奇·威尔逊（Scratchy Willson）每次醉酒就会持枪闹事，因为波特曾经教训过寻衅滋事的威尔逊，镇上的人相信他是唯一能制服酒鬼的人。实际上，酗酒如命的威尔逊同样是失败的追梦者。威尔逊目睹了西部的"没落"，还曾是西部黑社会团体的成员之一。在退出后整天无所事事，醉酒之后就会寻衅滋事，左邻右舍都对其避之不及。小说将其比喻成"巨婴"："他在和镇子玩耍，镇子就是他的玩具。"（Crane，1986：159）在梦想失落之后，威尔逊拒绝改变自己适应新的现实境况，选择继续沉溺于酒精的麻醉之中。但在整个故事的悲剧框架之中，也有让人忍俊不禁的幽默情节。如前文所述，克莱恩在小说中着意刻画人物内心的斯芬克斯因子，故事出现了道德准则的真空。例如，小说第三章有一个细节，描写了醉酒的威尔逊与一条狗的对峙。

> 无人应战，无人。他朝天空大喊，无人应声。他一边大声叫骂，一边挥舞着左轮手枪……一看到这条狗，他立即停下来，滑稽地举起了手枪。看到他，那条狗立刻跳了起来，低头咆哮着后退了几步。他大叫一声，狗吓得一溜烟逃跑了。（Crane，1986：158）

在这一对峙中，读者看到的是两只野兽之间的针锋相对。威尔逊醉酒滋事，失去了作为人的基本理性，内心的兽性被彻底释放了出来。因为在道德真空视角下与人物威尔逊拉开了距离，读者在看到"两只野兽"笨拙地想要通过嘶吼吓退对方时，自然会忍俊不禁。也只有在这个"去道德化"的故事语境中，在列车上的黑人乘务员才能置种族歧视的现实体制于不顾，反而嘲弄羞涩的波特小两口；波特最关心的不是如何营造婚后两人的生活，而是黄天镇的居民能否接受新娘；威尔逊醉酒大闹黄天镇，但城镇居民却用沉默对这种滋事生非表达了默许；等等。

利文森在谈到克莱恩小说的"去道德化"时，提到了"流动性"（flux）一词，认为："在克莱恩看来，世界是没有秩序的，是流动的。"（Levenson，1995：161）在维护自然主义创作理念核心的前提下，在梦想失落的悲剧框架和去道德的幽默火花之间，这种"流动性"让美国自然主义小说家得以吸收不同的社会元素，赋予自然主义小说以持久的生命力。在19世纪末20年代初以克莱恩、德莱塞等小说家为代表的美国自然主义创作潮流过去之后，20世纪30年代针对大危机出现了以帕索斯和斯坦贝克为代表的美国自然主义文学复苏，之后四五十年代的诺曼·米勒（Norman Miller）、海明威、福克纳等现代作家的作品，以及六七十年代的黑色幽默作家作品中，仍然可以看到自然主义创作理念的身影。正如学者所断言的："自然主义已经作为一种因素，融入了整个 20 世纪美国小说之中。"（张祝祥、杨德娟，2007：31）

第二节　失梦的一代：现代荒诞 生存逻辑下的哑然失笑

20 世纪中后期，美国在经历了第二次世界大战和冷战的洗礼后，文化思想领域也发生了相应的变化。美国学者莫里斯·迪克斯坦（Morris Dickstein）在《伊甸园之门——60 年代美国文化》（*Gates of Eden：American Culture in the Sixties*）中提出，50 年代笃信所谓的"人生悲剧感，即断言人性和人类环境冷酷无情的宿命论"；而 60 年代将"解放"置于聚光灯下，"传统和环境的桎梏将被抛弃，社会将按人类的潜力来塑造"（迪克斯坦，1996：前言）。迪克斯坦敏锐地察觉到了 20 世纪中叶美国思想领域的特点：50 年代的消极悲观和 60 年代的价值重塑。

前文指出，美国文化发轫于《圣经》中的伊甸园神话，早期殖民者为了追寻信仰和财富的自由，毅然踏上了在美洲土地上建设"应许之地"的征途。美国经历了 17 世纪的殖民地时期、18 世纪的建国时期、19 世纪和 20 世纪的文化认同建构时期，其间以自由和民主为核心的美国梦始终主导着美国文化的发展。20 世纪中期政治格局的变动，对思想领域来说牵一发而动全身，在儒雅传统和荒野精神之间平衡的美国文化传统逐渐被解构。美国学者大卫·D. 加罗伟（David D. Galloway）在《美国小说中的荒诞英雄》（*The Absurd Hero in American Fiction*）中讲道，20 世纪中期的美国：

> 传统基督教作为西方人的凝聚核心已经被解构了——有人对之叹息不已，有人为之庆幸不已，也有人默认其解构的事实——无论如何，这个事实是不容置疑的。自儒雅传统死亡后，被驱逐的个人如何在无意义的世界生存……成为美国作家迫切要探讨的问题。（Galloway，1966：5）

随着儒雅传统价值核心的贬损，20世纪中期美国梦的内涵也发生了相应的改变，所谓的"自由"带上了强烈的政治色彩，而"民主"则往往具有无政府主义的倾向。在美国梦文化语境中，随着梦想内涵的改变、本质和存在的分离，民众生存的荒诞感油然而生。事实上，"荒诞"是描述20世纪中后期美国作家创作特点的关键词之一。在这种荒诞感的背后，隐藏着新一代作家对于梦想失落之后的迷茫、困惑和愤怒。在《美国梦，美国噩梦：1960年以来的美国小说》（*American Dream*，*American Nightmare：Fiction Since* 1960）中，这一代作家被凯瑟林·休姆（Kathryn Hume）称为"失梦的一代"（the Generation of the Lost Dream）（Hume，2007：292）。

一、20世纪中期荒诞生存逻辑下信仰的失落

1960年，保罗·古德曼（Paul Goodman）出版了代表作品《荒诞成长：组织化社会中的青年问题》（*Growing Up Absurd：Problems of Youth in the Organized Society*），讲述了在垄断公司不断扩张的背景下，传统社会体制和价值体系受到侵蚀，而社会人则因失去生存意义而逐渐变得迷失。古德曼在完成专著后，曾和19家出版公司联系出版事宜，但这些公司都拒绝出版该专著。后来，在《评论》（*Commentary*）杂志上以连载的形式刊载，引起了学界的广泛关注，这部作品这才得以付梓出版。出乎意料的是，专著问世后引起了巨大的反响，第一年便卖出十万多册。学界将其与赫伯特·马尔库塞（Herbert Marcuse）的《爱欲和文明》（*Eros and Civilization*）置于同等重要的位置，认为其对人类文明史做出了巨大的贡献（Dufresne，2000：111）。在专著的第七章"信仰"中，古德曼讲到现代生存环境是荒诞的，人们都言不由衷且逐渐被"非人化"。在这种背景下，如何做选择是至关重要的。

> 然后人们就会暂时停下来做一个选择：或者……或者……选择一：他可以和荒诞观念体系同流合污，相信这就是人类社会应该有的样子。选择二：他还可以完全从观念体系中脱离出来，作为一个孤单的人独自处于其外（但幸运的是，他注意到别人也处于同样的危机中，做同样的选择）。（Goodman，1960：134）

上述引文明确将"荒诞"作为现代人的生存背景，提出人只能做两种选择：或者成为荒诞的一部分，或者通过克尔凯郭尔"信仰的一跃"（leap of faith）将自己与荒诞划清界限。事实上，《荒诞成长》一书之所以能够成功，正是因其从社会学视角分析并审视了现代社会人类荒诞的生存逻辑。它的出版标志着美国社会二战后纯真时代的结束，揭开了 50 年代荒诞文学和 60 年代反叛主题文学的大幕。

从社会学角度看，20 世纪中期的美国之所以"荒诞"，主要源于传统价值观和新的社会变革之间的乖讹。前文指出，美国梦是美国文化传统的核心，它建构在儒雅传统和边疆精神之间，是在充满变量的美国历史发展中坚定的砝码。儒雅传统和边疆精神在相反相成中，不断给美国文明注入新鲜的活力和能量。然而，进入 20 世纪，美国在经历了两次战争洗礼和世界范围内的意识形态冲突之后，"儒雅"和"边疆"两种文化精神都被打上了"传统"的标签并带上了"滞后"的意味。有学者针对这种情况指出，"美国 19 世纪以来能动性的文化能量几乎耗尽"（郎晓娟，2010：98），桎梏在传统之中的美国文化意识表现出呆板落后的一面。根据美国文化人类学家玛格丽特·米德（Margaret Mead）的理解，20 世纪中期的美国社会进入了"后喻性文化"（postfigurative culture）阶段。在"后喻性文化"社会中，"社会变迁非常缓慢，以至于不被察觉……成年人的过去是每一新生代的未来，是唯一的价值标杆"，而"不变的连续性"（unchanging continuity）是后喻性社会的重要标志（Mead，1970：1）。①二战后美国一跃成为世界第一经济大国，但在到达顶峰之后，美国对传统价值标准的固守却也逐渐偏执起来，美国社会带有米德所谓的"后喻性文化"特征。固执坚守和与时俱进之间的对抗，促生了同时代美国人切身体会到的荒诞感。在这种后喻性社会中，美国小说家在创作中不约而同地将视线投向了青少年群体，通过孩童的视角来审视成人世界的价值体系，描述美国社会中纯真和经验之间的对立统一。在两种视角的磨合下，50 年代的小说一般具有荒诞幽默的特点，这些轻幽默的荒诞作品是 20 世纪60 年代反叛小说重要的先驱者。在 50 年代的荒诞小说中，塞林格的《麦田里的守望者》（The Catcher in the Rye）是具有代表性的作品之一。

---

① 米德将文化分成三种类型：后喻性——孩子向祖辈学习，同喻性（cofigurative）——孩子和成年人向同辈学习，前喻性（prefigurative）——成人向孩子学习。

从 1945 年到 1946 年,《麦田里的守望者》曾经在报刊上连载,1951
年才作为小说正式出版。小说讲述了 16 岁的中学生霍尔顿·考尔菲德
(Holden Caulfield) 被学校开除后,在纽约游荡的三天里发生的故事。故
事采用第一人称叙述视角,真实地展现了 20 世纪中期青少年对美国传统
的叛逆心理,小说一经出版立刻引起了读者群体的强烈反响。作为经典成
长小说的主人公,少年霍尔顿言行举止中的愤世嫉俗,既是其对美国儒雅
文化传统的挑衅,又为小说文本增添了一丝幽默色彩。例如,在过生日
时,他戏谑地讲到妈妈买错了他想要的滑冰鞋:"几乎每次别人给我礼
物,我都很难过"(Salinger,1994:46);祖母在他生日时也会给他寄钱,
但因为年龄大记性差有时一年会给四次,对此霍尔顿总是欣然接受;在离
开学校之前,霍尔顿冲着走廊大声喊:"祝你们做个好梦,一群疯子"
(Salinger,1994:46),结果因为踩到花生壳而差点摔断了脖子;等等。
这些幽默的文本细节,展现了自不量力地与一切为敌的霍尔顿形象,让读
者为之忍俊不禁。小说中,少年霍尔顿却"善用"成年人的诅咒表达愤
懑不满,而这也是小说常常被禁的原因之一。[①] 据统计,小说中"该死的"
(goddamn) 一词总共出现了 237 次,"杂种"(bastard) 出现了 58 次,"耶
稣"(Chrissakes) 出现了 31 次。评论家莱利·修斯(Riley Hughes)就曾
谴责塞林格在小说中"滥用蹩脚的诅咒和粗俗的语言"(Whitfield,1997:
597)。青春年少的霍尔顿却满口污言秽语,既给文本增添了幽默乖讹的荒
诞感,又形象地刻画了以霍尔顿为代表的青少年对社会现实的不满。

霍尔顿视角下的世界是可憎的,但霍尔顿这一角色却因其纯真又桀骜
的个性而受到读者追捧。在和妹妹菲比告别时,霍尔顿讲到了做"守望
者"的意愿。

> 不知怎么回事,我老是想象在一片巨大的黑麦田里这些小孩子在
> 做游戏。成千上万的小孩子,周围没有人——我的意思是,除了我没
> 有别的成年人。我站在某个疯狂悬崖的边上。如果孩子跑向悬崖,我
> 需要做的就是捉住他们——我的意思是,如果他们四处乱跑,我就会
> 跑出来捉住他们……这就是我的职责:麦田里的守望者。(Salinger,
> 1994:156)

---

① 1961~1982 年,《麦田里的守望者》是美国高中和图书馆范围内被禁次数最多的小说。

霍尔顿的梦想非常明确：守护纯真，拒绝长大。做守望者的意愿，源自他对墨守成规的成年人世界的厌恶。霍尔顿用幼稚好笑却振聋发聩的声音，对20世纪中期逐渐进入后喻性文化语境的美国社会进行了嘲讽和谴责。也正是由于塞林格准确捕捉到了文化环境的改变，才使得小说一经出版便受到读者的欢迎。在小说出版后不久，论者伊恩·哈密尔顿（Ian Hamilton）就谈到了当时流行的"守望者狂热"（Catcher Cult）："有思想的青少年人手必备（《麦田里的守望者》），想要以很酷的方式表达不满，它是必不可少的学习对象。"（Hamilton，1988：115）直到今天，《麦田里的守望者》仍然在畅销书的榜单上，每年卖出将近一百万册，是美国经典的成长小说之一。

《麦田里的守望者》通过少年视角揭示了美国社会后喻性的文化征候，在看似风平浪静的50年代引起了巨大的反响，从而跻身美国文学经典之列。所谓后喻性文化，暗含现有文化体制因饱和而停滞发展的意味。米德在谈到后喻性成熟文化体制时讲道："根据年龄、性别、智商和性格，每个不同的人都是整个文化的具象化。"（Mead，1970：2）50年代的后喻性文化对个人发展的压抑，在霍尔顿的故事中得以体现。塞林格发现了后喻性文化中暗藏的荒诞，而讲述霍尔顿荒诞之旅的《麦田里的守望者》可以看作整个五六十年代反叛文学的开篇之作。在《麦田里的守望者》之后，有更多的小说家以青少年的视角审视看似平静的美国社会，尝试再现平静表面下的波澜壮阔。如果说《麦田里的守望者》指出了美国后喻性社会的滞后问题，那么《杀死一只知更鸟》（*To Kill A Mocking Bird*）则对美国如何摆脱文化固守的泥淖进行了更深入的思考。

《杀死一只知更鸟》出版于1960年，当年就获了美国普利策图书奖，跻身美国经典名著之列。故事的叙述者是六岁的斯库特，从她的第一人称叙述视角出发，讲述了两年间家乡梅科姆（Maycomb）的大情小事。小说前半部分围绕"拉德利怪人"鲍勃展开。鲍勃因年少时犯错而一直被囚禁在家中。在斯库特和哥哥杰姆看来，鲍勃是像梦魇一样的存在。两个人上学路上途经拉德利家时，都会加快步伐，以免被"梦魇"缠住。后半部分的故事围绕"汤姆·罗宾逊强奸案"展开。鲍勃·尤厄尔诬陷黑人汤姆蓄意强奸女儿，尽管斯库特的父亲阿蒂克斯尽全力帮助汤姆，但后者最终仍被判有罪。在准备上诉期间，汤姆试图逃跑被击毙，身中十七枪。故事最后，尤厄尔试图报复阿蒂克斯一家，最终却被杰姆杀死。小说用孩童视角讲述了成人世界的故事，纯真和经验的碰撞让文本时时闪现出幽默的火花。如小说第十一章讲到杰姆因毁坏了杜博斯太太的山茶花而被罚，每天下午必须读《艾凡赫》给她听。令杰姆意想不到的是，杜博斯太太去世前留给他一朵山茶花。实际上，杜博斯太太是想借山茶花让杰姆记住自己。但在斯库特看来，孤僻怪异的杜博斯太太是有意让杰姆难堪。小说中童真视角对成人世界的误读让人啼笑皆非，而这些天真的孩童形象也令读者忍俊不禁。此外，斯库特"认真"讲述的孩童世界，也往往令成人读者捧腹。如每年来梅科姆度假的玩伴迪儿曾向斯库特求婚，但后者恼怒道："说我将是他唯一爱的女孩，之后就扔下我不管了。我揍了他两顿，可是毫无作用……"（李，2016：51）迪儿坦白唯一的梦想是当小丑："我对这世上的人除了大笑没什么可做的，干脆我就加入马戏团，笑他个痛快"（李，2016：266）；当杰姆向斯库特炫耀胸毛时，斯库特心里想的却是："因为他刚安慰了我，所以我就说它看起来很可爱，但实际上我什么也没看见"（李，2016：276）；等等。通过斯库特的孩童视角，成人读者看到了不一样的世界，其中的稚气让人哑然失笑，但发自内心的单纯却令人向往，这也是小说最吸引人的地方。

尽管同样是青少年叙述视角，《麦田里的守望者》侧重于凸显霍尔顿向往的纯真世界与成年人的世俗世界之间的冲突，而《杀死一只知更鸟》则着力刻画斯库特的纯真是如何影响成人世界的冲突的，而后者对于如何推动美国文化走出后喻性文化症候具有一定的启示意义。例如，小说第十五章描写了城镇居民暴动，想要处死汤姆的场景。尽管阿蒂克斯竭尽全力保护汤姆，但是面对群情激奋的暴民却无计可施。关键时刻，斯库特看到人群中的坎宁安先生，并开始与其搭话。在斯库特的影响下，坎宁安激动的情绪竟然平静下来，"接着，他做了个奇怪的动作。他蹲下身来，拥住了我的双肩"（李，2016：188）。最终，坎宁安不仅带走暴民、救了汤姆，而且作为陪审员在接下来的审判中坚称汤姆是无罪的。坎宁安的改变，是因受到斯库特的纯真的洗涤，而这已经具备了米德所谓"前喻性"社会的文化特点。因而，用纯真来引导世俗，是哈珀·李对20世纪中期的美国走出荒诞寻觅信仰的理想建构。这一建构颇具理想主义色彩，李并没有阐明究竟该如何以纯真引导世俗。尽管如此，李在小说中通过"知更鸟"的隐喻点明了在荒诞生存逻辑中追寻信仰的道德底线问题。知更鸟的意象在小说中总共出现了四次。

（1）阿蒂克斯警告打算打鸟取乐的杰姆："你射多少蓝鸟都没关系，但要记住，杀死一只知更鸟就是一桩罪恶。"（李，2016：112）

（2）在等待汤姆案最终宣判结果的时候，斯库特讲道："……法庭里的氛围都变了，变得和那个寒冷二月的早晨一模一样：知更鸟不叫了……"（李，2016：258）

（3）在遭到尤厄尔攻击前，斯库特讲道："在我们头顶高处的黑暗中，一只落单的知更鸟正不停气地唱着它的曲目……"（李，2016：312）。

（4）故事最后阿蒂克斯向斯库特暗示，要向警方证明尤厄尔是自戕时，斯库特回答道："噢，如果是那样做，差不多就像杀死一只知更鸟，不是吗？"（李，2016：340）

知更鸟是美国南方一种普通的小鸟，长尾巴、灰白色的羽毛，喜欢模仿其他鸟类的声音，是一种无害的鸟禽。正如邻居莫迪小姐所讲："知更鸟只唱歌给我们听，什么坏事也不做。它们不吃人们院子里的花果蔬菜，不在玉米仓里做窝，它们只是衷心地为我们唱歌。"（李，2016：112）如此无害的知更鸟，在小说中象征着能够容忍的最低道德底线——杀死一只知更鸟，就是对道德底线的挑衅。这样看来，（1）中阿蒂克斯告诉杰姆，杀死知更鸟就是在犯罪；（2）中汤姆最终被判有罪之前，寂静的知更鸟象征着底线即将被碰触；（3）中的斯库特如纯真的知更鸟一般，正满腔热情参加表演，却对即将发生的危险攻击浑然不觉；而（4）则确定无疑地指出了知更鸟象征道德底线的意味。

进一步讲，可以从两个角度来解读小说题目"杀死一只知更鸟"。一方面，"杀死知更鸟"意指汤姆被戕害致死。因为汤姆的黑人身份，陪审团颠倒黑白而判决其有罪，间接导致汤姆被射杀。汤姆之死，让梅科姆居民的公正之心受到了震撼，碰触了他们生存的道德底线，就连小斯库特也产生了质疑：为什么痛恨希特勒的人，可以那么泰然地处死汤姆？在这一层面上，"杀死知更鸟"意为触犯了公众的道德底线。另一方面，"杀死知更鸟"暗指塔特警官和阿蒂克斯为杰姆作伪证洗清罪责一事。杰姆出于自卫而杀死了尤厄尔，塔特为了保护杰姆坚称尤厄尔是自戕的。从法律意义上讲，塔特和阿蒂克斯违背了公民契约中的律法精神。但小说中的尤厄尔不仅害死了汤姆，恐吓泰勒法官和汤姆的遗孀，还蓄意谋害斯库特和杰姆。从道德意味上讲，十恶不赦的尤厄尔被杀死是罪有应得的。因而，塔特作伪证虽然违背了法律原则，却是对道德公正的最大维护。在这一层意义上，"杀死知更鸟"的含义，是为了维护道德公正而主动触犯底线。

作者哈珀·李出生于美国南方亚拉巴马州的门罗威尔市，创作《杀死一只知更鸟》的故事正是基于作者对童年的美好回忆。李在小说最后借由斯库特的四季畅想表达了对梅科姆深沉的爱——这是一个梦想之地，安静、平和、自由。在温暖且不乏幽默的叙事口吻背后，读者能够感受到李对于南方梦想失落的遗憾和迷茫——她只能以知更鸟来隐喻、以梅科姆来怀念，而无法明确地指出如何重拾失落的梦想。尽管如此，正是基于对在五六十年代荒诞逻辑中重拾信仰的思考，《杀死一只知更鸟》才会引起学界和读者的强烈共鸣。

《杀死一只知更鸟》是哈珀·李唯一一部代表作品，因其对50年代后喻性社会的思考和解读，跻身20世纪中期具有代表性的美国荒诞小说行列。李和塞林格不约而同地使用了童真叙述视角，用纯真的美好来反衬现代社会生存逻辑的荒诞性，唤醒美好梦想的同时揭示了种族主义、意识对抗等深刻的社会问题，在50年代貌似平静的美国社会引起了强烈的反响。李通过知更鸟的意象探讨了在荒诞社会中生存的道德底线问题，而塞林格也在自身神秘主义经历的基础上对后喻性文化症候的出路进行了反思。出于作家对时代症候的敏感，塞林格早在40年代便开始思考神秘主义能否作为社会发展困境的出路。塞林格的短篇小说《逮香蕉鱼的最佳日子》于1948年1月发表在《纽约客》杂志上，讲述了西摩·格拉斯（Seymour Glass）夫妇在佛罗里达海边度假的经历：妻子穆丽尔在宾馆与妈妈打电话谈论西摩的精神问题，西摩与宾馆邂逅的女孩西比尔出游，并在回到宾馆后开枪自杀。《逮香蕉鱼的最佳日子》是塞林格格拉斯家族小说的开篇之作，主人公西摩是整个格拉斯家族故事的灵魂人物。小说的初稿单纯讲述了西摩的自杀，因没有前因后果而显得荒诞突兀。小说发表前，塞林格接受《纽约客》编辑威廉姆·麦克斯韦尔（William Maxwell）的建议，在原来故事的基础上加入了穆丽尔母女的对话，点明了二战的参战经历和现实生活的创伤是西摩精神问题的源头。即便如此，整个故事无论是整体结构还是故事细节都带有非逻辑的荒诞幽默色彩。例如，回到酒店之后，西摩在电梯偶遇一位女士。他们之间的对话让人啼笑皆非。

"我看到你正盯着我的脚看，"当电梯开动时他说道。

"你说什么？"那位女士说道。

"我说我看见你正看我的脚。"

"你说什么？我只是碰巧盯着地板，"女士说道，然后转头面向电梯门的方向。

"如果你想看我的脚，你说就是了，"年轻人说道，"但别他妈的鬼鬼祟祟的"。（Salinger，1954：17）

西摩抗议女士正在看他的脚，而女士则认为西摩是无理取闹。两人就此蝇头蜗角的小事发生了争执，西摩大话王般的无理偏执让这段对话看起来幽默好笑、荒诞不经。但是让读者始料不及的是，下一幕西摩回到酒店房间后便开枪自杀了。如此突然的举动让读者在震惊之余，忆起小说开始穆丽尔透露西摩患有精神疾病的场景。这样看来，无论是电梯里的对话、还是自杀的场景都与西摩的精神疾病有关。实际上，在看似荒诞幽默的情节背后，小说有着对神秘主义和禅修的深层影射，而这才是西摩自杀的真正原因。

在创作《逮香蕉鱼的最佳日子》之前，塞林格就对东方禅学和神秘主义表现出浓厚的兴趣。《时代》杂志曾经提到塞林格在40年代中期便沉迷于禅学书籍，"禅对他来说更有吸引力，因为禅强调关联与和谐，这也是塞林格经常在作品里写到的话题"（斯拉文斯基，2015：146）。故事中，西摩就香蕉鱼的意象向西比尔解释道：

> 好吧，它们游进一个满是香蕉的洞穴里，这个时候它们看起来就是普通的鱼。但一旦进洞了，它们就变得像猪一样。哎，我就知道一些香蕉鱼进洞后，能吃78根香蕉……自然地，它们变得太胖了以至于再也不能出洞了。（Salinger，1954：150）

在上面的引文中，塞林格用香蕉鱼来隐喻神秘主义的修行者。如香蕉鱼贪食于洞内，贪婪的禅修者试图通过不断的修行来获取超越世俗的情怀，最终却只能如香蕉鱼一般不能自已地无限膨胀，直至死亡。20世纪中期压抑的后喻性文化氛围中，塞林格在接触到神秘主义后如获至宝，试图通过修禅超越世俗阈限重获信仰。然而，在实践神秘主义的过程中，塞林格发现这条路并不可行，并将实践过程用小说形式呈现出来，这才有了《逮香蕉鱼的最佳日子》。面对论者的质疑，塞林格曾经承认，西摩是"一个与我自己很像的人"（斯拉文斯基，2015：161）。在此基础上再回顾电梯一幕，读者就会发现，西摩对女士的狂妄揣测和无理取闹，实际表达了他对整个社会文化氛围的不满和厌弃。如香蕉之于贪吃的香蕉鱼，神秘主义非但不能给修禅者带来新的信仰，还导致小说中西摩的肉体死亡以及现实中塞林格的符号死亡。美国学者沃伦·弗伦奇（Warren French）高度评价了塞林格在50年代美国文学领域的贡献，认为其作品的纯真视角和超越情怀震撼了思想贫瘠的美国大众："这个时期完全可以被称作超越文学定义的'塞林格时代'。"（French，1970：157）弗伦奇之所以对塞林格评价如此之高，主要是因为塞林格对解决后喻性文化征候的思考和实践，尤其是对于神秘主义信仰的实践经验的文学记录。但如前文所述，通过在现实生活与文学创作中对神秘主义信仰的实践，塞林格发觉这并不是可以最终解决社会文化问题的终南捷径。论者加罗伟就曾明确提出，"塞林格否定了神秘主义经验可以解决荒诞世界中人异化的问题，因为神秘主义（'香蕉热'）将人与现实隔离开来"（Galloway，1966：151）。在另一部长篇小说《弗兰妮与祖伊》（*Franny and Zooey*）中，塞林格通过"弗兰妮的苦恼"再次阐释了神秘主义信仰的无效性。

　　《弗兰妮与祖伊》首次出版于1961年，由分别于1955年和1957年在《纽约客》发表的两个中篇小说《弗兰妮》和《祖伊》合并而成。故事以第三人称视角展开，讲述了格拉斯家的妹妹弗兰妮在寻求宗教信仰中碰到的问题。在《弗兰妮》中，弗兰妮周末去看望男朋友雷恩，在车站见面后两个人前往饭店吃饭，但吃饭时弗兰妮突然晕倒。《祖伊》的故事背景集中在浴室、客厅和父母的卧室，浴室中祖伊在阅读哥哥巴蒂的信后和妈妈贝蒂交谈，客厅中祖伊和弗兰妮的对话，以及卧室里弗兰妮接到冒充巴蒂的祖伊的电话，并最终被祖伊点醒。故事围绕"弗兰妮的苦恼"展开：弗兰妮在阅读了西摩和巴蒂留下的宗教小书《一个朝圣者的方式》（*The Way of a Pilgrim*）后，有了通过节食、祝祷等自修方式消解生存荒诞感的想法。与萨特小说《恶心》中的主人公洛根丁一样，弗兰妮也因荒诞感而体验到了生存的无意义，进而对生活的一切产生了厌恶。餐厅里，雷恩越谈越兴奋，而弗兰妮却因越来越"恶心"而最终失去意识晕了过去。因交流障碍而导致谈话一方晕倒，这一场景本身就带有一定的喜剧效果，但同时也形象地阐明了源于荒诞的生存之重。

　　除了浓墨重彩地描绘弗兰妮的荒诞感，塞林格在第二部分《祖伊》中着重阐释了通过神秘主义走出荒诞的无效性。受两个哥哥的精神启发，祖伊和弗兰妮两人的宗教意识被唤醒，从而体味到了与世俗世界格格不入的荒诞感。弗兰妮在阅读《一个朝圣者的方式》时得知，即便内心无法信服，只要不断念祷词，整个人的精神面貌也会得到改观。这是导致弗兰妮行为荒诞怪异的直接原因。年龄稍长的祖伊也曾有过同样的苦恼，为了让妹妹及早走出神秘主义的泥淖，他谈起了西摩常常提到的"胖女士"（fat lady）：每当祖伊演出前，西摩总是让他擦亮皮鞋，当祖伊询问原因，西摩便拿"为了胖女士"来搪塞。祖伊告诉妹妹："外面所有的人都是西摩的'胖女士'，包括你的塔珀教授，伙计。还有他那些成打的该死的表兄。西摩的'胖女士'无处不在，无所不是。"（Salinger，1964：156）祖伊希望通过"胖女士"无所不在的隐喻向弗兰妮阐明：信仰虽然是精神领域的修养，但人不可能离开肉体欲求和世俗阈限，希望通过节食、祈祷等自虐的方式来达到修行目的是偏激且无用的。弗兰妮最终接受了祖伊的劝告，带着全新的信仰沉沉入睡。塞林格在小说中描述了弗兰妮从神秘主义信仰中的解脱，否定了它解开荒诞生存秩序之结的可能。基于塞林格自身对20世纪中期荒诞社会的体验、思考和实践，《麦田里的守望者》表达了年青一代对荒诞世界的觉知，《逮香蕉鱼的最佳日子》阐明了神秘主义信仰可能带来的危害，而《弗兰妮与祖伊》则明确拒斥了神秘主义个人信仰解决社会文化问题的可能。正如有学者指出的，"他（塞林格）并未将禅宗视为终极价值，也未承认自己是禅宗佛教或禅学家"（任媛，2017：128），修禅只是塞林格企图走出荒诞逻辑的一次无果的尝试而已。

　　如前文所述，与一百多年前对抗现代工业文明的美国超验主义作家相呼应，塞林格也曾尝试用神秘主义信仰来找寻后工业时代①和后喻性文化背景下走出生存荒诞的途径。如果美国梦发轫于宗教角度，发展于世俗空间，那么仅仅靠超验的个人信仰来解决社会问题一定是行不通的，这一点

---

① "后工业社会"（post-industrial society）由丹尼尔·贝尔（Daniel Bell）提出。贝尔认为，人类历史要经历前工业社会、工业社会和后工业社会。后工业社会兴起于20世纪中后期，以理论知识和信息技术为中轴，社会真正的统治人物是科技精英，首要目标是基于服务基础上对人际关系的处理。

早在超验主义作家的实践中已经得到证实。50 年代童真视角的小说描写了后喻性文化社会的低压，着墨于对生存荒诞秩序的叙述，但并未提出行之有效的出走方案。在塞林格等 50 年代作家的小说中，荒诞主题和童真视角给予文本幽默的潜质，但作品亦表达了对生之无序的束手无策。与此同时，"婴儿潮"① 中出生的孩子也逐渐长大，他们试图通过另一种更加激进的方式对抗后工业时代的冲击。这些人就是 60 年代反文化运动中的年轻人，其中具有代表性的就是"垮掉的一代"（the beat generation）作家群体。经历了战后人口出生高峰、经济的迅速腾飞和后工业时代人际关系的异化等，美国反文化运动作家用创作实践表达了对主流文化的不屑和反叛。实际上，尽管反文化运动以"反叛"为标签，但其精神内核却是理想主义的，所谓"反叛"只是个人主义的传统信念与"从众"（conformity）的后工业社会理念之间对抗的结果，也可以将这种反叛看作美国梦文化精神在五六十年代的复燃。正如有学者指出的，"极端的反抗形式恰恰反映了'婴儿潮'一代人极端的理想主义"（赵梅，2000：4）。在荒诞小说的创作领域，60 年代美国的反文化运动主要体现在对逃离"荒诞"的书写，即所谓的"在路上"主题小说。"在路上"小说一般有两层含义：对荒诞的逃离和对信仰的追寻，前者体现了对文化现状的反叛，而后者则是寻觅梦想的延续。此类小说基于现实与理想、荒诞与信仰之间的断裂，因而文本故事往往是诙谐幽默的。杰克·凯鲁亚克（Jack Kerouac）的小说《在路上》（On the Road）和约翰·厄普代克的小说《兔子，跑吧》（Rabbit, Run）分别是寻觅和逃离两个主题具有代表性的作品。

小说《在路上》出版于 1957 年，以自传的口吻介绍了主人公萨尔（Sal）和朋友迪安（Dean）跨越美洲大陆的四段疯狂旅行，从 1947 年 7 月一直到 1950 年。围绕"在路上"的渴望，小说形象地描述了 50 年代像萨尔和迪安这样躁动不安、满怀反叛精神的年轻人群体。离开居住地，前往梦想之地，萨尔们处于一种类阈限阶段，传统的道德判断标准在他们面前已然失效。道德枷锁突然放松，"在路上"的年轻人的疯狂行径往往让读者忍俊不禁。例如，在驱车前往休斯敦的路上，迪安兴之所至便赤身裸体四处奔跑："在奥佐纳附近，他脱光了衣服，在蒿草丛中又叫又跳。"

---

① 所谓"婴儿潮"（the baby boom generation），是指在二战后，1946～1964 年美国人口出生的高峰期。

（Kerouac，2000：146）对面驶过的司机看到裸体的迪安吓坏了，差点出了车祸。迪安的荒诞与疯狂，读来让人哑然失笑。在第三段旅程中，迪安曾经在一晚上偷了四辆车。作者写道："迪安下一秒就冲出去，在路边偷了一辆车。然后将车开到丹佛市，又偷了一辆更新更好的车……很短时间，他又开来了一辆崭新的敞篷车……当我们在黑暗院子里焦急等待的时候，他又开回另一辆破旧的小轿车，一阵风似的停在了房子前面……"（Kerouac，2000：201－202）柏格森在《笑》中指出，"如果正在探讨的问题与道德相关，而某事将我们的注意力转移到相关人物的物质属性上，那么这个事件就是喜剧性的"（Sypher，1986：93）。在该情节中，迪安机械重复的偷车行为将读者从道德判断的惯性中拉出，在类似释放的心态中为迪安的行为忍俊不禁。"在路上"的类阈限特性宣告了传统道德禁忌的无效，无论是公众场合赤裸身体，还是肆意偷盗别人的东西，在非道德语境下迅速将读者的关注点转移到了迪安的"物质属性"上，因而文本带上了特有的荒诞幽默色彩。《在路上》之所以被看作同类小说中的佼佼者，除了基于荒诞的幽默张力，还与作家在其中浓墨重彩打造的寻觅主题有关。在小说第三部分参加芝加哥音乐节的情节中，迪安和萨尔有了如下的对话：

> "哟，萨尔，我们必须得走，不到那儿我们决不停下来。"
> "伙计，我们要去哪儿？"
> "我也不知道，但我们必须得走。"（Kerouac，2000：217）

小说的字里行间涌动着"在路上"的欲望，间隔不久迪安们就按捺不住想要出走的冲动。他们由于生活目的和信仰的缺失而躁动不安，看似漫无目的的"行走状态"，既是对世俗责任的逃避，又是对生活信仰的寻觅。但寻觅的目标是什么，他们并不知道。迪安和萨尔多次谈到了"它"（IT），认为这才是他们"在路上"的最终目的，但小说最终也没有揭示"它"的含义。为了追寻永远得不到的"它"而踏上旅途，本身是荒诞的，却是迪安们在荒诞语境中唯一的选择。他们是克尔凯郭尔笔下的荒诞骑士，为了得不到的公主而永远"在路上"。在旁观者看来，"在路上"是一出闹剧，但在迪安看来，"这是获取有关'它'信息的唯一途径"（唐文，2015：179）。同样在小说第三部分中，萨尔在科罗拉多和犹他边境的沙漠，看到了火烧云形成的巨大上帝幻象，他"似乎用手指着我，说：'从这里过去，继续往前走，你就到了通往天堂的路上'"（Kerouac，2000：165）。无论是"它"，还是上帝幻象，都是不可触摸、不可具象的，只能从符号意义上暗示"在路上"的意义：也许"在路上"本身才是梦想最重要的组成部分。毋宁说，"在路上"隐喻了现代荒诞生存逻辑下对梦想的寻觅，延续了美国文化传统中三百年的寻梦主题。

同为"在路上"主题小说的《兔子，跑吧》出版于1960年，讲述了26岁的哈里·兔子·安斯特朗（Harry "Rabbit" Angstrom）三次从家里逃跑的经历。与《在路上》一样，小说文本中也点缀着基于荒诞视角的轻幽默。例如，故事开始时，兔子步行去岳母家接儿子，顺便从自己父母家将车子开回来。一路上，他都在犹豫，是先接儿子，还是先开车："这个问题拧成一团，其中的复杂让他觉得恶心。"（Updike，1965：14）这个细节揭示了兔子面对生活的屠弱无力，连最基本的生活细节都处理不好。他在挫败愤懑之中表现出的神经质，让读者感受到其人其事的荒唐可笑。然而，和《纽约客》中的小人物不一样的是，兔子的屠弱感来自对生活荒诞无意义的警醒。在向埃克尔斯牧师谈起逃跑原因时，兔子将所有的责任推给了妻子珍妮丝。

> 埃克尔斯问道，"她做了什么让你离开？"
> "她让我出去给她买一盒烟。"（Updike，1965：86）

兔子认为自己的回答机智幽默，但埃克尔斯却没有领会其中的含义。在兔子看来，世界是荒诞无意义的，任何事情都可能成为自己逃跑的触发点。追根溯源，兔子的荒诞感来自梦想的失落。少年时代的兔子是篮球场上的传奇人物，他第一次打球就进了20个，在奥利奥儿高中曾经一场狂进40个球。兔子曾到得克萨斯州服兵役。退伍之后，因珍妮丝未婚先孕不得已与之结婚，婚后为了养家糊口在商场做削皮机促销员。兔子的经历让人联想起拉德纳《艾尔，你了解我的》的明星球手科菲。不同的是，科菲在故事中正处于运动生涯的顶端，而兔子已经坠入了平凡生活的深渊。从顶端滑落至低谷，兔子厌恶普通中产阶级的琐碎生活，却深陷其中并为之懊恼不已。厄普代克在小说中讲道，"通常情况下，梦想比现实还要糟糕：因为上帝操控着现实"（Updike，1965：

121）。梦想和现实之间的断裂，令人窒息的荒诞感让无所适从的兔子踏上了逃跑之路。

就名字来说，如果"兔子"暗示着随时逃跑的可能性，那么"安斯特朗"则与克尔凯郭尔所谓的"焦虑"（angst）相关。荒诞意识促发了兔子的焦虑，进而才有了逃跑的情节。如前文所述，兔子的逃跑可以从现实和梦想两个层面进行解读。在现实层面上，兔子三次离家出走都是在逃避社会责任和家庭义务，尤其是第二次逃跑后珍妮丝在醉酒的情况下溺死了新生儿，这令刚刚回归的兔子成为社会舆论谴责的众矢之的，因而不得不再次逃跑。但在梦想层面上，兔子意识到荒诞并为此感到焦虑，而逃跑是应对焦虑感的唯一途径。只要"在路上"就有可能摆脱荒诞感，只有"在路上"才能让兔子感到安心，因此"在路上"本身是兔子梦想的重要组成部分。也正因此，加罗伟才断言，虽然兔子的奔跑是荒诞的，却是遵从内心的真情之举，"逃跑也是对责任的承担，摆脱义务也是一种负责"（Galloway，1966：40）。现实视角下的负面形象和梦想维度下的荒诞骑士，厄普代克用兔子这一形象成功刻画了 20 世纪中后期中产阶级燕巢于幕的困顿和迷惑。

相较于《在路上》中迪安追寻信仰的狂热，能够吸引兔子的也只有不断奔跑了。可以看出，以塞林格、哈珀·李、厄普代克等为代表的寥若晨星的 50 年代荒诞小说家，虽然都对现代社会的生存逻辑进行了思考和实践，但他们都未能在小说中明确提出解决荒诞问题的方案。前文指出，荒诞预设了能指与所指、现实和梦想的乖讹，因而荒诞文本具有一定的幽默潜质，加之荒诞小说家不约而同地采用了"童真视角"去审视成人世界的生存秩序，因而轻幽默成为这些荒诞小说的重要特点之一。与 50 年代的荒诞小说家不同，60 年代的黑色幽默小说家放弃了对走出荒诞的思考，而聚焦于挖掘荒诞文本的幽默潜质，用笑声来应对黑色。他们的幽默是表达苦涩黑色的媒介，如拜伦所讲，如果面对死亡还大声欢笑，那是因为眼泪早已干涸。

二、美国黑色幽默小说：失梦与大笑

美国梦深深植根于民族文化土壤之中，在 19 世纪文化认同建构时期起着核心作用，在 20 世纪现代化的冲击下亦是确保社会稳定、文化发展的凝聚力量。殖民地时期宗教自由的美国梦，建国时期政治自由的美国梦，文化建构时期文化独立的美国梦，在美国进入现代纪元之后被概括为一种追求民主、独立和自由的精神气质。在这种精神气质的激励下，美国经历了喧嚣的 20 年代、危机的三四十年代和看似平静的 50 年代。然而，时移世易，在 60 年代暴风骤雨的民主运动和后现代文化解构权威的背景下，美国梦开始丧失作为精神气质的最后一块阵地。美国学者亚历山大·布鲁姆（Alexander Bloom）在《岁月流逝：60 年代美国的过往和现在》（*Long Time Gone：Sixties America Then and Now*）中指出的，"到了 60 年代中期，所有的美国人都清楚地看到，某种强大的力量正在撼动美国社会的根基"（Bloom，2001：5）。前文指出，20 世纪中后期的作家之所以着意于刻画生存的荒诞感，与梦想的失落是密不可分的，这一被撼动的"根基"，即源自梦想的失落。

顾名思义，梦想是人们对事物的主观期盼，而梦想破灭，则是客观世界对主观期待的否定。根据荒诞大师加缪的理解，客观世界和主观期盼之间的乖讹，就是所谓的荒诞感。在《西西弗神话》（*The Myth of Sisyphus*）中，加缪这样定义"荒诞感"："在人的努力这点上讲，人是面对非理性的东西的。他在自身中体验到了对幸福和理性的欲望。荒谬就产生于这种人的呼唤和世界不合理的沉默之间的对抗。"（加缪，2007：32）加缪从社会学视角出发将荒诞定义为"人的呼唤"和"世界不合理"之间的乖讹。在此基础上，美国学者 H. 吉恩·布洛克尔（H. Gene Blocker）从形而上的哲学视角阐释了荒诞性，认为其根源于存在和本质的分离。所谓的"存在"，是客观世界的事物，即"世界不合理"；而所谓的"本质"，则是人们对事物的理解或期盼，即"人的呼唤"。"一个有意义的世界，必须是本质和存在的组合体，而它们的分离将产生一个无意义或者说荒诞的世界。"（Blocker，1979：2）

在布洛克尔看来，荒诞不是一成不变的，而是循序渐进的两个环节，即沉重的荒诞（absurdity of heaviness）和失重的荒诞（absurdity of lightness）。在第一个环节中，荒诞之所以沉重，是因为人察觉了存在和本质的分离，并由此产生了挫败、孤独、愤怒等负面情绪；第二个环节之所以"失重"，是因为在极致的荒诞中，存在脱离了本质束缚成为纯粹的客观，而人类亦变成客观纯粹的一部分，社会责任和义务均被抹除。布洛克尔这样描述两种荒诞。

这种情形就产生了两种互相联系的荒诞体验。第一种是缺失灵魂的唯物主义，充斥着原始的、无逻辑的、盲目的客观事物；第二种是神秘的虚无主义，缺失了一切有意义的内涵。前一种是存在的延续，后一种是本质的缺席。所以，让人惊讶的是，在理论上两种状态兼容互补，互为存在的条件。（Blocker，1979：3）

在布洛克尔看来，荒诞是一个本质与存在逐渐分离的过程，在从"沉重"到"失重"的渐进过程中，人们也逐渐从焦虑的主观体验中解脱出来。在文学领域中，作家对荒诞过程的关注点不尽相同。例如，如果萨特和克尔凯郭尔的作品呈现的是沉重的荒诞，那么加缪和尤奈斯库则着重呈现了荒诞的失重环节。像在尤奈斯库的戏剧《椅子》中，舞台上的椅子越来越多，直到占据了老夫妇的生存空间。象征意义上，存在将本质驱逐了出去，反而收获了"生存之轻"。

反观 20 世纪中期的美国社会，从 40 年代开始，荒诞主题小说便逐渐占据了文学舞台的中心。如前文所述，在经历了战争对信仰的冲击、后工业社会的转型、后现代主义对权威的解构后，以美国梦为核心的传统价值观逐渐被颠覆，美国民众真切地体会到了生存的荒诞。随着六七十年代后现代社会的来临，这种荒诞感非但没有减轻，反而愈演愈烈："从教会到校园规则，再到有关个人发展和民族前进的目标，不同群体开始质疑最基本的设定和体制。"（Bloom，2001：5）"质疑"，既是对本质信仰的动摇，又是对荒诞社会的觉醒。正如布洛克尔对荒诞的阐释，随着"质疑"程度的加深，人们逐渐陷入了绝望的深渊，但此时的荒诞却由"沉重"走向"失重"。在社会领域内，与表面平静的 50 年代不同，60 年代的社会民主运动高潮迭起；而在文学领域内，与 50 年代以荒诞觉醒为背景的"成长小说"不同，摆脱了道德束缚的"反英雄"人物跃然纸上，成为六七十年代读者追捧的对象。迪克斯坦就曾对两个时代的小说进行了比较：50 年代的小说"保持着一种从 19 世纪现实主义中继承来的对个人成长可能性的信仰，一种通过建立成人关系而达到自我成熟的弗洛伊德式的信念"，而 60 年代的小说中，反英雄的主人公经历的是"随意的、荒诞的甚至超现实和启示录式的"（迪克斯坦，1996：97）。兴起于 60 年代的美国黑色幽默小说便是失重荒诞中的幽默作家的一场狂欢，像约瑟夫·海勒（Joseph Heller）、库尔特·冯内古特（Kurt Vonnegut）、托马斯·品钦

（Thomas Pynchon）、菲利普·罗斯等耳熟能详的 60 年代作家都是这场狂欢的重要参与者。

美国黑色幽默小说兴起于 20 世纪 60 年代，以 1961 年海勒出版《第二十二条军规》为标志，而海勒 1999 年的与世长辞标志其落下帷幕。在"黑色幽默"的审美理念中，"黑色"是内核，"幽默"是表达黑色内涵的媒介，两者是优势互补的结合。一方面，通过幽默的媒介，黑色性得以表达；另一方面，"黑色"又赋予幽默独特的审美内涵，增加了幽默在文化意义上的厚重感。与 60 年代民主运动迭起、存在主义思潮泛滥、政治腐败问题严重等时代背景相关，美国黑色幽默小说的黑色性包含了权力、死亡、荒诞等主题，探讨了人性异化、人际关系疏离、科技发展毁灭人性等时代问题。学界对这种黑色性内涵的界定不一而足，而论者之间的观点也不尽相同。其中，美国学者基思·哈克贝（Keith Huckabay）从形而上的视角将这种黑色性内涵界定为一种"本体论意义上的不安全感"（ontological insecurity），黑色幽默小说家的成功在于将这种不安全感"具象化并使之得到艺术的宣泄"（Pratt，1993：325）。很明显，哈克贝所谓的"不安全感"，实际就是荒诞生存逻辑下的焦虑。如前文所述，50 年代的美国作家已经对荒诞有了初步的觉醒，并对走出荒诞进行了积极的思考。进入 60 年代荒诞的失重阶段，美国小说家着手描述"本体论意义上的"荒诞感，但与 50 年代的作家不同的是，他们认为荒诞是没有出路的——面对荒诞，唯有大笑。美国学者理查德·博伊德·浩克（Richard Boyd Hauck）在《快乐的虚无主义：美国幽默小说中的自信和"荒诞"》（*A Cheerful Nihilism: Confidence and "The Absurd" in American Humorous Fiction*）中讲道："对于美国荒诞作家来说，笑声就是最具原创性的荒诞反应。"（Hauck，1971：8）作为黑色幽默小说的"旗手"，海勒在《第二十二条军规》中用黑色幽默手法对失重的荒诞进行了发人深省的书写。

海勒被称为"美国黑色幽默小说的现实主义者"（汪小玲，2006：219），《第二十二条军规》不仅揭开了 60 年代美国黑色幽默小说流派的大幕，而且被当作其中的扛鼎之作。在美国现代图书馆出版社（Modern Library）的民意调查中，《第二十二条军规》在评论家组选出的 20 世纪最伟大的英语小说中列第七位。美国学者斯蒂芬·W. 波茨（Stephen W. Potts）在专著《从这里到荒诞：约瑟夫·海勒的道德战场》（*From*

Here to Absurdity：The Moral Battlefields of Joseph Heller） 中提到 "少有作者第一部小说就取得如此成功，而第一部小说就为英语词汇表添加新词汇的，更少又少。约瑟夫·海勒出版于 1961 年的《第二十二条军规》两者都做到了"（Potts，1982：3）。小说以二战中地中海的皮亚诺扎岛为主要背景，讲述了第 256 飞行中队的上尉约塞连（Yossarian）反抗 "第二十二条军规" 并最终叛逃的故事。在身边战友接连死去之后，约塞连意识到了 "军规" 世界的荒诞性，并由此开启了反叛之路。小说大部分的情节设计都围绕荒诞主题展开，如约塞连碰到蘑菇的场景，飞机上无法交流的阿费，以及生死不明的丹尼卡医生等，而其中较有代表性的荒诞描写，便是小说中持续不断的雨。

从小说前面博洛尼亚的雨到小说后半部分罗马的雨，故事中的荒诞也从 "沉重" 走向了 "失重"，并最终促成了约塞连的叛逃。博洛尼亚的雨在第 10 章、第 12 章和第 14 章分别有详细的描述，它贯穿于整部小说的中间部分，雨水的阴冷黏稠与挥之不去烘托了故事的荒诞氛围。故事中，大家都明白博洛尼亚的飞行任务是极其危险的，因而盼着雨能一直下，而飞行任务便能一再拖延："他们的唯一希望，便是雨不停地下……皮亚诺萨停了雨，博洛尼亚便下雨；博洛尼亚停雨，皮亚诺萨便又下雨。"（海勒，2007：131）有趣的是，任务越推迟，士兵却越不安："雨下的时间越长，他们就越遭罪；他们越是遭罪，也就越要祈求雨不停地下"（海勒，2007：132），如此陷入了荒诞的恶性循环。在士兵看来，博洛尼亚的雨既带来了暂时的安全，又意味着更危险的处境，是典型的存在分离与本质的荒诞。盼雨又焦虑的士兵深深体会到了荒诞的沉重。与之不同，第 39 章中海勒浓墨重彩地描绘的罗马的雨，却展现了荒诞失重的一面。这一章中，米洛违背了帮约塞连寻找女孩的诺言，匆匆赶往马切塞贩卖烟草。小说进行到这里，邓巴、内特利、亨格利·乔、麦克·沃特等朋友都已死去，约塞连孤独地走在笼罩一切的蒙蒙细雨之中："在被雨水淋透了的宽阔的林荫大道上，每隔半个街区就有一盏低低弯垂的路灯，灯光透过褐色的烟雾，闪烁着怪异的光芒。"（海勒，2007：466）雨水中的约塞连百无聊赖，一切都已失去了原有的意味，唯有荒诞感弥漫在空气中。如果博洛尼亚的雨中士兵因荒诞意识觉醒而感受到了生存之重，那么罗马的雨中则因人主体意识的缺席反而凸显了荒诞的失重与人的生存之轻。学者乔恩·伍德森（Jon Woodson）将罗马的雨称为 "充满希望的雨水"，"与博洛尼亚'英雄主义的'、绝望的雨水不一样，它让约塞连第一次看清楚了这个世界"（Woodson，2001：115）。正因为知悉了荒诞已经渗透了军规世界，约塞连意识到除了逃跑别无出路。在后来的情节中，约塞连被宪兵以"没有通行证"为由逮捕，并借此踏上了叛逃之路。

荒诞失重的后果之一便是传统道德准则的失效，这也是黑色幽默小说饱受争议的问题之一。例如，就《第二十二条军规》中约塞连叛逃是否有违传统道德观的问题，学界莫衷一是。论者诺曼·波德霍雷茨（Norman Podhoretz）曾在小说发表伊始撰文对其高度赞扬，却在将近40年后写文章声讨小说，尤其指出了约塞连叛逃的不负责。[①] 针对这一问题，美国学者里昂·F. 塞尔泽（Leon F. Seltzer）提出了"道德疯狂"（moral insanity）一词，即"一种出于本真心对理性的非逻辑颠覆，其中行为者看不到他的（或者别人的）行为中任何有意义的道德因素"（Seltzer，1979：292）。也就是说，行为者虽然违反了传统的道德准则，但是其行为因出自对理性颠覆的"本真心"，因而并不是真正意义上的道德沦丧。联系荒诞主题来看，认识论因存在与本质的分离而发生了改变，与之前价值标准和审美判断已经大相径庭，伦理道德标准同样也会发生相应的改变。传统社会道德准则失效，非道德甚至不道德的行为便可以堂而皇之地存在。在《第二十二条军规》的荒诞世界中，"罗马的雨"浸润了一切，阿费杀死妓女不被追责，而无辜的约塞连却因没有通行证被宪兵逮捕，传统的道德准则早已失效，"道德疯狂"赋予一切不合理以存在的理由。故事中，克莱文杰无罪却必须受审、米洛帮助敌军轰炸己方、内特利妓女的妹妹无缘无故地追杀约塞连、约塞连最终叛逃瑞典等情节虽然有违传统道德观，却是出自荒诞生存逻辑下人物的"本真心"，因而不能被冠以"道德沦丧"的帽子，更为确切地说，它们都是"道德疯狂"的具体表现形式。

在美国黑色幽默小说中，这种荒诞失重语境下的"道德疯狂"比比皆是：冯内古特的小说《五号屠场》（*Slaughterhouse Five*）中盟军不顾己方俘房轰炸德莱塞、品钦的小说《万有引力之虹》（*Gravity's Rainbow*）中

---

① 1964年，波德霍雷茨曾撰文称赞《第二十二条军规》是"最勇敢、也是最成功的作品，真实地描述了20世纪中期美国社会的荒诞现实"（Podhoretz，1964：229）。但在2000年，波德霍雷茨在评论文章《回顾〈第二十二条军规〉》（"Looking Back at *Catch-22*"）中一反之前的态度，对其进行了严厉的批评："但现在我思考的是，《第二十二条军规》所取得的文学成就，是否能够弥补其在道德、精神和思想领域对不止一代人所造成的伤害。"（Podhoretz，2000：32）

德国 V－2 火箭轰炸地点是斯罗斯洛普（Slothrop）与女人性交的地方、纳博科夫的《洛丽塔》中叙述者亨伯特对洛丽塔的畸形爱恋，等等。美国黑色幽默小说家之所以着意描绘这种"道德疯狂"，根本目的在于作品所产生的社会反讽效果。与 19 世纪末 20 世纪初马克·吐温和 20 世纪前半期专栏作家针砭时弊的幽默讽刺小说不同，美国黑色幽默小说家的反讽多以寓言的方式揭示现实的荒诞，并在黑暗中发出无奈的笑声。韦恩·C. 布斯在讲到反讽（irony）和讽刺（satire）之间的关系时指出，"反讽在一些讽刺文中出现，但不是所有的讽刺文都反讽；一些反讽是讽刺的，还有一些不是"（Booth，1975：30）。在布斯看来，与讽刺相比，反讽更突出作者和读者之间的"共谋"，"是相同灵魂之间的互相参与、找寻和交流"（Booth，1975：28），因而反讽叙事更具有幽默的潜质。与之相似，美国学者布鲁斯·弗莱德曼（Bruce Friedman）在小说选集《黑色幽默》（*Black Humor*）前言中提出，黑色幽默小说家不同于专栏讽刺作家，"他们驶入了更遥远黑暗的水域，一个超越了讽刺的水域"（Friedman，1993：22）。布莱德曼所谓的"超越"，既暗示了美国黑色幽默小说的反讽特质，又指出了黑色幽默小说家面对"更遥远黑暗的水域"的苦涩和无奈。

美国黑色幽默小说家善于用寓言形式达到反讽的效果。像《第二十二条军规》《万有引力之虹》《五号屠场》等黑色幽默小说都以二战为背景，而《上帝知道》（*God Knows*）、《山羊小子加尔斯》（*Giles Goat-Boy*）、《白雪公主》（*Snow White*）等小说则利用《圣经》或者文学经典建构故事背景。在这些小说中，作者旨在通过对战争的描述、对经典文学的隐喻等暗示现实生活中的荒诞，因而作品往往形成对传统战争或经典文学的反讽解构。海勒曾经在一次采访中指出，在创作《第二十二条军规》时，他着意让小说情节"尽可能多地蕴含现实意义"（Sorkin，1993：8）。看似是二战时期飞行员的故事，却暗含了作者对麦卡锡主义、垄断财团、社会财富分布不均甚至美国身陷亚洲战事等问题的现实反讽。如果故事中"道德疯狂"可以洗清约塞连的叛逃之罪以及米洛出卖己方的无耻行为，那么现实中作者实际是想通过"道德疯狂"的寓言来影射社会生存逻辑的荒诞，从小说语境到现实语境，"道德疯狂"的含义也发生了相应的改变。总之，通过将"反讽"和"寓言"有效的结合，美国黑色幽默小说家得以用幽默诙谐的方式形象地呈现了现代人荒诞的生存逻辑。

冯内古特的科幻小说《五号屠场》出版于 1969 年，讲述了二战美国士兵毕利·皮尔格林（Billy Pilgrim）被德军俘虏以及战后被外星人绑架的经历，在学习了特拉法玛多星球的文化之后，他被送回地球传播福音。小说中，两个故事交叉进行，一个是对战争的现实主义描述，一个是对特拉法玛多星球的想象。两则故事都围绕二战中盟军轰炸德累斯顿这一中心事件展开。现实生活中，冯内古特作为德军战俘曾经亲历德累斯顿轰炸，目睹了盟军不顾己方俘虏而贸然行动的后果，因而小说带有一定的自传色彩。虚构故事里，毕利受到特拉法玛多星球人的影响，特别是特拉法玛多星球的"被动哲学"让他受益匪浅。

> 我在特拉法玛多学到最重要的事情，就是当一个人去世，他只是看起来死去。实际上他仍然充满活力地生活在过去，所以在葬礼上哭泣的人们尤为愚蠢。所有的时刻，过去、现在和将来，一直并永远存在于平行的空间……现在，当我听到某人去世的消息，我会耸耸肩，像特拉法玛多人那样说"事情就是这样"。（Vonnegut，1969：25 - 26）

冯内古特对于盟军不顾己方俘虏的屠杀行为难以释怀，而《五号屠场》正是作家对后创伤痛苦的文学书写。特拉法玛多人认为，死亡不代表永久消失，只不过是平行宇宙的一个时间而已。这种死亡观让特拉法玛多人可以平静地对待生命的消逝。小说中，作者浓墨重彩地阐释特拉法玛多人的死亡逻辑，表面看来似乎是通过荒诞逻辑下的"道德疯狂"在为盟军的行为找托词。既然死亡只是平行宇宙中的寻常事件，那么屠杀就没有违背人性的根本和伦理道德的约束。

事实上，冯内古特是以反讽口吻在控诉盟军轰炸德累斯顿行为的残酷和不仁。尽管小说文本充斥着特拉法玛多人的生存逻辑："事情就是这样"（So it goes），看似鼓励以轻松的姿态来面对死亡事件，但"共谋"的隐含读者却能察觉作者的"轻松"具有极大的反讽意味。小说最后毕利的死亡，更是肯定了这一点。在现实生活中，二战中盟军对德累斯顿的轰炸并未引起民众过多的关注。冯内古特通过英国文献学家大卫·欧文（David Irving）的记录文章了解到，轰炸造成了 13.5 万德国平民死亡。① 受到欧文的启发，冯内古特在反思自己经历的基础上，完成了具有科幻元素的小说《五号屠场》。小说的出版将公众的目光引向德累斯顿轰炸案，而盟军的做法是否欠妥也引起了学界的广泛关注。这样看来，虽然小说中毕利通过特拉法玛多人的"被动哲学"抚平了轰炸带来的创伤，但是现实中冯内古特非但对轰炸事件释怀，而且通过后创伤书写引起读者对轰炸事件的再度关注，并以此重新书写了历史。正如国内学者虞建华所指出的，"冯内古特在对事件的重新呈现中参与了历史重构……具有平衡和扶正历史的政治意义"（虞建华，2015a：79）。这样看来，冯内古特之所以能够通过小说重构历史，与其黑色幽默的反讽姿态是不无联系的。

如前文所述，海勒和冯内古特在小说中都采用了反讽的口吻，用文本中的"道德疯狂"来影射现实中存在的问题，书写现代社会人类生存逻辑的荒诞性。但是，与50年代以塞林格为代表的荒诞小说家不同，大多黑色幽默小说家虽然也着力渲染荒诞主题，却并未指出走出荒诞的方法与途径。随着后现代意识的兴起，对权威和传统的解构甚嚣尘上，风雨之中的美国梦已然不堪一击。在核战争、政治恐怖、社会等级分化、信仰缺失等背景下，作为"失梦一代"代表作家的黑色幽默小说家已经无力再去思考"走出去"的办法。面对"黑色"，他们所能做的除了"反讽"，唯有大笑。正如国内学者苏晖所说，"黑色幽默建筑在悲观主义哲学基础之上……而喜剧可以使人从痛苦中得到精神解脱"（苏晖，2013：331）。虽然马克·吐温的边疆幽默也是用"幽默"来阐释黑色内涵，但与之相比，黑色幽默小说家缺少了吐温特别是其创作初期表现出来的对美国梦笃定的文化自信。此外，虽然20世纪前半期的幽默专栏小说家同样用反讽的口吻来暗嘲现实，但与之相比，黑色幽默小说家更表现出对于荒诞现实生活的一种哲学关怀。总之，60年代开始的黑色幽默小说围绕荒诞主题展开，虽然用反讽口吻揭示了现实问题，却因源于"失梦"的沮丧和绝望而没有尝试进一步提出走出荒诞的方法。身陷逐渐丧失本质的存在之囹圄，美国黑色幽默小说家唯有寓悲于乐，含着泪水苦涩地大笑。

---

① 大卫·欧文是亲纳粹分子，在《德累斯顿的毁灭》（*Destruction of Dresden*）中，他提到轰炸中德国平民为135000人。后来历史学家对欧文的伤亡人数产生怀疑，认为死亡人数远远低于这个数字。

20 世纪 60 年代开始，荒诞小说家之所以不约而同地用"幽默"作媒介来表达"黑色"，有其深刻的存在主义文化渊源。存在主义哲学思想流行于 20 世纪上半期的欧洲，并在中期传入美国。存在主义思潮以"存在先于本质"为口号，预设了"存在"与"本质"的分离，因而本身就是有关荒诞的哲学思想。美国作家路易斯·哈斯利（Louis Hasley）曾经说过，"萨特的存在主义哲学，对于随之而来的 40 年代、50 年代和 60 年代中的'黑色内涵'影响最为深远"（Hasley，1993：109）。在向后现代主义的过渡中，现代人眼中的荒诞无处不在，荒诞性是人类永远无法解开的斯芬克斯之谜。受存在主义思想的影响，大多数 60 年代的美国作家都将荒诞看作无法避免的存在之常态，而黑色幽默小说家更是别出心裁地用幽默的媒介来处理荒诞的黑色性。实际上，从生理学视角去解读，幽默是人类面对尼采所谓的"深渊"而应有的正常反应。英国哲学家安东尼·路德维希（Anthony Ludovici）曾经指出"笑"的生理防卫意味："笑声源自最初的丛林生活，'露出牙齿'包含了挑战或恐吓对方的意味"（Holland，1982：83）。路德维希指出，人类在发怒和大笑时，面部表情非常相似：脑袋都会后仰，面部肌肉都会抽动，都会发出歇斯底里的尖叫声等。如果说人类发怒时的表情和动作表达的是愤怒的情绪，并含有通过恐吓吓走对方的意思，那么大笑时的类似动作也应该表达相同的意味。因此，虽然"幽默"在黑色幽默小说家看来是面对荒诞的无奈选择，但黑色幽默审美品质下的大笑，表达了作家基于荒诞警醒而产生的愤懑，能够推动"合谋"的隐含读者在笑的同时觉察到本质意义的缺失。这样看来，美国黑色幽默小说家选择"幽默"为媒介表达"黑色"，虽是面对梦想失落和荒诞失重的无奈之举，却也是特定时期对"黑色"最有效的艺术表达方式之一。除了生理学上的意义之外，从审美价值维度思考，"幽默"媒介具有凸显黑色性的独特美学品质。

在《悲剧的诞生》（The Birth of Tragedy）中，尼采谈到了艺术中酒神－太阳神的双神祇性："我的情绪开始时并不明晰，无法用清晰的观点表达出来，但是这些观点之后会逐渐明朗起来。开始时是某种心灵乐曲式的篇章，然后才有诗性观点的出现。"（Nietzsche，1956：37）在尼采看来，艺术家在创作过程中，先产生酒神的狂欢情绪，之后才有太阳神逻辑的诗性观点。只有通过太阳神的逻辑洗涤，酒神的情绪才能得以表达。黑色幽默小说同样具有这种双神祇性："黑色"的狂欢情绪透过"幽默"的逻辑棱镜才能得到有效的表达。在黑色幽默小说中，幽默和黑色处于相辅相成的常态结合：当"黑色"出现时，往往通过"幽默"的棱镜缓解黑色带来的沉重；当读者适应了幽默的缓释作用后，每当黑色主题变得沉重之时便会产生对"幽默"的期盼，而这种期盼本身就拓宽了"黑色"的维度。如同《第二十二条军规》中博洛尼亚的雨一般，对雨的期盼越高，对任务的恐惧越大——在黑色幽默小说的阅读体验中，对幽默的期盼越大，对黑色性的体味也就越深。美国学者特里·海勒（Terry Heller）在谈到幽默表达"黑色"的有效性时讲道："在习惯了故事潜在的幽默后，（读者）对从恐惧中的解脱期盼反而加剧了恐惧本身。"（Heller，1993：210）黑色幽默小说语境中，幽默只是用来表达"黑色"内核的媒介，只有"黑色"才是作家阐释的内容，因此小说情节最终往往止步于剥除幽默媒介的黑色性。在习惯了幽默的缓释作用后，故事结束前幽默的缺席会激发读者意味深长地反思：之前的大笑来自哪里？为什么面对"黑色"能开怀大笑？当笑声被消解后，留给读者的只有面对无尽"黑暗"的回音。这也是丹尼尔·格林（Daniel Green）对"黑色幽默"定义的发轫之处："一种极端情况下倔强的、纯粹的喜剧，含蓄地提出很宏大深刻的主题。"（Green，1995：194）托马斯·品钦就是善于用幽默媒介展示宏大黑色主题的代表小说家之一。

品钦曾就读于康奈尔大学工学院工程物理系，对物理学的"熵"理论颇有研究，并将其引入了小说创作中。秉持对科学知识和物理实验的极大兴趣，品钦在小说中用幽默为媒介描绘了现代类熵世界的混沌和荒诞。1966 年，品钦出版了代表作品之一《拍卖第 49 批》（*The Crying of Lot 49*），讲述了女主人公俄狄帕·马斯（Oedipa Maas）的一段荒诞经历。在故事开始时，俄狄帕被提名为旧情人伊维拉雷迪的遗产执行人。奔波在圣纳西索市、旧金山、湾区、洛杉矶等地，俄狄帕发现自己陷入一个混乱的类熵世界，这似乎与两大邮递公司塔克西斯（Thurn und TAxis）和特利斯特罗（Trystero）相关，却很难理出头绪。具有典型后现代特征的小说文本旁征博引，神秘的文化影射和现实隐喻层层叠加，类似推理侦探小说的情节环环相扣，最终将读者引入了重重迷雾中（O'Donnell，1992：21）。而对于普通读者来说，小说中的幽默媒介对于在"熵、多意性和不确定性的迷宫"（陈世丹，2007：126）中行进是必不可少的。

品钦善于写"追寻"主题小说，《拍卖第 49 批》主人公的名字俄狄帕明显是对希腊神话中俄狄浦斯王（Oedipus）的戏仿。俄狄浦斯一生都在"解题"，解开了斯芬克斯之谜成就了自己的王位，而解开了身世之谜却将自己推入无尽的深渊。小说中的俄狄帕虽然也在解题，但是最终也不明白特利斯特罗公司是否真的存在，自己是否身陷某个设计好的谜团，还是一切只是自己虚幻的想象而已。也正因此有学者将小说称为"典型的滑稽模仿侦探小说"（汪小玲，2006：42）。俄狄帕发现，在类熵的后现代世界中尝试解题并不容易，往往如堕五里雾中，非但解不了题，连自己都会迷失其中。在这个过程中，俄狄帕碰到了一系列滑稽可笑的荒诞人物：曾经做童星的律师、放荡的音乐青年、疯狂的喜剧导演、想要战胜熵的发明者、奇葩的同性恋者、怪异的吸毒者等，这些人物是类熵世界的参与者也是受害者，他们的异常举动常常令读者哑然失笑，为荒诞的类熵世界增添了一抹幽默色彩。其中，有关俄狄帕心理医生希拉里（Hilarius）的情节尤为荒诞可笑。希拉里常常在凌晨三点打电话给俄狄帕，劝其捐钱给旨在帮助家庭主妇的"布鲁克大桥"（die Brucke）项目，这一古怪的行为令俄狄帕苦恼不已却无可奈何。后来，当俄狄帕再次拜访时，发现希拉里正神志不清地疯狂射击。希拉里的助手解释道："他觉得有人跟踪他……他拿着来复枪把自己锁在办公室……已经朝六七个人开了枪。"（Pynchon，1979：92）有趣的是，心理医生变成了精神病人，两种身份之间的突转令读者措手不及，充满了戏谑反讽的意味。故事中，俄狄帕"解题"未果，继而对身边发生的一切是否真实产生了怀疑。关键时刻，发生了荒诞好笑的希拉里射击事件，这无疑起到了缓解"黑色"的作用。但考虑到希拉里疯狂的根源在于熵世界的混沌，读者在大笑过后，亦能体会到无孔不入的沉重"黑色"。小说结束时，俄狄帕发现特利斯特罗公司最早是一家海外企业，后来在美国扎根并以"地下邮局"的形式偷偷存在。从伊维拉雷迪的遗产，到特利斯特罗公司的地下运作，俄狄帕如堕五里雾中，唯有寄希望于在第49批邮票拍卖会发现些许端倪。正是在这个时候，幽默的身影又嵌入了逐渐"黑化"的情节之中。

> "马斯小姐，你也是来竞标的吗？"
> "不"，俄狄帕回答道，"我只是来看看罢了"。
> "我们真幸运。西方最好的拍卖商罗伦·帕索林今天会来'喊'（crying）。"

"会什么？"

　　"我们说，一个拍卖商'喊'竞拍物的价格，"科恩回答道。

　　"你的拉链没拉，"俄狄帕轻声说道。（Pynchon，1979：126）

　　在与集邮家科恩的严肃对话中，俄狄帕突如其来地提醒他拉链没拉上，话题的跳转令读者措手不及，而科恩的严肃与拉链事件的戏谑之间的乖讹，让字里行间的幽默感油然而生。然而，小说最终以单词"哭喊"（crying）结束："俄狄帕靠向椅背，等待着第 49 批拍卖'喊叫'的开始。"（Pynchon，1979：127）"crying"既是科恩所讲的"大声喊出价格"，又隐含"悲伤哭泣"的意思。小说结束时尽管拍卖会还没开始，但读者已经随俄狄帕感知到了答案：在类熵的世界里永远解不开谜题，面对"黑暗"唯有"哭泣"而已。已经习惯了用幽默来缓释"黑色"的读者，在这里不但对幽默的期盼落空，反而被投入了无尽的黑暗之中。从审美视角来看，幽默确实起到了深化"黑色"内涵的艺术效果。

　　虽然"黑色"和幽默之间的结合是互惠的，但这种互惠关系并不是一直存在并无限延展的。学界认为，美国黑色幽默小说在 20 世纪六七十年代发轫、发展并被读者认可，80 年代逐渐式微，而 90 年代随着几位有代表性的黑色幽默作家的离世，特别是海勒 1999 年的与世长辞，正式落下帷幕。这一小说流派之所以退出历史舞台，与"黑色"和幽默之间的张力是密不可分的。如前文所述，幽默是媒介，"黑色"是内涵，"黑色"赋予幽默以思想的厚度，而幽默的缓释作用是阐释"黑色"内涵的重要途径。尽管如此，幽默的存在具有时效性，要求所表达的黑色内容不断更新，而这正是在黑色幽默小说家创作中潜在的问题。布洛克尔从形而上的哲学层面阐释了荒诞小说家创作的瓶颈。由于荒诞预设了存在和本质的分离，所以荒诞作家所揭示的必然是超出读者认知阈限的内容，"为了揭示未知的现实世界，必须抛弃老套的言语表达方式，从一个全新的、个人的视角去揭示这个世界"（Blocker，1979：108）。荒诞作品以其本质的分离更新了读者的认知，但同样的分离不可能再次让读者产生相同的荒诞体验。与对荒诞作家"时时创新"的要求如出一辙，黑色幽默小说家也面临"时时更新黑色性"的问题。美国文学评论家诺曼·N. 霍兰德（Norman N. Holland）曾经讲过，幽默产生有一个必要的前提条件，即"感到意外"（to make surprise）（Holland，1982：32）。如果幽默表达的内容一成不变，那么就会因读者对功能套路的熟悉而失去"感到意外"的必要条件。前文指出，美国黑色幽默小说家所关注的，是如何在作品中呈现失梦一代荒诞的生存逻辑，用幽默之轻来揭示生存之重，因而作品与时代背景和世人心态息息相关。一方面，随着后工业时期和后现代时代的全面来袭，"失梦一代"和"荒诞生存逻辑"的黑色性文学素材经过反复呈现，已经失去了吸引读者的新鲜感；另一方面，经历几十年的创作高峰期，具有代表性的黑色幽默小说家的幽默套路，早已被读者所熟悉，因其不再让读者"感到意外"而失去了过去的幽默韵味。因而，黑色幽默小说退出历史舞台有其内在的必然性。例如，虽然海勒将1994年出版的小说《最后一幕》（*Closing Time*）称为"《第二十二条军规》的续篇"，但相隔33年，前者无论是在对"黑色"的呈现上，还是在幽默效果上，都与后者相差甚远。

《最后一幕》的故事发生在20世纪90年代，小说沿用了《第二十二条军规》中的主要人物，如约塞连、米洛、塔普曼医生、萨米等，这也是被称为后者续篇的主要原因。《第二十二条军规》中的死亡主题同样延伸到了《最后一幕》之中，但与之不同的是，疾病尤其是癌症，替代了战争成为最主要的死亡原因。两相对比，读者会发现很多似曾相识的情节，例如，约塞连还是之前的胆小鬼，为了活命不惜装病住进医院；米洛依然占着荒诞世界的权力中心，只要能获利他可以颠倒黑白；死亡仍然无处不在，萨米的导师死于癌症，父亲死于肺癌，妻子死于卵巢癌，妻子前夫死于黑色素瘤，岳父也死于肺癌；等等。除了情节相似之外，海勒在《最后一幕》中同样运用了黑色幽默艺术表现手法。在《第二十二条军规》中，"军规"包含了自相矛盾的两个条件："假如他执行飞行任务，他便是疯子，所以就不必去飞行；但如果他不想去飞行，那么他就不是疯子，于是便不得不去。"（海勒，2007：48）悖论隐藏着荒诞世界的巨大阴谋：直到战死的那一刻为止，所有的士兵都不能停飞。"军规"的逻辑悖论延续到了《最后一幕》中：副总统说道"没有我的任命就没有首席法官，而我不能任命首席法官除非（我已经是总统了）……"（海勒，1997：172）言外之意，副总统既当不了总统，也任命不了首席法官。"军规"的逻辑以荒诞独有的悖论合理性而让读者"感到意外"，既增添了文本的幽默色彩，又恰到好处地阐释了荒诞主题。与之相比，副总统的逻辑悖论则带有明显的模仿痕迹，读者在阅读时不禁会联想起"军规"

的先例，不再"意外"的逻辑陈述大大减少了荒诞的韵味，反而失去了幽默的触发点。像这样的例子比比皆是，如《最后一幕》中米洛所提出的"M&ME&A 次超声波隐形无声攻击次打击防卫攻击炸弹"（海勒，1997：67），让人联想起《第二十二条军规》中约塞连杜撰的"三百四十四毫米的莱佩奇胶炮"（海勒，2007：138）；当《最后一幕》中迈克尔形容约塞连："经常理性地失去理性……不合逻辑地合乎逻辑"（海勒，1997：197），读者能够想到的是《第二十二条军规》中斯塔布医生对他相似的描述：唯一有理性的疯子——"那发了疯的狗杂种，或许只有他一个人才是清醒的"（海勒，2007：123）；等等。作家在创作过程中揭示荒诞的方式有延续性，描述存在和本质分离的相同场景不可能总在读者内心激荡起幽默的涟漪，即因无法满足让读者"感到意外"的先决条件而失去了幽默功能。受作家身份地位和学识经历的束缚，其作品中的"黑色"不可能总是与时俱进地发展，以满足令读者"感到意外"的前提，因而与幽默之间的结合存在矛盾的张力。当幽默效果减弱甚至消散时，"黑色"抑或变得枯燥乏味抑或过于沉重，并因降级的审美品质而令读者失去阅读兴趣，这也是大多数美国黑色幽默作家难以突破的创作瓶颈。

从现实生活的视角去考察，作家社会身份地位的提升和稳定，同样预示了黑色幽默小说帷幕的最终落下。随着 20 世纪末的来临，从战争后创伤和后工业社会背景下成长起来的"失梦一代"作家，大多通过表达"失梦"主题而跻身成功作家行列。上层社会的富足生活和受尊重的社会地位，往往抹平了黑色幽默小说家愤世嫉俗的创作棱角，而作品中对"黑色"的揭示和嘲讽力度也会大大减弱。《第二十二条军规》大获成功后，海勒在采访中默认了社会的两极分化，"这个社会歌颂和赞美的……是不用辛苦劳作就能挣大钱的人……只要活着，底层的人就永远不可能和顶层的人享受同等的待遇"（Sorkin，1993：29）。与马克·吐温一样，黑色幽默小说家梦想跻身儒雅作家行列；也与吐温一样，儒雅身份后来却成为他们艺术创作的瓶颈。随着 1999 年海勒的去世，美国黑色幽默小说流派最终也落下帷幕。它是在马克·吐温的边疆幽默之后，又一带有明显"美国"标识的幽默文学流派，而其将"黑色"和"幽默"结合在一起表达"失梦"主题的创作理念，无疑是 20 世纪末幽默小说对美国梦最恰当的历史书写之一。

三、施乐密尔的隐喻：梦想的尽头

在第二个千禧年到来之际，美国已然跃居世界第一大国，美国民众享有了世界上最丰富的资源和财富。但即便如此，美国大部分民众却坚信：梦想仍未实现。根据美国《新闻周刊》（*Newsweek*）在 2010 年所做的民意调查，63% 的美国人认为他们甚至无法维系正常的生活，纷纷感叹"这个国家最好的日子已经过去了"（Zakaria，2010：30）。二战后《退伍军人法》（GI Bill）给更多的人提供了受高等教育的机会，军工企业的繁荣、消费主义的再度盛行，20 世纪中后期的美国人迎来了美国历史上时间最长的一次经济繁荣。然而，正如 20 世纪初喧嚣与危机接踵而至，20 世纪末经济的繁荣与梦想的实现并没有绝对的因果关系。亚当斯当年宣称的机会均等的美国梦，已经彻底沦为对财富无休止的追逐，精神信仰的缺失意味着"失梦一代"的延续。论者劳伦斯·R. 塞缪尔曾经提出，"追逐金钱最终是一场赢不了的比赛"（Samuel，2012：198）。在文化潜意识里，从民族身份的建构和表达，到孤注一掷地实现财富自由，美国梦的主体从"我们"转向了"个人"，从寻求信仰自由和灵魂解放变为疯狂积累物质财富，这种转向的完成注定了梦想实现的无限延期。有美国学者在 21 世纪初指出，"根据内涵去判断，现代社会的美国梦几乎不可能实现，在不断移动的梦想面前，人们束手无策"（Kamp，2009：118）。

如果马克·吐温的《镀金年代》描述了 19 世纪中期美国社会表面繁荣、内里空虚的畸形发展模式，那么 20 世纪后半期无疑是另一个更广更深维度上的"镀金年代"。在黑色幽默作家以幽默为媒介通过寓言小说的形式讲述"黑色"之时，美国文学领域悄然兴起了另一文学流派——犹太小说，美国学者露丝·R. 维斯（Ruth R. Wisse）将其称为"美国犹太文艺复兴"（Jewish American Renaissance）："20 世纪四五十年代，犹太知识分子和文学群体以其数量、能量和分量在美国文学创作领域开创了一片新天地，开创了美国犹太文学这一文学流派和一种新的文化权威标准。"（Kramer，Wirth-Nesher，2003：208）犹太文学在 20 世纪中期兴起，很快便赢得了学界和读者的关注，涌现出艾萨克·巴什维斯·辛格（Isaac Bashevis Singer）、索尔·贝娄（Saul Bellow）、塞林格、海勒、诺曼·梅勒（Norman Mailer）、约瑟夫·布罗茨基（Joseph Brodsky）、菲利普·罗斯（Philip Roth）等大批优秀的美国犹太小说家，其中贝娄、辛格和布罗茨基三位犹太作家分别在 1976 年、1978 年和 1987 年获得了诺贝尔文学奖。犹太小说兴起与犹太作家受到追捧，有其时代的必然性。

犹太民族的历史充满了荒诞的悖论：作为上帝的选民，犹太人却承受了最为艰辛和痛苦的打击与折磨，特别是二战时期德国针对犹太人的种族灭绝政策，使后创伤书写成为犹太文学的核心主题；上帝曾经许诺过"流着蜂蜜和牛奶"的迦南王国作为永居地，然而以大流散为起点，犹太人总是处于漂泊状态之中，在寄居地如何融入主流社会更成为犹太人生存的第一大要题。在这种情形下，犹太人形成了用自嘲来填补梦想和现实之间乖讹的传统，而幽默亦成为犹太文学的基本构成元素之一。论者艾维纳·齐夫（Avner Ziv）曾经谈到犹太人幽默中求生存的原因："在所有犹太人用来应对令人伤心和恐惧的现实方式中，幽默占有一席特殊的地位。哪怕只有片刻而已，它也有助于缓解现实的悲伤，将其扭曲成好笑的、更容易接受的事物。"（Ziv, Zajdman, 1993：Preface, xii）从美学视角审视，犹太幽默与美国黑色幽默之间有异曲同工之妙，即都是用幽默做媒介来表达、阐释和缓解生存之重。不同的是，黑色幽默小说家关注的是对荒诞生存逻辑的阐释，而犹太幽默小说家则着意用自嘲的幽默来应对充满敌意的世界。也正是因为两种幽默的共通之处①，很多美国犹太小说家如海勒、罗斯、冯内古特、纳博科夫等，同时身兼美国黑色幽默作家的身份。事实上，有学者指出，大概有 80% 的美国喜剧家都有犹太血统（Wisse, 2013：12）。美国的文学土壤对犹太幽默小说的发展来说，无疑是一片沃土，而"失落的梦想"这一主题正是维系两者联系的关键。

如前文所述，历史纵向上，美国梦是一个动态的延续过程，内涵和外延不断地变化。在进入现代主义时期之后，更是因其对于消费主义的执着而备受谴责，这才有了美国梦的迷失。因此，在美国梦文化语境中，尽管美国人一直在寻求、一直在努力，梦想却总在路上，难以实现。而在犹太文化语境中，上帝许诺的迦南之地和美好生活，也是犹太人执着却

---

① 杰伊·波伊尔（Jay Boyer）在评论文章《施乐密尔：黑色幽默和东欧传统》（"The Schlemiezel：Black Humor and the Shtetl Tradition"）中提出，施乐密尔现象是美国黑色幽默小说发轫的重要源头之一："在二战后盛行于美国文学领域的黑色幽默，最深的根基可能扎在东欧的土壤之中，而不是来源于我们自己的文学传统。我现在想的是傻子主人公，更确切地说，是东欧传统中的施乐密尔和施乐马佐尔。"（转引自 Ziv, Zajdman, 1993：4）

实现不了的梦想。因此，美国现代小说和犹太文学都建构在梦想和现实脱离的基础之上，都表达了对失落梦想的遗憾和愤懑，而梦想和现实的断裂也成就了两种文本中的幽默效果。在此基础上，20世纪中后期美国幽默小说的创作，似乎成了犹太作家的专场表演。在美国现代文学中，犹太幽默小说俨然成为美国失梦一代的文学隐喻。作家威廉·诺瓦克（William Novak）曾断言："确实很难想象，如果将犹太元素剔除，那么20世纪的美国幽默所剩无几。"（Novak，2006：Introduction，xlv）施乐密尔是犹太幽默小说中的经典形象，同样也是对美国语境下失梦者的文学隐喻。

"施乐密尔"（Schelemiel）是意第绪语，源于《圣经》人物示路蔑（Shelumiel），意为"傻瓜，无能者"。20世纪美国犹太小说的主人公大都设定为施乐密尔类的角色，从狭义视角思考犹太人在美国社会寻找自我身份的问题，而在广义视角则探讨了现代化语境下失梦美国人尴尬的生存境况。例如，肖洛姆·阿莱赫姆（Sholom Aleichem）以系列短篇小说的形式塑造的牛奶商泰维（Tevye），是在希伯来与意第绪两种文化语境碰撞下，无所适从的经典美国施乐密尔形象；纳撒尼尔·韦斯特（Nathaniel West）的《寂寞芳心小姐》（*Miss Lonelyhearts*）中，施乐密尔"寂寞芳心小姐"男扮女装变身知心大姐，结果在复杂的美国社会关系中惹祸上身最终被杀害；辛格的代表小说之一《傻瓜吉姆佩尔》（*Gimpel the Fool*）则塑造了一位执着于"善"的傻瓜施乐密尔形象，以及其在美国现代语境中的悲剧人生；等等。这些小说人物身上都闪烁着犹太人小丑施乐密尔的影子，同时也隐喻了现代社会中美国梦的遥不可及。美国学者桑福德·平斯克（Sanford Pinsker）曾经讲过，每个犹太小说家都有不同程度的"施乐密尔情结"（Pinsker，1971：3）。也就是说，施乐密尔情结深深扎根于犹太文化之中，是犹太作家对现代社会犹太个体生存逻辑思考的结果，是犹太作家集体智慧的结晶。《通用犹太百科全书》（*Universal Jewish Encyclopedia*）对施乐密尔形象进行了这样的界定："用最糟糕的方式来处理问题，或者总是厄运缠身，而这种厄运又或多或少源于他自己的蠢笨。"（Revel，1943：115）在犹太文化语境中，常常与施乐密尔同时出现的另一幽默小人物是施乐马佐尔（Schlimmazzel）。"Schlimmazzel"意为"被厄运纠缠的人"。但不同的是，施乐密尔是因自身的蠢笨而招致祸端，而施乐马佐尔则是被动遭遇外来的坏运气。通俗地讲，施乐密尔是把汤打翻的那个人，而施乐马佐尔则是被汤浇了一身的人。施乐密尔和施乐马佐尔两类人物的关系类似古典喜剧中的"大话王"和"愚人"的关系，小说中两者之间的互动常常是文本产生幽默效果的重要原因。

海勒的小说《像戈尔德一样好》（*As Good as Gold*）讲述了一位犹太大学教授布鲁斯·戈尔德（Bruce Gold）尝试从政但最终失败的经历。戈尔德痛恨自己的犹太家庭，厌恶自己大学教授的身份，梦想在华盛顿政坛施展才华，成为第一位犹太出身的美国国务卿。小说中的戈尔德是名副其实的施乐密尔形象，为了华盛顿梦想而丢掉尊严，最终只能搬起石头砸了自己的脚。他企图通过同学拉尔夫跻身政坛，但这个"生活在词汇之中"（Seed，1989：114）的同学不但不愿帮忙，还时时处处戏弄他。拉尔夫对戈尔德讲道："只要我们同意，你可以选择任何喜欢的职位……可目前我们没有空闲的职位。"（Heller，1980：122）拉尔夫以类似《第二十二条军规》的逻辑明确告诉戈尔德：华盛顿没有你的位置。在与"未婚妻"安德莉亚父亲这一前政要见面时，对方为了羞辱戈尔德胡乱给他起绰号：戈尔德伯格、戈尔德法布、福安戈尔德、戈尔德史密斯、福安斯坦恩、戈尔德法蒂等。如果戈尔德是小说中的"大话王"施乐密尔，那么戈尔德的家人则扮演了"愚人"施乐马佐尔这一角色。当戈尔德使出浑身解数想要跻身华盛顿政坛时，来自家人接连不断的嘲笑和捉弄令他难堪不已。例如，父亲朱利叶斯视戈尔德为"眼中钉"，他这样向朋友介绍戈尔德："这就是我儿子的弟弟，那个一无是处的家伙"（Heller，1980：29）；继母格西亦处处为难戈尔德，有一次竟然给他织了一只超长的袜子，用来嘲讽他在华盛顿做的无用功；而在家庭聚会上，戈尔德更是家人取笑和捉弄的对象，家人对让戈尔德尴尬愤怒一事乐此不疲。当戈尔德最终有机会见到总统，并正式迈出政坛生涯的第一步时，哥哥希德的死讯却突然传来，面对唾手可得的机会不得不望洋兴叹。正如希腊喜剧中愚人总是在关键时刻给大话王"泄气"一样，每当戈尔德为华盛顿梦想即将实现而扬扬自得时，家人总是不失时机地当头一棒，充满戏谑嘲讽的幽默互动令读者捧腹不已。小说中犹太人戈尔德政坛梦想的落空，从更为广义的背景上看，亦反映了现代社会实现美国梦之艰难与无望。总而言之，《像戈尔德一样好》应当被列入"失梦一代"小说系列，既揭示了美国现代社会犹太人的生存困境，又在一般意义上嘲讽了现代语境下美国梦和美国信念的迷失。

美国学者卡尔·吉尔森在《历史、政治和小说语境中的美国梦》中提出，"平等"是美国梦的核心，而且在理论上这种平等是不分等级、种族和性别的："美国梦是对成长的下一代以及移民的诺言，即只要努力工作和公平竞争就一定会成功。"（Jillson，2016：6）通过努力融入美国白人主流社会，并获取相应的财富和社会地位，这无疑是犹太视域下美国梦的主要内涵。然而，正如吉尔森所揭示的，尽管梦想为所有阶层的人们描述了一幅美好的图景，但是"正如我们所知道的那样，现实总是在这幅图景中投入重重的阴影"（Jillson，2016：6）。在《像戈尔德一样好》中，主人公戈尔德厌恶自己的犹太出身，梦想在华盛顿政坛上大展拳脚，为此遵守"努力工作"和"公平竞争"的社会法则，希冀得到秉持传统价值观的白人主流社会的认可。然而，以拉尔夫为代表的华盛顿政要，却从根本上排斥犹太出身的戈尔德。尽管口头上多次许诺，实际非但不履行诺言，还以此捉弄嘲笑戈尔德。戈尔德进军华盛顿政坛的美国梦，最终只能沦为一个笑话。作者海勒通过戈尔德的施乐密尔形象，对以"平等"为核心概念的美国信念进行了嘲讽，而戈尔德犹太教授和美国公民的双重身份，则加强了这种嘲讽的力度，拓宽了嘲讽的维度。一方面，犹太人戈尔德在犹太家庭和白人政要圈的夹缝中存活，同时被两个群体所厌弃，描述了想要融入主流社会的犹太人在美国的生存困境；另一方面，美国人戈尔德却由于出身问题，永远不可能被华盛顿政界接受，这又揭示了美国梦"平等"概念的虚假本质。

实际上，早在50年代末马拉默德便在《店员》（*The Assisstant*）中通过"反美国梦"叙事揭示了梦想的虚假性。《店员》是马拉默德的第二部小说，曾经荣膺美国文学艺术院颁发的罗森塔尔奖，是《时代》杂志评出的百部最佳小说之一。故事通过两个视角展开，一个是俄裔犹太店主莫里斯·鲍勃（Morris Bober），他信奉犹太教，兢兢业业地经营小店；另一个是美国青年弗兰克（Frankie），起初设计侵吞鲍勃的财产，但受鲍勃感化最终皈依犹太教。鲍勃是来自俄国军队的逃兵，期望在美国能过上美好的生活，虽然苦心经营小店，生活却总是入不敷出。他笃信犹太法典，坚信"要做好事，要诚实，善良。对别人也是这样"（马拉默德，1980：131）。虽然在美国寻梦的过程中屡遭失败，但鲍勃身上既有施乐马佐尔面对厄运的无可奈何，又表现出《圣经》中约伯（Job）面对苦难的隐忍精神。在与弗兰克的谈话中，鲍勃谈到了"受苦"（suffering），认为"人活着就是要受苦"（马拉默德，1980：132）。鲍勃的犹太背景，增加了其在美国追梦屡遭失败的悲剧性。有学者指出，"莫里斯的生存困境可以说是第一代犹太移民在美国的生存困境的普遍写照"（张军，2007：113），这种"困境"更在犹太背景之上被放大，成为美国"失梦一代"的真实写照。与鲍勃的生活轨迹相反，弗兰克在故事开始时已然处于"失梦"的混乱状态，企图通过阴谋侵吞鲍勃的家产。然而，在相处过程中，弗兰克被鲍勃的善良和隐忍打动，逐渐改变并最终皈依了犹太教。弗兰克开始时处心积虑设计陷害鲍勃，结果反被对方感化并放弃了恶毒的念头。回归善良的弗兰克不但变成犹太信徒，还继承了鲍勃的家业，并迎娶了鲍勃的女儿艾达。在这一"反美国梦"叙事中，愣头小伙子弗兰克莽撞地进入鲍勃的生活之中，糊里糊涂被改变为另一个人并由此走运。如此看来，这一故事又带有明显的施乐密尔情结特点。如果鲍勃在小说中扮演了施乐马佐尔的愚人角色，那么弗兰克则可被称为另类的"大话王"施乐密尔。故事虽然以"店员"为标题，但讲述的却是犹太人鲍勃帮助美国人弗兰克皈依犹太教的故事，加之鲍勃本身又是在美国语境下一个典型的失梦者，因此小说具有鲜明的"反美国梦"叙事特点。正如论者平斯克所言，"鲍勃的生活不单单是自我毁灭的一个反讽的玩笑，更是对美国梦和犹太受难传统的悲剧性评论"（Pinsker，1971：98）。

从"选民"到成为种族屠杀的对象、从迦南之地到大流散、从美洲逐梦到难以融入主流，犹太人经历了生存悖论和梦想失落的双重磋磨，现实的沉重与生存的厚度拓宽了犹太作家美国梦小说的维度。在美国梦语境的犹太文本中，施乐密尔同样是失梦者，但由于强调失败源自主人公"自身的笨拙"，小说往往带有幽默诙谐的特点。《纽约客》专栏作家的"小人物"形象是在工业大潮席卷下无奈的中产阶级受害者，而犹太小说中的施乐密尔虽然也是"小人物"，他的失败却源于无法及时适应现代社会的生存逻辑，往往是搬起石头砸自己的脚。为了形象地呈现被厄运诅咒的施乐密尔的内心世界，犹太幽默小说家往往采用第一人称独白的叙述视角，从内视角展示主人公应对和缓释生存尴尬与沉重的过程，凸显施乐密尔们面对多舛命运的自嘲与无可奈何。结合时代文化背景，此类犹太主题的小说其实受到了弗洛伊德心理学的影响，很多施乐密尔的独白小说实际是对弗氏精神分析学的戏仿。弗洛伊德精神分析术围绕"白日梦"的形式展开，即让精神病人以独白的方式讲述自己的疾病体验。有学者指出，

"弗洛伊德思想和他的犹太幽默之间有着深刻的私人联系"（Oring，2007：4），指出了弗氏精神分析学的犹太内涵以及其中的幽默潜质。"白日梦"般的喃喃自述，既是犹太人对生存之重最好的缓释方式之一，又是对生活在荒原之中的现代人的幽默写照。在文学创作领域，施乐密尔的独白小说，可以看作犹太作家对于生存悖论和梦想失落的后创伤书写，而这种后创伤书写往往充斥着犹太小人物的幽默自嘲。菲利普·罗斯的《波特诺伊的抱怨》（*Portnoy's Complaint*）和约瑟夫·海勒的《出事了》（*Something Happened*）就是比较有代表性的施乐密尔独白小说。

《波特诺伊的抱怨》发表于 1969 年，是罗斯的代表作品之一。小说中，主人公亚历山大·波特诺伊正在接受心理治疗，面对医生施皮尔福格尔（Dr. Spielvogel），他喃喃讲述着自己在生活中碰到的各种麻烦。这种情节设定是对弗洛伊德心理治疗术的戏仿①，让读者得以近距离地感受波特诺伊在生活中遭遇的各种尴尬和麻烦。在一次采访中，罗斯提到"病人—心理师放松的谈话这种设定，让我得以用私密的、不体面的细节和粗糙的、谩骂的语言"来呈现遭遇尴尬的波特诺伊的内心世界（Searles，1992：78）。"抱怨"是波特诺伊独白的主要内容，他抱怨不公平的生活、顽固的母亲、恼人的父亲、信马由缰的性欲，甚至卑微的犹太出身，等等。与戈尔德一样，波特诺伊的烦恼源于不切实际的梦想——融入秉持传统价值观的白人社会。正是因为梦想无法实现，波特诺伊越努力就越失败，因此就有了不停地抱怨，而抱怨亦只能加重其挫败感而已。在从挫败到抱怨的恶性循环中，喃喃自述的波特诺伊化身为现代荒原上经典的美国施乐密尔小人物形象。为了缓解生活中的挫败感，波特诺伊在自白中不断地进行自我嘲讽。例如，小说中他用带有自嘲意味的口吻讲述了家人的"反歧视"做法。

> 非犹太人让爸妈感到愤怒、厌恶不已，在我看来这种做法也是有一定道理的：他们假装高人一等，假装实际上我们才是站在更高道德基石上的人。我们的高人一等，正来自他们对我们表现出的赤裸裸的憎恨与歧视。（Roth，1969：56）

---

① 小说行将结束时，施皮尔福格尔医生讲道："现在我俩是不是可以开始了？"（Roth，1969：268）因此，极有可能小说中的精神分析，只是没有医生在场时波特诺伊的自言自语而已。而直到小说结束的时候，医生和病人之间的对话才刚刚开始。从这一情节设定可以看出，罗斯是在以嘲讽的口吻戏仿弗洛伊德心理治疗术的实用性。

在波特诺伊和家人看来，既然无法避免来自盎格鲁白人主流社会的歧视，不如用阿 Q 精神来应对反犹浪潮，用精神胜利来抵抗社会等级的分化。波特诺伊和家人将犹太人置于道德优越的平台之上，对瞧不起自己的主流群体进行"反歧视"，以此来缓解种族歧视带来的尴尬和苦痛。但在"反歧视"的背后是波特诺伊无奈的自嘲，其中苦涩的滋味不言而喻。英国社会学家克里斯蒂·戴维斯（Christie Davies）在评论文章《探讨犹太幽默中的自嘲主题》（"Exploring the Thesis of the Self-Deprecating Jewish Sense of Humor"）中分析了犹太文化的自嘲精神，提出因为能够从主流社会价值和边缘犹太文化两个视域进行自嘲，"比起大众群体，犹太人更擅长讲有关自己种族的笑话"（转引自 Ziv，Zajdman，1993：29 – 30）。如戴维斯所讲，波特诺伊是生活在美国现代社会的犹太小人物，因而得以从两种不同的文化视域审视身边的事物，而这两种文化视域是波特诺伊在幽默自嘲的同时，又得以控诉主流社会反犹倾向的重要原因。

与《波特诺伊的抱怨》相似，海勒 1974 年的《出事了》同为犹太施乐密尔的内心独白小说，不同的是，主人公叙述的对象是庭审现场的法官，即故事的场景从心理治疗室转到了公众法庭。在小说行文的一个括号内，主人公鲍勃·斯洛克姆（Bob Slocum）讲道："法官大人，我认罪；但是先生，请您听我解释。"（Heller，1974：284）如果波特诺伊在向（或者拟向）心理医生寻求帮助，那么斯洛克姆希望通过自白来为自己辩护。斯洛克姆的生活确实"出事了"：妻子和女儿憎恨他、小儿子德里克天生智障、他错过了升职的机会、母亲去世之前责骂了他、对情人再也提不起兴趣、连最爱的儿子也逐渐与他疏远起来，等等。但他所要为自己辩护的也是生活中发生的最大事件，是在一次事故中亲手杀死了大儿子。斯洛克姆的生活"出事"的源头在于他的自私和冷漠，他自觉高明地事事算计，殊不知却亲手毁掉了自己和家人，颇有搬起石头砸自己的脚的施乐密尔做派。正如论者朱迪思·鲁德尔曼（Judith Ruderman）提出的，《第二十二条军规》中的约塞连和《出事了》中的斯洛克姆都是典型的施乐密尔形象（Ruderman，1991：135）。面对被自己搞砸的生活，斯洛克姆的自白中亦不时带上自嘲的口吻。与波特诺伊的自嘲不同，斯洛克姆的自嘲多发生在正文与括号独白之间的对话中。在《出事了》的故事文本中，除了正文斯洛克姆对生活的再现和"自省"，更有括号中斯洛克姆对正文独白的补充。如果正文中的斯洛克姆是大话王的话，那么括号中的他则是揭示真相的愚人。一个是庭审现场慷慨陈词的斯洛克姆，一个是揭示内心真实想法的斯洛克姆，两者的交锋如戏剧舞台上大话王和愚人的喜剧冲突一样，令人读来忍俊不禁。与此同时，基于两者同属斯洛克姆这个主体，别具匠心的安排又让故事充斥着自嘲的意味。例如，当斯洛克姆在正文中表示：希望护士能够照顾好德里克，但紧接的括号里却讲道："事实上，她的工作并不是照顾或者教育他，而是别让我们看到她，或者说，尽可能别让我们看到他。"（Heller，1974：101）正文与括号之间的对话构建了独特的幽默自嘲方式，同时又暗示了生活重压之下斯洛克姆人格分裂的可能和倾向。事实上，从其独白可以看出，生活中斯洛克姆的精神状态逐渐恶化，直到最终混淆了现实生活和想象世界。在一次偶然事故中，斯洛克姆借机将大儿子杀死，在符号意义上终止了分裂的继续。自嘲结束了，斯洛克姆的故事也戛然而止。

犹太小说中施乐密尔的自嘲，无疑是美国犹太人在遭遇宗教理想和现实生活的悖论后，缓解尴尬的生存境遇最好的武器。正如平斯克所讲："即使最严肃的犹太作家，也是有幽默感的，正如经久不衰的施乐密尔形象展示的：幽默感不就是自嘲的能力吗？"（Pinsker，1971：Preface，viii）从上帝的选民与"应许之地"，到后来的大流散与种族屠杀；从带着憧憬前往美洲，到被盎格鲁主流价值传统排挤到边缘，生活的挫折与梦想的失落俨然成为犹太人生活的主题。虽然同为失梦者，但与盎格鲁主流社会的美国白人相似，犹太人梦想的失落同样在过去、现在甚至将来的维度上发生，涉及信仰和苦难、民族和种族、梦想和现实等多个层面。作为始终游走在社会边缘的群体，犹太人所经历的失梦引起了当代美国社会的强烈共鸣，也正是这种共鸣成就了美国犹太文学的一度繁荣。美国学者莫雷尔曾经断言："犹太文化丰厚的喜剧传统属于种族现象，而不是所谓的宗教现象。"（Morreall，1999：100）按照莫雷尔的理解，美国以盎格鲁白人为主、多种族共生的社会现状，是犹太幽默繁盛必不可少的背景。正如前文所述，一方面，美国语境是犹太小人物施乐密尔文学生命力的重要保证；另一方面，施乐密尔尴尬的生存境遇，亦是对美国失梦者状态的最好隐喻。犹太作家菲利普·罗斯是名副其实的"文坛常青树"，他见证了60年代兴起的美国黑色幽默小说，也参与了美国犹太文艺复兴，进入21世纪后仍然活跃在文学创作领域。罗斯在不同时期的作品中塑造了多个失梦的犹太小人物形象，这些施乐密尔形象的塑造紧扣美国时代脉搏，反映了现代美国社会失梦一代的真实情况。1997年，罗斯出版了"美国三部曲"① 之一的《美国牧歌》，其主人公西摩·思维德·里沃夫曾经是经典美国梦的化身与犹太人的"民族之光"，但人到中年后却沦为被众人耻笑的失梦者，从"美国英雄"到现代施乐密尔的转变是从历史维度对美国梦文化的巨大嘲讽。正如有学者指出的，借用现代社会重重压力之下犹太人的视角，"罗斯重新审视了美国民族神话的本质及其对现实的影响"（孙璐，2017：109）。

《美国牧歌》的故事在20世纪60年代美国沸反盈天的民主运动下展开。1963年肯尼迪总统被刺杀后，林登·贝恩斯·约翰逊（Lyndon Baines Johnson）成为其继任者。如以往几任总统一样，约翰逊也以"带领美国人实现美国梦"为口号，提出并实施了一系列的改革措施。1965年1月，约翰逊向全国发布了"伟大社会"（the Great Society）的构想："伟大社会……不仅服务于身体和财富的需求，而且还满足对美的渴望以及对社区的归属感……在那里人们关注的是目标的质量而不是物品的数量。"（Jillson，2016：212）应该说，约翰逊总统的总体构想是美好的，但现实从来不会轻易服从于构想的蓝图。1965年到1968年，在反越战、反政府腐败、反种族歧视、反性别歧视等民主运动的带动下，美国爆发了严重的社会文化暴乱，将近250座城市发生了暴动，爆炸、纵火、偷窃等暴力事件层出不穷。60年代的暴乱是对约翰逊"伟大社会"的致命反讽，造成了严重的物质损失和精神创伤，以至人们在20世纪末21世纪初想起它仍然心有余悸。这段历史正是《美国牧歌》故事的背景，其主人公思维德从"美国英雄"到现代施乐密尔转变的完成，从犹太人视角影射了当代美国社会失梦一代的迷茫与困惑。

在1995年高中同学聚会上，小说叙述者内森·扎克曼（Nathan Zuckerman）得知学生时代的英雄思维德患前列腺癌去世了。犹太出身的思维德前半生顺风顺水，似乎天生便拥有国王麦德斯的金手指。他相貌堂堂、体格健美，高中时就成为众人仰慕的运动明星。罗斯写道："思维德最终成为橄榄球场的明星，篮球比赛的中锋，棒球场上的一垒手。"

---

① 罗斯的"美国三部曲"包括《美国牧歌》（1997）、《我嫁给了共产党人》（*I Married a Communist*，1998）和《人性的污秽》（*The Human Stain*，2000）。三部小说分别取材20世纪60年代的民主运动、50年代的麦卡锡主义和90年代的克林顿丑闻，是罗斯广角镜头下对20世纪末21世纪初美国社会的真实书写。

（Roth，1998：1）之后，思维德在二战即将结束时参加海军，退伍后接手了父亲老里沃夫的皮毛生意，迎娶了选美冠军"新泽西小姐"，并在顶岩脊的田园买下一栋老房子安居，生下了可爱的女儿梅丽。思维德向妻子多恩谈到了梦想成功的喜悦："我所在的地方我喜欢，我不想去的地方我不会去。这就是做一名美国人的意义，不是吗？……多恩，我们拥有了美国的一片土地。我真的高兴坏了。我成功了，亲爱的，我成功了——我成功实现了梦想。"（Roth，1998：315）这时的思维德是美国语境下成功的追梦者：名誉、财富、房产和家人等成功者的梦想都已经实现了。然而，令思维德始料不及的是，从美国英雄跌落为犹太小丑施乐密尔往往是转瞬间就可以发生的。女儿梅丽天生口吃，在经历了青春期叛逆的阵痛之后，参加了以暴制暴的反越战运动。在当地邮局的爆炸事件中，梅丽炸死了路过的康仑医生，并开始了长达五年的逃亡生活。与此同时，思维德与"新泽西小姐"的夫妻关系也开始出现问题：思维德与梅丽的心理医生希拉有一段四个月的婚外情，而与此同时他也发现多恩与建筑师奥科特关系暧昧。多恩将经营多年的牧场卖掉，并计划把老顶岩脊的房子也卖掉。出售标志着梦想成功的房产，对于思维德来说是万分痛苦的无奈之举。思维德尝试寻找女儿犯罪的根源：是梅丽11岁时他那个不负责任的吻，还是给梅丽的心理辅导出了问题，抑或是没有给梅丽本该有的保护等，但终究不知生活的问题究竟出现在什么地方。在梅丽的"朋友"丽塔·科恩宾馆勾引思维德的场景里，他彻底退化为犹太传统里的施乐密尔：笨拙难堪、惊慌失措，最终只能仓皇逃跑。

罗斯用"乐园追忆"（Paradise Remembered）、"堕落"（Fall）和"失乐园"（Paradise Lost）三个题目将文本分成三部分，并围绕美国梦主题展开叙述，"美国民族神话成为贯通小说文本内外的核心纽带"（孙璐，2017：110）。当梦想实现时，犹太人思维德亦达到了人生的顶点：履历骄人、事业有成、家庭幸福；而当梦想失落时，他又退到了犹太小人物施乐密尔，不断怀疑自己是一切灾难的始作俑者，最终只能含恨去世。犹太背景让思维德寻觅、呵护梦想的故事具有了更广的维度，经历了盎格鲁主流价值观判定的成功与失败，完成了从更高处到最低处的人生跌落，思维德不仅仅是游走在社会边缘的犹太小人物，更是面对梦想再也无法奋起直追的现代美国人。《美国牧歌》在20世纪末21世纪初用犹太故事的隐喻视角宣告了美国梦的失落——正如论者卡朋特在《美国文学与美国梦》中所断言的：" '梦想' 始终就是一个梦而已。"（Carpenter，1968：6）美国梦也许终究只是意识领域的镜花水月而已。弗洛伊德在《玩笑及其与无意识的关系》（*Jokes and Their Relation to the Unconscious*）中指出，"所有意识活动之间都有密切的关系"（Freud，1960：15）。在美国文化语境下，犹太人的生存悖论和美国人的梦想情结更产生了强烈的互文性，在梦想和现实的乖讹基础之上，充满反讽意味的犹太人施乐密尔的追梦故事无疑是对现代社会失落的美国梦异性却同质的隐喻。

参考文献

[1] 〔美〕E. B. 怀特：《从街角数起的第二棵树》，孙仲旭译，上海译文出版社 2014 年版。

[2] 〔美〕M. 莱恩·布鲁纳：《记忆的战略：国家认同建构中的修辞维度》，蓝胤淇译，商务印书馆 2016 年版。

[3] 〔美〕艾米莉·狄金森：《尘土是唯一的秘密》，徐淳刚译，华东师范大学出版社 2015 年版。

[4] 〔美〕伯纳德·马拉默德：《店员》，杨仁敬等译，江苏人民出版社 1980 年版。

[5] 〔美〕布勒特·哈特：《扑克滩放逐的人们——布勒特·哈特短篇小说集》，主万译，上海译文出版社 1993。

[6] 曹明伦：《爱伦·坡幽默小说一瞥》，《名作欣赏》1997 年第 4 期。

[7] 常耀信：《美国文学简史》（第三版），南开大学出版社 2009 年版。

[8] 陈丽：《〈奉使记〉中的唯美主义与道德》，《国外文学》2010 年第 3 期。

[9] 陈世丹：《论〈拍卖第 49 批〉中熵、多义性和不确定性的迷宫》，《外国文学研究》2007 年第 1 期。

[10] 陈顺黎：《在"英雄"和"懦夫"之间游走——论〈华尔脱·密蒂的隐秘生活〉的两种叙事模式》，《山东外语教学》2009 年第 3 期。

[11] 陈许：《美国西部小说研究》，北京大学出版社 2004 年版。

[12] 陈永胜、牟丽霞：《西方社区感研究的现状与趋势》，《心理科学进展》2007 年第 1 期。

[13] 程虹：《寻归荒野》，三联书店 2014 年版。

[14] 〔保加利亚〕茨维坦·托多罗夫：《濒危的文学》，栾栋译，华东师范大学出版社 2016 年版。

［15］〔美〕凡勃伦：《有闲阶级论》，蔡受百译，商务印书馆 2009 年版。

［16］〔美〕哈珀·李：《杀死一只知更鸟》，高红梅译，译林出版社 2016 年版。

［17］郝运慧、郭棣庆：《"信仰"的幻灭——解读赫尔曼·梅尔维尔的〈骗子的化装表演〉》，《西安外国语大学学报》2015 年第 3 期。

［18］贺安芳、赵超群：《论风俗喜剧的形态特征》，《宁波大学学报》（人文科学版）2017 年第 5 期。

［19］〔美〕赫尔曼·梅尔维尔：《白鲸》，成时译，人民文学出版社 2011 年版。

［20］〔美〕亨利·詹姆斯：《小说的艺术》，朱文等译，上海译文出版社 2001 年版。

［21］洪玲艳：《欧洲流行病入侵与北美印第安人社会变迁》，《史学月刊》2015 年第 3 期。

［22］胡晓玲：《华盛顿·欧文笔下的英国形象》，《理论月刊》2010 年第 1 期。

［23］〔法〕加缪：《西西弗的神话：加缪荒谬与反抗论集》，杜小真译，天津人民出版社 2007 年版。

［24］〔美〕坎尼斯·斯拉文斯基：《塞林格传》，史国强译，现代出版社 2015 年版。

［25］〔美〕拉尔夫·瓦尔多·爱默生：《论自然》，吴瑞楠译，中国对外翻译出版公司 2010 年版。

［26］郎晓娟：《后喻性·道德恐慌·大众歇斯底里——〈麦田里的守望者〉中的文化病理诊断》，《外语研究》2010 年第 3 期。

［27］李力等：《导读：Martin Eden》，青岛出版社 2004 年版。

［28］李丽聪：《梦里花落知多少——菲兹杰拉德笔下女性群象分析》，《福建论坛社》（社科教育版）2006 年专刊。

［29］李玲：《历史书写和荒野意识：〈睡谷的传说〉的多重文本内涵》，《湖南大学学报》（社会科学版）2011 年第 5 期。

［30］李须、陈红等：《社区感：概念、意义、理论与新热点》，《心理科学进展》2015 年第 7 期。

［31］刘建华：《美国梦，美国噩梦：1960 年以来的小说导读》，载《美国梦，美国噩梦：1960 年以来的小说》，外语教学与研究出版社 2007

年版。

[32] 罗昔明：《论作伪民族文学建构者的爱伦·坡》，《外国文学评论》2012 年第 3 期。

[33] 罗小云：《美国西进运动与西部文学》，《广西社会科学》2003 年第 4 期。

[34] 〔美〕马克·吐温：《康州美国佬在亚瑟王朝》，何文安等译，译林出版社 2002 年版。

[35] 马红旗：《迷惘与挣扎——〈白牙〉的"离散"主题分析》，《外语与外语教学》2011 年第 4 期。

[36] 〔美〕莫里斯·迪克斯坦：《伊甸园之门——六十年代美国文化》，方晓光译，上海外语教育出版社 1996 年版。

[37] 秦立彦：《儿童乌托邦：布莱特·哈特的华人书写》，《中国文学研究》2011 年第 2 期。

[38] 任媛：《超越情怀与诗意建构的结合——从与金斯堡的比较看塞林格对"纯正的禅"的捍卫》，《中国文学研究》2017 年第 3 期。

[39] 〔美〕瑞切尔·科恩：《偶遇：美国作家与艺术家的多维私交》，高伟译，新星出版社 2009 年版。

[40] 桑志芹、夏少昂：《社区意识：人际关系、社会嵌入与社区满意——城市居民的社区认同调查》，《南京社会科学》2013 年第 2 期。

[41] 尚晓进主编《霍桑短篇小说选读与评述》，上海大学出版社 2010 年版。

[42] 申丹、王丽亚：《西方叙事学：经典与后经典》，北京大学出版社 2017 年版。

[43] 盛宁：《二十世纪美国文论》，北京大学出版社 1993 年版。

[44] 盛宁主编《美国经典中篇小说》，文化艺术出版社 2012 年版。

[45] 〔美〕斯蒂芬·克莱恩：《红色英勇勋章》，黄健人译，漓江出版社 2012 年版。

[46] 苏晖：《黑色幽默与美国小说的幽默传统》，中国社会科学出版社 2013 年版。

[47] 孙璐：《美国亚当的田园主义情怀——读解菲利普·罗斯〈美国牧歌〉中的美国民族神话及其当代启示》，《国外文学》2017 年第 1 期。

[48] 〔美〕唐纳德·皮泽尔：《美国现实主义和自然主义——豪威尔斯到杰克·伦敦》，张国庆译，武汉大学出版社 2009 年版。

［49］唐文：《文学视域下迷失的美国梦》，《东疆学刊》2014 年第 1 期。

［50］唐文：《信仰在路上——对〈在路上〉朝圣主题的思考》，《文艺争鸣》
2015 年第 3 期。

［51］唐文：《权力·死亡·荒诞——对约瑟夫·海勒黑色幽默小说的解读》，
上海译文出版社 2016a 年版。

［52］唐文：《美国幽默文学生发的地缘意识》，《社会科学家》2016b 年第
12 期。

［53］〔美〕托马斯·潘恩：《常识》，田素雷等译，中国对外翻译出版公司
2010 年版。

［54］田俊武：《美国 19 世纪经典文学中的旅行叙事研究》，中国人民大学出
版社 2017 年版。

［55］王亮：《社区意识——社区共同体的灵魂》，《广西社会科学》2006 年
第 4 期。

［56］汪小玲：《美国黑色幽默小说研究》，上海外语教育出版社 2006 年版。

［57］王跃洪、周莹莹：《亨利·詹姆斯的现代主义叙事手法——戏剧化技巧
在梅茜所知道的》中的应用，《外国语文》2011 年第 2 期。

［58］魏寅：《与时代共舞——〈纽约客〉主编哈罗德·罗斯》，《出版科学》
2009 年第 6 期。

［59］吴富恒、王誉公：《美国作家论》，山东教育出版社 1999 年版。

［60］叶子：《中产阶级的"利基"杂志与美国文学的温床——〈纽约客〉
综述》，《江苏社会科学》2013 年第 3 期。

［61］虞建华：《〈五号屠场〉：冯内古特的历史意识与政治担当》，《外国文
学研究》2015a 年第 4 期。

［62］虞建华：《禁酒令与〈了不起的盖茨比〉》，《外国文学》2015b 年第
6 期。

［63］于雷：《爱伦·坡与"南方性"》，《外国文学评论》2014 年第 3 期。

［64］〔荷兰〕约翰·赫伊津哈：《游戏的人：文化中游戏成分的研究》，何
道宽译，花城出版社 2007 年版。

［65］〔美〕约瑟夫·海勒：《最后一幕》，王约西等译，译林出版社 1997
年版。

［66］〔美〕约瑟夫·海勒：《第二十二条军规》，扬恝等译，译林出版社
2007 年版。

[67]〔美〕詹姆斯·瑟伯:《白日做梦有理》,孙仲旭译,重庆大学出版社2012年版。

[68] 张冲:《新编美国文学史·卷一》,上海外语教育出版社2000年版。

[69] 张军:《从〈店员〉看美国第一代犹太移民的生存困境》,《齐鲁学刊》2007年第6期。

[70] 张耘:《西方戏剧》,外语教学与研究出版社2008年版。

[71] 张祝祥、杨德娟:《美国自然主义小说》,复旦大学出版社2007年版。

[72] 赵梅:《美国反文化运动探源》,《美国研究》2000年第1期。

[73] 周静琼:《〈苦行记〉与美国幽默民间传奇》,《外国语文》2009年第12期。

[74]〔美〕朱利安·西蒙斯:《文坛怪杰——爱伦·坡传》,文刚等译,陕西人民出版社1986年版。

[75] 朱光潜:《谈美书简》,北京理工大学出版社2016年版。

[76] 朱振武主编《爱伦·坡小说全解》,学林出版社2008年版。

[77] 邹龙成、张玮琳:《喧嚣时代的小说特征》,《世界文学评论》2012年第2期。

[78] Adams, James Truslow, *The Epic of America*, London: George Routledge & Sons. Ltd. , 1945.

[79] Anderson, Benedict. *Imagined Communities: Reflections on the Origin and Spread of Nationalism*, London, New York: Verso Books, 2006.

[80] Aristotle. *Poetics*, Mineola, New York: Dover Publications, Inc. , 1997.

[81] Bacon, Francis, *The Essays*, London: John Haviland, 1625.

[82] Baldick, Chris, *Oxford Concise Dictionary of Literary Terms*, Shanghai: Shanghai Foreign Language Education Press, 2003.

[83] Balkun, Mary McAleer, "Sarah Kemble Knight and the Construction of the American Self," *Women's Studies*. 28/1 (Dec. 1998): 7 – 28.

[84] Ball, Donald L. , *Samuel Richardson's Theory of Fiction*, The Hague and Paris: Mouton, 1971.

[85] Becker, Ernest, *The Denial of Death*, New York: A Division of Macmillan, Inc. , 1973.

[86] Bell, Michael Davitt, *The Problem of American Realism: Studies in the Cultural History of a Literary Idea*, Chicago: The University of Chicago Press, 1996.

［87］ Berger, Peter Ludwig, *Redeeming Laughter*: *The Comic Dimension of Human Experience*, Berlin, Boston: Walter de Gruyter GmbH, 2014.

［88］ Bergmann, Johannes D., "Melville's Tales," *A Companion to Melville Studies*. John Bryant, ed. New York, Westport, Connecticut, London: Greenwood Press, 1986.

［89］ Berkeley, George. "Verses on the Prospect Arts and Learning in America". In Robert Robert, ed. *A Collection of Poems in Six Volumes*. London: printed by J. Hughs, for R. and J. Dodsley, 1763.

［90］ Berman, Paul, "Introdution" to *Martin Eden*, New York: Random House, 2002.

［91］ Bier, Jesse, *The Rise and Fall of American Humor*, New York, Chicago and San Francisco: Holt, Rinehart and Winston, 1968.

［92］ Bierce, Ambrose, *The Short Fiction of Ambrose Bierce*: *A Comprehensive Editon*, Guinett. S. T. Joshi, Laurence I. Berkove and David E. Schultz, eds. Knoxville: The University of Tennessee Press, 2006.

［93］ Bishop, Morris. *A Bowl of Bishop*. New York: Dial Press, 1954.

［94］ Blair, Walter, *Horse Sense in American Humor*: *From Benjamin Franklin to Ogden Nash*, Chicago, Illinois: The University of Chicago Press, 1962.

［95］ Blair, Walter, *Native American Humor*. San Francisco, California: Chandler Publishing Company, Inc., 1937.

［96］ Blair, Walter. *Native American Humor*. New York: Chandler Publishing Company, 1960.

［97］ Blair, Water, Hamlin Hill. *America's Humor*: *From Poor Richard to Doonesbury*, New York: Oxford University Press, 1978.

［98］ Bleser, Carol, ed., *Secret and Sacred*: *The Diaries of James Henry Hammond, a Southern Slaveholder*, New York: Oxford University Press, 1988.

［99］ Blocker, H. Gene, *The Metaphysics of Absurdity*, Washington D. C.: University Press of America, Inc., 1979.

［100］ Bloom, Alexander, ed., *Long Time Gone*: *Sixties America Then and Now*, New York: Oxford University Press, 2001.

［101］ Bloom, Harold, *American Naturalism*, Philadelphia: Chelsea House Publishers, 2004.

［102］ Bloom, Harold, ed. , *The American Renaissance*, New York: Chelsea House, an imprint of Infobase Publishing, 2004.

［103］ Bloom, Harold, ed. *American Naturalism.* Philadelphia: Chelsea House Publishers, 2004a.

［104］ Bloom, Harold, ed. *The American Renaissance.* New York: Chelsea House, an imprint of Infobase Publishing, 2004b.

［105］ Boone, N. S. , " 'The Minister's Black Veil' and Hawthorne's Ethical Refusal of Reciprocity: A Levinasian Parable," *Renascence.* 3/57 (2005): 165 – 66.

［106］ Booth, Wayne C. , *A Rhetoric of Irony*, Chicago and London: The University of Chicago Press, 1975.

［107］ Brack, O. M. Jr. , ed. , *American Humor: Essays Presented to John C. Gerber*, Arizona: Arete Publications, 1977.

［108］ Bradford, William, *Of Plymouth Plantation*, New York: The Modern Library, 1952.

［109］ Bramen, Carrie Tirado, *The Uses of Variety: Modern Americanism and the Quest for National Distinctiveness*, Cambridge, Massachusetts, and London, England: Harvard University Press, 2000.

［110］ Brands, Henry William, *The Age of Gold: The California Gold Rush and the New American Dream*, New York: Anchor, 2003.

［111］ Bret, Hart, *The Luck of Roaring Camp and Other Tales*, New York: Dodd, Mead & Company, 1961.

［112］ Briggs, Peter M. "English Satire and Connecticut Wit". American Quarterly. 37. 1 (1985): 13 – 29.

［113］ Brodhead, Richard, "Hawthorn, Melville, and the Fiction of Prophecy," *The American Renaissance.* Harold Bloom, ed. , New York: Chelsea House, An imprint of Indobase Publishing, 2004: 201 – 40.

［114］ Broges, Jorge Luis. "Nathaniel Hawthorne". in Harold Bloom, ed. *The American Renaissance.* New York: Chelsea House, an imprint of Infobase Publisihng, 2004b.

［115］ Brooks, Van Wyck, *America's Coming-of-age*, New York: B. W. HuebschMcmxv, 1915.

［116］Brooks, Van Wyck, *The Ordeal of Mark Twain*, New York: Dutton, 1920.

［117］Bruckner, Martin, Hsuan L. Hsu, *American Literary Geographies: Spatial Practice and Cultural Production 1500 – 1900*, Newark: University of Delaware Press, 2010.

［118］Bryant, John, *Melville and Repose: The Rhetoric of Humor in the American Renaissance*, New York, Oxford: Oxford University Press, 1993.

［119］Buell, Lawrence, *The Dream of the Great American Novel*, Cambridge, Massachusetts: The Belknap Press of Harvard University Press, 2014.

［120］Bush, Douglas, *English Literature in the Earlier Seventeenth Century*, Oxford: Clarendon Press, 1945.

［121］Butterworth, Fox, *All God's Children: The Bosket Family and the American Tradition of Violence*, New York: Alfred A. Knopf, 1995.

［122］Calvin, John, *Institutes of the Christian Religion*, John T. McNeill, ed., Philadelphia: Westminster Press, 1960.

［123］Carnegie, Andrew, "Wealth," *North American Review*. 148/391 (June 1889): 655.

［124］Carpenter, Frederic I., *American Literature and the Dream*, New York: Arno Press, Inc., 1968.

［125］Castillo, Susan, Ivy Schweitzer. *A Companion to the Literatures of Colonial America*, Malden, MA: Blackwell Publishing Ltd, 2005.

［126］Cather, Willa, *O, Pioneers*, Bantam Books, 1989.

［127］Chase, Richard, *Herman Melville: A Critical Study*, New York: The Macmillan Company, 1949.

［128］Chavis, David M., James H. Hogge, etc., "A. Sense of Community through Brunswick's Lens: A First Look," *Journal of Community Psychology*. 14/1 (Jan. 1986): 24 – 40.

［129］Commager, Henry Steele, *The American Mind: An Interpretation of American Thought and Character since the 1880s*, New Haven & London: Yale University Press, 1950.

［130］Cooper, James Fenimore, *The Deerslayer*, New York: Airmont Publishing Company, Inc., 1964.

［131］Corey, Mary F., *The World through a Monocle: The New Yorker at*

Midcentury, Cambridge, Massachusetts: Harvard University Press, 1999.

[132] Covici, Pascal, Jr., *Humor and Revelation in American Literature: The Puritan Connection*, Missouri: University of Missouri Press, 1997.

[133] Cowley, Malcolm. "Naturalism in American Literature". in Harold Bloom, ed. *American Naturalism*. Philadelphia: Chelsea House Publishers, 2004a.

[134] Crane, Hart, "Sherwood Anderson," *Pagan*. 4 (Sept. 1919): 60 – 61.

[135] Crane, Stephen, *Maggie: A Girl of the Streets and Other Short Fiction*, Toronto, New York, London, Sydney, Auckland: Bantam Books, 1986.

[136] Crane, Stephen, *Prose and Poetry*, J. C. Levenson, ed., New York: The Library of America, 1984.

[137] Crane, Stephen, *The Red Badge of Courage and Other Stories*, London: Wordsworth Classics, 2003.

[138] Crow, Charles L., *A Companion to the Regional Literatures of America*, Malden, MA: Blackwell Pub., 2003.

[139] Cullen, Jim, *The American Dream: A Short History of an Idea that Shaped a Nation*, Oxford: Oxford University Press, 2003.

[140] Dreiser, Theodore, *Sister Carrie*, Auckland, New Zealand: The Floating Press, 2009.

[141] Duberman, Martin, *James Russell Lowell*, Boston: Houghton Mifflin Company, 1966.

[142] Dudden, Arthur Power, *American Humor*, New York and Oxford: Oxford University Press, 1987.

[143] Dufresne, Todd, *Tales from the Freudian Crypt: The Death Drive in Text and Context*, Stanford, California: Stanford University Press, 2000.

[144] Dunne, Michael, *Calvinist Humor in American Literature*, Louisiana, US: Louisiana State University Press, 2007.

[145] Dunne, Robert, *A New Book of the Grotesque: Contemporary Approaches to Sherwood Anderson's Early Fiction*, Kent: Kent State UP, 2005.

[146] Edwards, Jonathan, *Sinners in the Hands of an Angry God and Other Puritan Sermons*, David Dutkanicz, ed. Mineola, New York: Dover Publications, Inc., 2005.

[147] Ehrenreich, Barbara, *The Hearts of Men: American Dreams and the Flight*

from Commitment, New York: Anchor Books, 1983.

[148] Elder, Donald, *Ring Lardner*, Garden City, New York: Doubleday, 1956.

[149] Elliott, Emory, ed., *Columbia Literary History of the United States*, New York: Columbia University Press, 1988.

[150] Emerson, Ralph Waldo, *Nature*. Beijing: China Translation & Publishing Corporation, 2010.

[151] Emerson, Ralph Waldo, *The Portable Emerson*, Carl Bode and Malcolm Cowley, eds., New York: Penguin Books, 1981.

[152] Febvre, Lucien, Henri-Jean Martin. *The Coming of the Book: The Impact of Printing, 1450 – 1800*, David Gerard, trans. Geoffrey Nowell-Smith and David Wootton, eds., London: New Left Books, 1976.

[153] Ferguson, Andrew, "Five Best: Laughter that Lasts," *The Wall Street Journal.* 2nd December, 2006: 8.

[154] Fienberg, Lorne, "Spirit of the Times," *American Humor Magazines and Comic Periodicals*, David E. E. Sloane, ed., New York: Greenwood Press, 1987: 271 – 78.

[155] Finder, Henry, ed., *The 40s: The Story of a Decade*, New York: Random House, 2014.

[156] Fisher, Philip. "The Naturalist Novel and the City: Temporary Worlds". in Harold Bloom ed. *American Naturalism*. Philadelphia: Chelsea House Publishers, 2004a.

[157] Fisher, Phillip, *Hard Facts: Setting and Form in the American Novel*, New York: Oxford University Press, 1985.

[158] Fitzgerald, F. Scott, "Echoes of the Jazz Age," *Scribner Magazine.* 5 /XC (Nov. 1951): 460.

[159] Fitzgerald, Oscar Penn, *Judge Longstreet: A Life Sketch*, Nashville: Publishing House of the Methodist Episcopal Church, South, 1891.

[160] Forster, E. M., *Aspects of the Novel*, New York: RosetaBooks LLC., 2002.

[161] Franklin, Benjamin, *The Autobiography of Benjamin Franklin.* J. A. Leo Lemay and P. M. Zall, eds., Tennessee: The University of Tennessee Press, 1981.

[162] Franzen, Jonathan, *Freedom*, London: Fourth Estate, 2010.

[163] French, Warren, *The Fifties: Fiction, Poetry, Drama*, Deland, FL: Everett/

Edwards, 1970.

[164] Freud, Sigmund, *Interpretation of Dreams*, A. A. Brill, trans. Ware, Hertfordshire: Wordsworth Editions Limited, 1997.

[165] Freud, Sigmund, *Jokes and Their Relation to the Unconscious*, James Strachey, trans. London: Routledge & Kegan Paul, 1960.

[166] Friedman, Bruce Jay. "Foreword, *Black Humor*". in Alan R. Pratt, ed. *Black Humor: Critical Essays*. New York & London: Garland Publishing, Inc., 1993.

[167] Friedrich, Otto, *Ring Lardner*, Minneapolis: University of Minnesota Press, 1965.

[168] Frye, Northrop, *Anatomy of Criticism: Four Essays*, Princeton: Princeton University Press, 1971.

[169] Galloway, David D., *The Absurd Hero in American Fiction*, Austin & London: University of Texas Press, 1966.

[170] Garrick, Jacqueline, "The Humor of Trauma Survivors: Its Application in a Therapeutic Milieu," *Journal of Aggression, Maltreatment & Trauma*. 12.1/2 (2006): 169-82.

[171] Gates, A. Robert, *American Literary Humor during the Great Depression*, Westport, Connecticut, London: Green wood Press, 1999.

[172] Gay, Peter, *Freud: A Life from Our Time*, New York: W. W. Norton, 1988.

[173] Goodman, Paul, *Growing Up Absurd: Problems of Youth in the Organized Society*, New York: Alfred A. Knopf, Inc. and Random House, Inc., 1960.

[174] Graham, Judith S., *Puritan Family Life: The Diary of Samuel Sewall*, Boston: Northeastern University Press, 2000.

[175] Green, Daniel, "A World Worth Laughing at: *Catch-22* and the Humor of Black Humor," *Studies in the Novel*. 27/2 (1995): 186-96.

[176] Hamilton, Ian, *In Search of J. D. Salinger*, Boston, Massachusetts: Twayne Publishers, 1988.

[177] Hart, James D., *The Oxford Companion to American Literature*, Oxford: Oxford University Press, 1983.

[178] Hasley, Louis. "Black Humor and Gray". in Alan R. Pratt, ed. *Black*

Humor: *Critical Essays.* New York & London: Garland Publishing, Inc., 1993.

[179] Hauck, Richard Boyd, *A Cheerful Nihilism: Confidence and "The Absurd" in American Humorous Fiction*, Bloomington, London: Indiana University Press, 1971.

[180] Hawthorne, Julian, *Nathaniel Hawthorne and his Wife: A Biography*, Boston and New York: Houghton Mifflin and Company, 1891.

[181] Hawthorne, Nathaniel, *Collected Novels*, New York: The Library of America, 1983.

[182] Hawthorne, Nathaniel, *Letters, 1857 – 1864*, Thomas Woodson et al., eds., Columbus: Ohio State University press, 1987.

[183] Hawthorne, Nathaniel, *The House of the Seven Gables*, New York: The New American Library of World Literature, Inc., 1961.

[184] Hawthorne, Nathaniel, *The Marble Faun*, New York: Thomas Y. Crowell & Co., 1902.

[185] Hawthorne, Nathaniel, *The Scarlet Letter*, Boston: James R. Osgood and Company, 1878.

[186] Hawthorne, Nathaniel, *Twice-told Tales*, *Vol II*, New York: Thomas Y. Crowell & Co., 1900.

[187] Heller, Joseph, *Closing Time*, New York: Simon & Schuster, 1994.

[188] Heller, Joseph, *Good as Gold*, New York: Pocket Books, a Simon & Schuster division of Gulf & Western Corporation, 1980.

[189] Heller, Joseph, *Something Happened*, New York: Alfred A. Knopf, Inc., 1974.

[190] Heller, Terry. "Notes on Technique in Black Humor". in Alan R. Pratt, ed. *Black Humor: Critical Essays.* New York & London: Garland Publishing, Inc., 1993.

[191] Hemingway, Ernest, *Green Hill of Africa*, New York: Scribner's, 1963.

[192] Hoffman, Frederick J., *The Modern Novel in America, 1900 – 1950*, Chicago: Henry Regnery Company, 1951.

[193] Hofstadter, Richard, *Anti-intellectualism in American Life*, New York: Vintage Books, A Division of Random House, 1963.

［194］Holland, N. Norman, *Laughing*: *A Psychology of Humor*, Cornell: Cornell University Press Ltd. , 1982.

［195］Hosseini, Khaled, *The Kite Runner*, New York: Bloomsbury, 2004.

［196］Howells, William Dean, "A Psychological Counter-Current in Recent Fiction," *North American Review*. 173/541 (2011): 872 – 88.

［197］Howells, William Dean, *Criticism and Fiction*, London: James R. Osgood, McIlvaine& Co. , 1891.

［198］Howells, William Dean, *Henry James, Jr.* Charleston, South Carolina: Create Space Independent Publishing Platform, 2016.

［199］Howells, William Dean, *My Mark Twain*: *Reminiscences and Criticism*, Baton Rouge: Louisiana State University Press, 1967.

［200］Howells, William Dean, *The Rise of Silas Lapham*, New York, Chicago, San Francisco, Toronto, London: Holt, Rinehart and Winston, 1964.

［201］Hume, Kathryn, *American Dream*, *American Nightmare*: *Fiction since 1960*, Beijing: Foreign Languages Teaching and Research Press, 2007.

［202］Huntington, Samuel P. , *American Politics*: *The Promise of Disharmony*, Cambridge, Massachusetts: Harvard University Press, 1981.

［203］Hutchins, Zachary Mcleod, *Inventing Eden*: *Primitivism, Millennialism, and the Making of New England*, Oxford: Oxford University Press, 2014.

［204］Hyers, M. Conrad, ed. , *Holy Laughter*: *Essays on Religion in the Comic Perspective*, New York: Seabury Press, 1969.

［205］Inge, M. Thomas, Edward J. Piacentino, *The Humor of the Old South*, Lexington, Kentucky: The University Press of Kentucky, 2001.

［206］Irving, Washington, *The Sketch Book of Geoffrey Crayon, Gent*, London: J. M. Dent & Co, 1901.

［207］Iser, Wolfgang, *The Act of Reading*: *A Theory of Aesthetic Response*, Baltimore: Johns Hopkins UP, 1978.

［208］James, Henry, *Literary Criticism II*: *French Writers, Other European Writers, the Prefaces to the New York Edition*, Leon Edel, ed. , New York: The Library of America, 1984.

［209］James, Henry, Percy Lubbock, *The letters of Henry James*, New York: Scribner, 1920.

［210］James, Henry, *The Ambassadors*, New York: Penguin Books, 1994.

［211］James, Henry, *The Portrait of a Lady*, Oxford: Oxford University Press, 1997.

［212］Jameson, Frederic, *Postmodernism, or, The Cultural Logic of Late Capitalism*, London: Duke University Press, 1991.

［213］Jillson, Cal, *American Dream: In History, Politics, and Fiction*, Kansas: University Press of Kansas, 2016.

［214］Johnson, Dirk, "Dubuque Journal; The Slight That Years. All 75, Can't Erase," *The New York Times*. August 5, 1999.

［215］Jones, Brian Jay, *Washington Irving: An American Original*, New York: Arcade Publishing, 2008.

［216］Kerouac, Jack, *On the Road*, London: Penguin Books, 2000.

［217］Kierkegaard, Soren, *Fear and Trembling/Repetition*. Howard V. Hong and Edna H. Hong, trans. , Princeton, New Jersey: Princeton University Press, 1983.

［218］Kolodny, Annette, *The Lay of the Land*, Chapel Hill: University of North Carolina Press, 1975.

［219］Kramer, Michael P. , HanaWirth-nesher, *The Cambridge Companion to Jewish American Literature*, Cambridge: Cambridge University Press, 2003.

［220］Lamb, Robert Paul, G. R. Thompson, *A Companion to American Fiction 1865 - 1914*, Malden, MA: Blackwell Publishing Ltd, 2005.

［221］Lardner, Ring, *You Know Me Al*, New York: George H. Doran Company, 1916.

［222］Larsen, Erik, *The Tacit Other: Identity and Otherness in Two Texts by Henry James*, Athens: Odense University, 1998.

［223］Lawrence, David Herbert, *Studies in Classic American Literature*, New York: Thomas Seltzer, 1923.

［224］Lee, Judith Yaross, *Twain's Brand: Humor in Contemporary American Culture*, Jackson: The University Press of Mississippi, 2012.

［225］Lehan, Richard, *Quest West: American Intellectual and Cultural Transformations*, Baton Rouge: Louisiana State University Press, 2014.

［226］Levenson, J. C. "*The Red Badge of Courage* and McTeague". in Donald

Pizer, ed. The Cambridge Companion to American Realism and Naturalism: Howells to London. New York: Cambridge University Press, 1995.

[227] Levin, Harry, *Playboys and Killjoys: An Essay on the Theory and Practice of Comedy*, New York, Oxford: Oxford University Press, 1987.

[228] Levin, Harry, *The Power of Blackness*, Chicago, Athens, London: Ohio University Press, 1980.

[229] Lipset, Seymour Martin, *American Exceptionalism: A Double-Edged Sword*, New York: W. W. Norton, 1996.

[230] London, Jack, *Martin Eden*, Qingdao: Qingdao Press, 2004.

[231] Longstreet, Augustus Baldwin, *Georgia Scenes: Characters, Incidents, &c.*, in the First Half Century of the Republic, Berkeley: University of Southern California, 1957.

[232] Lowell, James Russell, *The Biglow Papers*, London: Trubner & Co. 60, Paternoster Row, 1861.

[233] Lowell, James Russell, *The Complete Poetical Works of James Russell Lowell*, Boston: Houghton Mifflin Company, 1896.

[234] Lowry, Richard S. , *"Littery Man": Mark Twain and Modern Authorship*, New York, Oxford: Oxford University Press, 1996.

[235] Lynn, Kenneth S. , ed. , *The Comic Tradition in America: An Anthology of American Humor*, New York: The Norton Library, WW Norton & Company Inc. , 1958.

[236] Lynn, Kenneth S. , *Mark Twain and South Western Humor*, Boston: Little, Brown and Company, 1959.

[237] Mallory, William E. , Paul Simpson-Housley, *Geography and Literature: A Meeting of the Disciplines*, New York: Syracuse University Press, 1987.

[238] Mamp, David, "Rethinking the American Dream," *Vanity Fair*. Apr. 2009: 118.

[239] Marquis, Don, *Archy and Mehitabel*, New York: Doubleday, Doran & company, inc. , 1933.

[240] Mattiessen, Francis Otto, *American Renaissance: Art and Expression in the Age of Emerson and Whitman*, Oxford: Oxford University Press, 1941.

［241］ McMillan, David W. , David M. Chavis, "Sense of Community: A Definition and Theory," *Journal of Community Psychology*. 14/1 （1986）: 6 – 23.

［242］ Mead, Margaret, *Culture and Commitment: A Study of the Generation Gap*, Garden City, NY: Natural History Press/Doubleday, 1970.

［243］ Melville, Herman, *Letters from Herman Melville*, Merrell R. Davis and William H. Gilman, eds. , New Haven, CT. : Yale UP, 1960.

［244］ Melville, Herman, *The Confidence-Man*, New York: Dix, Edwards & Co. 321 Broadway, 1857.

［245］ Melville, Herman, *The Portable Melville*, Jay Leyda, ed. , New York: The Viking Press, 1952.

［246］ Meriwether, James B. , "Augustus Baldwin Longstreet: Realist and Artist," *Mississippi Quarterly*. 35 （1982）: 359 – 60.

［247］ Midler, Robert, "Herman Melville," *Columbia Literary History of the United States*, Emory Elliott, ed. , New York: Columbia University Press, 1988.

［248］ Miller, Donald L. , *City of the Century*, New York: Simon & Schuster, 1996.

［249］ Mills, Bruce, *Poe, Fuller, and the Mesmeric Arts: Transition States in the American Renaissance*, Columbia, Missouri: University of Missouri Press, 2006.

［250］ Morreall, John, *Comedy, Tragedy, and Religion*, New York: State University of New York Press, 1999.

［251］ Murdock, Kenneth B. , *Literature and Theology in Colonial New England*, New York: Harper & Row, 1963.

［252］ Newman, Lea Bertani Vozar, *A Reader's Guide to the Short Stories of Nathaniel Hawthorne*, Boston: G. K. Hall, 1979.

［253］ Niebuhr, Reinhold. "Humor and Faith". in M. Conrad Hyers, ed. *Holy Laughter: Essays on Religion in the Comic Perspective.* New York: Seabury Press, 1969.

［254］ Nietzsche, Friedrich, *The Birth of Tragedy and the Genealogy of Morals*, Francis Golffing, trans. , New York: Doubleday & Company,

Inc. ，1956.

[255] Novak, William, Moshe Waldoks, eds. , *The Big Book of Jewish Humor*: *25th Anniversary*, New York: HarperCollins, 2006.

[256] O'Donnell, Patrick, *New Essays*, Cambridge: Cambridge University Press, 1992.

[257] Olwig, Kenneth Rober, *Landscape, Nature, and the Body Politic*: *From Britain's Renaissance to America's New World*, Wisconsin: The University of Wisconsin Press, 2002.

[258] O'Neill, Patrick, "The Comedy of Entropy: The Contexts of Black Humor," *Canadian Review of Comparative Literature.* 10/2 (1983): 145 -66.

[259] Oring, Elliott, *The Jokes of Sigmund Freud*: *A Study in Humor and Jewish Identity*, Lanham, Maryland: Rowman&Littlefield Publishers, Inc. , 2007.

[260] Paine, Albert Bigelow, *Mark Twain*: *A Bibliography*, New York, London: Harper, 2010.

[261] Parker, Hershel, *Herman Melville*: *A Biography. Volum 2, 1851 – 1891*, Baltimore and London: The Johns Hopkins University Press, 2002.

[262] Perkins, George, Barbara Perkins, *The American Tradition in Literature* (Vol. I) , Boston: McGraw-Hill Companies, inc. , 1999.

[263] Petry, Alice Hall, "Crane's 'The Bride Comes to Yellow Sky'," *Explicator.* 42/1 (1983): 45 – 47.

[264] Pinsker, Sanford, *The Schlemiel as Metaphor*: *Studies in the Yiddish and American Jewish Novel*, Carbondale and Edwardsville: Southern Illinois University Press, 1971.

[265] Pizer, Donald, ed. , *The Cambridge Companion to American Realism and Naturalism*: *Howells to London*, New York: Cambridge University Press, 1995.

[266] Pizer, Donald, *The Theory and Practice of American Literary Naturalism*: *Selected Essays and Reviews*, Carbondale and Edwardsville: Southern Illinois University, 1993.

[267] Podhoretz, Norman, *Doings and Undoings*, New York: Farrar, Straus &

Company, 1964.

[268] Podhoretz, Norman, "Looking Back at Catch – 22," *Platinum Periodicals*. 109/2 (2000): 32 – 37.

[269] Poe, Edgar Allan, *Poe: Poetry and Tales*, Patrick F. Quinn, ed., New York: Library of America, 1984.

[270] Poe, Edgar Allan, *Short Stories of Edgar Allan Poe*, Qingdao: Qingdao Press, 2005.

[271] Poe, Edgar Allan, *The Complete Words of Edgar Allan Poe*, *Vol. VII*, James A. Harrison, ed., New York: General Books LLC, 1902.

[272] Poe, Edgar Allan, *The Raven and The Philosophy of Composition*, San Francisco, New York: Paul Elder and Company, 1906.

[273] Porte, Joel, *New Essays on* The Portrait of a Lady, Cambridge, Beijing: Cambridge University Press, Peking University Press, 2007.

[274] Potts, Stephen W., *From Here to Absurdity: The Moral Battlefields of Joseph Heller*, San Bernardino, California: Borgo Press, 1982.

[275] Pound, Ezra, *Make It New: Essays by Ezra Pound*, New Haven, Connecticut: Yale University Press, 1935.

[276] Powers, Lyall H., *Henry James: An Introduction and Interpretation*, New York: Holt, Rinehart and Winston, 1970.

[277] Pratt, Alan R., ed., *Black Humor: Critical Essays*, New York & London: Garland Publishing, Inc., 1993.

[278] Pynchon, Thomas, *The Crying of Lot 49*, London: Pan Books Ltd., 1979.

[279] Revel, Hirschel, *Universal Jewish Encyclopedia*, New York: Universal Jewish Encyclopedia In., 1943.

[280] Roth, Philip, *American Pastoral*, New York: Vintage Books, 1998.

[281] Roth, Philip, *Portnoy's Complaint*, New York: Random House, 1969.

[282] Rourke, Constance, *Davy Crockett*, New York: Harcourt, Brace, 1998.

[283] Rubin, Louis Decimus, Jr., *The Comic Imagination in American Literature*, New Brunswick, New Jersey: Rutgers University Press, 1973.

[284] Ruderman, Judith, *Joseph Heller*, New York: The Continuum Publishing Company, 1991.

［285］Salinger, Jerome David, *Franny and Zooey*, Harmondsworth, Middlesex: Penguin Books, 1964.

［286］Salinger, Jerome David, *Nine Stories*, New York: The New American Library, 1954.

［287］Salinger, Jerome David, *The Catcher in the Rye*, London: Penguin Books, 1994.

［288］Samuel, Lawrence R., *The American Dream: A Cultural History*, New York: Syracuse University Press, 2012.

［289］Santayana, George, *The Genteel Tradition: Nine Essays by George Santayana*, Douglas L. Wilson, ed., Cambridge, Massachussetts: Harvard University Press, 1967.

［290］Sarason, Seymour B., *The Psychological Sense of Community: Prospects for a Community Psychology*, San Francisco: Jossey-Bass, 1974.

［291］Schultz, Max F., "Toward a Definition of Black Humor," *Black Humor: Critical Essays*. Alan R. Pratt, ed., New York & London: Garland Publishing Inc., 1993. 155 – 74.

［292］Searles, George John, ed., *Conversations with Philip Roth*. Jackson, Mississippi: University Press of Mississippi, 1992.

［293］Sears, Lorenzo. L. H. D., *American Literature in the Colonial and National Period*, New York: Burt Franklin, 1970.

［294］Seed, David, *The Fiction of Joseph Heller: Against the Grain*, Hampshire: The MacMillan Press, Ltd., 1989.

［295］Seltzer, Leon F., "Milo's 'Culpable Innocence': Absurdity as Moral Insanity in Catch – 22," *Papers on Language & Literature*. 15/3 (1979): 290 – 310.

［296］Simonson, Harold P., *Beyond the Frontier: Writers, Western Regionalism, and a Sense of Place*, Texas: Texas Christian University Press, 1989.

［297］Slawenski, Kenneth, *J. D. Salinger: A Life*, New York: Random House, 2010.

［298］Sloane, David E. E., ed., *American Humor Magazines and Comic Periodicals*, New York: Greenwood Press, 1987.

［299］Smith, John, *The Complete Works of Captain John Smith. Vol. I.* Philip

L. Barbour, ed. Chapel Hill, North Carolina: The University of North Carolina Press, 1986.

[300] Sorkin, Adam J. , ed. , *Conversations with Joseph Heller*, Jackson, Mississippi: University Press of Mississippi, 1993.

[301] Spencer, Benjamin T. , *The Quest for Nationality*: *An American Literary Campaign*, New York: Syracuse University Press, 1957.

[302] Spencer, Herbert, "On the Physiology of Laughter," *Essays on Education and Kindred Subjects*: *Everyman's Library*, London: Lent, 1911: 189 – 96.

[303] Stone, Donald Dave, *Novelists in a Changing World*, Cambridge, Massachussatte: Harvard University Press, 1972.

[304] Sypher, Wylie, ed. *Comedy*. Baltimore: The Johns Hopkins University Press, 1986.

[305] Tandy, Jennette. *Crackerbox Philosophers in American Humor and Satire*. New York: Columbia University Press, 1925.

[306] Tave, Stuart Malcolm, *The Amiable Humorist*: *A Study in the Comic Theory and Criticism of Eighteenth and Early Nineteenth Centuries*, Chicago: The University of Chicago Press, 1960.

[307] Thackeray, William Makepeace, "Nil Nisi Bonum," *Cornhill Magazine*. (February 1860): 129 – 34.

[308] Thompson, Gary Richard, ed. , *The Selected Writings of Edgar Allan Poe*, New York: W. W. Norton & Company, 2004.

[309] Thoreau, Henry David, *The Portable Thoreau*, Carl Bode, ed. , Tennessee: Kingsport Press, Inc. , 1979.

[310] Thoreau, Henry David, *Walden*, *Or Life in the Woods*, Beijing: Foreign Languages Press, 2011.

[311] Thorp, Willard, *American Humorists*, Minneapolis: University of Minnesota, 1964.

[312] Thurber, James, *My Life and Hard Times*, New York: Bantam Books, 1961.

[313] Townshend, Chauncy Hare, *Facts in Mesmerism*, *with Reasons for a Dispassionate Inquiry into It*, New York: Harper and Brothers, 1841. Reprint, New York: Da Capo, 1982.

[314] Turner, Frederick Jackson, *The Significance of the Frontier in American History*, Harold P. Simonson, ed. , New York: Frederick Ungar Publishing Co. , 1969.

[315] Twain, Mark, *Mark Twain: Tales, Speeches, Essays, and Sketches*, New York: Penguin Books, 1994.

[316] Twain, Mark, *Selected Short Stories of Mark Twain*, Beijing: Foreign Language Teaching and Research Press, 2010.

[317] Twain, Mark, *The Adventures of Huckleberry Finn*, Beijing: Foreign Language Teaching and Research Press, 2008.

[318] Twain, Mark, *The Adventures of Tom Sawyer*, Shanghai: Shanghai Foreign Language Education Press, 2016.

[319] Twain, Mark, *The Autobiography of Mark Twain*, Charles Neider, ed. , New York: Harper Collins, 1990.

[320] Tyler, Moses Coit, *A History of American Literature, 1607 – 1783*, New York: G. P. Putnam, 1878.

[321] Updike, John, *Rabbit, Run*, Harmondsworth, Middlesex, England: Penguin Books, 1965.

[322] Vonnegut, Kurt, *Slaughterhouse-Five or the Children's Crusade*, New York: Bantam Doubleday Dell Publishing Group Inc, 1969.

[323] Walcutt, Charles Child, *Jack London*, Minneapolis: University of Minnesota Press, 1966.

[324] Wallace, Ronald, *Henry James and the Comic Form*, Ann Arbor: The University of Michigan Press, 1975.

[325] Weatherford, Richard M. , *Stephen Crane: The Critical Heritage*, New York: Outledge, 1997.

[326] Weiss, Richard, *The American Myth of Success*, New York: Basic Books, 1969.

[327] White, Elwyn Brooks, Katharine Sergeant White. eds. , *A Subtreasury of American Humor*, New York: Coward-McCann, Inc. , 1941.

[328] Whitfield, Stephen, "Cherished and Cursed: Toward a Social History of *The Catcher in the Rye*," *The New England Quarterly*. 70/4 (1997): 567 – 600.

[329] Wilson, James Grant and John Fiske, eds. , *Appletons' Cyclopedia of American Biography*, New York: D. Appleton, 1900.

[330] Wisse, Ruth R. , *No Joke: Making Jewish Humor*, Princeton, Jew Jersey: Princeton University Press, 2013.

[331] Wonham, Henry B. , *Mark Twain and the Art of the Tall Tale*, New York, Oxford: Oxford University Press, 1993.

[332] Woodson, Jon, *A Study of Joseph Heller's* Catch – 22: *Going around Twice*, New York: Peter Lang Publishing, Inc. , 2001.

[333] Wylie, Phillip, *Generation of Vipers*, Dublin, USA: Dalkey Archive Press, 1996.

[334] Yates, Norris W. , *The American Humorist: Conscience of the Twentieth Century*, Ames, Iowa: Iowa State University Press, 1964.

[335] Zakaria, Fareed, "Restoring the American Dream," *Time.* (1ˢᵗ Nov. 2010): 30 – 35.

[336] Ziff, Larzer, *The Literature of America: Colonial Period*, New York: McGraw-hill Book Company, 1970.

[337] Ziv, Avner, Anat Zajdman, *Semites and Stereotypes: Characteristics of Jewish Humor*, Westport, Connecticut: Greenwood Publishing Group, 1993.

索 引

后　记

　　2015 年，我在剑桥大学英文系访学期间，得知国家社科基金青年项目"美国梦视域下幽默小说的历史书写研究"获批。高兴之余，心中也忐忑不安，唯恐自己不能保质保量地按时完成任务。如今六个年头过去了，终于赶在科研计划书的最后日期之前完成了专著。回顾这六个年头的科研经历，真正体会到了科研道路的曲折和艰辛，但它带来的快乐和满足也常常令我乐此不疲。

　　我的博士学位论文研究的是美国黑色幽默小说家约瑟夫·海勒，因此第一次申请国家社科基金项目时以博士学位论文为基础，写的本子是有关海勒黑色幽默小说的研究。失败之后，反思研究视角过于狭窄，于是将研究领域拓宽至整个美国文学史中幽默小说的历史书写研究，将研究视域定为"美国梦"。虽然后来申请获批，但在咨询学术领域相关专家时，得到的反馈意见是"选题太大，不好操作"。事实证明，这一选题确实不好操作。在撰写专著时，虽然时时提醒自己不要脱离"美国幽默小说"和"美国梦"两条主线，但也往往有"误入藕花深处"之时。在"导论"中，我提到了英国小说家 E. M. 福斯特在《小说面面观》里讲到的"鸟"与"影"的隐喻：鸟在空中飞得越高，就会离地面上的影越远——文学评论愈绚烂多彩，愈有可能脱离文学文本和研究对象。虽然常以此警醒自己，但当在历史维度中用"美国梦"去审视"美国幽默小说"时，我常常觉察自己控制不好与"影"的距离，并就此提出了疑问：这个"影"的内涵是什么？它是否涵盖了"美国梦"这只鸟的韵味？

　　弗洛伊德在谈及幽默时讲道：因为感觉（feeling）是判断文本幽默与否的唯一标准，因而对幽默的理性研究举步维艰。（Freud, 1960：61）但幽默是否必须被严格限定在感性的空间内？在《牛津高阶英汉双解词典》

上，"幽默"（humour）的词条下面主要有两个解读：

（1）事物让人感觉好笑的品质，或者人察觉事物好笑品质、并为之发笑的能力；

（2）在某个特定时期，人的感情体验或者精神状态。

（*Oxford Adavanced Learner's English-Chinese Dictionary*，2015：863）

这样看来，"幽默"包含了"好笑的品质"、"发笑的能力"和"人的精神状态"三个方面的内涵，涉及物体和人两个主体，包含了"好笑"和"精神状态"两种内涵。联系到课题研究，如果"好笑的品质"和"发笑的能力"对应幽默小说，那么"人的精神状态"则描述了美国梦的文化语境。这样看来，"影"确实可以被认为包含了"鸟"的韵味。

1931 年，亚当斯在《美国史诗》中首次提出"美国梦"一词。尽管它出现在 20 世纪 30 年代，但自欧洲殖民者踏上美洲大陆开始，以"自由、平等、民主"为核心的美国梦便成为美国民众内心的一个情结，成为左右美国历史发展的内在动力。亚当斯指出了这个梦想的重要性以及它鲜明的民粹主义内核。

也许美国性只是一个梦，但它却是个伟大的梦想……是美国生活中最重要的现实之一。像小麦和黄金一样，它是美国发展的动力。在与欧洲古国做财富、艺术、文学或者权力的定量比较时，是它让美国从中脱颖而出。它就是美国性，它的阳光照进了普通人的心中。狭义上，这个普通人可能没有对美国文化做出什么贡献，但广义上，他却是唯一守护美国梦的孤胆英雄。这就是为什么在典型美国性场景中，普通人身上都闪烁着伟大光辉的原因。这就是美国史诗的主题。（Adams，1945：174）

根据亚当斯的理解，美国梦描述了最典型的普通人的"精神状态"。这样看来，对应词典中的定义内涵，美国梦便是美国文化语境中最重要的"幽默"之一。从时间维度去审视，美国梦的"幽默"是美国历史发展的内在动力。美国梦情结深深扎根于美国民众的内心，它充满了变量元素，但其适应普通人的民粹精神却始终不变。美国学者劳伦斯·R.塞缪尔曾经说过，"如果没有美国梦，这将是一个完全不同的国家，可以肯定地说，我们每个人可能都受到了它的影响……这个梦想在我们的文化基因之中"（Samuel，2012：196）。还记得2009年在美国纽约州的斯基德莫尔学院做"联合培养博士"，时值奥巴马宣誓就职美国总统。在学校大厅里，师生齐聚一堂观看直播的就职典礼。在奥巴马谈到"伟大的美国梦"时，我注意到在座的每一个人都眼含泪水。我想，这就是整个民族一起梦想、不断梦想的力量。2016年，特朗普之所以能赢得竞选的最终胜利，与其高呼"重振大国精神"是不无关系的。如果幽默在人的主体层面呼应了美国梦，那么在物的层面则对应美国幽默小说，这也是本书所研究的"发笑的品质"。

总体看来，美国幽默小说的历史围绕美国梦文化的两个内核展开，即美国民粹精神，以及儒雅传统和边疆精神的对立统一。一方面，民粹精神是定义美国文化认同的关键词之一，呼应了宣讲"自由、平等、民主"的美国梦。从18世纪末到19世纪中叶，美国经历了"幽默小说的黄金时期"，其重要组成部分便是克洛科特、唐宁少校、比格罗等民粹幽默故事。20世纪上半叶报刊专栏幽默作家的讽刺小说、《纽约客》"小人物"的幽默故事、自然主义小说中对普通人对抗生存之重的书写等，同样带有鲜明的民粹主义色彩。另一方面，儒雅传统和边疆精神的对抗也贯穿于美国幽默小说发展的始终，是建构美国文化认同内涵的内在动力之一。19世纪是美国文化认同的主要建构期，美国黑色浪漫主义小说家从非理性视角出发对儒雅传统宣战，用精英者的姿态审视并确立了带有民粹色彩的边疆精神，而现实主义小说家在理性维度对边疆精神进行记录与反思的同时，依旧保有一份对新英格兰文化儒雅传统的眷恋。这种眷恋在与边疆精神的对抗中逐渐占据上风，这是马克·吐温后期遭遇小说创作瓶颈期的重要原因，也是20世纪60年代美国黑色幽默小说家难以挣脱的魔咒。对应民粹精神、儒雅和传统的对抗两个文化内核，美国幽默小说家主要诉诸"愚人"与"大话王"的对话、加尔文主义幽默以及荒诞手法等文本形式营造幽默氛围、获取幽默效果。早在18世纪，富兰克林就因袭儒雅传统用"愚人"嘲讽"大话王"的形式创作了系列边疆幽默小说，这种对话形式在19世纪美国民粹幽默小说中得到进一步发展，在以马克·吐温为代表的现实主义小说家的幽默作品中达到高潮，并影响到了20世纪现代"小人物"幽默小说的创作。加尔文主义幽默与美国民粹精神的文化认同息息相关，从殖民地时期的《普利茅斯开拓史》到浪漫主义时期霍桑的讽刺小说，再到嘲笑人之狂妄的自然主义小说，都带有鲜明的加尔文主义幽默色彩。着意刻画存在与本质分离的荒诞幽默小说在 20 世纪初期登上美国文学历史舞台，包括四五十年代轻幽默的童真视角荒诞小说，和 60 年代的黑色幽默小说。荒诞幽默小说是对现代美国梦的历史书写，是继吐温之后美国幽默小说史的另一个高潮期。

在研究中，"美国梦"是视域，"幽默小说"是对象，但两者都与"幽默"相关，研究的是文学史维度中美国民众的精神气质。此外，梦想本身就预设了与现实的分离，满足了幽默效果"感到意外"（Holland，1982：32）的前提条件，因而两者在描写美国人追梦的文学文本中是优势互补的结合。进入 21 世纪，美国遭遇了"9·11"事件的沉重打击，时任美国总统的布什惊呼："美国感受到了它自己的脆弱"[①]，大国梦想受到重创，美国社会进入了"后 9·11 时代"（"post-9/11"）。"9·11"事件将"失梦一代"小说所勾勒的文学想象具象化为现实，而其后出现的文学作品均带有"后创伤"的痕迹。无论是少数族裔作家卡勒德·胡赛尼（Khaled Hosseini）在 2003 年出版的小说《追风筝的人》（*The Kite Runner*），还是美国主流作家乔纳森·弗兰岑（Jonathan Franzen）在 2010 年出版的《自由》（*Freedom*），这些小说之所以获得美国读者的认可[②]，与其中的后创伤书写不无关系。在后创伤的文化语境中，文学作品的感伤基调突出，而幽默文本逐渐退居幕后。2016 年，美国学者卡尔·吉尔森总结了有关美国梦的系列民意调查，认为美国社会贫富差距日益严重、社会流动性缓滞，"人们与梦想的距离愈来愈远"（Jillson，2016：229），而 20 世纪末 21 世纪初有关梦想的文学书写似乎也日益倦怠起来。尼采在《悲剧的诞生》中提出，艺术创作具有酒神-太阳神的双神祇性："某种乐曲式的情绪先出现，然后才是诗性观点。"（Nietzsche，1956：37）这就是说，酒神乐曲式的情绪使艺术家的创作成为可能，而太阳神的幻象视角将这种情绪净化并最终形成可以触摸到的文学作品。前文提到幽默是美国文化基因的重要组成部分，而在后创伤的酒神情绪得以沉淀后，以幽默为

[①] https：//en. wikipedia. org/wiki/Post-9/11，2018 年 12 月 30 日。

[②] 《追风筝的人》连续两年位列《纽约时报》畅销书榜单之首，而《自由》是 2010 年美国最畅销的小说之一，被称为"伟大的美国小说"之一。

幻象视角的另一个小说创作高潮期的到来也是指日可待的。

回顾这六年，我十分庆幸得到了合作导师刘立辉老师的指导。我在剑桥大学访学时偶遇刘老师，当时他就对我的项目申请书提出了宝贵的修改意见。回国后，刘老师热情地邀请我进入西南大学外国语学院博士后流动站继续国家社科基金项目的研究。其间，在刘老师的指导下，我分别获得了"中国博士后科学基金面上资助"（"十九世纪美国反智主义小说与美国文化认同研究"，项目编号：2017M622939）和重庆市博士后科研项目特别资助（"十九世纪美国反智主义小说研究"，项目编号：Xm2017130）两个博士后项目的资助。刘老师告诫我，写作文章必须要有"问题"意识，文章结构也须巧妙设计。这些都让我受益匪浅。在项目研究过程中，我的恩师郭继德老师给予了大力的支持和帮助。郭老师是我在山东大学读博士时的导师，在我毕业后，也不忘时时教导我专心科研，踏实地积累学术经验。为了主持我的项目开题报告会，郭老师拖着病体从济南赶来，针对项目研究中可能遇到的问题提出了应对意见。郭老师于 2020 年 9 月 10 日因病与世长辞。郭老师既是我学术研究的引路人，又是我人生道路的指引者。如今老师离去，心中悲痛，唯有常记恩师教诲：做好学问，更要做好人。古人云，"北人看书如显处视月，南人学问如牖中窥日"，郭老师质朴大气，刘老师儒雅别致，这一北一南两位导师让我领略到了不同学术性格的魅力，也是我终生学习的榜样。

除了两位恩师，我还要感谢山东大学外国语学院的申富英老师和李保杰老师。两位老师在我读硕士和博士期间曾经教过我，在本专著写作过程中给予了很多宝贵的建议和意见，她们认真踏实的科研态度和谦虚朴实的生活态度也深深影响了我。在西南大学做博士后期间，董洪川老师、罗益民老师、张旭春老师、罗小云老师和晏奎老师都曾对项目研究中遇到的问题给予解答并提出了宝贵的建议，十分感谢这些老师的悉心指导。此外，烟台大学的刘春芳老师和聊城大学的刘风山老师舍弃了假期休息的时间，帮我逐字逐句地修改完善项目申请书，对此我也心怀感激。还有我的同事、好友和家人，没有他们的鼓励和帮助，我不会有勇气去承担并最终完成这么一份沉甸甸的科研任务。感谢国家留学基金委员会和"山东省高等学校优秀中青年骨干教师国际合作培养项目"资助我前往剑桥大学访学，此行不仅给项目的开展提供了很多珍贵的研究资料，更拓宽了我的学术视野，让我领略到了站在学术前沿的大师风采。感谢临沂大学对我这名

"学术青椒"的不弃,之前一再推荐我申请项目,之后又积极鼓励我专心研究,而我所能做的,只有好好教书、勤奋科研以报答学校。

在这六年的科研工作中,我真正体会到了学术研究之路的艰辛,也意识到了自己在学术研究和文字写作方面的不足。"一点一滴都不苟且,一字一笔都不放过",这句话虽质朴,却是我为之奋斗一生的学术目标。尽管点滴皆心血,但由于理论水平和研究能力的不足,专著中难免有缺点、不足甚至谬误之处,敬请学界的前辈和同人批评指正!

2020 年 10 月 12 日

第九批《中国社会科学博士后文库》专家推荐表 1

  《中国社会科学博士后文库》由中国社会科学院与全国博士后管理委员会共同设立，旨在集中推出选题立意高、成果质量高、真正反映当前我国哲学社会科学领域博士后研究最高学术水准的创新成果，充分发挥哲学社会科学优秀博士后科研成果和优秀博士后人才的引领示范作用，让《文库》著作真正成为时代的符号、学术的示范。

推荐专家姓名	郭继德	电　话	
专业技术职务	教授	研究专长	美国文学
工作单位	山东大学外国语学院	行政职务	
推荐成果名称	美国梦视域下幽默小说的历史书写		
成果作者姓名	唐　文		

  （对书稿的学术创新、理论价值、现实意义、政治理论倾向及是否具有出版价值等方面做出全面评价，并指出其不足之处）

  《美国梦视域下幽默小说的历史书写》通过美国梦的关照梳理了美国幽默小说发展史，从殖民地时期美国幽默小说、建国时期美国民粹幽默小说、文化认同建构时期美国幽默小说和现代美国幽默小说四个方面展开论述。该成果政治立场鲜明，以批判的视角审视了美国社会以及美国梦的演变，并通过对幽默文本的分析，揭示了美国文化中儒雅传统和边疆精神的对抗、民粹精神和精英文化的对立等深层次的社会问题，对反思中国社会和中国梦具有一定的关照意义。

  该成果厘清了美国梦发展的内涵和外延，提出美国梦的发展经历了美国制宪会议、亚当斯的《美国史诗》和现代思想家利普塞特的"美国例外论"等，是一个充满了流变因素的文化概念，但其衍变始终围绕"自由、平等、民主"三个中心，凸显了民粹和精英的对抗。从文学视域考究了美国梦的社会根源和历史发展，这种观点具有一定的创新性。此外，该成果从"幽默"和"现实"两个视角出发考究了美国幽默小说的发展史，从新历史主义出发研究幽默小说，并通过幽默文学关照社会现实，认为幽默文本是表达本真历史的重要途径，这种研究视角在国内有关幽默小说研究领域中具有较大创新性。总体来说，该成果有三项突出特色：尝试厘清美国幽默小说的内涵和外延，探究了美国梦和幽默文本之间的关系，并树立了美国幽默文本中"幽默"与"历史"的关照。

  值得注意的是，作者在书中通过"美国梦"和"幽默文本"两个视角展开论述，但未能真正在两个视角间做到平衡，后期修改需注意改善这一点。此外，该成果对幽默小说发展史的梳理以 20 世纪末美国黑色幽默小说流派为终止点，用现代犹太幽默小说作为隐喻指出了美国梦视域下幽默小说的梦想本质。但 21 世纪美国梦的发展走向如何，幽默文学又是如何表达这一走向的，很遗憾该成果中并未深入触及这一问题。

  综上所述，该成果考究了幽默文本在美国文化认同建构和发展过程中的重要作用，进一步拓宽了国内美国幽默小说研究领域的宽度和深度，具有较高的学术价值和现实意义，我愿意推荐其参加《中国社会科学博士后文库》出版成果的甄选。

签字：

2019 年 12 月 31 日

  说明：该推荐表须由具有正高级专业技术职务的同行专家填写，并由推荐人亲自签字，一旦推荐，须承担个人信誉责任。如推荐书稿选入《文库》，推荐专家姓名及推荐意见将印入著作。

第九批《中国社会科学博士后文库》专家推荐表 2

　　《中国社会科学博士后文库》由中国社会科学院与全国博士后管理委员会共同设立,旨在集中推出选题立意高、成果质量高、真正反映当前我国哲学社会科学领域博士后研究最高学术水准的创新成果,充分发挥哲学社会科学优秀博士后科研成果和优秀博士后人才的引领示范作用,让《文库》著作真正成为时代的符号、学术的示范。

推荐专家姓名	杨中举	电　话	
专业技术职务	教授	研究专长	美国文学
工作单位	临沂大学传媒学院	行政职务	院长
推荐成果名称	美国梦视域下幽默小说的历史书写		
成果作者姓名	唐　文		

　　(对书稿的学术创新、理论价值、现实意义、政治理论倾向及是否具有出版价值等方面做出全面评价,并指出其不足之处)

　　该成果是作者在西南大学外国语学院博士后流动站的研究成果,亦是其 2015 年国家社科青年项目的结项成果,其政治立场鲜明,用审视的批判视角研究了美国幽默小说与美国梦之间的关照,进一步完善了国内有关美国幽默小说的研究,扩宽了解读美国社会文化内涵的渠道,具有较高的学术价值和现实意义。

　　该成果从新历史主义出发研究美国幽默小说,尝试通过幽默文学关照社会现实,凸显幽默在文本表达现实中的重要媒介作用。研究美国幽默小说的历史书写,是在研究文学,也是在研究文学和现实之间的相互关照,用历史来解读文学,用文学来还原更真实的历史。该成果尝试从幽默小说发展史中探究美国梦的由来、发展、困境和演变,具有较大的学术创新性。幽默是美国人的民族性格,也是美国梦的重要组成部分。美国梦深深扎根于美国幽默小说之中,而幽默小说的发展史则真实地反映了美国梦发展和演变。因此,研究美国幽默小说的历史书写即是探讨美国人梦想的演变,而美国梦正是了解幽默小说内核的关键所在,在这一点上,该成果具有一定的学术创新性。

　　美国梦的变迁贯穿于美国历史发展始终,它是美国民族精神的核心,也是美国人民特有的气质。从殖民地时期建立迦南王国的宗教梦想,到后期向物质梦想的转向和破灭,以及现代精神梦想的复苏,该成果对美国梦之于美国民族和社会的重要意义进行了思考和挖掘,具有一定的社会意义。美国梦有助于认识美国社会和文化,探讨美国梦和美国幽默小说之间的关系能够了解民族精神对于文学的影响,这些研究成果亦对中国梦及其和文学的关系研究有重要的对比和参考价值。

　　该成果审视了 18 世纪殖民地时期、19 世纪文化认同建构时期(浪漫主义和现实主义)和 20 世纪现代时期幽默小说中美国梦的发展和演变。由于缺乏历史积淀、资料不足等原因,对于 21 世纪美国梦视域下幽默小说的历史发展并未过多涉及。这也是后续研究展开的重点之一。

　　综上所述,我认为,该成果具有较高的学术价值和社会价值,选题新颖,思路清晰,书稿层次分明、条例清楚,注释和引证非常规范,符合《中国博士后社会科学文库》的出版条件。

签字: 杨中举

2019 年 12 月 27 日

说明:该推荐表须由具有正高级专业技术职务的同行专家填写,并由推荐人亲自签字,一旦推荐,须承担个人信誉责任。如推荐书稿入选《文库》,推荐专家姓名及推荐意见将印入著作。